하얀
소리

하얀 소리

홍 동 삼 지음

G Life

잊혀지지 않는 이름

1953년 7월 27일 휴전 성립 후 송환되어 온 포로의 수기가 한편도 없었다는 말을 들었다. 8,321명의 송환 포로가 있었는데도 수기가 한편도 나온 것이 없었다고 한다. 수기를 쓸만한 포로가 없었던 것도 아닌데 어떻게 되어 수기가 한편도 나오지 못했을까 군의관 포로도 있었고 대학 재학 중 전쟁으로 단기 교육 받고 임관된 장교 포로도 적지 않았다. 그들 모두가 송환되어 오지 못했단 말인가?

송환 포로의 수기가 한편도 없었으면 김일성의 포로 학대 그 참상이 거의 알려지지 않았을 것이다. 알려졌다고 해도 포로 송환 시 언론인의 취재 활동으로 얻어진 토막 이야기 정도로 그쳤을 것이다. 그런 토막 이야기로는 김일성의 포로학대를 말하기에는 너무 부족하다.

당시 공산군에 끌려간 국군 포로가 거의 10만에 가까운 것으로 알고 있다. 그 많은 포로 중 겨우 8,321명만이 송환되어 오고 나머지 8만여 명은 행방이 밝혀지지 않고 있다. 그 많은 포로가 다 어떻게 되었는가?

김일성은 그 8만여 명 중 약 5,000명 많아야 6,000명 정도는 북한 군에 편입시키고 잔여 8만여 명 중 약 반가량인 4만 명 내외는 1951년 봄부터 가을 사이에 학살하고 나머지 4만 명 가량은 휴전 회담 개최 직후인 1951년 8월부터 9월 사이에 북한 각지에 분산 배치하여 억류해 두었다.

나는 김일성의 포로학살 현장에도 있었고 억류 포로 강제 노역 현장에도 있었다.

1951년도의 북한 포로수용소 그것은 김일성의 아우슈비츠였다. 김일성은 포로를 그렇게 죽이다가 휴전 회담이 개최되자 몇 십 명씩 북한 전역에 분산 배치하여 억류해 두었다.

김일성의 포로 억류 그것은 현대판 전쟁 노예다. 고대사회 부족 간 분쟁에서 승자측이 패자 측을 노예로 삼은 것이나 무엇이 다르겠는가?

나는 그러한 고통 속에 지내다 1955년 2월 17일 군사분계선을 돌파하여 북한을 탈출하는데 성공했다.

당시 자유당 정권하 우리 경찰은 나의 입을 봉하고 발을 묶어 놓으려고 했던 것 같다. 친인척을 방문하려고 해도 경찰의 방해가 있었고 같이 억류돼 있던 사람들의 가족을 찾아 소식을 전해 주려고 해도 그것도 어려웠다. 30여년을 지나 1980년대 후반 또 다시 경찰에 불려가 조사를 받으면서야 비로소 나는 우리 경찰이 나를 중공군 장교 출신 귀순자로 날조해 놓고 엄중 감시하고 있었다는 사실을 알게 되었다.

도대체 무엇 때문에 나를 중공군 장교 출신 귀순자로 만들어 놓고 감시했단 말인가? 나는 지금도 그 의문을 해소하지 못하고 있다.

김일성의 포로 학대 그 참상은 역사의 심판을 받아야 한다. 역사의 이름으로 단죄되어야 할 그 참상이 알려지지도 않고 거의 60년이 지나는 사이 대부분이 사람들의 기억에서 사라져 가는 듯하다.

뿐만 아니라 쌀 배급을 준다는 말로 속여 백지에 도장을 받아 남노당 입당원서로 둔갑시켜 남도당 당원으로 만들어 놓고 남한적화 투쟁에 앞장 설 것을 강요했다. 그 강요에 응하지 않으려고 하면 테러분자라는 전문 살인꾼을 동원하여 죽여 버리려고 했다. 8·15 직후 공산당의 이러한 속임수와 폭력이 폭동 반란 빨찌산 활동으로 이어지다 6·25 한국전쟁으로까지 갔던 것이다.

포로의 시체에서 옷을 벗겨 가는 북한군 장교, 금실 좋은 부부에게서 갓난아기를 빼앗아 평양 영아원으로 보내고 이혼을 강요하는 김일성의 강제 이혼 명령, 1954년 추수한 양곡을 김일성에게 홀랑 다 빼앗기고 엄동설한에 남부여대하고 조금이라도 살기가 나은 곳이 어디일까 찾아 헤매며 떠돌던 수십만의 유량 농민들...

지금은 당시 북한의 이러한 실상을 아는 사람이 별로 없는 것 같다. 아니 관심조차 없어 보인다. 나마저 입을 다문다면 그대로 역사의 뒤편으로 사라질 것이다. 그래서는 안 된다. 그래서는 절대로 안 된다는 생각에 너무 늦었고 미흡하지만, 기록으로 남겨야겠다는 생각에서 이 글을 쓴다. 당시의 실상을 이해하는데 도움이 되었으면 한다.

여기 억류 포로 49명의 이름이 있다.

나는 그 이름들을 잊을 수 없다.

2009년 7월

홍 동 삼

차례

제5장 북한 탈출

Epilogue

나는 "그렇다. 나는 알아야겠다. 얼마나 많은 포로병이 죽어나갔는지 나는 알아야겠다. 내가 죽더라도 알아야겠다. 자세히는 모르겠지만 대략이라도 알아야겠다. 내가 죽으면 염라대왕에게 김일성을 고발할 자 있어야겠고 만에 하나라도 내가 살아서 대한민국으로 돌아간다면 인류의 양심 앞에 증언할 자료가 있어 다"는 생각이었다. 그러나 몸을 가눌 수 없으니 마음뿐이지 어떻게 해볼 방법이 없었다.

죽음의 대기소

군사분계선! 그것은 온 겨레의 한이 맺히고 또 맺혀 피눈물로 범벅이 된 통곡의 테이프다.

1951년 3월 평양 동방 10여 킬로미터 거리에 위치한 북한 포로수용소. 역사의 현장으로 보존해야겠지만 지금은 그럴 수 없는 곳이니 여기서 위치라도 정확히 밝혀두어야겠다.

행정구역상으로는 평안남도 강동군 승호면, 대성리 탄광 또는 대성리 포로수용소라고 하던 것으로 보아 리명은 대성리가 틀림없을 것이다.

난폭파 철교로 미공군 전폭기 조종사들을 몹시도 괴롭혔던 승호리 철교 북단에서 수용소 남단은 1킬로미터 남짓, 북단은 약 3킬로미터의 거리였고 빨치산 양성소로 악명 높았던 강동정치학원이 있었던 바로 그 자리다.

탄광지대인데 무연탄의 질이 좋아 일제 시 일본군 해군 연료창에서 관리해서 인지 해군탄광이라고 하는 사람이 많았다. 8·15후 채탄을 중지하고 탄광의 지상시설 일부를 강동정치학원에서 사용하고 일부는 그대로 방치해둔 것 같았다. 수용소 경내를 동서로 도로가 관통하고 있었고 수용소는 주로 도로 북부를 사용하고 있었다.

2월에 포로가 된 직후부터 만연하기 시작한 티프스는 3월에 들어서며 더욱 극성스럽게 창궐하여 환자가 나날이 많아졌고 사망자도 기하급수적이라고 할 만치 그 수를 더해갔다. 4월 초 나도 그 티프스에 감염되어 죽음의 대기소로 가야 했다.

죽음의 대기소, 그곳으로 가는 것을 김일성 도당은 병원에 입원한다고 했다. 이때 포로병들을 전부 방공호라는 인공토굴에 수용했는데 토굴 하나에 포로는 일백 수 십명, 환자는 토굴 하나에 70내지 80명씩 격리했을 뿐 다른 조치는 아무것도 없었다. 사망자가 생겼을 때 매장반 사람들이 올 뿐이었다. 그곳이야말로 포로병들의 고려장터였다. 그래서 나는 그곳을 '죽음의 대기소'라고 했다.

그 죽음의 대기소에는 출입구에 환자 아닌 포로병이 한 사람 배치되어 있었다. 들고 나는 사람을 체크하고 끼니 때 식사를 갖고 오면 "밥 타가"하고 식사 후 물을 갖고 오면 "물 받아가"하고 한마디씩 고함을 쳐 알려주는 것이 그 사람의 임무였다. 의식이 혼미한 중환자들이 식사나 물을 받아가든 말든 아랑곳하지 않았다.

나는 그 죽음의 대기소에 세 번을 갔었다. 처음에는 티프스로, 다음에는 발진티프스로 재발하여 갔었다. 죽음의 대기소에 처음 갔을 때 거의 매일 한 사람씩 죽어나가는 것을 보고 그곳에 그대로 있다가는 꼼짝없이 죽을 것 같아 열이 조금 내리는 듯하기에 다 낫다고 속이고 나오다 손이 꼭 탄광 채탄부의 손과 같이 되었기에 찬 도랑물에 손을 씻은 것이 안 좋았던지 며칠 후 발진티프스로 재발했다.

세 번째는 김일성이 놓아주는 예방주사를 맞고 갔다. 한 번의 주사로 페스트까지 여덟 가지 전염병을 예방한다는 알 수 없는 예방주사를 강제로 놓아주었다. 앞에서 누군가가 아파서 안 맞겠다니까, "예방주사 맞고 죽은 사람 봤어?"하고 호통을 치며 강제로 놓아주었다.

호통을 치는 놈 옆에서 다른 한 녀석은, "쏘련은 과학이 발달해서 한 번 맞으면 페스트까지 여덟 가지 전염병을 예방한다구"라고 하고 있었다. 소련의 과학이 미국보다 앞서 있다는 것을 강조하기 위한 허풍이구나 생각했다.

그것이 허풍이든 아니든 이미 저항력을 상실하여 무방비 상태인 포로병들에게는 살인주사의 역할밖에 할 것이 없었다. 그때 내가 있던 토굴에는 130여명이 있었는데 모두 작업을 나가고 아파서 작업을 못 나간 60명가량이 그 예방주사라는 것을 맞았다. 감기 기운만 있어도 예방주사를 피하는 것으로 알고 있었는데 김일성은 열이 적지 아니 올라 있는 환자에게 예방주사라고 강제로 놓아주었다. 죽으라고 놓아주었는지도 모른다. 나도 등어리 왼쪽 어깨뼈 밑에 그 예방주사라는 것을 맞았다.

다음날 아침 그 예방주사를 맞은 사람은 모두 초죽음이 되어 있었다. 하루를 더 지나서는 의식이 혼미상태인 사람도 많았고 증상이 심한 치매환자와도 같이 엉뚱한 말이나 행동을 하는 사람도 있었다. 많은 사람이 완전 실성상태인 것 같았다. 돼지새끼 열 마리를 다 밟아 죽인다고 야단을 하는가 하면 여러 날을 굶어서 아무 기력도 없을 것 같은데 꼭 같은 행동을 되풀이하며 밤을 새우는 사람도 있었다.

삼사일째부터는 사망자가 속출하기 시작했다. 때마침 비가 여러 날 계속 내려 토굴바닥이 논바닥같이 되었다. 3일을 그대로 있다 지상 건물로 옮겼는데 작은 방 여러 곳에 분산 수용되었고, 또 여러 토굴의 환자가 혼합 수용되었기 때문에 같이 예방주사를 맞은 사람이 얼마나 많이 죽었는지는 알 수 없었다.

지상 건물로 옮긴 날이 노동자의 명절이라고 하며 땅콩을 다섯 꼬투리씩 나누어주었던 것으로 보아 예방주사라고 놓아준 것이 4월 25일경이 아니었을까 생각한다.

휴광중인 탄광이어서 비어 있는 건물이 많았다. 창고, 극장, 병원병동, 광부의 주거용 건물 등 환자들은 병원으로 사용하던 건물을 중심으로 한 구역에 수용되었는데 그 수가 많은데 놀랐다. 천명도 더 될 것 같았다.

병원 건물의 서쪽은 병원 각 부서에서 사용하던 곳이고, 동쪽은 입원병동이었다. 서쪽은 텅 빈 마루방이 몇 개 그대로 있었고 포로병 환자들은 동쪽 입원병동이었던 곳에 수용되었는데 방이 20개 정도 되었던 것 같다. 이곳에는 환자들 중에서도 증상이 심한 중중 환자들이 수용되었다. 아홉 자 방, 즉 2.7미터 정방형 온돌방에 열두 명씩 밀어 넣었다. 6명씩 머리를 반대편에 두고 다리를 가운데로 모으고 끼어 누워야 했다.

나는 그 병동 제1호실에 들어갔던 것으로 기억한다. 들어간 그날 초저녁 한 사람이 죽었다. 부산 출신이라고 했다. 저녁식사 때 밀 삶은 것을 주었는데 정신이 있는 듯 없는 듯 반도 더 흘리며 숟가락질을 제대로 못하더니 한 시간도 안 되어 죽었다.

그런데 저녁식사 때부터 그의 몸에서 이가 전부 기어 나오고 있었다. 온몸에서 하얗게 기어 나오고 있었다. 이때 포로병들에게 이가 어찌나 많았던지 누군가가 포로병 한 사람이 갖고 있는 이가 소두 한 되씩은 될 것이라고 했다. 그 이가 전부 기어 나오고 있었다. 사람이 절명하기 훨씬 전부터 체온이 하강하는 것 같았다.

이가 그렇게 많아도 DDT 소독도 한 번 안 해 주었다. 이가 이렇게 많은데 DDT 소독도 안 해준다고 아우성이니까 한번은 DDT라고 신문지에 싼 분말을 한 토굴에 십여 봉지씩 던져 주었다. 하지만 그것은 DDT가 아니었다.

포로병 중 누가 "이게 DDT야? 아무 냄새도 안 나는데… 밀가루 아냐?… 어디 이가 죽나 보자……" 하며 이를 몇 마리 잡아 그 DDT라는 것에 같이 싸 두었다가 밤을 지나 아침에 보니까 이는 그대로 기어 다니고 있었다.

다음날 저녁 무렵 또 한 사람이 죽었다. 이렇게 한 방에서 거의 날마다 죽어 나갔다. 이 방 저 방에서 죽었다. 시체가 줄을 이어 들려 나갔다. 시체가 나가면 얼마 지나지 않아 다른 환자가 들어와 그 자리를 메웠다. 또한 식수 공급이 여의치 않아 목이 말라 죽기도 했다. 푸른 물결이 넘실거리는 대동강을 불과 1킬로미터 정도의 거리에 두고 포로병은 목이 말라 죽어야 했다.

그렇다고 대동강 물을 식수로 사용했던 것도 아니다. 일제 시 탄광 광주의 양어장이었다는 연못이 수용소 경내 한가운데 있었다. 300평가량 됨직 했다. 그 연못을 세면장으로도 사용하고 식수원으로도 상용했다. 위생문제 같은 것은 염두에도 없었다.

이때 물은 식사 후에만 한 컵씩 주었는데 작은 커피 잔 하나가 겨우 될까 할 정도였다. 그것도 의식이 혼미상태에 있어서 나가지 못하면 그 물마저도 얻어 마시지 못했다.

내가 두 번째 죽음의 대기소에 갔을 때였다. 저녁식사 후 "물 받아 가"해서 나가 물을 한 모금 얻어 마신 지 한 시간이 되었을까? 내게서 두어 사람 다음에 있던 사람이 애타게 물을 찾는다. 상태가 좀 나은 사람이 70여 명의 깡통 백 수십 개를 다 뒤져도 물이 없다. 그 적은 물을 그 자리에서 홀짝 다 마시지 남겨둘 사람이 있을 리 없었다. 보초에게 물을 뜨러 가게 해달라고 애걸해보지만 소용없었다.

국군 북진 시 미군이 주둔했었는지 불에 그을린 크고 작은 깡통이 많았다. 웬 것인지 가는 철사로 끈이 매여 있었다. 포로병들은 부식 또는 물그릇으로 사용하느라고 두어 개씩 다 갖고 있었다. 수용소 경내에서 이동할 때는 좌우 옆에다 차던가 들고 다니는 것이 영락없이 50년대 서울의 떼거지 모습 그대로였다. 그래서 환자가 물을 찾을 때 혹시 누가 깡통에 물을 보관해두지 않았을까 하는 생각에서 깡통이란 깡통은 다 뒤져보았던 것이다. 하지만 보관해둔 물은 한 방울도 없다. "무—울, 무—울." 환자는 물을 계속 찾는다. 하지만 물은 한 방울도 없

다. 누가 환자의 입에 손가락을 넣어보더니 입안이 불덩어리같이 뜨거
운 것이 습기가 하나도 없이 바짝 말라 있다고 했다. 물이 없다니까 환
자가 "오오주—ㅁ"한다. 오줌이라도 떠 넣어달라는 말이다. 그래도 오
줌을 떠 넣어주지는 못하고 다시 한 번 보초에게 애걸해보는 사이 환자
는 죽었다.

이런 상황에서도 김일성은 환자들에게까지 세뇌교육을 실시했다.
북한군 장교가 해묵은 신문을 들고 와서 되지도 않은 수작을 몇 시간씩
지껄여댔다. 북한군 여류비행사가 전투기를 몰고 가 인천지역을 폭격
했는데 불기둥이 십여 개나 하늘로 치솟았다는 둥 그런 수작이었다.

북한군 장교는 우리에게 와서는 모두 자기를 향해 앉으라고 했다.
앉아 있을 기력이 없는 사람은 자기를 향해 누워서 들으라고 했다. 의
식이 혼미한 사람은 자기를 향해 뉘어놓으라고 했다. 한 번은 그렇게
뉘어놓았던 사람이 죽었다. 옆에 있던 사람이 "죽었어"한다. "뭐가 죽
어?" "이 사람 죽었어"라고 모기소리로 말한다. 조금 전에 자기를 향해
뉘어놓으라고 했던 사람이 죽은 것을 보고 북한군 장교는 허둥지둥 신
문지 몇 장을 거두어 갖고 나갔다. 이 일을 계기로 환자들에게는 세뇌
교육이 중단되었다.

옆에서 사람이 목이 말라 죽는 것을 목격했던 나는 방 안 사람들의
목을 축여주어야겠다는 생각을 했다. 이 방에 의식이 온전한 사람은
나 하나다. 나 아니고는 죽어가는 사람들의 목을 축여줄 만한 사람이
없다. 같은 방에서 매일 한 사람씩 죽는 것을 보고 같은 방 사람만이라
도 목을 축여주어야겠다고 생각했다.

내가 한 사람의 생명을 구할 수는 없어도 목이 말라 죽는 고통을 조
금은 덜어줄 수 있으리라는 생각에서 같은 방 사람에게라도 목을 축여
주어야겠다는 생각을 했던 것이다. 그렇다고 내가 달리 물을 구해올
수는 없는 것이고 물을 나누어줄 때 조금이라도 더 얻어오고 그 물로

최대한 아껴가며 목을 축여줄 것밖에 없었다.

　방 안 열두 사람 중 물을 받으러 갈 수 있는 사람은 다섯이었다. 티프스는 회복되었으나 손도 못 대고 남기는 밥을 얻어먹기 위해 그 틈에 끼어 있는 소년이 하나 있었는데 그 소년과 나, 정신이 들락날락하는 사람 중에서 그래도 좀 나은 사람 셋이었다. 이때는 국·밥그릇으로 작은 알루미늄식기가 두 개씩 지급되어 있었다. 각자 한 손에 하나씩 두 개의 식기를 들고 가며 나는 첫 그릇은 그 자리에서 다 마시고 다시 두 그릇씩 나가지 못한 사람들의 몫으로 받아오자고 하며 물을 받으러 갔다.

　이렇게 받아온 열 그릇의 물을 깡통 하나에다 모았을 때 1.5리터가 겨우 될까 할 정도였다. 이 물이야 말로 방 안 열두 사람이 하룻밤을 살아갈 생명수다.

　나는 그 물을 내가 갖고 있으면서 환자들의 목을 축여주었다. 물을 찾을 때마다 군용 스푼으로 두 스푼씩 떠 넣어주었다. 의식이 말짱한 나는 어찌되었던 목이 말라 죽지는 않겠지 생각하며 두 번을 돌려 축여주고야 나는 한 스푼으로 목을 축였다.

　낮에는 그런 대로 괜찮은데 밤이 문제였다. 지상 건물로 옮긴 날부터 하루 두 때 주던 식사를 세 때에 나누어서 주었다. 그래서 물도 세 번을 주었다. 저녁 물을 주고 아침 물을 줄 때까지 그 물로는 많이 부족했지만 달리 방법이 없었다. 모두 열이 높은 환자들이어서인지 물을 유난히 자주 찾는 듯했다.

　딱히 목을 축여 주어서라고는 할 수 없겠지만 이틀동안 사망자가 없었다. 그러나 나는 이 일을 더 오래 할 수가 없었다. 의식만 평소의 내 의식 그대로일 뿐이지 나도 똑같은 환자였다. 열이 40도나 오르고 10여 일을 아무것도 먹지 못하고 있는 중환자였다. 겨우 사흘을 하고 나는 쓰러지기 직전까지 갔다. 좁은 방 안이지만 물통을 갖고 환자에게로 다가갈 수가 없었다. 만일 물통을 엎어 쏟아버리면 하룻저녁에 몇 사람이 목이 말라 죽을지 모른다. 할 수 없이 그 소년에게 좀 하라고 부탁을 했다. 이날부터 나도 물을 받으러 나가지 못했다. 일어서서 중심을 유지할 수 없었던 것이다.

이 지경이 되어 누워 있으면서도 정신은 말짱해서 비록 신음 속에 토막생각이지만 엉뚱한 생각도 했다.

어느 점술가는 나에게 열두 지옥의 고통을 다 받을 운명이라고 했다. '열두 지옥.' 염라대왕의 지옥은 많기도 하다. 염라대왕은 그래도 자비로운 분이다. 죄의 경중을 가려 차등처벌을 한다니 말이다. 염라대왕의 그 열두 지옥이 더 고통스러울까? 김일성의 이 지옥이 더 참혹할까? 아무래도 잔학성에 있어서는 염라대왕이 김일성을 못 따라갈 것이라는 생각도 했다.

그러다가 옆방은 어떨까, 좀 봐야겠다는 생각이 들었다. 그러나 몸을 가누고 설 수가 없었다. 문지방을 붙잡고 겨우 일어서서 등을 벽에 기대고 발을 조금씩 끌며 복도 양쪽 방을 몇 곳 들여다보았다. 표현력이 부족한 나는 그 참혹한 광경을 그대로 표현할 길이 없다. 그저 목불인견의 아수라장이라고나 할까.

내가 있는 1호실은 출입구에 연해 있어서 신선한 공기가 유입되어 그래도 나은 편이었다. 방 하나의 거리를 지났을 때 이곳 환경에 익숙해 있는 나에게도 악취가 코를 찔렀다. 의식이 혼미한 환자들이 그대로 누워서 배설한 것이 썩는 악취였다. 이질 환자가 있어서 배설을 자주 한 듯 배설물 썩은 액체가 질펀하게 고여 있는 방이 두 곳 있었다. 거기에 환자들이 그대로 누워 있었다. 눈도 뜨지 못하는 환자들이었다. 그들의 옷은 직물의 흡수력으로 함빡 젖어 있었다.

더욱이 이때 많은 환자들이 혈뇨를 보았다. 소변에 피가 섞여 나오는 것이 아니고 혈액에 소변이 조금 섞여 나오는 것 같았다. 소변을 볼 때면 통증이 그 부위를 저며내는 듯했다.

티프스 발병 이삼일 후 소변을 보려고 하는데 그 부위가 바늘로 무수히 찌르는 듯한 통증이다. 왜 이런가 하며 겨우 방뇨를 하는데 깜짝 놀랐다. 소변이 빨간 혈액 그대로다(성병으로 생각했던 것이다. 성 접촉의 경험이 없는데 성병이 왜 오나 생각했다).

얼마 후 내 옆에 20세가량의 친구가 구슬 같은 눈물을 흘리며 울고 있다. 왜 우느냐니까 "나는 죽을거야" 한다. "너만 죽냐? 여기 있는 사람들 다 죽는다." 하니까 "소변에 빨간 피가 나와" 한다. 그 친구의 그 말에 혈뇨가 성병으로 인한 것이 아니었구나 생각했다. "너만 나오냐? 나도 나온다." 하고 그 친구를 다소라도 안심시키려는 위로의 말을 했다. 그 후 하루 이틀 사이에 혈뇨 환자가 예상외로 많다는 것을 알았다. 이삼일 혈뇨를 보다 죽는 사람도 여럿 있었다. 건장해 보이던 사람도 그렇게 죽고 있었다. 혈뇨 환자가 전 포로의 70퍼센트는 되는 것 같았다.

나는 이때부터 혈뇨의 고통을 계속 받았다. 혈뇨는 멎었어도 괴롭고 거북함은 계속되었다. 4년을 진찰 한 번 받아보지 못하고 있다가 북한 탈출 후 춘천 야전병원에서 처음 소변검사를 하는 진찰을 받았다. 현미경 관찰을 한 군의관이 "염려 하지마. 잡균이야" 한다. 성병이 아니라는 말이다. 혈뇨 썩는 냄새는 인체 썩는 냄새와 별로 다르지 않을 것이다.

이런 일도 있었다. 사망자가 생겼는데도 모르고 그대로 있다가 옆방에 사망자가 생겨서 매장반 사람들이 왔다가 악취가 하도 고약하니까 옆방을 들여다보고 썩고 있는 시체를 확인하고 처리했다. 매장 반 사람들의 말이 사망한 지 삼사일은 되었을 것이라고 했다.

이 일이 있고서부터 아침마다 사망자 유무를 확인하는 사망자 확인반이 가동되었다. 아침마다 사망자를 확인하느라고 악취 때문에 건물 안으로 들어오지는 않고 창문밖에 와서 "○호실 사망자 없어? 옆 사람 좀 흔들어봐. 죽었나 안 죽었나 흔들어봐” 하고 새벽마다 정적을 깨는 그 소리는 마치 저승사자의 괴성과도 같이 들려왔다.

사경을 헤매면서도 토막생각은 끊어졌다 이어졌다 했다. 병실 몇 곳을 돌아볼 때 좀 어떠냐고 해도 반응이 있는 사람이 반이 안 되었다. ‘참혹, 처참.’ 그 어떤 말로도 그 끔찍한 광경을 표현할 길이 없다. 한동안 그 광경은 내 눈에서 떠나질 않았다.

그러다가 지금까지 이 지옥에서 얼마나 많은 포로병들이 죽어나갔을까, 또 앞으로 얼마나 많은 포로병들이 더 죽어나갈 것인가 하는 데까지 생각이 이르렀다.

이때 나는 “그렇다. 나는 알아야겠다. 얼마나 많은 포로병이 죽어나갔는지 나는 알아야겠다. 내가 죽더라도 알고 죽어야겠다. 자세히는 모르겠지만 대략이라도 알아야겠다. 내가 죽으면 염라대왕에게 김일성을 고발할 자료가 있어야겠고 만에 하나라도 내가 살아서 대한민국으로 돌아간다면 인류의 양심 앞에 증언할 자료가 있어야겠다”는 생각이었다. 그러나 몸을 가눌 수 없으니 마음뿐이지 어떻게 해볼 방법이 없었다.

거지 혼(魂)이 들었구나

두 달도 더 지나 7월 하순, 나는 나름대로 조사를 했다. 매장 반 사람에게 접근하여 몇 마디 이야기를 나누다 자연스럽게 물어보았다. 대략 하루 평균 몇 구의 시체를 매장했냐고 물어보았다. 그는 강원도 출신의 이윤성이라는 40대 후반의 민간인 포로였다. 그는 후일 나와 같이 강동군 인민위원회에서 강제노동을 했기에 지금도 이름을 기억하고 있다.

그는 매우 구체적인 수치를 말해주었다. 가장 적게 매장한 날이 5구의 시체를 매장하였고, 가장 많은 날은 13구의 시체를 매장했다고 했다.

1951년 4월부터 7월까지 4개월간을 포로의 희생이 가장 컸던 기간으로 보겠는데 하루 평균 7명씩 죽은 것으로 보면 4개월 간 122일에 854명이 죽은 것이다. 8월과 9월에도 사망자가 크게 감소하지 않았을 것이다. 전염병의 기세는 다소 수그러졌다고 해도 포로병들의 건강이 너무 악화되어 있었다. 각 작업반 사람들 외에는 최악의 상태에 있었다. 그 중에서도 상당수는 정상적인 치료를 받는다고 해도 회복을 기대하기 어려울 것 같았다. 8월과 9월, 61일을 하루 평균 4명씩 죽은 것으로 보면 244명이다.

854+244=1,098명

이것이 내가 있던 포로수용소에서 4월부터 9월까지 6개월 동안에 희생된 포로의 수를 산출해본 최소 추정치다. 엄청난 희생이다. 너무 엄청나 지나친 과장이 아닌가 의아해할지도 모르겠다.

그런데 나는 4월과 5월 두 달을 꼬박 죽음의 대기소에서 죽음 속에 묻혀서 죽음을 기다리며 헤아릴 수 없도록 숱한 죽음의 현장을 목격했고 매장반 이윤성 씨에게서 자세한 말을 들었고, 비록 의학의 지식은 없으나 포로의 건강상태를 주의 깊게 살펴보고 있었고, 11월부터 포로의 처우가 개선되기 시작하여 채소가 조금씩 공급되는 등 여러 가지 자료를 근거로 김일성 도당만이 알고 있을 실지 희생자 수에 가장 가까운 근사치를 산출해보려고 노력한 결과의 수치다. 추정이기에 가감차가 없을 수는 없겠으나 그 가감차가 그리 크지 않을 것으로 생각한다.

그러면 불과 6개월에 천명도 더 희생된 이 포로수용소의 규모가 어느 정도일까 하는 의문이 생기는 것은 당연했다. 나는 그 의문을 해소하기 위해 취사반 친구를 찾았다. 취사반 그 친구는 포로가 되어 끌려갈 때 쓰러지면 서로 부축을 해주며 끌려갔던 친구다. 그때 쓰러지면 부축을 해주어야 했으며, 스스로 일어나기는 어려웠고 그대로 두면 30분도 못 가 동사할 추위였다. 그래서 쓰러지면 서로 부축을 해 일으켜 주자고 약속을 했었다. 이런 사이였기에 스스럼없이 말할 수 있었다. 지금 이름은 생각나지 않고 '길씨' 성에 평북 출신이었다.

한 끼에 몇 명분의 취사를 하느냐의 내 물음에 그는 총원 1,800여명인데 취사는 2,000명분을 한다고 했다. 작업반 사람들은 더 먹어야 하기 때문에 여유 있게 한다고 했다. 또 그것이 그때의 취사 시설로 할 수 있는 최대 양이라고 했다. 그렇다면 이 수용소의 수용 상한선을 2,000명 정도로 보아야 할 것이다. 들고 나는 포로의 이동이 잦아서 수용 인원이 매우 유동적이긴 했지만 불과 6개월에 수용 상한선의 50퍼센트가 더 죽었다. 그 전부가 20대 청년이다.

이것은 학살이다. 자연사나 병사로 위장하기 위하여 죽지 않을 수 없도록 학대를 가함으로써 살해한 김일성의 계획된 대량 학살이라고 하지 않을 수 없다.

취사반 친구의 총원 1,800여 명이라는 말에 나는 다시 한 번 놀랐다. 사경을 헤매다 열이 겨우 내린 극히 초기 회복기에 들었다고 할 포로들을 창고 건물에 분리 수용했는데 90명 정도의 유엔군 포로까지 약 700명 정도였다. 100명 정도를 한 소대라고 했기 때문에 인원 파악은 어렵지 않았다.

1,800여 명에서 700여 명을 빼면 1,100명 정도다. 1,100명 정도가 아직도 죽음의 대기소에서 신음하고 있을 것으로 생각하니 놀라지 않을 수 없었다.

매장반 이윤성 씨와 이야기를 나누고 있을 때 하나의 사건이 있었다. 대수롭지 않은 일로 보아 넘길 수도 있겠으나 나는 분명히 하나의 사건이었다고 생각한다. 그것도 예사 사건이 아니었다고 생각한다.

이윤성 씨와 사망자에 관한 이야기를 하고 있는데 뒤에서 "가지!" 하는 말이 들려온다. 이윤성 씨가 "뭐야?" 한다. "미군 포로가 하나 죽었어" 라는 말이 들려왔다. 그 말에 돌아보니 둘이서 들것에 미군 포로의 시체를 들고 오고 있었다. "가지!"는 시체 매장을 위해 가자는 말이었다.

그 미군 포로의 시체를 보는 순간 나는 깜짝 놀랐다. 내가 알고 있는 미군 포로 '죠니'로 잘못 보았던 것이다. 죠니가 왜 죽었나? 몸이 많이 쇠약해지기는 했어도 그렇게 죽을 것 같지는 않았는데. 죠니가 왜 죽었나 하는 생각에 가까이 다가가 보니 죠니가 아니었다. 백짓장같이 창백한 모습이 죠니와 많이 닮아 있었다. 쌍태아라고 해도 곧이 듣겠구나 생각하는데 "뭐야?" 하는 소리가 또 들려온다. 그 소리 나는 쪽을 보니 소위 계급의 수용소 장교였다. 들것을 들고 온 사람이 "미군 포로가 하나 죽었습니다." 한다.

말없이 다가와 시체를 들여다보던 그 장교 녀석 "이 옷 벗겨!" 한다. 그 시체가 입고 있는 작업복이 꽤나 새것이었다. 그렇지 않아도 '작업복이 새것 같구나. 몇 달을 입었을 터인데 어떻게 저렇게 새것 같을까' 생각했다. 그런데 그 옷을 벗기란다.

시체에서 옷을 벗기라는 수용소 장교 놈의 말에 이윤성 씨가 "죽은 사람의 옷을 왜 벗기랍니까?" 한다. 그 장교 녀석 다시 "벗기라구" 한다. 그 말에 이윤성 씨가 또 "죽은 사람 그대로 입고 가라지 그것을 왜 벗기랍니까?" 한다. 그 장교 녀석 "벗기라면 벗기지 웬 잔 수작이야" 하고 불호령이다. 그 불호령에 이윤성 씨와 다른 한 사람이 또 다른 분노인 듯 떨리는 손으로 작업복을 벗겼다.

어찌된 일인지 그 미군 포로는 런닝을 입지 않고 있었다. 그 시체는 팬티만 입은 채 들것에 들려 나갔다. 나는 그 미군 포로의 가슴에 있는 명찰을 잘 보아두었지만 기억에 남아 있지 않다.

나는 시체에서 옷을 왜 벗겨 갈까, 시체에서 옷을 벗겨다 무엇에 쓸까 하고 풀리지 않는 의문 속에 내 자리로 돌아왔다.

그런데 나는 이삼일 전의 일이 생각났다. 아무래도 오늘의 일과 연관이 있을 것 같았다. 이삼일 전 화장실에서의 일이다. 화장실이라야 참호 파듯 길게 파고 통나무 몇 개 걸쳐놓고 가마니 뜬 것으로 대충 둘러막고 여럿이 앉아 용변을 보게 해놓았다.

그 화장실에서 미군 포로 한 사람과 국군 포로 한 사람의 일이다. 그 미군 포로는 나와 익숙한 사이였다. 그 미군 포로는 뉴욕주 출신으로 26세. 나와 동갑내기였다. 지금 이름은 기억나지 않는다. 동갑내기라는 친근감에서 멀리서도 서로 눈인사를 보내는 사이였다. 고향에서의 직업을 물었을 때 그저 오피스맨이라고만 했다. 180센티미터 정도의 키에 인상이 좋고 나이에 비해 점잖은 편이었다. 그는 점점 몸이 쇠약해지는 것이 화장실에서 만났을 때는 이 친구가 얼마 안 가 잘못되지나 않을까 하는 염려가 들 정도로 쇠약해 있었다. 그 친구는 모직물 군용 와이셔츠를 입고 있었다. 그리 낡지 않은 것이었다. 그의 옆에는 한국군 포로 한 사람이 같은 옷을 입고 있었다. 양쪽 팔꿈치에 크게 구멍이 뚫려 있는 것이 버려야 할 정도의 낡은 옷이었다. 또 그 한국군 포로는 165센티미터 정도의 작은 키였다.

그런데 그 미국 친구가 일을 보고 나서 한국군 포로에게 그 와이셔츠형 옷을 바꾸어 입자고 한다. 팔꿈치를 보여주고 옆에 서서 키를 비교하며 너무 낡고 작다고 해도 그런 것을 다 안다고 하며 그래도 바꾸어 입자고 한다. 몇 차례 실랑이를 하듯하다 결국 바꾸어 입었다. 미군 포로는 작은 옷을 억지로 입어서 찢어질 것 같았다. 그래도 그 미군 포로는 기운 없는 말로 "오케이, 오케이"하며 제자리로 돌아갔다.

그 미군 포로가 옷을 바꾸어 입고 가는 것을 보고 '이상하다. 왜 들어가지도 않는 옷을 바꾸어 입을까' 하고 의문이었는데 이날 시체에서 옷을 벗겨 가는 것을 보고는 이해가 가는 듯했다. 그 미군 포로도 시체에서 옷을 벗겨 가는 것을 보아 알고 있었고 '내가 죽어도 옷을 벗겨 가겠구나' 생각하고 있다가 한국군 포로가 걸레가 다 된 옷을 입고 있는 것을 보고 '내가 죽으면 공산군이 벗겨 갈 옷, 조금이라도 건강이 좋아 보이는 한국군 포로 너나 입어라' 하는 심정에서 바꾸어 입은 것이 아닐까 생각되었다. 그렇게 생각하니 그 미군 포로가 너무도 안쓰러웠다.

이 일이 있고 나서 1년도 더 지난 1952년 늦가을 이었다. 수용소에서의 그 일을 까맣게 잊고 있었는데 평양 동북부 근교에서 60대 할머니 한 분이 노상에서 깨끗이 세탁한 미군 중고 군복을 팔고 있는 것을 보았다. 많이 낡은 것도 있고 비교적 깨끗한 것도 있었다. 소위 '도꾸리' 라는 윗도리 니트 내의도 있었고 겨울 양말까지 20여 벌을 펼쳐놓고 있었다.

길가에 낡은 미제 군복이 널려 있는 것을 보는 순간 나는 포로수용소에서 포로의 시체에서 옷을 벗겨 가던 일이 떠올랐다. '아, 이것이었구나, 이럴려고 시체에서 옷을 벗겨 갔구나' 생각하며 좀더 자세히 알아야겠다는 생각에서 가격을 물어보았다. 도꾸리라는 윗도리 내의는 15,000원, 깨끗한 작업복은 7,000원, 많이 낡은 것은 1,500원, 양말 가격은 생각이 나지 않는다. 작업복의 색이 많이 바랜 것을 보고 옷이 너무 헐었다고 했더니 "그래도 미제가 돼서 질겨요" 하며 사갈 것을 권하고 있었다. 당시 쌀 소두 한 말에 1,200원 정도였으니까 가격도 만만한 가격이 아니었다.

1952년 초겨울 이었을 것이다. 내가 "자유를 주고 간섭하지 않을게 마음대로 하라"는 말로 내버려진 지 반 년쯤 자나서였다. 몸이 아파 죽어가면서도 노력을 해야 하는 원수 같은 삶을 살아오면서도 현지 주민들을 적지 않게 알게 되었다. 젊은 사람도 몇 있었지만 대부분 노인들이었고, 50대 부인들도 몇 분 있었다. 부인들 중에는 하나뿐인 아들이 국군을 따라 남하했다고 하며 가끔 들려서 이야기를 나누다 가는 분이 있었다. 한번은 그 부인이 역시 50대 초로 보이는 다른 부인과 같이 들려서 이런저런 이야기를 하다가 처음 온 부인이 나를 두고 "이 젊은이는 어떻게 군대에도 안 가고 이런 일을 하고 있어?" 라고 한다. 그 말에 먼저부터 오던 부인이 "이 사람은 군대에 안 가. 남조선 포로병이야" 한다. 그 말에 같이 온 부인이 화들짝 놀라 눈이 휘둥글 해지며 포로병이야? "아이 끔찍해 아이 징그러워" 하며 들어서는 안 될 말을 들었다는 양 거부반응이다.

그 부인에게 "포로병이 뭐가 그렇게 끔찍하고 징그럽습니까?" 했더니 "포로병들의 옷에 이가 어찌나 많은지 징그럽고 끔찍해서 볼 수가 없어서, 이와 서캐가 네댓 겹씩 발라놓은 것 같아서" 한다. 그런 것을 어떻게 보았느냐는 내 말에 그 부인은 자기의 집이 포로수용소에서 가까운 '이촌' 이라는 곳인데 거기에 수용소 장교들이 있었고 그 장교들이 포로병들의 옷을 세탁해 입혀야 한다고 하며 세탁을 의뢰해서 포로병들의 옷을 세탁을 해주었다는 것이다. 그런데 그 포로병들의 옷에는 이와 서캐가 끔찍하게 많은데, 이와 서캐가 하나도 없이 깨끗하게 세탁하라고 해서 혼이 났다는 말이었다.

포로의 시체에서 옷을 벗겨 가는 것을 보고 뭣 하려고 시체에서 옷을 벗겨 가나 했던 의문이 여기에서 완전히 해소 되었다.

포로수용소 장교가 시체에서 옷을 벗겨다가 주변 농촌 부녀자들에게 세탁을 시킨 다음 평양 근교 노파에게 의뢰해 노상에서 팔게 했던 것이다.

일국의 군 장교가 포로병의 시체에서 옷을 벗겨다가 팔아먹는다. 그래도 그 나라에서 제일 좋은 대우를 받는다는 군 장교가 말이다. '거지 혼이 들었구나' 생각했다. 이 거지 이야기는 다시 한 번 말할 기회가 있을 것이다.

B-29 미군 포로

죽지 않을 수 없도록 가혹한 학대, 그 학대가 얼마나 가혹했던가를 수치로 말하기는 어려울 것이다. 비교할 수밖에 없다. 김일성의 포로 학대는 히틀러보다도 몇 배나 더 가혹했다고 한다.

1951년 4월 12일 이른 아침 오키나와 기지를 이륙한 B29 50대의 대편대가 신의주 지역 상공에서 미그기의 공격을 받고 B29 2대가 격추되었다. 탑승원 22명 중 15명은 그 자리에서 전사하고 생존자 7명은 포로가 되었다.

그 7명이 내가 있는 곳으로 와서 나와 같이 식사를 타다 나누어 먹으며 밤에는 비좁은 틈에 끼어 껴안듯이 하고 자며 3일을 같이 있었다.

그 중 세 사람의 이름은 지금도 기억하고 있다. 27세의 죠지, 22세의 모리, 기관포 사수였다는 18세의 킹 등 세 사람이다. 이 중 모리와는 주소도 교환 했었다. 그 주소는 어디에 기록을 해둔 것도 아닌데 내 가슴에 각인이 되어 있는 듯 잊혀지지 않아 지금도 기억하고 있다.

Leonal L. Morree. 309 3No, St. Clinton Missouri U. S. A.라고 했던 것 같다. 스펠링이 맞는지 모르겠다.

이름이 기억나지 않는 사람 중 한 사람이 제 2차 대전 중 독일에서 2

년간 포로생활을 한 경험이 있다고 했다. 한국전선에서는 두 번째 출격했다 또다시 포로가 되었다고 했다.

언어가 통하지 않아 충분한 의사소통은 할 수가 없었고, 영어단어 몇자 아는 정도로 겨우 알아들은 것이 김일성이 히틀러보다도 더 나쁘다는 정도였다. 다음날 오전 정장의 북한군 중좌(중령)가 찾아와 미군 포로와 몇 마디 주고받다 언쟁으로 번졌다. 그 북한군 중좌는 영어를 매우 유창하게 구사하고 있었다. 조금 상기된 모습으로 다투는 듯하다가 북한군 중좌가 다소 위압적인 태도로 나오자 미군 포로는 그만 시무룩해지면서 입을 다물었다.

돌아갈 듯하던 북한군 중좌가 이번에는 우리 쪽을 향하며 "이 사람들, 말도 안 되는 말을 해. 우리가 포로 대우를 해주고 싶지 않아서 안 해주는 것이 아니야. 포로 대우를 해주고 싶어도 없어서 못해주는 거야. 지금 우리 공화국에는 아무것도 없어. 미군이 폭격을 너무 가혹하게 해서 다 파괴되고 아무것도 없어. 독일은 폭격을 더 많이 했다고 하지만 그게 말이 되냔 말이야. 우리 공화국은 탄생한 지 겨우 2년밖에 안 된 작은 나라야. 사람으로 말하면 두 살짜리 어린아이야. 그런 작은 나라를 미국같이 큰 나라가 무자비하게 짓밟아놓고 어떻게 우리를 히틀러보다도 몇 배나 더 나쁘다고 할 수 있어……"하며 무표정한 채 아무 반응도 없는 우리에게 장황하게 늘어놓다 돌아갔다.

이렇게 미군 포로는 김일성의 포로학대가 히틀러보다도 몇 배나 더 혹독하다고 항의를 했고, 그 항의의 말은 북한군 고급장교의 입을 통해 그 자리에서 우리에게 전달되었다.

히틀러도 식량난으로 포로에게 많은 굶주림의 고통을 강요했지만 잠자리만은 다리를 펴고 누울 수 있는 최소한의 공간을 제공했다고 한다. 그런데 김일성은 그 최소한의 공간마저 허용하지 않았다. 평소에는 별 관심 없이 지나왔던 최소한의 공간이 식량과 더불어 인간생존의 절대요소의 하나임을 나는 이때 통감했다. 만 명도 더 수용 할 지상 시설물이 비어 있었건만 아무런 표시도 하지 않고 폭격에 위험하다고만 하며 방공호라는 인공토굴에 밀집 수용했다. 그 수용밀도의 조밀함은 상상을 초월한다.

길이 16미터, 폭 4미터 – 이 수치는 정확하다. 북한군 장교가 병사와 같이 줄자를 갖고 와 토굴의 길이와 폭을 재고 그것을 평수로 환산하는데 계산을 못하기에 옆에 있던 내가 해주어 정확하게 기억하고 있다–의 토굴에 폭 50센티미터 가량의 통로를 길이로 내어놓고 드럼통 난로 두 개를 놓고 최대 163명까지 들어 앉아 있었다. 통로는 20센티미터 가량 깊이 팠기 때문에 앉을 수가 없었다. 통로와 난로가 차지한 면적 약 12평방미터를 뺀 약 52평방미터, 평수로 16평이 채 안 되는 면적에 163명까지 수용되어 있었다. 한 평에 10명이 조금 더 되는 인원이다. 엉덩이만 땅에 대고 무릎을 세워 벌리고 앉으면 그 무릎 사이에 끼어 앉곤 했다. 잘 때도 그대로 앉아서 자야 했다. 잠이 들어 자세가 흩어지면 하반신은 다른 사람의 상반신에 깔려 있곤 했다. 소변이라도 보려면 사람의 틈을 발끝으로 비집고 짚어야 했다. 어둠 속에서 급소를 밟히고 '아그그' 하는 비명이 밤마다 열 번도 더 들려왔다.

토굴에는 천정에 사방 30센티미터 정도의 환기를 겸한 채광창이 두 개 있고 좌우에 출입구가 있었다. 밤에는 한쪽 출입구와 환기통을 모두 폐쇄했다. 이러니 토굴 구석 쪽에서는 숨이 막힐 지경이라고 했다. 바닥에는 볏짚을 깔았는데 축축하게 젖어 있었다. 이런 곳에서 물도 변변히 못 마시며 두 달 가량 지났을 때 포로병들의 여위고 창백한 모습은 마치 유령과도 같았다. 이러한데다 그 무서운 전염병이 계속 휩쓸고 있었으니 포로병들은 추풍낙엽과도 같이 죽어 나갔다.

백골의 들판

　추풍낙엽과도 같이 죽어 나간 포로병들은 땅속 깊이 잠들지도 못했다. 나는 겨우 5분가량의 짧은 시간이지만 포로병들의 무덤을 살펴볼 기회가 있었다.

　그곳은 무덤이 널려 있는 묘역이라기보다는 그대로 백골의 들판이었다. 천 여 평은 됨직한 면적에 3분의 1 가까이 드러난 유골이 아무렇게나 빽빽하게 널려 있는 말 그대로의 백골의 들판이었다.

　내가 포로의 묘지를 본 것은 새로운 대피소로 옮기고 나서였다. 새로 옮기고 미처 화장실을 마련하지 못해 용변을 위해 산기슭 숲 뒤로 들어섰을 때 오솔길이 나 있고, 오솔길부터 위쪽은 완전 민둥산이었다. 처음에는 그저 그러려니 했는데 용변 중 풀포기 사이로 검은 회색빛의 유골이 여기저기 널려 있는 것이 보였다. 민둥산인 것이 포로의 묘지를 위해 베어낸 것 같았다. 그리고 그 지역은 이미 포화상태가 되어 새로운 매장지를 마련한 것 같았다. 냄새도 없었고 파리도 보이지 않았다. 완전 부식한 지가 한참 되었다는 증거다. 소변을 보려다 큰일을 보는 척하고 살펴보고 있는데 경비병의 "뭘 보는 거야?" 하는 호통소리에 쫓겨 그 자리를 떠나야 했다.

　이 묘지를 보기 거의 두 달 전쯤 파리 떼가 구름같이 퍼지며 그림자를 드리우는 것을 보고 웬 파리가 이렇게도 많은가 하고 의아해 했는데 그것이 포로병들의 무덤에서 생겼던 것을 알 수 있었다.

유골이 그렇게 노출상태에 있는 것은 감독을 소홀히 한 김일성도 탓해야겠지만 그보다도 매장을 담당했던 포로병들을 나무라야겠다. 적은 인원으로 많은 시체를 매장하려니 힘도 들었겠지만 그래도 동료들의 시신인데 비가와도 흙이 흘러내려 유골이 드러나지 않을 정도는 묻어줄 것이지 오그작하니 파는 시늉만 하고 흙을 긁어모아 눈가림 매장을 해서 비에 흙이 흘러내려 그렇게 유골이 드러나 있있다. 더욱이 그들은 배불리 먹기 위해 자원해 매장 반으로 가지 않았던가.

소년 석초의 죽음

　파리 떼 말이 났으니 석초의 죽음을 말해야겠다. 내가 석초를 처음 본 것이 6월 초순이었을 것이다. 열이 내려 경환자 병동으로 옮긴 후였다.

　작업복 단추를 잠그지 않아 가슴과 배를 그대로 드러내고, 매지 않아 끈이 길게 늘어진 군화를 터덜터덜 끌며 돌아다니고 있었다. 이름은 석초, 나이는 열일곱 살. 성씨를 아는 사람은 아무도 없었다. 가까이에서 보니 때가 꾀죄죄하지만 눈물, 콧물 자국으로 해맑은 혈색에 귀티나 보이는 미남형 소년이었다.

　석초는 완전히 실성해 있었다. 누가 뭐라고 해도 대꾸하는 적이 없고 스스로도 말하지 않았다. 오직 한 마디 '어머니'만 찾았다. 터덜터덜 돌아다니다 갑자기 생각이 난 듯 "어머니" 한 마디였다. 온 수용소 경내를 다 돌아다니고 있었다. 총탄을 장전하고 총창까지 장착한 무장의 내동초도 석초가 돌아다니는 것은 그대로 두고 있었다.

　며칠이 지났을 때 석초는 맨발이었다. 그렇겠지 생각했다. 포로병의 군화는 북한군 병사들이 다 빼앗아 갔는데 석초의 것이라고 그대로 둘 리가 없겠지 생각했다. 북한군 병사들은 포로병의 군화를 유난히 탐내는 듯했다. 나도 실내화 같은 중국 헝겊 누비신발을 갖다놓고 내놓으라고 해서 벗어주었던 것이다.

포로병의 신발을 그렇게 빼앗아가는 것에는 어떤 계산이 깔려 있는 듯했다. 포로병의 소지품을 뺏는 것은 자본주의에 물드는 행위라고 꽤나 엄격히 금하고 있는 것 같은데 군화를 그렇게 거의 공개적으로 벗겨 가는 것으로 보아 포로병의 발을 묶어놓으려는 것이 아닌가 생각되었다. 만일 포로병이 탈출을 하려면 아무 곳이나 험악한 곳을 마구 다닐 수 있어야 할 터인데 튼튼한 신발을 뺏음으로써 그것을 사전에 막아보려는 것으로 생각되었다.

맨발의 석초는 실족하여 화상을 입었다. 한쪽 다리가 퉁퉁 부어 있었다. 다리를 절룩거리며 돌아다니다 생각이 난 듯 어머니를 찾고 있었다. 마음 내키는 대로 어머니를 한 번씩 찾는 듯했다.

석초가 화상을 입은 지 며칠이 지난 어느 날 밤이었다. 짙은 먹구름이 잔뜩 깔려 한 치 앞도 분간하기 어려운 칠야였다. 기상이 이러니 야간항공기가 뜨지 못해 죽은 듯이 고요했다. 이날따라 가끔 들려오던 두견의 소리도 잠잠했다. 암흑의 정적은 병약한 포로병들에게 더욱 불안을 안겨주는 듯했다. 이렇게 불안이 가슴 깊이 밀려들고 있을 때 "어머니" 하는 큰 소리가 들려 온다 석초의 절규다. 있는 힘을 다해 토해내는 절규다. 단 한 마디 부르짖고는 조용하다. 그러나 피를 토해내는 듯한 그 부르짖음은 내 가슴속으로 계속 밀려들고 있었다. 방 안의 누군가가 "저너무아 또 어머닐 찾는구나" 하고는 깊은 한숨을 길게 토해낸다. 그날 밤 나는 밤을 그대로 밝혔다.

이 일이 있은 이삼일 후 석양이 가까워 올 무렵 몸은 괴롭고, 답답함을 달래볼까 하는 생각에 마당에 내려서서 몇 발 옮겼을 때 옆 건물을 향해 포로병들이 울타리 치듯 주르르 둘러서 있는 것이 보였다. 무슨 일인가 하여 나도 다가가 어깨너머로 바라보았다. 옆 건물에 기대어 시커멓고 커다란 물체가 놓여 있다. 저것이 뭐냐고 하니까 누군가가 석초라고 한다. "석초가"? 하고 놀라는데 그는 파리가 너무 많이 붙어서 그렇다고 한다. 파리 위에 파리가 앉고 또 앉고 수십 겹을 앉았는지를 모른단다. 그래서 석초의 형태를 알아볼 수 없이 두루 뭉실 물체가되어 있었다. 그 파리를 다 쓸어 담는다면 우리네 80킬로그램의 정부미 마대로 하나는 되고도 남을 것 같았다. 그런 석초를 바라보며 이상스레 쓰라림같이 가슴을 쓸어 내리는 듯한 비감한 생각에 잠겼는데 석초가 약간 꿈틀한다. 동시에 '왕' 소리와 함께 파리 떼가 하늘로 솟아오르고 구름같이 퍼지며 땅에 그림자를 드리운다.

조금 꿈틀한 순간 석초는 숨을 거둔 것 같았다. 얼마 후 석초는 매장반 사람들의 들것에 들려 나갔다. 귀공자다워 보이던 소년 석초는 그렇게 죽었다.

꿈속 부자상봉

　내가 죽음에 가장 가까이 접근했던 것이 그 예방주사라는 것을 맞고 서있던 것 같다. 한 발은 이승에, 한 발은 저승에 걸쳐 있으면서 때로는 저승으로 때로는 이승으로 기울어지곤 했던 것 같다.

　나는 열네 살 때에 아버지가 세상을 뜨셨다. 십여 년이 지나도록 꿈에도 한 번 못 뵈어 한스럽기까지 했는데 이때에 아버지를 한 번 뵈었다.

　어딘지 황량한 들판 한가운데 다 무너져 가는 오막살이 하나, 그 앞에 조그만 건초더미 같은 데에 기대어 신음하며 해바라기를 하고 있는데 뚜거덕 뚜거덕 소리가 들린다. 눈을 뜨고 보니 여남은 발자국 앞에 사람 키의 반 조금 더 됨직한 언덕이고 그 언덕가에 오솔길이 나 있다. 그 오솔길 저만치에 한 사람이 말을 타고 천천히 오고 있다. 점점 가까워지는데 아버지였다. 아버지인 것을 알아보고도 나는 별로 반가운 생각도 없이 그저 '아버지가 오시는구나' 생각하며 보고만 있었다. 아버지는 가까운 거리까지 오셔서 말을 멈추고 신음하고 있는 나를 마상에서 가만히 보고만 계신다. 짙은 밤색 말은 윤이 나도록 살이 쪘고 아버지는 평소에 입으시던 외출용 회색 세루(직물명) 두루마기에 수달피 방한모를 쓰셨다.

　그런 모습의 아버지를 나는 그저 바라보고만 있었다. 한참을 그렇게 계시던 아버지가 가시려고 말머리를 돌리신다. 가만히 보고만 있던 나는 이때에야 비로소 말씀을 드렸다. "아버지, 저도 가겠습니다." 하고. 나도 따라가겠다는 말이 아버지에게는 다소 의외이신 듯 "너도 가겠어?" 하시며 다시 나를 가만히 보고 계시다가 "너는 안 되겠다. 여기 더 있거라" 하신다. 아버지의 '너는 여기 더 있거라' 하시는 말씀에도 나는 별로 서운한 생각도 없이 '아버지가 안된다 하시니 할 수 없지' 하고 따라갈 것을 단념하고 보고만 있는데 아버지는 천천히 사라지셨다.

이것이 십여 년 만에 부자상봉의 전부였다. 이것이 꿈이었는지 잠시 의식이 혼미상태에 있었는지 나는 모른다. 의식을 회복했을 때는 땀을 많이 흘려 옷이 화락하니 젖어 있었고 열이 다소 내린 듯 기분도 좀 나아져 있었다. 나는 이 후에도 한 달 넘게 40도가 더 될 고열에 시달리며 사경을 헤매야 했다. 이렇게 사경을 헤매면서도 나는 의식이 평소의 내 의식 그대로였기에 지금도 그때의 일을 생생하게 기억하고 있다.

굶주림의 고통

사경을 헤맨 지 한 달도 더 지난 5월 말인지 6월 초인지 열이 좀 내리고 기분이 조금 가벼워진 것 같아 경환자실로 옮겨줄 것을 요청했다. 이때는 환자 아닌 포로병 한 사람이 배치되어 그 병동에 들고 나는 사람을 체크하고 있었다. 그는 옮겨달라는 내 말에 반색을 하며 "좀 낫습니까? 조금이라도 나았으면 옮기세요. 여기 있으면 죽을 것밖에 없습니다." 하며 그 자리에서 옮겨주었다.

그 병동에서 이때까지 살아서 나온 사람이 몇 사람이나 되는지는 알 수 없으나 내가 있던 1호실에서는 내가 살아서 나온 제1호였다.

이때의 내 몸은 문자 그대로 피골이 상접해 있었다. 겨우 일어서면 비틀거리다 쓰러지고 머리칼은 한 올도 없이 다 빠졌고 팔과 다리에는 시들시들한 피부가 축 늘어져 있었다. 몸을 가늠해볼 길이 없어 발목을 손으로 꽉 쥐어보니 엄지와 장지의 손톱이 완전히 겹쳐서 쥐어졌다. 앉으나 누우나 그저 괴롭기만 했다.

김일성 도당의 처사는 이해할 수 없는 일이 많았다. 대부분 의식이 혼미상태인 중환자는 한 방에 열두 명씩 밀어 넣고 열이 내리고 의식이 회복된 환자들은 같은 크기의 방에 일곱 명씩 수용했다. 광부들이 거주하던 주거용 건물이어서 마루도 있고 주방도 있었다. 주방 아궁이에는 불도 지필 수 있었다. 몸의 상태가 좀 나은 사람들이 있어서 불을 때고 있었다. 몸이 너무 쇠약해서인지 6월인데도 아궁이에 불을 넣어 두는 것이 좋았다. 무연탄의 질이 어찌나 좋은지 물에 적셔서 아궁이에 떠 넣으면 파란 불꽃이 한 뼘씩이나 올라오며 잘 탔다. 또 하루 30~40분씩 수도에 물도 공급되고 있었다. 4~5일 전부터 물이 그렇게라도 나온다고 했다. 고도 20미터 정도에 불과하지만 중환자 병동에는 물이 안 나오는데 여기에는 그렇게라도 물이 공급되고 있었다.

경환자 병동으로 옮긴 얼마 후부터 배가 고프기 시작했다. 구미가 회복되며 배고픔의 고통은 그만큼 더해갔다. 정말 견디기 어려웠다.

한동에 최고 열두 가구가 거주할 수 있는 단층 건물이 구릉을 끼고 길게 몇 줄로 늘어서 있었다. 내가 들어갔던 건물은 맨 앞줄이었는데 건물에서 15미터 가량 거리를 두고 철조망이 쳐져 있었다. 철조망과 건물 사이는 깨끗한 흙마당이었다. 파릇한 풀 하나 없었다. 배고픈 포로병들이 다 뜯어 먹어서였다. 뿌리까지 캐먹어서였다.

뿌리까지 캐먹은 마당을 눈이 뚫어지게 들여다보며 새싹이 나오기를 기다리는 사람도 있었다. 밤새 소변을 식기에다 모았다가 새벽녘에 마당에 뿌려주고 해가 중천에 오를 무렵 다시 나와 마당을 들여다보며 새벽에 소변을 뿌려주었는데도 풀이 나오지 않았다고 자랄 줄 모르는 풀이라고 풀을 원망하는 사람도 있었다. 풀이 한 시간에도 몇십 센티미터씩 쑥쑥 자라기를 바라는 심정이었다. 철조망 밖에 무성한 풀을 침을 삼키며 바라볼 뿐이었다.

그때 내가 있던 방에 강원도 영월 출신 김기철이라는 사람이 있었다. 그는 어려서부터 위가 약해 고통을 받아왔다고 했다. 위가 약한 데는 사철쑥이 좋다고 사철쑥을 끓여먹고 있었다. 사철쑥은 구릉 소나무 밑 여기저기에 많이 자생하고 있었다.

김기철 씨는 나에게도 그 쑥물을 먹어보라고 했다. 쓰기는 해도 배고픔이 좀 나은 듯하니 먹어보라는 말이었다. 배고픔이 나은 것 같다는 말에 한 사발 가량 마셨더니 정말 배고픔이 덜한 것 같았다. 그래서 쑥물을 매일 마셨다. 둘이서 쑥을 뜯어다가 큰 깡통에 끓여놓고 마음대로 마셨다. 20일 가량을 매일 그렇게 마셨다. 쑥물은 써서 훔쳐 먹는 사람도 없었다.

이때 그 쑥물은 나의 건강회복에 큰 도움이 되었던 것 같다. 극도로 쇠약한 몸에 다른 음식물도 별로 들어가는 것이 없는데 쑥물은 위장의 소화력을 강화하는 강장의 역할을 충분히 했던 것 같다. 단순히 배가 고파서 먹었지 다른 효과는 생각지도 않았는데 약효를 톡톡히 보았던 것 같다.

또 이 쑥물은 그때만이 아니고 평생을 두고 나의 건강에 도움이 된 것 같다. 소화기관이 튼튼해져 음식물 소화를 잘함으로써 건강회복에 도움이 컸던 것 같다. 치료를 한 번도 받지 못했음에도 폐결핵이 회복된 것도 내가 음식물을 잘 소화하여 최대한 흡수함으로써 투병에 도움이 된 것이 아닌가 생각한다.

아침저녁 두 때 주던 식사를 5월부터 세 때에 나누어 공급했다. 한 때의 양이 옥수수 300알 정도였다. 옥수수, 수수, 밀기타 잡곡을 3일씩 엇갈려 주었다. 옥수수는 그런 대로 괜찮았지만 수수나 밀은 별로 흡수되는 것 같지 않았다. 수수는 전부 찰수수인데 취사량이 많아서인지 밑부분은 숯덩어리같이 타고 윗부분은 생쌀 그대로여서 먹으면 설사로 그대로 배설되는 것 같았다. 채 불지도 않은 밀은 먹기 전이나 배설한 다음이나 별 차이가 없는 것 같았다. 그래서 누군가가 저것을 씻어서 다시 삶아먹으면 안 되냐고도 했다. 똥을 삶아먹자고 했던 것이다. 사실 그 배설물을 보고 저것을 어떻게 먹게 만들 수는 없을까 하는 생각을 안 해본 사람은 별로 없을 것이다.

주식은 그렇고 부식은 맹물 같은 화학 된장국 한 공기 외에 아무것도 없었다. 사람이 채소를 먹어야 하는데 채소라고는 된장국에 떠 있는 손가락 길이의 대파 잎 한 조각 아니면 두 조각이 전부였다. 여름철 채소가 많을 것 같은데 한 번도 공급해준 일이 없다.

된장국에는 때마다 꼬리가 길게 달린 새끼손가락 같은 구더기가 두세 마리씩 둥둥 떠 있었다. 그런데 그 구더기를 숟가락으로 떠서 그대로 버리는 사람은 별로 없었다. 숟가락에 같이 떠져 있는 된장국 몇 방울이 아까워서였다. 구더기 꼬리를 집어 들면 매달린 구더기 끝에 모인 한 방울의 된장국을 혀끝으로 쪽 빨아먹고야 버렸다. 이렇게 얼마를 지나자 영양실조로 몸이 붓기 시작했다. 손발이 붓고, 얼굴이 붓고, 팔다리가 붓고, 가슴·배의 순서로 부었다. 맨 마지막에 붓는 곳이 남성의 상징물이었다. 맨 마지막 곳은 몸이 너무 많이 부어 발자국을 옮겨놓기 어렵게 되어서야 붓기 시작했다.

평창 친구

　6월 하순 초였을 것이다. 중환자 병동 1호실에 같이 있던 사람을 만났다. 똑같은 행동을 되풀이 하며 밤을 새우던 사람이다. 1호실에서 살아서 나온 두 번째 사람 같았다. 몹시 반가웠다. 그 방에서 살아서 나온 사람이 또 있다는 것이 신기할 정도로 반가웠다. 그 후에는 그 방에서 살아서 나온 사람을 다시 보지 못했다. 한 달을 한 방에서 같이 지냈는데도 그는 나를 알아보지 못하였다. 한 달 여를 실성상태로 있었던 것이다.

　중환자 병동과 광부의 주거 건물은 창문이 이중창이었다. 유리를 낀 외부의 유리창과 종이를 바른 내부의 장지창이었다. 안팎의 창 사이가 거의 40센티미터는 될 것 같았다.

　내부의 장지창 두 짝을 중간에 모아놓고 왼쪽으로 올라가서 오른쪽으로 내려오고 오른쪽으로 올라가서 왼쪽으로 내려오는 것을 초저녁부터 동쪽이 훤해 올 때까지 계속했다. 낮에는 잠을 자고 밤에는 매일 그랬다. 나는 그 사람이 그렇게 문지방을 오르내리다 의식이 혼미상태인 다른 사람의 목을 밟아 죽일까봐 자라고 하며 뉘어주기도 하고 물도 떠 넣어주고 식사 때는 식사를 챙겨주기도 했다. 그는 그렇게 밤을 새우고 새벽에는 어디론가 사라질 때가 많았다. 한번은 소년을 시켜 찾아왔는데 구릉 소나무 밑에 누워 있었단다. 손목을 잡혀 끌려오면서

“저녁 먹고 마실 좀 나갔는데 왜 이리 야단이야” 하고 있었다. 자기 고향집에 그대로 있는 것으로 생각하는 것 같았다.

이렇게 실성상태에 있었으니까 나를 알아보지 못했던 것이다. “아무리 그렇더라도 한 방에서 한 달이나 같이 지내며 도와주었다면 많이 도와주었다고 하겠는데 그렇게도 생각이 안 나느냐”는 내 말에 한참을 생각하는 듯하더니 갑자기 달려들며 나의 두 어깨를 꽉 잡고 통곡을 하듯 울음을 터뜨린다. 복받쳐 오르는 감정을 억제하지 못해 어깨를 들먹이며 큰소리로 엉엉 울었다. 그의 갑작스런 행동에 놀라 왜 그러느냐는 말도 들리지 않는 듯 계속 울었다. 한참을 그렇게 울고 나서야 “형씨는 내 생명의 은인입니다. 꼭 죽었을 것을 형씨의 도움으로 살아났습니다…….” 꼭 죽었을 것을 누군가가 많이 도와주어서 살아났다는 생각은 희미하게 나는데 도와준 사람이 누구인지 생각나지 않아 답답했는데 내 말을 자세히 듣고 나니 생각난다고 하고는 “다 같은 처지에 있으면서 어떻게 나를 그렇게 도와주었소?” 하면서 앞으로는 형제같이 지내자고 하며 주소, 성명도 다 말해주었는데 지금은 강원도 평창이라고 한 것만 기억에 남아 있다.

6 · 25 1주년

1951년 6월 25일, 6·25 1주년이다. 6·25 글자마저 한스런 날이다. 이 날 수용소 경내에 네이팜탄으로 짐작되는 폭탄이 하나 투하되었다. 투하 지점이 멀었고 한 길이 넘도록 잡초가 우거져 있었고 주위에 아무것도 없었기에 피해는 없었다.

전폭기 조종사가 지나는 길에 장난삼아 한 개 던져본 것이 아닌가 하는 인상을 받았다. 전폭기가 폭격을 하려면 급강하를 하며 기총소사를 하고 지면에 어느 정도 접근하여 폭탄을 투하하는데 이때는 편대도 흩어지지 않고 남쪽으로 수평 비행을 하며 폭탄 한 개만을 투하했다.

김일성 도당은 이 일을 구실로 폭격이 위험하다고 하며 경환자실로 온 지 조금 오래된 사람은 다 끌고 나와 창고 건물에 수용했다. 창고 건물은 규모가 상당히 컸다. 한쪽에 작게 칸이 막혔는데 거기에는 90여 명의 유엔군 포로가 수용되고 넓은 곳에는 한국군 포로가 수용되었다. 여기서는 가마니 뜬 것을 한 장씩 주면서 이제부터는 편안히 있을 것이라고 했다. 최소한의 공간을 보장한다는 말이었다. 밤을 여기서 보내고 낮에는 대피소로 간다고 하며 산기슭 숲 속으로 가서 시간을 보냈다. 숲이라야 팔뚝 정도의 잡목인데 깔고 앉기도 하고 더워서 부채 대신 사용하느라고 가지를 꺾어서 10여 일에 한 번씩 장소를 옮겨야 했다.

창고 건물로 와서는 분대니 소대니 하며 조직을 했는데 인원파악을 위해서이지 달리 목적이 있었던 것 같지는 않았다. 대피소라고 숲으로 가서는 분대별로 앉을 자리를 지정해주었는데 공교롭게도 나는 미군 포로와 어깨가 닿을 정도로 근접해 앉게 되었다. 영어를 열의 한 마디도 모르지만 미군 포로들은 모든 것이 생소하니까 자꾸만 나에게 말을 걸어왔다. 그래서 몇 사람과는 매우 가깝게 지냈다. 그 중에서도 안주 전투에서 포로가 되었다는 미군 포로 죠니(LA 출신, 19세)는 탈출을 하려면 자기도 데려가 달라고 할 정도로 가깝게 지냈다. 탈출 행위에 나서려면 하루 40킬로미터는 걸을 수 있어야 할터인데 네가 40킬로미터를 걸을 수 있겠냐고 했더니 그 자리에서 일어서서 깡충깡충 제자리 뛰기를 해보이며 60킬로미터는 무난하다고 한다. 그 모습을 보고 나는 "아직 마음은 살아 있구나 내 보기에는 하루 15킬로미터 행군도 어려울 것 같은데⋯⋯." 하는 생각이 들었다.

다른 한 사람은 앞서 말한 뉴욕주 출신으로 키가 작은 한국군 포로와 군용 와이셔츠를 바꾸어 입은 사람이다.

또 한 사람은 아일랜드 출신 영국군 포로였는데 그는 나에게 "헤이 해브 유 익모초?" 하며 가끔 익모초 말린 것을 얻자고 했다. 이때 담배가 없으니까 작업 나갔다 익모초를 뜯어 갖고 와 말려서 담배 대신 피우는 사람이 많았는데 그것을 좀 얻자는 말이었다. 나는 담배를 피우면 피우고, 안 피우면 안 피우고 하는 정도여서 별 고통을 몰랐는데 담배를 좋아하는 사람은 그렇지도 않은 것 같았다. 그 아일랜드 친구도 익모초 말린 것을 조금 얻어주면 희색이 만면해지곤 했다.

그 친구와 무슨 말을 하다가 "우리나라는 36년이나 일본의 지배를 받았다"고 했더니 그 친구는 36년은 그리 긴 시간이 아니라고 하고는 아일랜드는 700년 만에야 자유를 찾았다고 하고는 히죽이 웃고 있었다.

이렇게 외국군 포로와 이야기를 나누는 것이 김일성 도당에게는 많이 못마땅했던 것 같다. 하루는 "동무는 미군 포로와 놀기 좋아하지? 경고하는데 다시 미군 포로와 말을 하면 처벌하겠어" 하며 2미터 가량 공간을 두고 앉게 하고는 중간에 새끼줄을 늘여놓고 그것을 범하지 말라고 했다.

숙소인 창고 건물에서 대피소인 산기슭까지의 거리는 300미터 가량 되었는데 아침저녁 왕복하는 것이 너무 힘들었다. 마치 껍진이에 달라 붙은 곤충의 발과 같이 발길이 떨어지질 않았다. 이렇게 억지로 끌려 다니니까 배는 더 고픈 것 같았다. 모두가 게걸병이 걸린 것 같았다. 눈에는 먹을 것만 보이는 것 같았다. 길가의 돌을 떡이 아닌가 하고 들여다볼 정도였다. 이런 형편이니 돌과 흙말고는 무엇이나 다 입으로 들어갔다. 길가의 잡초가 수난을 당한 것이다. 아카시아 잎을 비롯해한 길이 더 자라 씨가 까맣게 된 잡초 줄기를 잡고 지나가면 흩터지는 것은 다 입으로 들어갔다. 이러는 포로병들을 보고 수용소 경비병들은 "포로병들은 못 먹는 것이 없다"고 하며 무슨 신기한 동물이라도 보는 듯 깔깔대고 있었다.

배고프기는 외국군 포로도 한 가지였다. 미군 포로 죠니는 어디서 얻었는지 조금 큰 도토리알 같은 된장 덩어리 두 개를 갖고 공깃돌 놀리듯하며 한국군 포로들이 있는 곳에 와서 "아이 해브 뻰 쏘스 체인지 하드 라이스"를 연발하며 떠들어도 밥을 바꾸어주는 사람이 없자 어깨가 늘어져 돌아갔다. 흑인 포로 한 사람은 웬 것인지 기다란 옥수숫대를 갖고 와 하루 종일 씹고 있었다.

이렇게 아무것이나 먹고 무사할 수가 없었다. 배까지 붓기 시작하던 몸이 더욱 급속히 부어오르는 사람이 많았다. 풀독이 난다고 했다. 너무 부어 눈도 코도 분간하기 어려웠다. 맥주병만큼이나 커져 있는 남성의 상징물은 보기에도 끔찍했다. 이렇게 부은 사람이 20여 명이었고, 곧 그렇게 될 것 같은 사람이 백 명도 더 될 것 같았다. 앞서 정상적인 치료를 받는다고 해도 회복을 기대하기 어려울 것 같다고 한 것이 이런 사람들을 두고 한 말이었다. 몸이 너무 무거워 발자국을 떼어놓기 힘들어하는 이런 사람들까지 아침저녁 끌고 다녔다.

그런데 많은 사람들이 이렇게 더 많이 부어오르는데 나는 배까지 부어오르기 시작하던 몸이 어찌된 일인지 부기가 빠지기 시작했다. 얼마를 지나서는 부기가 다 빠졌다. 김기철 씨도 그랬다.

이렇게 부기가 빠지는 것을 두고 처음에는 어찌된 일인지 이상하다고만 생각했는데 가만히 생각하니 그것이 쑥물 덕이 아니었던가 생각되었다. 20여 일이나 끓인 쑥물로 배를 채우는 동안 위장의 소화력이 회복되어 뜯어먹은 잡초에서 어느 정도 영양이 섭취되어 부기가 빠진 것이 아닌가 하는 생각이다. 이것으로 보아 하루 포로병 한 사람에게 풋배추잎 세 잎씩만 공급해주었어도 포로의 희생이 그렇게까지 크지는 않았을 것으로 생각한다.

몸이 너무 부은 사람은 너무 부어서 끔찍하고 붓지 않은 사람은 너무 말라서 끔찍했다. 살아 있는 사람이기보다 움직이는 해골이라는 말이 더 직질한 표현일 것 같았다. 그때의 우리의 모습이 어찌나 참혹했던가는 다음의 일이 극명하게 말해준다고 하겠다.

북한군 대좌 일행

7월 말이 다 되어 올 무렵이었을 것이다. 날씨가 화창했다. 그 날도 아침식사 후 대피소로 간다고 산기슭으로 가 앉아 있는데 수용소 관리장교 한 사람이 와서 "이 줄 나와!" 하고 내가 앉아 있는 줄을 나오라고 했다. 20명가량이 나갔다. 다음은 유엔군 포로에게로 가서 미군 포로 흑인 백인 함께 20명 정도를 나오라고 했다. 그러고는 한국군 포로와 한 사람씩 엇갈려 끼어 앉으라고 했다. 무슨 일인가 하고 의아해하면서도 하라는 대로 할 수밖에 없었다. 그러고는 볏짚을 갖고 와서 조금씩 나누어준다. 더욱 의아해하며 뭐 하느냐니까 일하는 척 시늉만 하고 있으면 된다고 했다. 왜 이러나 하며 있는데 조금 후 정장을 한 북한군 대좌가 수행원인 듯한 두 사람과 수용소장이 같이 나타났다. 수행원인 듯한 사람들은 각기 카메라를 들고 있었다.

이들을 보고 나는 '홍보물을 만들려고 사진을 찍으러 왔구나' 생각하며 '그래 너희 손으로 사진을 찍어다 이 참상을 너희가 전 세계에 알려라. 어서 사진을 찍어라. 백 장이고 2백 장이고 많이 찍어라. 어렵지만 포즈는 얼마든지 취해주마' 하고 사진 찍기를 기다렸으나 사진은 찍지 않았다.

우리들 포로병을 보는 순간 대좌 일행의 낯빛이 변하고 심각해진 표정으로 우리들을 바라보다가 표정이 일그러지며 우거지상이 되더니 사진은 찍을 생각도 않고 그대로 돌아갔다. 김일성 도당조차 우리들의 그 참혹한 모습을 차마 카메라에 담을 수가 없었던 것 같다. 이 무렵 포로병들이 건강하게 있는 모습을 실은 김일성의 홍보물이 있었다면 그 것은 새빨간 거짓이다.

강동군 인민위원회에서의 우리는 전쟁포로라기보다 전쟁노예라는 말이 적절할 듯하다. 쇠사슬에 묶이지만 않
을 뿐이지 그것은 분명 노예였다.

전쟁노예

휴전회담이 개최되지 않았으면 포로는 전멸당했을지도 모른다. 휴전회담이 개최된다고 알려준 것이 7월 초순으로 기억되는데 그 날 돼지를 잡아준다고 했다. 오랜만에 돼지고기 맛을 볼까 기대했지만 그저 기대에 그치고 말았다. 성돈을 구하지 못해 40근 짜리 새끼 돼지를 잡았다는데 수용소 장교식당으로 얼마를 보내고 나머지는 삶아서 각 작업반 사람들이 다 먹고 정작 먹어야 할 포로병들에게는 비칠것이 없었던 것이다. 하지만 그것이 상징하는 의미는 컸다고 하겠다. 포로 대우의 획기적인 개선을 기대해도 될 것으로 보였기 때문이다.

그러나 김일성은 포로의 처우개선보다는 먼저 많은 포로를 억류해 둘 것부터 계획하고 있었을 줄이야 꿈엔들 생각했으랴.

포로의 억류는 두 가지로 분류해보아야 할 것이다. 하나는 휴전회담 개최 직후인 1951년 8월부터 석방이라는 미명하에 끌려나와 북한 각처에 분산 배치되어 강제노동에 투입된 것이고 다른 하나는 휴전이 성립되어 포로 교환이 끝날때까지 수용소에 그대로 수용해두었다가 건설대대라는 이름으로 끌려나가 파괴된 시설복구에 투입된 포로일 것이다.

나는 8월 중순 그 포로수용소를 떠났기 때문에 개선된 포로 대우는 받아보지 못했다. 자세한 말만 들었다. 포로 대우의 개선은 그로부터 4

개월이 지난 51년 11월부터라고 했다. 11월부터는 식량이 600그램 정량이 공급되고 양은 부족해도 채소도 공급되고 동물성 단백질은 다음 해인 1952년 3월부터 조금씩 공급되기 시작했다고 했다. 그러니까 나와 같이 포로가 되었던 사람들은 아홉 달 만에야 채소 맛을 보았고 동물성 단백질은 13개월 만에야 먹어보았던 것이다.

나는 이 말을 1952년 가을에 수용소에서도 알고 있던 밀양 출신 양만식이라는 사람에게서 들었다. 그는 우차를 갖고 무엇을 실러 승호리로 나왔다고 했다. 남북 쌍방이 교환한 포로 명부에 자기 이름이 올라 있으니까 탈주의 우려가 없고 폭격이 위험하니까 혼자 갖다 오라고 해서 혼자 나왔다고 했다. 그와 길가에서 한참 동안 자세한 이야기를 나누었다.

포로를 석방이라는 말로 북한 각지에 분산 배치한 것은 매우 서둘렀던 것 같다. 서둘러 포로수용소에 수용되어 있는 인원을 줄여서 휴전회담을 하는 동안 혹시 있을지도 모를 국제적십자사와 같은 국제기구의 간섭이 있더라도 그 눈을 피하기 위해서였을 것이다. 그리고 끝까지 수용소에 수용되어 있다가 포로교환 종결시까지 송환되지 않은 포로들은 쌍방이 포로명부를 교환한 후에 포로가 된 전쟁 후기의 포로일 것으로 생각한다.

초기에 분산 배치된 포로들은 한 곳에 50명 선을 넘지 않았을 것으로 본다. 주로 농업 분야에 투입되었다가 휴전 후 광공업이 재가동되면서 재배치되었을 것으로 생각한다.

한곳에 50명 선이 넘지 않았을 것으로 보는 이유는 폭격이 심한 전시여서 많은 인력이 필요한 사업소도 별로 없었고 농촌에는 한 곳에 많은 인원이 필요하지 않았을 것이고, 그리고 만일을 생각해서 한 곳에 집단 배치하는 것은 피하지 않았을까 생각한다.

1951년 8월 초였다. "내가 남조선 빨갱이야" 하며 으스대던 대위 계급의 수용소 장교가 얄팍한 서류철을 들고 나타났다. 수용소 장교이 기는 한데 자주 오지는 않던 자다. 충북 음성 출신이라고 했다. 여기저 기 한번 살펴보고는 "○소대 이리 나와" 해서 내가 끼어 있던 한 무리 의 포로병이 불려 나갔다.

호명을 해 몇 사람을 분리한 다음 다시 호명해 인원을 확인한 후 "동 무들은 석방이야. 우리 공화국에서는 더 이상 동무들을 이렇게 수용해 둘 필요가 없다고 생각되어 석방하기로 한 것이야" 하고는 짤막한 말 을 몇 마디 더 하고 횡하니 가버린다. 석방을 하면 우리를 어떻게 할것 인지에 대해서는 한 마디도 없었다.

석방이라는 말에 우리들은 모두 어리둥절해할 뿐이었다. 너무도 고 통스러우니까 석방을 하면 우리를 어떻게 할 것이지, 어떻게 될 것인 지 우리끼리도 오가는 말이 별로 없었다. 앞날의 운명을 염려할 여력 이 없었던 것이다. 그저 '될 대로 되겠지' 하는 자포자기 상태였다.

며칠 후 이렇게 해서 끌려 나온 인원이 80여 명이었다. 두 갈래로 끌려나왔다. 평안남도 강동군 인민위원회로 끌려갔다. 거기서 한 무리 는 오리를 키우려고 준비를 시작한 오리농장으로 갔고, 또 한 무리는 시멘트공장으로 갔다. 나는 오리농장으로 갔는데 45명이었다. 시멘트 공장으로 간 인원이 몇 사람 적었다.

이때 끌려 나왔던 사람들 중 북한 탈출 후까지 기억하고 있던 사람 들의 기록이 있기에 여기에 그 이름을 공개한다.

박용래(충북 단양, 50대 중반, 1952년 7월 11일 피폭 사망), 이소식(단양, 40대 초반), 이용구(춘천), 이홍산(인천 영종도, 자칭 남로당원), 홍윤표, 이 윤성(강원, 40대 후반), 임연홍(40대), 민윤식(50대 초반), 김기철(영월 마차 리) 등 이상은 민간인 포로였다.

윤재원(당시 가명 김재경, 국군 제8사단 21연대 1대대 병기관 육군중위, 전남 장성), 김춘림(춘천), 이윤재(춘천농중 3학년), 김웅배, 신명국, 정동훈(이상 3인 가평), 홍순양(횡성), 홍명희(홍천), 김점성(충북 청원), 남병전(대구 국군 10연대), 이승신(경기 포천), 전내구(대전 초산전투 포로), 김학춘(횡성, 51년 초 가평전투 포로), 김만구, 김광희, 이시우, 목기상, 이성진, 정옥균, 김인식, 김승건, 이순근, 이준백, 길봉구, 김종수, 이전기 등 이상 35명은 나와 같이 오리농장으로 갔던 사람들이다.

다음은 시멘트공장으로 갔던 사람들이다. 시멘트공장이라고 하지만 실지는 터널공사장이었다.

정철호(또는 홍철호, 개성), 손영복(강원 문막), 이종호, 김동문(서울), 유동훈(서울 고계중 3학년), 이종섭(서울), 박구배(충북), 신봉우, 송기선, 윤정모, 김필배, 김해준, 김대준(서울).

같이 끌려 나왔던 80여 명 중 이상 48명이 기억에 남아 있었다. 또 한사람 1953년 9월 하순 개성지구 사회 안전부 영창에서 만났던 부산 출신 김영길군이다.

시멘트공장으로 갔던 사람들 중에는 15~16세의 소년이 14~15명 있었다. 여기의 기록 중 첫머리 3명 외에는 거의가 소년이었다. 내가 그 소년들의 이름을 기억하고 있었던 것은 포로수용소에서 20일 가량 을 그 소년들과 같이 있었기 때문이다.

또한 그 소년들 거의가 중학교 3학년 학생들로 아침 등교 후 군 장교의 인솔 하에 부대로 가 몇 시간의 교육을 받고 전선으로 향했다고 했다. 나는 이 말을 고계중학 3학년이었다는 유동훈 군에게서 자세히 들었다.

오리농장으로 갔던 사람들 중 내가 몸이 제일 약했다. 너무 힘들어 서 하라는 일을 거의 하지 못하며 3~4일을 지냈는데 책임자가 불러놓고 "동무, 일 제일 못하지? 딴 곳으로 가" 하고는 "14명 더 이리 와. 아무나 와" 하여 나까지 15명이 며칠 전 들렀던 강동군 인민위원회로 다시 끌려갔다. 이때 폭격이 심하니까 모든 기관이 지하로 들어가는데 그 지하벙커 건설에 동원되었던 것이다.

강동군 인민위원회에서의 우리는 전쟁포로라기보다 전쟁노예라는 말이 적절할 듯하다. 쇠사슬에 묶이지만 않았다 뿐이지 그것은 분명 노예였다.

휴일이 없는 것은 물론 작업시간의 제한이 없었다. 6개월이 더 가도록 이발을 한 번도 안 해주었다. 가위를 좀 빌려달라고 해도 가위도 빌려주지 않았다. 사자 갈기는 너무 점잖은 편이다. 비누와 같은 세제는 구경도 못했다. 제대로 감지 못한 머리칼은 연기에 그을린 솔잎과 같이 하늘을 향했고 이가 득실거렸다. 옷은 2월에 포로가 될 때 입고 있던 옷을 속을 뜯어버리고 입고 있었다. 날씨가 추워지며 1년 전에 입었던 중공군의 누비군복이 지급되었다. 세탁을 하지 않고 창고에 쌓아두었던 중공군의 넝마군복은 곰팡이 냄새가 지독했고 어떤 것은 부상자의 피가 그대로 말라 있었다.

깎지 못해 긴 머리칼과 수염이 아무렇게나 흐트러져 얼굴을 가린 속에 눈만 반짝거렸다. 작업을 할 때나 잠을 잘 때나 입고 있는 중공군의 넝마 옷은 며칠 안 가 너덜너덜해졌고 사람에게서도 옷에서도 냄새가 고약했다. 이런 행색의 우리는 먼 거리에서도 예삿 사람이 아니라는 것을 알아볼 정도로 표가 났다. 이렇게 표가 나도록 해두는 것으로 충분히 예상할 수 있는 포로의 탈주를 막아보려는 김일성의 형태 없는 사슬로도 생각되었다.

작업은 거의 땅을 파는 작업이었다. 하루의 책임량이 1입방미터를 파라고 했다. 그 책임량을 다하는 사람은 없었다. 일을 잘한다는 몇 사람이 어느 정도 능률을 올려 15명의 작업성과라고 말감당을 할 수 있을 정도였다. 나는 10분의 1도 할 수 없었다. 아니 도무지 할 수 없었다. 곡괭이로 땅을 파는 중노동을 하기에는 내 몸은 너무 피폐해 있었다. 이렇게 일을 못하니까 구박은 맡아두고 혼자 받아야 했다.

이때 작업을 맡아 시키는 부서는 서무과였는데 현장에서 잔소리를 하며 못살게 그러는 것은 군인민위원회 부위원장이었다. 하루의 시간을 반은 현장에서 잔소리를 하며 보내는 듯했다. 40대 후반으로 보였고 이름은 전병익이라고 했다. 일제시 탄광에서 십장을 지냈다고 들었다. 십장이 어떤 직위인지 나는 모른다. 동료들이 "탄광 십장이었으니 오죽하겠냐?" 하던 것으로 보아 그리 좋은 인상을 남기는 직위는 아닌 듯했다.

부위원장의 잔소리는 거의 나에게 집중되어 있었다. "뭐 일을 그따위로 해", "곡괭이질두 한 번 못 해봤어?", "그렇게 일하구 밥 먹겠어?", "일두 못하는 것한테 밥이 아깝다"는 등 잔소리는 한이 없었다. 그러다 옆에 직원이라도 있으면 "이 사람 오늘 저녁 밥 주지마, 일두 못하는것한테 무슨 밥을 줘?" 하며 밥을 주지 말라고 했다. 밥을 주지 말라는 말을 안 들어본 날이 거의 없었던 것 같다.

부위원장의 구박이 심하니까 다른 직원들도 따라서 그러고 심지어 노무자들까지도 어쩌다 내가 무슨 말을 하면 "일두 못하는 것이 주둥이만 살아서 나불거린다"고 핀잔이었다. 이렇게 나는 언제나 멸시와 조소와 핀잔의 대상이었다.

이런 중에도 시간은 흐르고 먹는 것이 수용소에서보다는 나으니까 체중은 조금씩 회복되고 있었다. 그런데 체력은 별로 회복되는 것 같지 않았다. 또 수족과 얼굴이 조금씩 부었다 나았다 했다. 왜 그런지 알 수가 없었다.

강동군 인민위원회로 간 지 석 달 가량 되었을 때였다. 손가락이 잘

굽어지지 않고 주먹이 쥐어지지 않아 보니까 손가락 안쪽 마디에 도토리알이 들어 있는 듯 튀어나와 있었다. 굳은살이었다. 두 손의 엄지와 장지, 약지 여섯 손가락이 더욱 심했다. 도대체 곡괭이를 들 힘이 없는데 곡괭이로 땅을 파라니까 손에 들은 곡괭이를 놓치지 않으려고 바들바들 떨며 얼마 안 되는 힘이 손가락에만 집중되어 그렇게 된 듯했다. 그 굳은살을 철판을 절단하는 공업용 가위로 며칠에 한 번씩 연속 잘라내야 했다. 이러면서도 내 몸은 끝내 그들의 혹사를 감당해내지 못하고 전신에 마비가 왔다.

1951년 11월이었다. 밤에 용변으로 일어나려니까 몸이 이상한 듯하더니 아침에는 전신에 마비가 왔다. 손가락 하나도, 발가락 하나도 움직일 수 없었다. 그래도 목 윗부분은 괜찮아서 목을 움직일 수 있고 말을 할 수 있는 것이 다행이라면 다행이었다.

나는 이때 포로가 된 후 실망이 가장 컸다. 포로가 될 때는 4일을 눈 속을 헤집고 다니다 기력이 없어서 포로가 되었고 잡힌 후 배가 너무 고파 생 옥수수 몇 알 먹은 것이 체해서 그 고통으로 행동할 생각을 못 했었는데, 이제 전신 마비까지 왔으니 '자살을 하려 해도 할 수 없겠구나' 생각하니 밑이 없는 암흑의 구렁으로 한없이 한없이 빠져 내려가는 듯한 실망이었다.

김일성 도당의 비정함이 여기에서 다시 한 번 드러났다. 발가락 하나도 움직이지 못하는 환자를 병원에 가라고 하며 혼자 가라고 한다. 병원에 가라는 것이 가지 말라는 것보다도 더욱 냉혹한 말이었다.

병원에 혼자 가라는 말에 동료들이 들러붙어 인공운동을 해주었다. 팔과 다리를 굽혔다 폈다 해주었다. 허리까지 그렇게 해주었다. 30분가량 그렇게 한 후 일으켜 세웠을 때 겨우 중심을 유지하고 설 수 있었으나 걸을 수가 없었다. 발자국을 뗄 수가 없었다. 발을 조금씩 끌며 가야 했다. 그렇게 가다 그만 작은 돌부리에 걸려 넘어졌다. 이때 승호리 시내는 모두 비포장이었다. 일어설 수가 없었다. 인적 끊긴 폐허의 거리 한가운데에서 누구에게 도움을 청할 수도 없었다. 길에 엎어져 한참을 허우적거리다 조금 앞 길가에 큰 돌이 있는 것을 발견하고 배밀이로 겨우 다가가 움켜 안고 당기며 짚고 겨우 일어설 수 있었다.

더욱 조심히 발을 끌며 2킬로미터 정도의 거리를 거의 두 시간이나 걸려 병원에 도착했다. 너무도 남루하고 괴상한 행색의 사람이 바닥을 더듬듯하며 들어서자 놀란 듯 바라보는 의사에게, 군인민위원회에서 노동을 하는 포로병이라고 하고 병원에 오게 된 경위를 말했다.

의사는 진찰을 하고 처방을 써주며 주사를 맞고 복용할 약도 갖고 가라고 했다. 치료비를 낼 돈이 없다니까 "안나카는 무료지?" 하고 서 있는 간호사에게 무료인 것을 확인하고 처방을 다시 써주었다. 다음날도 주사를 맞으라고 했다. 절대 안정해야 하니까 조심하라고 했다.

주사를 맞고 10여 분 되니까 수족을 거의 정상으로 움직일 수 있었다. 기초치료제가 무료인 것이 다행이었다. 군인민위원회로 돌아오니까 부위원장은 그 자리에서 또 작업현장으로 나가라고 한다. 절대 안정 해야 한다는 의사의 말을 전하고 겨우 다음날까지 쉬었다.

사흘째는 다시 노동현장으로 끌려 나갔다. 그 날 밤 다시 마비가 왔다. 이때 병원 의사가 "군인민위원회에서 사람을 죽이려구 그러나, 이런 사람까지 일을 시키누" 하고 혼자 말하는 것을 알아들을 수 있었다.

이렇게 마비가 오면 주사를 맞고, 주사를 맞고는 또 노동현장으로 끌려 나가기를 백일 가까이나 계속했다. 강동군 인민위원회에서의 혹사가 얼마나 가혹했던가를 하나 더 말해야겠다.

1951년 12월 말이 다 된 어느 날이었다. 새벽부터 진눈깨비가 대단했다. 커다란 목화송이 같은 함박눈이 앞이 안 보이도록 계속 내렸다. 날씨가 이러니까 오늘은 하루 쉴 수 있겠구나 생각하며 아침식사를 하려고 식당으로 갔다. 막 식사를 하려는데 부위원장이 나타나 "날씨가 이러니까 트럭이 움직여도 괜찮겠지" 하며 시내에 가서 폭격에 무너진 학교 건물에서 재사용이 가능한 시멘트 블록을 실어 오라고 한다. 이런 날씨에 노천작업을 어떻게 하느냐니까 일기 관계로 폭격을 못할 것이니까 트럭이 움직일 수 있을 때 해야 한다고 하며 막무가내였다.

일제 시 일본인 학교 건물이었다는데 깨어진 것은 많지 않고 이음새가 떨어진 것이 대부분이었다. 이 블록을 하루 종일 실어 날랐다. 맨손으로 언 블록을 다루니 손이 여기저기 찢어져 피가 흘렀다. 억지로 오전 작업을 하고는 옷이 다 젖고 손발이 얼어 마비된 것같이 감각이 없어져서 못하겠다니까 열심히 일을 하면 추운 것도 잊어버린다고 하며 더 열심히 하라고 한다.

이 날 부위원장은 현장에는 나오지 않고 시간을 정해놓고 일정 시간에 한 트럭씩 실어 오라고 했다. 해가 져서 앞이 안 보일 때까지 계속했다. 사람은 물속에서 나온 것 같았고 땅에는 물과 녹다 만 눈이 발목이 잠기도록 고여 있었다. 때는 연도 말이 다 된 엄동설한이었다. 그 고통을 무슨 말로 다 하랴. 또 그 작업이 그리 급한 것도 아닌데 작업성과를 위한 작업이었는지 포로병들에게 보다 가혹한 고통을 주기 위한 작업이었는지 이해할 수가 없었다.

전병익 부위원장은 정말 피도 눈물도 없는 비정한 자였다. 인간의 본성을 완전히 포기한 자가 아닌가 생각되었다. 포로병을 어떻게든지 조금이라도 더 혹사하고 괴롭히려고 하는 것 같았다.

아마도 10월 초경이었을 것이다. 어느 날 아침 이 소식 씨가 팔꿈치 위 팔뚝이 끔찍하게 부어올라 있었다. 시뻘겋게 충혈된 것이 보기에도 통증이 대단할 것 같았다. 통증으로 도저히 작업을 못하겠다는 말에 작업배치를 하던 서무과 직원도 그 상태로는 작업을 못하겠다고 작업배치에서 제외시켰다. 이때 부위원장이 나타나 한쪽에 쭈구리고 있는 이소식 씨를 보고 "저 사람 왜 저러고 있어?" 한다. "팔이 많이 부은 것이 작업을 못할 것 같습니다"라고 직원이 대답한다. 그러자 "팔 아프면 삽질을 못하지, 지게도 못 져? 지게질을 시켜." 눈을 까발리고 불호령이다. 그 날 이소식씨는 거의 엉엉 울다시피하며 지게로 흙을 져 날라야 했다.

진눈깨비가 내린 후 기온이 급강하했고 벙커건설도 거의 마무리가 되자, 1952년 1월 중순 다시 오리농장으로 돌아가 농장건설에 필요한 자재를 준비하는 벌목현장으로 동원되었다.

벌목현장은 무릎이 빠질 정도로 눈이 쌓여 있었고 현장 면적이 넓어 간섭이 그렇게 심하지 않았다. 잠자리가 농가 건물 더운 온돌이어서인지 차차 마비의 빈도가 줄어들더니 한 달 가량 지나면서 다시 마비가 오지 않았다.

포로가 되다

이러면서 1952년 3월이 되었다. 3월에 들어서며 북한 전역에 대 동원령이 내렸다. 동원목적은 평안북도 신의주 가까이에 있는 모나즈 광산으로의 인력공급이었다. 함경북도에서까지 동원되어 도보로 가는 것을 목격했다. 한 달을 걸어서 온다고 했다.

모나즈는 굵은 모래 같은 일종의 사철인데 핵무기의 원료라는 말이 있었다. 그래서인지 우라늄광산이라는 사람도 있었다. 편의상 여기서는 우라늄광산이라고 하겠다. 나는 또 그 우라늄광산으로 끌려가게 되었다. 일을 남과 같이 못하니까 인력차출이 있을 때마다 밀려나 끌려 다녔던 것이다.

강원도 횡성 출신 김학춘과 둘이 갔다. 주로 농촌인력과 실업자(동원령과 동시에 직장에서 감원된 사람들)가 동원되는데 인원이 부족하니까 "포로병 놈을 몇 놈 보내지" 하고 머릿수나 채우려고 하는 것 같았다. 김학춘은 일은 잘했는데 동상으로 오른발 작은 발가락 셋이 없어져 동작이 느리다고 밀려났던 것 같다.

1952년 3월 20일경 어느 날 나는 김학춘과 같이 동원된 강동군 주민들과 같이 평북 우라늄광산으로 향했다. 여러 가지 생각을 하며 이리저리 오솔길 같은 사도로만 가는 일행을 따라가던 나는 누군가가 "저기가 열파야" 하는 말에 깜짝 놀랐다. 동시에 가슴이 어떤 형용할 수 없는 충격의 울렁임으로 터질 것만 같이 꽉 차 올랐다. '열파.' 여기서 동북간 20리가 나의 고향이다. 평안남도 강동군 봉진면 봉당리가 나의 고향이다. 고향 바로 코앞에 와 있다. 동북간을 바라보았을 때 나의 고향에서 10여 리 거리에 북동 간을 달려간 현명산맥이 선명하다. 너무도 낯익은 산영이다.

그 산영을 힐끗 본 나는 반가움보다는 그 산맥만큼이나 무겁게 두려움이 내 가슴을 짓눌러 오는 듯했다. 나를 알아보는 고향사람을 만날까봐 그렇게 두려웠다. 고향에는 숙부모님과 사촌 육남매가 있다. 내가 이렇게 고향 근처에서 배회하고 있는 것이 알려졌다가는 숙부님은 온 집안이 멸문의 화를 면하기 어려울 것이니 나는 그것이 두려웠던 것이다.

다행히 폭격이 심해 나다니는 사람이 없어서인지 나를 알아볼 만한 사람은 만나지 않았다.

내가 이렇게 고향 가까이에 있으면서도 무사했던 것은 같은 군이기는 하지만 나의 고향과 승호리는 남북으로 거의 40킬로미터나 상거해 있었기에 내왕이 별로 없었던 곳이고, 또 당시는 승호리가 군청 소재지가 아니었다. 거기에 전쟁으로 나다니는 사람이 별로 없어서 나를 알아보는 사람을 만나지 않았기 때문이다.

내 본명은 홍동삼이다. 그것을 김동섭으로 변성명을 하고 있었고, 또 1953년 행정구역 개편으로 강동군, 승호군으로 분할되어 완전히 다른 군이 된 후에는 사람들의 왕래가 완전 단절 상태였기에 고향사람을 만날 염려는 별로 없었다.

수용소에서 51년 4월 초 한 차례 심문을 받았다. 그때 나는 전염병의 절정기였다. 심문자가 내 말씨가 평안도 사투리 그대로라고 하며 삼척동자도 곧이 안 들을 거짓말을 한다고 할 때 "내가 평안도 사투리를 그대로 쓰는 것은 당연하다. 나는 평양 서성국민학교를 다녔다. 내가 초등학교에 들어가기 전 남선지방에 대흉년이 들어 빈민들이 살아 가기가 너무 어려워 북선 지방에 유랑민으로 떠들어온 난민이 많았다고 한다. 그때 우리 가족도 난민으로 들어와 내가 초등학교를 졸업한 다음해에 아버님이 세상을 뜨셔서 어머니 혼자 견딜 수 없어 다시 충남 고향으로 돌아가 있었다. 8·15 후 나는 고향을 떠나 서울 남대문시장에서 월남한 평양 분의 점포에서 일을 하고 있었다. 그러니 내가 평안도 말씨를 그대로 쓰는 것이 당연하지 않느냐?"고 했다.

"이 새끼야, 거짓말을 해두 좀 그럴듯하게 하라우"하고 대뜸 욕설의 호령이다. 이어 "이 새끼야, 저거 안 보여?" 하며 턱으로 벽 한쪽을 가리킨다. 그쪽 벽에는 각목이 대여섯 개 벽에 기대어 서 있다. 매를 호되게 맞아보겠냐는 으름장이다. 옆방에서는 한참 전부터 "아이구, 아이구구" 연속 비명이다.

"어차피 죽을 거, 때려죽이려면 때려죽이고 마음대로 하쇼" 했더니 "죽긴 왜 죽어?" 하는 반문의 호령이다.

"내 얼굴을 보쇼. 열이 40도나 올라 있는 전염병 절정기의 중환자요. 이 환경에서 전염병을 이겨내고 살아남을 사람이 있을 것 같소. 다 죽을 것이오" 했더니, 전염병이라는 말에 겁이 났던지 잠시 후 "이 새끼 단단히 혼내줄랬더니 전염병 환자라서 그냥 둔다" 하며 "나가" 하는 고함소리다.

이렇게 되어 나는 매를 안 당하고 그 자리를 모면했다. 이때 최순남이라는 사람은 각목으로 3백 대도 더 맞고 겨우 기어 나왔다고 했다.

그 후 석 달 간을 죽게 앓으며 경상도 친구들과 같이 있었고 그 말씨를 철저히 본받아 그들을 속여 넘길 수 있었다. 이렇게 익힌 말씨가 몸에 배었던지 내가 북한을 탈출했을 때 통역이 "당신 함경도 말씬데" 해서 "함경도 말씨도 아니고 경상도 말씨도 아니고 나만의 말씨요" 하고 이런 습관이 되기까지의 경위를 말했더니 "아이구, 대단하네" 해서 웃은 일이 있었다.

고향 말이 난 참에 나의 신상을 다 말해야겠다. 한 마디로 대단히 부끄러운 일이지만 나는 전투원이 아니었다. 부산 피난지에서 신체검사에 불합격되었기 때문에 부산시장 명의로 발급된 불합격증을 소지하고 있었다. 불합격 이유는 두 가지였다. 하나는 맹장수술을 한 부위가 직경 10여 센티미터가 될 만큼 심한 타박상을 입은 것같이 꺼멓게 된 것이 돌같이 굳어 있었기 때문이었다. 수술한 지 1년이 다 되었는데도 그러했다. 힘을 쓰기 어려웠다. 신체검사장에서 검사관 한 분이 손가락으로 꾹꾹 눌러보고 고개를 가로저었다. 또 다른 이유는 내가 소년 시절부터 평생을 고통 받고 있는 피부병이었다. 습성습진이라고 했다. 누리끼리한 액이 흘러나와 붕대를 두껍게 감고 있어야만 했다. 나이가 많아지면서 체질 변화에서인지 근래에는 건성으로 되며 다 나은 것같아 보이지만 연고를 거의 매일 발라야 한다.

이 피부병으로 일본군 징집도 보류되었던 것으로 생각한다. 피부병은 두 다리 무릎 밑 부위가 더욱 나빴다. 일본군 징병 신체검사장에서 군의관 셋이 환부를 보고 한참이나 협의를 하더니 명함 크기의 빨간딱지에 무엇을 기록해 신체 검사서에 붙여놓았다. 그래서인지 내 다음기까지도 영장이 나온 사람이 있었는데 나는 안 나왔다.

불합격증을 소지하고 있으면서도 포로가 되었던 것은 내가 전선을 찾아갔기 때문이었다.

부산에서의 피난살이는 너무 고달팠다. 먹고사는 문제만이 아니었다. 신체검사에 불합격되어 불합격증을 소지하고 있는 것이 질시의 대상인 것 같았다. 길가에서도 그랬고 거주지에서도 그랬다. 노상에서 검문을 할 때 불합격증을 보고 비아냥거리는 말을 할 때가 많았다. 한 번은 검문을 받고 돌아서 오는데 "전시에 전선에도 못 가는 뱅신"이라는 말이 들려왔다. 가서 따져 말을 할까 하다 "정말 나는 전시에 전선에도 못 가는 벵신이다" 하는 자조 속에 그만둔 일도 있었다. 거주지에서는 한밤중에 불려가곤 했다.

한번은 심야에 문을 두드리며 "여기 피난민 있지요" 하며 나오라고 하여 동회까지 불려갔는데 한 사람이 부산지방 특유의 사투리로 "사움터에 좀 안 가렵니까?" 해서 사연을 말하고 불합격증을 보여주었더니 비아냥의 야릇한 웃음기를 띠며 "이 불합격증을 왜 부산시장이 발행했습니까?" 하는 어이없는 말이다. "그것을 내가 어떻게 압니까?" 해도 그 기분 나쁜 웃음기를 지우지 않고 있었다. 이런 일이 한두 번이 아니었다.

그런데 1·4후퇴로 또다시 피난의 길을 떠나야 하게 되었다. 나는 피난을 가기보다는 먼저 무엇을 해야 한다. 피난을 가더라고 무엇인가를 해야한다. 무엇을 할 수 있는 그런 곳으로 피난을 가야 한다. 젊은 놈의 할 일 없는 피난살이는 죽음만도 못하다. 이렇게 피난살이를 해도 뭐든 일을 하는 피난살이를 해야 한다는 생각으로 꽉 차 있는데 후퇴하는 고종사촌을 만났다.

고종사촌은 육군 중위였다. 후퇴하는 길에 서울을 통과하게 되어 내가 있는 집을 찾아왔던 것이다. 그는 전투 중 가벼운 충격으로 허리가 이상하다고 지팡이를 짚고 있었다.

고종사촌에게 나는 같이 부대에 가서 군속으로라도 근무할 수 없겠느냐고 물었다. 신체검사에서 불합격되어 불합격증을 갖고 있다고는 하지 않고 그렇게만 말했다. 고종사촌은 내가 병역을 기피하려는 것으로 생각했는지 또는 단순히 피난살이가 너무 지겨워 일선에라도 가려는 것으로 생각했는지도 모른다.

고종사촌은 내가 지금과 같이 부대본부에 있으면 혹시 군속으로라도 근무할 수 있을지 모르겠는데 직책이 바뀌면 어려울 것이라는 말이었다. 그러면 직책이 바뀌기 전에 가서 일을 하고 있으면 되지 않겠냐며 막무가내로 따라나섰다. 가족에게는 군에 안 가기 위해 고종사촌을 따라 일선으로 간다고 거짓으로 말했던 것이다.

이때 어머니와 형님은 평양에 계시다 나오셨기에 내가 부산 피난지에서 신체검사에 불합격되어 불합격증을 소지하고 있는 것은 모르고 계셨다. 아마도 그것을 알고 계셨다면 내가 고종사촌을 따라 일선으로 가는 것을 막았을지도 모른다.

이때 우라늄광산까지 가는데 필요한 통행증과 식사를 해결할 '양권'은 각자에게 나누어주었다. 폭격이 심하니까 인솔자 한 사람이 갖고 있다가 만일에 재난을 당하면 큰일이라고 각자가 갖고 있도록 했던 것이다.

나는 순안지역을 통과할 때 김학춘에게 탈출할 것을 제의했다. 강동군에서 일선까지 200킬로미터 정도의 거리도 탈출하기에는 너무 먼 거리인데, 여기서 200여 킬로미터를 더 북쪽으로 가면 영 탈출을 못할 것이니 지금 행동을 해야 한다는 유혹의 말을 했던 것이다. 그렇다고 성공의 확률 같은 것을 생각해보고 한 말은 아니었다. 사실 성공 확률은 거의 제로였다. 몸은 약하고 행동은 느리고 은신할 곳은 없고 기온은 나 같은 병약자가 노숙을 하기에는 아직 너무 낮았다. 그저 죽어도 남쪽으로 가다 죽겠다는 생각에서 한 말이었다.

그런데 나의 제의에 흔쾌히 응하여 30리 정도인 평양까지 잘 나왔던 김학춘이가 갑자기 행동을 못하겠다는 것이다. 왜 그러냐니까 "백번을 생각해도 성공의 가능성이 하나도 안 보이는데 왜 죽으려고 그러냐"는 말이다. "이제 가만있으면 죽기는 면했는데 죽지 않고 살아 있노라면 통일될 날이 오겠지. 고생스럽더라도 그때까지 참고 기다리지 왜 죽을 것이 뻔한 길을 가려고 하느냐"며 절대로 못가겠다고 한다. "그렇게 못 가겠으면 너 혼자 북쪽으로 가라. 나는 죽어도 남쪽으로 가다 죽겠다”고 했더니 “나 혼자 어떻게 찾아가라고 그러냐. 나는 거기가 어딘지 찾아가지도 못하겠다”고 징징거리며 꼭 같이 가자고 한다. 끝내 김학춘의 억지로 내가 양보하기로 했다.

“정 그러면 북으로 가자. 북쪽으로 가도 죽고 남쪽으로 가도 죽고, 죽기는 한가지다. 기왕 죽을 바에는 남쪽으로 가다 보자는 생각에서 행동을 하자고 했던 것이다”라고 하고 다시 북쪽으로 발길을 돌렸다. 김학춘을 버려두고 나 혼자 행동을 하다가는 그 순진한 사람이 혹시 단속에라도 걸려 사실대로 말하면 더 큰 낭패일 것이라는 생각도 작용했던 것이다.

문제는 안이한 사고였다. ‘죽지 않고 살아 있노라면 통일될 날이 오겠지’ 하는 안이한 사고. 이런 생각이야말로 김일성의 바라는 대로일 것이고 한숨 속에 남쪽 하늘을 바라보며 전쟁노예로 살아가겠다는 자승자박이다.

못 견디도록 밀려드는 고향 생각에 몸을 뒤채기며 잠 못 이루다가 깊은 한숨 토하며, “개미가 되어 발발 기어 갈 수 있었으면……”“새 같이 훌쩍 날아 갈 수 있었으면……” 하는 황당한 말을 뱉어 놓을 뿐 행동은 할 엄두도 못 내고들 있었다.

후일 동료들 거의 모두가 이런 안이한 사고에서 헤어나지 못하고 있다는 것을 확인했을 때 나는 동료들과의 결별을 결심하지 않을 수 없었다. 그렇지 않다는 설득의 말을 아무리 해도 소용없었다. “죽으려면 혼자 죽지, 왜 남까지 끌고 가려고 하느냐”는 말에는 할 말이 없었.

평양에서 발길을 돌려 목적지인 평안북도 철산군 우라늄광산 현장에 도착한 것이 강동군 인민위원회를 출발한 지 14일 만이었다. 불과

200킬로미터의 거리인데 그렇게 오래 걸린 것은 가기 싫은 길을 억지로 가는 길이었고 평양에서 하루를 보냈다고 하지만 심한 폭격 때문에 더 늦어졌다.

청천강 북쪽에서 중공군의 엄청난 병력이 도보로 남하하는 것을 목격했다. 그것을 그대로 둘 우리 공군이 아니었다. 고공 한쪽에서는 미 공군과 소련 공군간의 공중전이 치열했고 저공에서는 적의 지상 병력을 섬멸하려는 전폭기의 지상 폭격이 잠시도 그치지 않아 도로는 고사하고 산간 소로로도 길을 갈 수가 없었다. 야간에는 조명탄으로 대지를 밝히고 폭격은 계속되었다. 남하하는 적이 지상에 노출되어 있는 한 폭격은 계속되었다. 쉴 새 없이 몇 날 몇 밤을 계속했다.

평안북도 선천 북방 10여 킬로미터 거리인 차련관이라는 곳에서 국도를 벗어나 해안 쪽으로 들어서며 곧 우라늄광산 지역이었다. 물이 해안을 향해 흐르는 계곡형 지형인데 계곡이라기보다 평야라고 할 넓은 지형이었다. 족히 1킬로미터는 더 될 폭의 넓은 지형이 전개되어 있었다. 그 넓은 지대가 모두 우라늄광산이었다.

우라늄광산에서는 신체검사를 했다. 신체검사라야 가슴부위 앞뒤에 청진기를 몇 번 대보는 정도였다. 그렇게라도 신체검사를 하는 것이 다행이었다.

신체검사 결과 나는 노력불능의 판정이었다. 폐결핵에 심장이 많이 안 좋다는 것이다. 나에게는 말하지 않고 자기들끼리 말하는 것을 알아들었다.

가끔 혈담이 나오는 것으로 폐결핵인 것은 짐작하고 있었으나 심장까지 악화됐을 것은 생각지 못했었다. 강동군 인민위원회에서 수족과 얼굴이 부었다 나았다 하던 것이 심장 탓이었던 것 같았다.

그런데 이때 김학춘의 너무도 순진함에 놀라지 않을 수 없었다. "발목이 많이 부었는데 왜 이렇지요?" 하며 벗어 보이는데 오른발 발목이 끔찍하다고 할 만큼 많이 부어 있었다. 작은 발가락 셋이 없는 발이었다. 발가락이 셋이나 없어서 체중의 하중을 받는 부위가 균형을 잃어서 그리된 것 같았다. 김학춘의 그 발을 보고 나는 내심 김학춘도 불합격되어 같이 돌아가겠구나 생각했는데 의사가 "왜 그렇게 됐지요?" 하며 "아프지 않아요?" 하고 묻는다. "아파서 일 못합니다." 할 것으로 생각했는데 김학춘은 뜻밖에도 "안 아픕니다." 한다. 의사가 발목을 이리저리 움직여보며 안 아프냐고 묻는데 계속 아프지 않다고 하고 일을 할 수 있겠느냐고 되풀이 묻는 말에 할 수 있다고 한다.

신체검사장을 나오며 "너 왜 일을 못한다고 하지 할 수 있다고 했냐?"는 나의 힐난에 김학춘은 "네가 불합격됐는데 나까지 불합격되면 미안해서" 한다. "공산당에게 미안한 게 다 뭐냐?" 하고 계속 힐난하는 내 말에 "그래두" 할 뿐이었다. 그렇다고 바보는 아닌데 너무 순진하기만 해서 그런 것 같았다.

노력불능의 판정으로 다시 돌아가야 한다는 인솔자의 말에 나는 작업현장을 좀 봐둬야겠다고 생각했다. 숙소에서 현장이 멀지 않았다. 현장 한 끝에 숙소가 있는 셈이었다. 현장이 이렇게 10여 킬로미터나 해안까지 넓게 분포되어 있다고 했다.

작업방법은 사금채취 방법이나 똑같다고 했다. 때마침 작업을 마치고 생산품을 지고 오는 사람들이 있었다. 작업책임량이 1인 1일 30킬로그램이라고 했다. 3인이 1조로 하는데 길이 약 90센티미터 폭과 깊이가 25센티미터 정도 되어 보이는데 그 박스에 가득 채우면 90킬로그람 책임량이 된다고 했다. 하루의 생산량이 몇 백 톤은 되겠구나 생각했다. 생산품은 그 밤으로 트럭에 실려 압록강을 건너고 소련으로 향하는 열차에 옮겨 싣는다고 했다.

폐기인간

다시 돌아왔을 때 강동군 인민위원회에서는 나의 처리가 난처했던 모양이다. 자기네가 인정하는 의료기관에서 노력불능자라고 했으니 더 이상 노력을 강요할 수도 없고 그렇다고 그냥 먹여주기는 싫고 난처해하는 것이 역연해 보였다. "저 사람 어떻게 하지?" 하며 쑥덕거리더니 양로원으로 가라고 한다. 내가 나이가 몇 살인데 양로원엘 가냐니까 노동력을 상실했으니 어쩔 수 없지 않느냐고 한다.

그저 묵묵히 끌려 다니기만 하던 나는 이때 비로소 한마디 했다. "당신들이 내 의사를 확인한 일이 없고 나도 내 의사를 말한 일이 없소. 나는 그저 당신들이 끌고 다니는 대로 끌려 다녔을 뿐이오. 나는 포로병이오. 포로병은 포로수용소에 있어야 하오. 그러니 나를 다시 포로수용소로 보내주시오" 하고 포로수용소로 보내줄 것을 요청했다. "한번 나온 사람은 다시 못 들어가" 하는 퉁명스런 한 마디로 거부되었다.

포로병은 당신들이 임의 처분할 수 있는 전리품이 아니라고까지 하며 포로수용소로 다시 보내줄 것을 요구했으나 소용없었다. "한번 나온 사람은 다시 못 들어가" 하는 한 마디는 나에게 크나큰 실망을 안겨주었다. 휴전이 성립되어 포로교환을 하면 송환되어 가겠지 하는 한가닥 희망이 안개 사라지듯 사라진 것이다.

다음날 아침 식당에서 식사를 하고 나오는데 마당에서 서무과 직원이 불러놓고 "자유를 주고 간섭하지 않을게 마음대로 하라"고 한다. 마음대로 하라는 그 말은 한 끼도 더 먹여줄 수 없으니 나가라는 말이었다. "어떻게 하라구요?" 하고 되묻는 나에게 "자유를 주고 간섭하지 않을게. 자유시민으로 살아가라"는 말이다.

양로원으로 보낸다는 것이 부위원장에게 알려졌을 때 아마도 부위원장은 "그깟 놈 죽든 살든 내버려두지. 양로원엔 왜 보내? 양로원에 보내면 식량배급을 해야 하잖아?" 하고 식량 배급할 것이 아까워 막았을 것이 뻔했다.

자유시민으로 살아가라는 말은 그때의 나와 같은 사람에게는 고려장을 한다는 말이나 다름없었다. 경제적으로 완전 무능력자가 된 나같은 것은 내다버린다는 말이었다. 개도 병이 나면 치료를 해주는데 김일성 도당은 경제적 가치를 상실한 나 같은 것은 내다버린다는 말이었다. 이것이 복지제도를 자랑하는 공산주의 사회 북한에서의 일이다.

어쨌든 나는 북한에서 자유민이 됐고, 그것은 포로병이 북한에서 공식으로 자유민이 된 제1호였다고 생각한다.

"자유를 줄게. 자유민으로 자유롭게 살아가라." 가장 아름다운 말을 가장 악랄하게 이용하고 있구나 생각하며 어찌해야 할지 엄두가 나지 않아 멍청해 있는데 "동무, 나 좀 봐" 하고 조용히 찾는 말이 뒤에서 들려왔다. 서무과장이었다. 서무과장은 직원이 나에게 말할 것을 알고 기다리고 있었던 듯했다. 사용하지 않아 텅 비어 있는 건물 현관 안 한 쪽에 비켜서서 나를 오라고 팔을 굽힌 채 조용히 손짓을 하고 있었다. 서무과장은 나를 불러놓고 "처음 올 때부터 동무는 너무 약해 일을 할 것 같아 보이지 않더니 끝내 이렇게 됐구만. 할 수 없지 어쩌겠나?" 하고 동정의 말을 하는 듯하더니 "앞새거리 정미소 알지?" 하고 묻는다. "예" 하는 대답에 "정미소 건너 쪽에 김춘림 동무가 있어. 거기 가봐" 한다. 김춘림 씨가 거기에 있다는 말에 놀라며 "김춘림 동무가 어떻게 거기에……” 하고 물으려는데, 손가락 하나를 세워 입을 막는 시늉을 하며 “아무 말 말고 빨리 가봐. 가면 알아” 하고 손을 저으며 속히 그 자리를 떠날 것을 재촉한다.

승호리는 1920년대에 시멘트공장이 건설되며 새로이 생긴 도시인데 동서로 철도가 가로놓여 있고 철도 앞쪽을 앞새거리, 철도 뒤쪽을 뒷새거리라고 했다. 그 앞새거리 한가운데 조그만 도정공장이 있었다. 온 시내가 다 폐허가 되었지만 그 도정공장과 주변의 민가 몇 동이 남아 있었다. 12월 초였을 것이다. 내가 전신마비로 고통 받기 시작한 지 얼마 후였다. 서무과장이 보리도정을 의뢰했는데 도난당하지 않도록 지키고 있으라고 해서 가본 일이 있었다. 서무과장이 그 일을 잊지 않고 있다가 “앞새거리 정미소 알지?”라고 했던 것이다.

김춘림 씨는 춘천 출신으로 고향에서 채소농사를 하고 있었다는데 양철공으로도 솜씨가 탁월했다. 서무과에서 마련해준 도구로 식당 주방에서 사용할 양철용기를 만들기도 하고 새로 건설한 벙커에 난로 연통도 만들어 세우고 하느라고 땅을 파는 중노동은 별로 하지 않고 있었다. 그래서 나는 ‘저 사람은 참 편하겠다’ 하고 부러운 눈길로 바라보곤 했다. 김춘림 씨는 말을 하지 않아 소속은 알 수 없고 착실한 기독교 신자였다. 그것도 내가 몹시 아플 때 밤에 나 모르게 기도하는 소리를 잠결에 듣고 알았다.

김춘림 씨는 일손을 놓고 쉬고 있다 인기척에 나를 먼저 보고 “어쩐 일이야?” 하며 두 손을 들고 반겼다. 그간의 일을 간단히 말했더니 “그렇지 않아도 혼자 적적했는데 잘됐네. 하루 꼬량미(중국 수수쌀) 한 되 더 있으면 될 거 걱정할 거 없어” 하며 나를 안심시켰다. 어떻게 여기와 있느냐는 말에는 “어서 들어가 쉬어 많이 피로해 보여” 하며 누워서 쉬라고 했다.

김춘림 씨의 말로는 내가 우라늄광산으로 간 후에 서무과장이 장소와 자재를 마련해 점포를 내주고 주말마다 돈을 뜯어간다는 것이다. 아마도 부위원장과 상의 후 술값 마련을 위해 장사를 시키고 있는 것 같았다. 폭격에 파괴된 것이 많아 취사도구가 부족해 장사도 그런 대로 조금씩 되는 편이라고 했다.

2주 정도 지나서야 나는 여독이 조금씩 풀리고 피로가 해소되는 듯했다. 그 동안 많은 생각을 했다. 주로 어떻게 탈출을 하나 하는 생각이었다.

북한 주민과 이화여대생

김학춘과 같이 평양에서 북쪽으로 발길을 돌렸을 때였다. 평양 서북부 변두리에서 해는 저물어 오고 배는 고프고 밤을 어디서 보내나 하고 걱정인데 흰 헝겊에 '빵'이라고 먹물로 써 내걸은 것이 보인다. "저기 빵집이 있다. 빵이라도 좀 먹고 가자" 했더니 "너 돈 있냐?"며 김학춘은 돈 걱정이다.

이때 내게는 북한 화폐 백원권 두 장이 있었다. 포위되기 얼마 전 눈 위에 북한 화폐가 벌겋게 널려 있는 것을 보고 기념으로라도 하는 생각에서 몇 장 집어넣었는데 미 공군포로 B29 승무원 중 한 사람(이름 첫 자가 D 자였던 것 같다)이 조악한 음식을 소화하지 못해 고통 받는 것을 보고 엿을 조금 구해 나누어주고 또 한 장은 작업 나갔을 때 두부비지를 사서 나누어 먹고 두 장이 남아 있었다. 전신마비로 병원에 갔을 때 돈이 없다고 했던 것은 돈이 없으려니만 생각하고 없다고 했던 것이다.

두부비지 사 먹은 말이 났으니 먼저 그 때의 말을 잠깐하자. 내가 전염병으로 몸져눕기 이삼일 전일 것이다. 오후에 들어선 시간에 작업을 나갔다 오전에 작업을 다 나가고 토굴에는 몸이 별로 안 좋은 사람들만 30명가량이 남아 있었다. 식당에 아침 취사용 연료가 부족하다고 산에 가서 나무를 가져오라고 한다. 몸이 안 좋아도 아침 식사를 얻어먹으려면 갔다 와야만 할 일이었다.

산이라야 나지막한 구릉이었고 연료용으로 벌목해 놓은 것이 있었다. 구릉기슭에는 농가가 드문드문 있었다. 구릉 기슭을 도라 농가 뒤편으로 가는데 한 농가의 주방 뒷문이 열려 있고 시골 아낙들이 두부를 만들고 있는 것이 보였다.

두부 만드는 것을 본 나는 갑자기 배고픔이 더해지는 듯 했다. 어느새 나는 "내 주머니에는 북한 화폐가 몇 장 있다. 두부비지라도 사서 이 주림의 괴로움을 조금이라도 덜어 보자" 하는 생각이 들었다. 아니 그 생각보다도 "아주머니 두부비지 좀 파세요". 하는 말이 먼저 나왔던 것 같다."

"당신들한테 팔 두부비지 없소" 하는 볼멘 거부의 말이다. 그런 중오에 찬 듯한 거부의 말을 당연 한 것으로 받아 드리며 나는 "아주머니 오늘은 인솔자 없이 우리끼리 나왔습니다. 안심하고 좀 파세요." 했다. 감시원인 인솔자가 두려워 그렇게 거부의 말을 퉁명스럽게 한다는 것을 알고 있었기에 나는 그런 거부의 말을 당연한 것으로 받아 들였던 것이다.

우리끼리 나왔다는 말에 그 아낙은 태도가 돌변하여 "인솔자 없이 나왔어요?" 하고 공손한 말씨로 "글세 이 두부 비지 같은거 배고픈 사람들에게 팔던 거저 주던 무슨 큰 일이 난다고 못하게 하는지 모르겠어요. 포로병한테는 무엇이든 팔지도 말고 주지도 말고 포로병의 물건은 사지도 말고 거저 주어도 받지도 말라는 엄명이 내려 있어요……. 물을 달라고 하면 물은 주어야지 물까지 안주었다가는 우리 공화국 인심이 너무 야박하다고 하겠으니까 물만은 주되 다른 거래를 해서는 절대 안 된다는 거예요" 한다.

그 아낙에게 백원권 한 장을 주었더니 큰 그릇에다 두부 비지를 간

장을 겻드려서 준다. 이때 12명이 갔었는데 어느 정도 요기가 될 양이었다.

이 때, 내가 작업을 나간 것이 두 번째였다. 며칠 전 오전 작업 배치를 할 때, 토굴속 공기가 너무 탁하고 답답하니까 서로 나가려고 하는데 김동무는 너무 꼼짝 않고 토굴 속에만 있다고 하며 나가서 바람을 좀 쏘이라고 하는 토굴 책임자(영변 김동무)의 호의의 권고를 마다 할 수 없어 처음으로 작업을 나갔었다.

이때도 연료용 벌목을 하는 작업이었다. 한국 야산의 나무가 대부분 그렇듯이 배틀배틀 꼬인 그리 크지 않은 소나무였다. 소나무를 찍어 가지를 처버리고 줄기만 갖다 연료로 사용했다. 그 버려진 소나무 가지를 땔 감으로 사용하려고 모아 가는 인근 주민이 몇 있었다. 그 중 한 사람은 육십이 많이 넘었을 노인이었다. 이 때, 마침 잠시 작업을 중단하고 쉬고 있었다. 노인이 소나무 가지를 추려서 취급하기 적당할 정도로 몇 다발 묶어 놓고 앉아서 내가 있는 쪽을 힐끗힐끗 보며 담뱃대를 꺼내 담배를 담아 불을 붙여 문다.

그러한 노인을 보고 있던 나는 "노인 어른 담배 조급 얻읍시다" 하고 담배를 달라고 했다. 보통 때면 연세가 내 나이의 갑절도 더 되는 노인에게 담배를 달라고 할 엄두도 못냈겠지만 이 때의 나는 그러한 사회 규범 보다는 이 노인이 우리를 대하는 태도가 어떤지를 알고 싶은 생각이 앞서 있었다. 바로 내 뒤에는 북한군 상사가 있었다. "당신들 줄 담배가 어디 있어? 담배 없어" 하는 퉁명스런 말 한마디로 거절한다.

그 노인의 말씨와 태도로 나는 내 뒤에 서 있는 북한군 상사를 의식하고 하는 말일 것으로 생각했다. 그 노인은 소나무 가지 다발을 몇 다발 만들어 놓고 산을 내려갔다. 노인은 바로 구릉 기슭에 있는 집으로 들어간다. 농가 주택하고는 큰 편이었다. 돌 너와집인데 몸채와 사랑채가 분리되어 있고 초가의 우사와 잡동사니 창고 건물이 별도로 분리

되어 있다. 한마디로 부농으로 보였다.

그 노인이 내려가고 얼마 후 보니까 청년 한사람이 그 집 앞 마당에서 작업 중인 포로병들을 한참이나 보고 있다 사라졌다. 오후 작업 마감 시간이 되어 올 무렵 갈증으로 물을 마셔야겠다고 했더니 가장 거리가 가까운 그 노인이 들어간 집을 가리키며 갔다 오라고 한다.

노인이 사라진 후 집 앞마당에서 작업 중인 포로병들을 보고 있던 청년이 그 노인의 손자인 듯 했다. 대문에서 주인을 찾았을 때, 그 청년이 나왔고 물을 한 그릇 청하자 물을 갖고 와서 맥아더 사령부의 뉴스를 들었다고 하며 유엔군의 총반격이 멀지 않은듯 하다는 말을 한다.

이 때, 사랑방 문이 빠끔히 열리며 얼굴을 내 보인 사람이 먼저 산에서의 그 노인이다. 노인이 산에서 담배를 달라고 하던 사람인 것을 확인하고는 문을 30센티미터 이상 되게 열며 “이봐 젊은이 이것 잘 숨겨 갖고 가서 나눠 피워……. 아까 그 사람 앞에서 담배를 달라고 하는데 큰일 나 담배 한개비라도 준 것이 알려졌다 가는 우린 큰일나……” 하며 큼직한 엽연초 묶음을 내민다.

장기 저장을 위해 품질 좋은 것을 가려서 보관해 두었던 것 같았다. 누런 엽연초 묶음이 납작하니 자리가 잘 잡혀 있었다.

노인의 그 말로 김일성이 포로병을 주민과의 접촉에서 차단하려고 얼마나 고심하고 있는지를 알 수 있었다.

이런 일이 있었기에 나는 두부를 만드는 그 아낙네의 볼멘소리의 말을 당연한 것으로 받아 드렸던 것이다. 또, 이 때 인솔자 없이 우리끼리 나왔다고 한 것이 실은 우리끼리만 나갔던 것이 아니다. 얼마 전 사복 차림의 포로가 한사람 들어왔다. 그런데 실은 포로가 아니었다. 그는 북한군 대남 공작부대 요원으로 아군 후방에 침투 공작 활동 중 중공군이 그 지역을 점령하여 눈에 뜨이는 남자들은 다 끌고 오는 바람에 끌려왔다고 하며 자신의 신분이 확인 되면 곧 나갈 것이라고 하고 있었다.

경비병이 바빠서 나갈 사람이 없다고 그 자가 인솔하고 나갔던 것이다. 그러니까 그자는 포로는 아니지만 포로수용소에 있는 동안 배고픔의 고통은 우리들 포로병들과 다를 수가 없었다. 그자도 두부비지를 맛있게 먹고 있었다. 그는 수용소 입소 2주가량 후 신원이 확인되어 수용소를 나갔다. 이렇게 중공군은 새로이 한 지역을 점령하면 그 지역을 샅샅이 뒤져서 눈에 뜨이는 남자는 다 끌고 갔다. 이렇기 때문에 40~50대의 민간인 포로가 20여명이나 되었고 심지어 벙어리도 있었다. 벙어리 한사람은 24~5세로 보였고 건장한 체격이었다. 그는 피소변을 3일가량 보다 죽었다. 40~50대의 민간인 포로도 열의 여섯 사람 정도는 피소변을 보다 죽었다.

또, B 29승무원에게 엿을 구해 줄 수 있었던 것은 보초에게 돈을 주고 부탁하면 받은 돈의 반은 자기가 갖고 반은 부탁한 물건을 구해다 주었기에 가능했다.

빵집 문을 들어섰을 때 손님을 맞은 사람은 첫눈에 호감이 가는 보기 좋은 인상의 20대 초로 보이는 젊은 여자였다. 화장을 별로 하지 않은 모습은 10대의 청초함이 보이는 듯도 했다. "어서 오세요" 하다가 들어서는 우리의 행색이 너무도 해괴한 것에 놀라는 듯 의아해하는 표정이기에 신분을 밝히는 것이 낫겠다는 생각이 들어 "저희는 국군 포로병입니다. 지금 평안북도 우라늄광산으로 가는 길입니다. 통행증도 있고 양권도 있습니다." 했더니 "그러셔요? 고생 많으시네요." 하며 안심하는 듯했다.

백 원권 두 장을 선불하고 빵이 나오기를 기다리며 여자를 다시 보니 강동군 인민위원회에서 보던 여직원들과는 많이 달라 보였다. 어딘가 세련되어 보이고 교양도 있어 보였다. 북한에도 이런 여자가 있었구나 하는 생각이 들었다. 만두 빵이었다. 빵을 먹고 어디서 밤을 보내나 걱정을 하다가 "대단히 죄송합니다만 저희들 오늘 저녁 여기서 좀 쉬어갈 수 없을까요?" 하고 빵가게 걸상에서 쉬어갈 수 있도록 허락해 줄 것을 요청했더니 "그러세요" 하고 선뜻 허락한다. '아이구, 잠자리도 해결됐다' 하고 안도하며 이 여자가 우리를 동정하는 것이 아닌가 생각했다.

그런데 잠시 후 여자의 안색이 달라짐과 동시에 문이 열리며 '기찰'이라는 완장을 두른 순찰군인 둘이 들어와서 우리의 신분을 확인하고 이런 데서 자지 말고 자신들이 잠자리를 마련해줄 테니 그리 가서 쉬라고 해서 따라나설 수밖에 없었다.

발길이 북쪽을 향하고 있었기에 별 생각 없었는데 승호리로 돌아와 가만히 생각하니 그 여자에게 틀림없이 뭔가가 있는 것 같았다. 나는 그 여자에게 있는 그 뭔가가 알고 싶었다. 하루에도 몇 번씩 알고 싶다는 생각을 하다가 꼭 알아야겠다는 데까지 생각이 발전을 했다.

김춘림 씨에게 그 일을 그대로 말하고 그 여자를 한번 만나봐야겠다고 했더니 족히 갔다 올 수 있겠냐며 며칠 더 지나 몸이 회복되기를 기다렸다 가보라고 했다.

며칠 후 나는 아침 일찍 평양으로 향했다. 통행증은 우라늄광산으로 갈 때의 증기소독증이 있어서 그것으로 무난했다. 이 증기 소독증에 관해서는 조금 뒤에 자세히 말하겠다.

5월의 날씨가 길을 걷기에는 좋았지만 11시가 지났을 무렵에야 도착했다. 그 남루하던 행색이 평범한 북한사람의 모습으로 바뀌었는데도 그녀는 나를 한눈에 알아보고 의외라는 듯 어떻게 다시 왔냐고 한다. 건강이 안 좋아 일을 할 수 없어 돌아왔다는 말에 "한 분은요?" 하고 김학춘의 안부도 묻는다.

지난번 혹시 누를 끼치지 않았나 해서 지나는 길에 들렀다고 하고 기왕 들어왔으니 점심식사를 하고 가겠다고 빵을 주문했다. 그녀는 주방에 손님이 왔다고 시키고는 "고향이 어디세요?" 하고 묻는다. "서울

신촌이에요. 이화여대와 연희대학이 있는 사이인데 서울 변두리입니다." 했더니 "그러세요" 하며 빵접시를 들고 와 식탁에 놓고 걸상에 마주앉으며 가만한 말로 "저 이화여대 국문과 3학년 재학중이에요" 한다. 깜짝 놀라며 "아니 그런데 어떻게 이렇게……" 하는데 그녀는 "제 고향이 평남 영유입니다. 국군 들어왔을 때 잠깐 다녀가려고 왔다가 국군이 갑자기 후퇴해서 미처 피난을 못 가서요." 한다.

'이 여자에게 숨겨진 것이 이것이었구나. 이화여대생. 어디 갔다 놔도 이화여대생 아니라고 못하겠구나' 하는 생각과 '이 여자의 생존이 위태롭구나' 하는 생각이 머리를 스친다.

뒤이어 그녀는 놀라운 말을 한다. 황해도 구월산 일대에는 국군 유격대의 활동이 활발하다는 것이다. 놀라운 소식에 잠시 말을 못하고 있는데 그녀는 다시 말을 이어갔다. 황해도 연백에는 물이 빠지면 육지와 연결되어 도보로 내왕할 수 있는 '용매도'라는 섬이 있는데 그 섬을 국군이 점령하고 있고 밤에 몰래 그 섬으로 탈출하는 사람이 있다는 말도 들었다고 한다.

이 소식은 외부 정보와 접할 기회가 전무했던 나에게 진정 놀라운 소식이었다. 탈출을 하려 해도 이 병약한 몸으로 포연이 진동하는 전선을 어떻게 돌파하나 하고 걱정이었는데 포연 없는 전선이 하나 더 형성되어 있다는 것이 반가운 소식이 아닐 수 없었다. 구원의 길이 열린다는 나팔소리와도 같이 들려왔다.

구월산 일대에 국군유격대가 출몰한다는 말은 유언비어 유포 죄로 체포될 위험한 말이었지만 그녀는 내가 국군 포로병이라고 한 한 마디를 믿고 알려주었던 것이다. 그 말은 길이 있는 것을 알려줄게 탈출하라는 뜻에서 해주었을 것이다. 정말 고마웠다. 이름을 물어보고 싶었지만 내 위치에서는 그녀의 이름도 알지 않고 있는 것이 좋겠다는 생각에 감사하다는 인사의 말만 하고 나와야 했다.

윤재원 중위

승호리로 돌아오며 나는 빨리 윤재원 중위를 찾아 상의해야겠다고 생각했다. 윤재원 중위는 전남 장성 출신으로 국군 제8사단 21연대 1대대 병기관 직책에 있었고 당시는 김재경이라는 가명을 사용하고 있었다.

윤재원 중위는 하사관 출신 장교로 입대 동기가 남달랐다. 그런 관계로 윤재원 중위에 관해서는 좀 자세히 말해야겠다. 다음이 윤재원 중위의 말이다.

8·15 후 얼마 안 되어서라고 했다. 이장이 쌀배급을 신청하려고 한다며 백지에 도장을 찍으라고 해서 별 생각 없이 찍어주었다고 했다. 이름을 쓰려니까 이름은 이장 자신이 써넣을 테니까 도장만 찍으라고 해서 그냥 도장만 찍어주었다고 했다.

이것이 공산당 입당원서로 둔갑하여 자신도 모르게 공산당 당원이 되어 있을 줄은 꿈에도 생각지 못했다고 했다. 이렇게 공산당 당원이 되어 있는 것도 몰랐고 별 관심도 없었는데, 청년들을 모이라고 해서 모이면 연합군이 어떻고, 붉은 군대가 어떻고, 소련이 어떻고, 미국이 어떻고 하며 교육을 시켰다고 했다.

여러 차례 그런 교육을 받으면서도 별로 관심이 없었는데 차차 낌새가 이상하게 생각되었다고 했다. 그러던 중 한 번은 북조선에는 소련 군이 주둔해 있으면서 쌀배급도 주고 농토도 분배해주려고 하는데 남 조선에는 미군이 점령하고 있으면서 그렇게 못하게 해서 쌀배급도 농 토배분도 받을 수 없게 됐다. 미군이 없어져야 쌀배급도 받고 농토도 분배받을 수 있으니까 미군을 우리 힘으로 몰아내야 한다. 미군을 우 리 힘으로 몰아내기 위해서는 투쟁을 해야 한다. 밤에 산에 올라가 봉 화도 올리고 지서도 습격해 미국의 앞잡이 경찰들을 처단해야 한다며 그때그때 지도부의 지시에 따라 투쟁하면 된다고 했단다.

처음에는 별 관심이 없다가 낌새가 심상치 않다고 생각하며 살펴보 고 있던 중 지서를 습격하고 경찰관을 처단해야 한다고 할 때 윤재원 중위는 "쌀배급을 준다는 말로 백지에 도장을 받아놓고 이따위 짓이 야. 나는 이런 투쟁 못한다. 나는 다시 이 자리에 나오지 않는다"고 선 언하고 자리를 박차고 나왔다고 했다.

공산당 탈당선언을 당당하게 했다고 하겠다. 그러나 윤재원 중위는 공산당원이라고 생각해본 일도 없기에 그것이 탈당선언이라고도 생각 지 않았고 '그저 나 하나 안 나가면 그만이지' 하는 생각에서 평상으로 돌아와 있었는데 며칠 후 가장 친한 친구가 찾아와 "너를 반동분자로 낙인찍고 너를 처단하려고 한다. 너를 죽이려고 테러 분자가 쫓고 있 으니 조심하라"고 귀띔을 해주어 비로소 위험이 초미에 와 닿았음을 깨닫고 그 날부터 잠자리를 옮겨 다녔다고 했다. 여기서도 자고 저기 서도 자고하며 잠자리를 옮겨 다니던 중 바로 전날 밤을 보낸 곳에 테 러분자가 나타났던 흔적을 발견하고는 하룻저녁에 세 번까지 잠자리 를 옮겨 다녔다고도 했다.

하룻저녁에 잠자리를 세 번씩 옮겨 다닌 것도 여러 차례였단다. 어 떻게 해야 이 한 목숨을 보전할 수 있을까 고심하며 피해 다니던 중 한 곳에서 조그만 책상을 길가에 놓고 옆에 '국방경비대 모집'이라는 공고판을 세워놓고 있는 것을 보고 '내가 살 길은 이 길밖에 없다'고 생각되어 그 자리에서 지원 입대했다고 했다. 입대를 하면서도 가족에게도 알리지 못했다고 했다. 다른 사람에게 알려 질까봐 가족에게 알리는 것조차 두려웠다고 했다. 입대 후에도 군부대에까지 테러의 손길이 미칠까봐 집에 편지 한 번 못했다고 했다. 이런 관계로 포로가 된 후에는 김재경으로 변성명을 했던 것이다.

신병교육을 마치고 병기하사관학교(육군하사관학교의 전신이 아닌가 함)를 지망하여 하사관 교육도 받았다고 했다.

병기하사관학교에서는 미군을 통하여 전 세계 무기 생산국의 보병무기를 전부 구해다 놓고 교육을 시켰다고 했다. 개인화기, 공용화기 할 것 없이 수십 종의 보병무기 교육을 다 받았다고 했다. 병기하사관학교 교육은 매우 고달팠지만 이 교육을 잘 받아 내 것으로 만드는 것만이 내가 사는 길이라고 생각하며 열심히 교육을 받았다고 했다.

병기하사관학교를 마칠 무렵 윤재원 중위는 보병무기의 달인이라고 할 만큼 무기 다루는 솜씨가 뛰어났다고 했다. 그 많은 종류의 무기를 눈감고도 분해, 조립을 다 할 수 있을 정도로 능숙했다고 했다. 총기 조작은 한 손으로도 남이 두 손으로 하는 것 못지않게 빨랐다고 했다. 원래 왼손, 오른손을 똑같이 사용하는 솜씨였다고 했다. 신체적 조건도 좋았다. 175센티미터 정도의 키에 빈틈이 없어 보이는 몸매였다. 또한 체력도 출중했다.

한 번은 이런 일이 있었다. 강동군 인민위원회로 간 지 며칠 안 되어서였다. 큰 소나무를 찍어 가지만 쳐놓은 긴 나무를 전주 한 칸 정도의 거리로 옮겨가란다. 모두들 최소 4인 이상이 목도를 해야 한다고 하며 로프 등 도구를 가져오라고 하며 기다리고 있는데 윤재원 중위가 "내가 앉아서 메고 일어서지는 못하겠지만 서 있는 자세에서 어깨에 올려 놓아주면 메고 가겠다"고 한다. 모두들 "지금 우리의 몸으로는 6인 목도를 해야 할 정도인데 그 비쩍 마른 몸으로는 다치기나 하지 안된다”
며 만류했으나 괜찮다고 한다. 여럿이 한쪽을 들어 삐딱하게 세우고
사람이 나무 밑에 들어선 다음 다른 한쪽마저 들어 올려 놓아주었다.
윤재원 중위는 나무를 메고 조심스럽게 가서 한쪽 끝을 땅에 댄 다음
쾅하고 던져버린다. 모두들 장사라고 혀를 내둘렀다.

하사관이 되어 어느 부대에서 군 생활을 하다 국군 제8사단으로 전
속되어 강릉지구에 주둔해 있으면서 ‘내가 하사관이 된 지도 오래되었
고 군 생활에도 자리가 잡혔으니까 이제는 누가 나를 쉽사리 해치려 들
지 못하겠지’ 하는 생각에서 부친에게 편지를 드렸다고 했다.

부모님의 반가워하시는 회신을 기다리고 있던 중 ‘나는 너 같은 자
식 없다. 출세를 하거든 편지를 하던가, 집에 오던가 하지 그전에는 편
지할 생각도, 집에 올 생각도 하지 말라’ 는 간단하고도 호된 나무람의
회신을 받았다고 했다.

모처럼 부모님의 반가워하시는 회신을 기다리던 윤재원 중위는 너
무도 호된 나무람의 회신에 크게 상심하며 ‘명보전이나 해보려고 군에
들어왔는데 출세? 졸병이 어떻게 출세를 하나’ 하는 상심에서 헤어나
기 어려웠다고 했다.

그런 상심 속에 나날을 보내고 있던 중 초급장교 부족에서인지 “하
사관 중에서 사관후보생을 모집한다. 지망자는 응시하라”는 공고가 부
대 게시판에 붙은 것을 보고 ‘내게도 기회가 오는가 보다’ 생각하며 응
시 합격하여 현지 사령부에서 별도로 군사학 교육을 받고 육군 소위로
임관된 것이 1949년 여름이었고 임관 후 국군 제8사단 21연대 1대대
병기관의 보직을 받고 복무 중 1950년 11월 평남 덕천 전투 직전에 육
군 중위로 진급했다고 했다.

전쟁이 터진 후 윤재원 중위는 하루도 전선을 떠나본 일이 없다고

했다. 1950년 6월 25일 새벽 강릉 남방으로 해상침투한 적과 지상남하하려는 적과의 틈바귀에 끼어 3일이나 전투를 치렀고 원주로 집결하라는 명령으로 원주를 거쳐 후퇴하며 지연작전을 계속했고, 1950년 9월 소속사단이 주공격부대로 선정되었던 경북 영천전투의 대승으로 반격의 계기가 마련되어 북진을 계속하였다.

그러나 1950년 11월 말경 평남 덕천 전투를 고비로 또다시 후퇴의 길에 올랐다. 후퇴를 거듭하던 중 1951년 2월 강원도 횡성지구에서 대격전을 치르게 되었다. 횡성전투에 투입되기 며칠 전 윤재원 중위는 부하의 오발로 부상을 입고 오른팔을 목에 걸쳐 메고 있었다. 그 부상의 흔적은 나도 보았다. 팔꿈치 밑에서 팔꿈치 위로 약 20센티미터 가량 관통한 피하관통상이었다. 부하가 칼빈을 세워놓고 있다 옆을 지나는데 오발을 했던 것이다. 동료 장교들의 후방으로 가 치료를 받으라는 권고를 "지금이 어느 땐데 이깟 부상으로 후방엘 가" 하는 말로 일축하고 전선으로 향했다가 포로가 되었다고 했다.

나는 당시 국군 제8사단 본부 정보대 선임하사였다는 사람을 만나그 때의 상황을 자세히 들었다. 그는 그때는 빠져나갔었는데 그 후 타부대로 전속되었다가 포로가 되었다고 했다.

당시 국군 제 8사단 1개 사단을 정면에서 압박해온 적은 중공군 정예군 2개 군단이었다고 했다. 병력면에서 상대가 될 수 없는 열세에 있었지만 포병과 공군의 화력지원에 의존하여 겨우 전투를 계속할 수 있었다고 했다.

여기서 잠깐 참고로 전사의 기록을 찾아 쌍방의 병력을 비교해보자. 제1선에 배치된 아군은 국군 제3, 제5, 제8의 3개 사단 약3만의 병력이었고 여기에 대치한 적은 중공군 최정예군 13개 사단이었다고 한다 (한국전쟁사, 제5권, p137 참조). 아군 전방에 집결한 적의 반에 가까운 병력이 국군 8사단1개 사단을 노리고 있었던 것이다.

그 선임하시는 아군 전방에 적의 대병력이 집결해 있고 일주일 넘게 전투가 계속되는 동안 침투하여 아군 후방 도처에 잠복해 있는 적도 상당수 된다는 것도 다 보고를 했는데 왜 공격전을 계속했는지 이해가 가지 않는다는 말도 했다.

그러면 이때의 상황이 전사(戰史)에는 어떻게 기록되어 있는지 살펴보자. 당시 국군 3개 사단은 미군 제10군단장의 지휘 하에 있었다고 한다.

"본래 아몬드 군단장은 라운드업 작전의 일환으로 국군으로 하여금 횡성 좌우측에서 양익 포위공격을 실시하려는 계획을 갖고 있었으나 그것을 준비하는 중에 역으로 중공군 대군으로부터 역 포위를 당하게 된 것이다. 이리하여 군단장은 위기를 벗어나기 위하여 긴급히 국군 사단장들에게 철수명령을 하였다. 그러나 이미 중공군의 신속한 퇴로 차단 때문에 대부분의 국군부대가 와해되어 버리고 그 결과 건제를 유지하면서 탈출에 성공한 부대는 몇 안 되었다."(한국전쟁사, 제5권, p137 참조)

이상이 당시 상황의 전사 기록이다. 전사의 기록과 그 선임하사의 말과는 적지 않은 괴리가 있어 보인다.

"전투가 일주일 넘게 계속되는 동안 아군 후방에 침투 잠복해 있는 적이 상당수 된다는 것도 다 보고를 했는데 왜 공격전을 계속했는지 이해가 가진 않는다."는 선임하사의 말로 미루어 전선을 재정비할 시간이 충분했던 것으로 보아야 할 것이다.

　그런데 전사에는 "……중공군 대군으로부터 역 포위를 당하게 된 것이다. 군단장은 국군 사단장들에게 긴급히 철수명령을 하달하였으나 중공군의 신속한 퇴로 차단으로 대부분의 국군부대가 와해되었다……"는 것으로 보아 미 군단 수뇌부가 상황을 정확하게 파악하지 못하고 있었던 것이 아닌가 의심해본다. 때문에 상황이 긴박함을 확인하고 긴급명령을 하달했을 때는 이미 늦었던 것이다.

　왜 그랬을까? 군단 수뇌부에 정보가 제대로 전달되지 않았던 것일까? 그렇지는 않을 것이다. 그런 중대정보가 군단 수뇌부에 제대로 보고되지 않았을 리가 없다. 그러면 무엇 때문이었을까? 나 개인의 생각으로는—어디까지나 나 개인의 생각이다. 오해 없기를 바란다.— 미군과 한국군이라는 이중명령 계통에 문제가 있었던 것이 아닌가 의심해본다. 미 군단 수뇌부가 너무도 갑작스럽고 엄청난 정보 보고에 진위 여부를 의심했던 것이 아닌가 하는 생각이다. 다시 말해 미군 정보에는 그런 적의 대병력 집결 보고가 없었는데 한국군 정보 보고에 그런 정보가 올라가니까 사실인가 아닌가 판단을 못 내리고 진위를 재확인하려고 시간을 보내고 있는 동안 최악의 상황으로 빠져들었던 것이 아닌가 하는 생각이다.

　더욱이 미 군단 수뇌부가 하룻저녁에 거의 70~80킬로미터의 거리를 이동하는 중공군 경보병부대의 도보기동력을 알지 못하고 있었을 것이니 갑작스런 변화를 예측하기 어려웠을 것이다.

　또 전사에도 그 선임하사관의 "아군 후방에 침투 잠복해 있는 적도 상당수 된다."는 말도 사실이었음을 확인해주는 구절이 있다. "리지웨이 장군은 특히 후방 지원부대였던 미 제2사단 포병부대가 대량의 포병장비를 상실한 것은 직접 전투손실이라기 보다 전적으로 지휘부의 실책에 기인하는 것이라고 보고 이 부대에 감찰검열을 실시했다. 결과는 지휘관의 실책이 아니라 적의 압도적 병력 우세 및 신속한 기습 퇴로 차단 때문이었다는 결론이다."

후방지원 부대였던 미 2사단 포병부대의 포병장비 대량상실의 원인이 신속한 기습 퇴로 차단이었다는 것은 포병진지 지근거리에 포병진지를 유린할 만큼의 충분한 적의 잠복병이 있었다는 증거일 것이다.

참고로 이 전투에서의 피해를 살펴보면 인명피해가 국군 약 9,800명, 유엔군 약 2,000명, 한미 양군의 장비 손실은 105밀리미터 곡사포 28문, 155밀리미터 곡사포 6문, 탱크 6대, 차량 368대 등이다. 장비는 거의 사용가능한 상태로 적의 수중으로 넘어갔다(한국전쟁사, 제5권, p138 참조).

이러한 큰 피해는 한국전쟁사상 미군 참전 후 단일 전투에서의 최대 피해가 아닐까 생각한다.

1951년 2월 11일 일몰시각, 적은 중부 중동부 전 전선에서 총공세에 돌입했고 동시에 후방 도처에 침투 잠복해 있던 적도 일시에 행동을 개시해 아군이 크게 의존하고 있던 포병진지를 기습으로 침묵시켰고 거의 동시에 각 부대의 후방 지휘부(각 연대본부)의 기능을 마비시켰다.

후방 지휘부가 기능을 잃었다는 급보에 윤재원 중위는 대대보급관과 같이 병기부 차량으로 후퇴하던 중 중공군 잠복병이 트럭 양쪽에서 뛰어오르며 손을 들라고 했다. 순간 보급관은 적을 확 밀치며 뛰어내렸고 운전석 옆에 앉았던 윤재원 중위는 아픈 팔을 꽉 잡혔다. 순간 자폭하려고 왼손으로 휴대하고 있던 수류탄의 안전핀을 입에 물고 잡아챘는데 어찌된 일인지 안전핀이 빠지지 않고 이가 부러졌단다.

그때 그렇게 되었다는데 윤재원 중위는 윗니 하나가 말이 샌다고 할 정도로 크게 떨어져 없어져 있었다.

윤재원 중위는 포로생활이 너무도 고통스러우니까 "그때 고놈의 수류탄만 터졌어도 지금 내가 이 고생은 안 하는 건데……" 하며 그때의 일을 아쉬워하는 말을 두고두고 하고 있었다.

수류탄의 안전핀을 물고 챘을 때 중공군은 윤재원 중위의 왼손을 총대로 쳐서 수류탄을 떨어뜨려 차창 밖으로 던져버리고 총구를 가슴에 대며 손을 들라고 했다.

꼼짝없이 포로가 된 윤재원 중위는 후송 도중 탈출해 나오다 멀리 라이트를 켜고 오가는 차량행렬을 보고 '아군의 차량행렬일 것이다. 이 한 선만 빠져나가면 될 것이다' 생각하며 나오다 또다시 포로가 되었다.

두 번째 포로가 되었을 때는 많은 포로는 다 후송되고 언제 포로가 되었는지 알 수 없는 두 사람과 셋이었다고 했다. 셋이 후송될 때 앞뒤에서 하나씩 중공군 두 놈이 호송하는데 윤재원 중위는 두 사람에게 "이 두 놈 해치우고 탈출하자. 내가 앞엣 놈을 맡을게 너희 둘이 뒤엣 놈을 맡아라"고 의논을 하고 신호와 동시에 윤재원 중위는 앞엣 놈을 힘껏 걷어찼고 동시에 내민 왼손에는 비틀거리는 호송병의 총이 잡혔다. 총이 잡히자 곧 발사 태세를 갖추었고 단발 총성이 울리며 호송병은 저항 한 번 해보지 못하고 쓰러졌다. 뒤돌아보았을 때 뒤에서는 그때까지 셋이 엉켜 한 덩어리가 되어 씨름을 하고 있었다. 몸을 휙 돌리는가 싶었을 때 윤재원 중위의 총구는 다시 한 번 불을 뿜었고 완강하게 저항하던 중공군 호송병은 두개골이 관통되며 쓰러졌다. 셋이 엉켜 한 덩어리가 되어 있으니 총구가 자연히 두개골을 향했다고 했다.

왼손 한 손으로도 백발백중하는 명사수의 진면목이 여지없이 발휘되었던 것이다. 또한 이것이 전광석화라는 말 그 대로 눈 깜짝할 사이의 일이었다. 겨우 5초가 될까 한 짧은 동안의 일이었다. 그때의 일을 윤재원 중위는 이렇게 말하고 있었다. "그 중공군 호송병이 갖고 있는 총이 칼빈이어서. 칼빈 그거 뭐 손에 익은 총, 잡히기가 무섭지."

서로 머리가 맞닿을 듯 근접해 있는 틈새로 날아든 총탄에 놀라 넋을 잃은 듯 멍청이 서 있는 두 사람에게 "빨리 가" 하는 한 마디를 던지고 윤재원 중위는 숲 속으로 몸을 숨겼다고 했다. 또다시 적진 탈출의 길에 올랐다.

그러나 냉혹한 운명은 윤재원 중위의 편이 아니었다. 또다시 포로가 되었다.

강원도 홍천지역 어느 산간에서 토굴을 파고 피신해 있는 주민을 만나 농부의 옷을 얻어 군복 위에 껴입고 있었던 것이 더욱 화근이었다.

이번에도 '이쯤이 마지막 선일 것이다. 이 지역만 빠져나가면 아군을 만날 수 있을 것이다. 생각하며 허리를 굽히고 나올 때 매복 하고 있던 적이 뒤에서 총구로 등을 콱 찌르며 손을 들라고 했다.

또다시 포로가 된 윤재원 중위를 민간 옷을 껴입고 있다고 첩자라고 목에 걸쳐 메고 있는 아픈 팔까지 뒤로 돌려 꽁꽁 묶어서 끌고 갔기 때문에 어떻게 해볼 수가 없었다고 했다.

수용소에 입소 후 곧 전염병에 걸려 오래도록 사경을 헤매야 했고 열이 내릴 무렵에는 귀머거리가 되어 있었다고 했다. 귀밑에서 총성이 나도 들을 수 없을 정도로 절벽같이 되어 있다가 청력이 회복되어 갈 무렵 나와 같이 강동군 인민위원회로 끌려나왔던 것이다.

강동군 인민위원회에서 나는 윤재원 중위를 처음 만나 몇 마디 이야기를 나누다 의기투합하여 같이 북한을 탈출할 것을 약속했었다. 같이 탈출할 것을 약속한 후에는 둘도 없는 친구가 되었고 서로의 신상 이야기도 다 했었다.

빨치산 남 동무

　나는 윤재원 중위의 경우와 같이 쌀배급을 신청하련다는 말에 백지에 도장을 찍어주었다가 남로당원이 되었던 사람을 또 한 사람 보았다. 이야기가 좀 길어지겠지만 말이 난 김에 그 이야기까지 하고 넘어가는 것이 좋을 것 같다.

　강동군 인민위원회에는 입북한 남로당원 13명이 있었다. 3명은 여성 동맹 출신이었고 남자가 10명이었다. 모두 경북 출신이었고 여맹 출신 한 사람만이 충북 음성 출신이라고 했다.

　그 중 예천 출신이라는 '석희규, 김헌우.' 이 두 사람은 지금도 이름을 기억하고 있다. 그들은 좀처럼 이름을 말하지 않는데 군인민위원회에서 심부름을 하는 소년이 두 사람을 찾을 때는 "석희규 동무, 김헌우 동무" 하고 꼭 이름을 같이 불렀기에 알고 있다. 김헌우는 와세다대학 중퇴라고 하며 꽤나 아는 척하고 있었다. (내가 보기에는 정규과정이 아니었던 것 같았다.) 또 한 사람은 경북 의성 출신 박 동무라는 사람이었다.

　우리는 신분이 신분인 만큼 그들과 어울려 대화를 나눈다던가 하는 것은 생각하기 어려웠다. 그러나 시간이 흐르며 조금씩 달라져 갔다. 폭격은 심한데 대피소가 하나도 없이 지내다 우리들 포로병이 가서야 대피소다운 벙커가 마련되었다. 처음에 건설된 벙커는 규모가 큰 편이었다. 50명 정도의 인원이 들어가 회의를 할 정도였다.

그 벙커가 완성되면서 우리들의 숙소도 그리로 옮겨갔다. 이때까지는 보일러실이나 잡동사니를 넣어두는 작은 창고 한 구석 등 여기저기 흩어져서 밤을 보냈는데 벙커가 완성되면서 날씨도 추워져 난방이 되는 벙커로 옮겨갔었다.

또한 군인민위원회 직원들도 크고 작은 공식집회는 말할 것 없고 각 부서의 당직 직원들도 저녁에는 벙커에 모여서 잡담을 나누다 흩어지곤 했다. 야간폭격기가 언제 날아들지 모르니까 등불 하나 켤 수 없고 담배 한 개비도 피울 수 없으니까 벙커로 모였다.

저녁 당직자들 중에는 매일 남로당 출신들이 한 둘 씩 끼어 있었다. 그들은 모두 독신이어서 시간을 혼자 보내기 무료해서 찾아오는 사람도 매일 한둘씩 있었다. 그러니까 매일 남로당 출신이 서너 명씩은 모였다.

그들의 화제는 주로 남쪽에서의 공산주의 활동에 대해서였다. 그 중에서도 의성 출신 박 동무라는 자는 "남반부에 있을 때는 먹고 혁명밖에 몰랐는데……" 하며 공산주의 활동에 혼신의 노력을 다하고 있었음을 자랑삼아 말하고 있었다.

그들은 또 경북 도경 간부 중에 자기들의 프락치가 있어서 중앙에서 내려오는 경찰정보를 일선 경찰보다 먼저 알고 있었다는 말도 하고 있었다. 대한민국 정부 수립 후에는 각 부처의 숙정작업으로 침투해 있던 프락치가 제거되기도 하고 피신을 위해 스스로 철수하기도 해 제때에 정보를 얻기도 어려웠고 감시망을 피해 단위 조직간에 정보 교환도 어려웠다고 했다.

당시는 통신수단이 보잘것없던 때라 단위 조직간에 정보교환이 어려워지면서 조금 먼 거리는 가정의 부녀자들이 동원되기도 하고 거리는 가까워도 감시망을 피하기 어려울 것 같을 때에는 7~8세의 어린아이들까지 동원하여 연락임무를 맡겼다는 말도 하고 있었다.

그들이 모여 있는 동안 우리는 자는 사람은 자고 초저녁이니까 자지 않는 사람은 앉은 대로 무료히 시간을 보내고 있었다. 그들은 거의 같은 사람이 매일 만나니까 화제의 빈곤에서였던지 가끔 우리에게 말을 걸어올 때가 있었다.

그들이 우리에게 말을 할 때는 약간 비아냥끼가 섞인 듯한 때가 많았고 우리들은 자신들에 비해 한 수준 낮은 사람들로 보는 것 같았다. 그것은 공산주의 교육을 받지 못한 사람은 으레 그렇거니 생각하는 듯도 했다. 공산주의 교육을 받은 사람만이 한 시대를 앞서가는 사람으로 생각하는 듯 말하는 것 같았다. 또한 그것이 우월감으로 작용하여 맹랑한 자존심만 키워주는 듯도 했다. 그러니 우리는 말을 걸어오면 마지못해 짤막하게 대답할 뿐이었다.

그런데 7~8세의 어린아이들까지 동원하여 연락임무를 맡겼다는 말에 나는 나도 모르게 "철없는 아이들까지요? 그 애들 초등학교 1~2학년밖에 더 됩니까?" 하고 참견을 하며 끼어들었다.

이때 경북 의성 출신 박 동무라는 자가 나서며 "동무, 혁명가의 가족은 어린아이들도, 부녀자들도 혁명투사가 되어야 하고 혁명투쟁에 나서야 합니다. 그래야 혁명투쟁에서 승리할 수 있는 것입니다" 한다.

나는 무엇에 한 대 되게 얻어맞은 듯 정신이 멍해지고 말았다. 8·15전 우리나라 여성의 대부분이 '혁명'이라는 용어를 단 한 번이라도 들어본 일이 있었던가. 그런데 그 부녀자들을 혁명투사라? 코흘리개 아이들까지 혁명투사라고?

혁명투사, 혁명투쟁. 그것이 무엇 하는 사람들이고, 무엇 하려는 싸움인가. 그것은 혁명이라는 낱말의 진의조차 제대로 알지 못하는 자들이 남의 꼬임에 빠져 날뛰며 피투성이가 되어 싸우는 곳이다. 미친개의 싸움보다도 더 어리석은 싸움이다. 그런 싸움판에 무슨 권리로 우리네 순박한 여인네들을 끌어들이고 순백의 설원과도 같이 순진무구

하다고 할 어린아이들까지 내다 굴린단 말인가?

이 후 나는 윤재원 중위에게서 어린아이들을 연락임무에 동원한 일이 비일비재했다는 말을 들었다. 윤재원 중위는 제주 작전에도 참가했었는데 부대원이 어린아이들에게서 두 번을 연락용 쪽지를 발견하고 경찰에 인계했다고 했다.

1951년 11월 상순이었던 것 같다. 동복을 입은 지 얼마 지나지 않아서였다. 강동군 인민위원회에 남로당 출신 북한군 상이군인 한 사람이 배치돼 왔다. 다리를 잘 쓰지 못하고 있었다. 그도 경북 '의성' 출신이라고 했다. 당나귀상의 인상이었고 고생에 많이 찌든 모습이었다. 나이는 39세라고도 하고, 40세라고도 했다. 만으로 말했다 우리네 세는 나이로 말했다 하는 것 같았다. 이름은 말하지 않고 남 동무라고만 했다.

그는 한글조차 한 자도 모르는 문맹자였다. 문맹이니 사무직에는 갈 수 없고 다리를 잘 쓰지 못하니까 노동도 할 수 없어 십시일반 격으로 밥만 얻어먹고 무료히 시간을 보내고 있었다. 우리들 중 누가 "남 동무 나이에 어떻게 군엘 갔소?" 하니까 "나는 빨치산이었오" 한다. 빨치산이라는 말에 모두 섬뜩해하며 입을 다물었다.

빨치산, 자기들의 정체를 숨기기 위해 우연히 눈에 띈 무고한 사람을 난도질해 죽이기까지 한 야차족이다. 그러니 빨치산이라는 말만 들어도 섬뜩해할 수박에 없었다.

빨치산이라는 말에 우리들은 우리들대로 멀리하려고 하고 군인민위원회 직원들은 도무지 말상대가 안 되니 누구 하나 누꼬리로도 보지 않는 완전 왕따 상태에서 시간을 보내고 있었다.

이렇게 한 달 가량 지났을 어느 날이었다. 그 날도 나는 전신마비 증상으로 병원에 다녀왔을 때였다. 점심시간이 한 시간도 안 남았기에 작업현장으로 가지 않고 조금 쉴 생각으로 벙커 속으로 갔다. 벙커 한쪽에는 예천 출신 김헌우가 서류를 잔뜩 갖다놓고 일을 하고 있었고, 조금 거리를 두고 반대편에는 빨치산이 혼자 앉아 시름에 잠겨 있는 듯했다.

나는 '조금 누워 쉬려고 했는데 누워 쉬지도 못 하겠구나' 생각하며 두 사람의 중간쯤에 앉아 있는데 빨치산에게서 의미심장한 한탄이 터져 나왔다. 그 기막힌 한탄을 들어보자.

멍청이 앉아 있던 그 남 동무라는 자가 느닷없이 혼잣말로 "백지에 도장 찍으라 캐서 백지에 도장 찍었고, 봉화 올리라 캐서 봉화 올렸고, 지서 습격하라 캐서 지서 습격했고, 빨치산 하라 캐서 빨치산 했고, 인민군 하라 캐서 인민군 했는데 꼴이 이게 뭐람. 내가 뭐 포로병인가 담배는 꽁다리나 주워 피우고……."

이상이 그 남 동무라는 자의 신세한탄의 말이다. 이 한탄의 말로 그의 수년간의 행적을 일목요연하게 알 수 있었다. 그의 행적은 완전히 피동적이다. 모든 것을 하라고 해서 했지, 하고 싶어 한 것은 하나도 없다.

지서 습격, 빨치산, 인민군. 당시는 모두가 죽이고 죽이려는 피투성이의 현장이었다. 남 동무는 그 피투성이 현장의 주역이었다. 그러나 그것이 그에게 주어진 의무는 아니었다. 속임수로 인하여 가짜 주역 노릇을 몇 년이나 하다 다리병신이 되어 물러나니 담배는 길가에 버려진 꽁다리 신세다.

우리들 포로병들이 꽁초를 주워 피우는 것을 보고, 그 남 동무는 자신은 상급자가 하라는 대로 하며 인민공화국에 충성을 다 했는데도 포로병의 신세나 다름없다고 "내가 뭐 포로병인가, 담배는 꽁다리나 주워 피우고" 하고 불만을 토로했던 것이다. 그는 그의 인생이 이미 '꽁다리 인생'이 되어 있다는 것을 이때에야 비로소 깨달은 듯했다. 꽁초를 꽁다리라고 하는 말도 나는 처음 들었다.

나는 그 남 동무라는 자의 한탄의 말을 듣고 이 자에게서 뭔가 들어볼만한 말이 있겠구나 생각했다. 그러나 그 자리에서는 아무런 말도 건넬 수가 없었다. 예천 출신 김현우가 남 동무의 한 맺힌 그 말에 잔뜩 눈살을 찌푸리더니 눈꼬리를 치켜세우며 "동무, 이리 좀 와요" 하고는 호되게 꾸짖는다. "동무는 빨치산 투쟁까지 했다는 동무가 어째 그렇소? 동무의 사상무장이 겨우 그 정도요?" 하며 나무라고 있었다.

포로병 앞에서 속임수로 인하여 신세 망쳤다는 듯한 한탄의 말이 듣기 거북했던 것 같았다.

10여 일 후 나는 그 남 동무와 대화를 나눌 기회를 얻었다. 단 둘이서 몇 마디 주고받다 정색을 하고 물어보았다.

"남 동무는 어쩌다 빨치산을 하게 되었던 것이오?"

그의 말은 윤재원 중위의 경우와 똑같았다. 시기도 같은 시기였고 수법도 똑같았다.

남 동무도 8·15 후 얼마 안 되어서라고 했다. 이장이 백지를 갖고 와 쌀 배급 신청을 하려고 한다며 이름은 자기가 써넣을 테니까 도장만 찍으라고 해서 도장만 찍어주었다고 했다.

집이 너무 가난해서 어린 나이부터 남의 머슴을 살아야 했기에 학교는 가 볼 엄두도 못 냈고 일제 시에는 초근목피(草根木皮)로 연명 해왔는데 쌀 배급이라는 말에 '해방이 좋기는 좋구나. 나에게도 쌀 배급을 주겠다고 하고' 생각하며 도장을 찍어주었다고 했다. 한데 쌀 배급을 신청한다고 했는데 쌀 배급은 안 나오고 얼마 지나지 않아 모이라고 해서 모이면 연합군이 어떻고, 미군이 어떻고, 소련군이 어떻고 하며 연설만 하더라고 했다.

그렇게 얼마간 지난 다음, 한번은 북조선에는 소련군이 진주해 있으면서 쌀 배급도 주고 농토도 분배해주려고 하는데 남조선에는 미군이 점령하고 있으면서 그렇게 못하게 해서 쌀 배급도 못 받게 됐고 농토

분배도 못 받게 됐다고 하면서 우리 힘으로 미군을 쫓아버려야 한다고 했단다.

미군을 우리 힘으로 쫓아내기 위해서는 먼저 미국의 앞잡이인 악질 경찰들을 없애버려야 하는데 그러기 위해서는 각처의 단위 조직 간에 협력이 잘 돼야 하고 협력이 잘되기 위해서는 신속한 연락이 필요하다, 신속한 연락수단으로 밤에 산에 올라가 봉화도 올리고 지도부의 지시에 따라 지서를 습격해 악질경찰을 처단해야 한다고 했단다.

쌀 몇 됫박의 배급을 받겠다는 기대에 남 동무는 무엇이나 그들이 하라는 대로 다 했다고 했다. 그런데 봉화를 몇 번 올리고 나니 경찰의 감시대상이 되고, 경찰의 감시대상이 되니 자연히 집에 들어가지 못하는 날이 많아지고, 지서 습격까지 하고 나서는 완전히 산사람이 되었다고 했다. 산사람이 된 후 오래지 않아 무기가 지급되었고 간단한 사격 교육을 받고 명실상부한 빨치산이 되었다고 했다. 빨치산이 된 후에는 경남북 동부 일대와 강원 남부지역에 출몰 안 한 곳이 없다고 할 정도로 많은 활동을 했고 국군 토벌대와 교전도 여러 차례 했다고 했다.

전쟁이 터진 후에는 남하하는 북한 인민군에 합류하려고 했는데 정규훈련을 도무지 받지 못해 그대로 합류하기가 어렵다고 정규훈련을 받으라는 지시로 같은 빨치산 대원 전원이 북한으로 들어가 한 달 간 훈련을 받고 전선에 재배치되어 전투 중 부상을 입었다고 했다.

그의 말을 다 듣고 나는 "남 동무는 아무것도 모르면서 온갖 고생을 다했군요." 하고 약간의 위로성 말을 하며 "그런데 이름이 뭐요?" 하고 물었더니 "남 동무, 김 동무 하면 되지 이름은 알아서 뭣해" 할 뿐이었다. 빨치산 시절에 함부로 이름을 말하지 말라는 교육을 받은 듯했다.

윤재원 중위와 그 남 동무의 경우로 나는 남로당의 조직 경위를 알게 되었다 1948~49년도 남한 각지에서 극성스럽게 출몰하던 빨치산에 관해서도 비교적 상세히 알게 되었다. 당시 지방 소도시에는 한 번에 중대규모 또는 대대병력의 빨치산이 대오를 지어 〈적기가〉를 부르며 출몰한다는 기사가 연일 보도되고 있었다.

그들 빨치산의 대부분이 의성의 남 동무와 같은 경우가 아니었을까. 당시 우리 국민 교육수준은 지금에 비할 바가 못 되었다. 청년들 중에도 문맹자가 거의 반이나 되었을 것이다.

교육수준이 이런 형편이니 판단력이 미숙할 것은 당연했다. 경제수준은 더욱 열악했다. 국민의 80퍼센트가 농업에 종사한다고 했다. 그나마의 농업도 순전히 가축과 인력에 의존하는 원시 농법에 농업이었다. 겨우 주곡 생산이나 하는 농업이었다. 노력에 비해 보잘것없는 수확이었다. 그나마의 수확물마저 일제에 모두 수탈당하고 초근목피로 연명 해왔다. 국민의 절대다수인 70퍼센트, 아니 그 이상이 초근목피로 연명해왔다고 해도 지나친 말이 아닐 것이다. 이들에게는 그저 몇 됫박의 식량만이 절실했을 뿐이다.

이렇게 판단력은 흐리고 몇 됫박의 식량만이 절실한 사람들에게 그 지역의 지도적 위치에 있다고 할 이장이 쌀 배급을 준다고 하며 도장을 찍으라고 하는데 안 찍을 사람이 있었겠는가. 한 사람도 없었을 것이다.

일찍이 레닌은 이탈리아를 여행하며 거지가 많은 것을 보고 혁명의 성공 확률이 가장 높은 곳이라고 했다고 한다. 굶주림의 고통 속에 있는 사람들에게 빵을 준다는 말 이상으로 결집력이 강한 말은 없을 것이다. 그렇게 결집된 힘을 파괴에 동원하여 득을 보려고 속임수의 술수를 짜낸 것이 공산당이다.

이렇게 공산당은 출발부터 속임수였다. 굶주리고 순진하기만 한 사람들을 교활한 꼬임수로 속인 것이다. 그 꼬임수가 통하지 않는 사람은 죽여 없애려고 했다. 테러분자라는 전문 살인꾼을 동원하여 죽이려고 했다. 단순히 자기들에게 속아주지 않는다고 쥐도 새도 모르게 죽이려고 했다. 이렇게 공산당에게는 인간의 존엄성 같은 것은 애당초 있지도 않았다. 공산당 사업에 동조하지 않는 자는 죽여 버린다는 폭력이 있을 뿐이었다. 그 폭력에 쥐도 새도 모르게 없어진 사람이 얼마인지는 아무도 모른다.

각 리의 이장이 쌀 배급 신청용이라고 하며 백지에 도장을 받아간 수법이 영·호남이 같은 시기에 같은 수법이었던 것으로 보아 전국 규모다. 그렇게 전국 규모로 확대되었다면 그 조직은 엄청난 규모일 것이다. 무장투쟁에 나선 빨치산 정도는 조족지혈에 불과할 것이다.

그 조직의 방대함을 객관적으로 확인할 수 있는 증거가 보도연맹의 규모다. '대한민국 정부 수립 후 본의 아니게 남로당원이 된 사람은 자수 전향하라. 자수 전향한 사람은 과거의 일체를 불문에 붙이겠다'고 하여 자수 전향한 사람들의 집합단체가 보도연맹이다. 보도연맹 가입자가 몇 십만이라고 했던 것으로 기억한다. 미전향자가 전향자의 몇 배는 될 것으로 보는 것이 당시의 시각이었다.

그렇게 볼 때 전국의 남로당원은 백만을 훨씬 뛰어넘었을 것이다. 그 가족까지 남로당원 또는 그 동조자로 본다면 전 국민의 과반에 이르렀을는지도 모른다. 그 많은 남로당원의 절대다수가 '쌀배급'이라는 교활한 꼬임수에 속아 넘어간 사람들이다. 그렇게 속아 넘어갔던 그 많은 사람 중에서 일이 잘못된 것을 깨닫고 그 굴레에서 빠져나오려고 한 사람이 어찌 윤재원 중위 한 사람이었겠는가. 아무리 적게 보아도 몇십명은 되었을 것이다. 그러면 이들은 다 어떻게 되었을까? 이들 모두가 윤재원 중위와 같이 공산당의 독수를 벗어나 살아남을 수 있었을까? 그들 중 적지 않은 사람이 살해되었을 것으로 본다. 다행히 윤재원 중위에게는 위험을 귀띔해주는 친구가 있었고 군부대라는 피신처가 있었기에 살아남을 수 있었던 것이다. 그런 귀띔을 해주는 사람이 없었던 사람은 살해를 면하기 어려웠을 것이다. 당시 온다 간다 말없이 종적을 감춘 사람이 있다면 거의가 살해된 것이 아닐까 생각한다.

반동분자는 땅 끝까지라도 뒤져서 처단해야 한다는 것이 당시 공산당이 가장 강조하는 말 중의 하나였다.

남한에서의 초기 공산당 활동에 관해 극히 일부나마 말했다. 그러면 북한에서는 어떠했는가도 짚어보아야 할 것 같다.

3장

해방 후 북한의 실상

―5년 1월에 들어서며 '살인강도단 두목 김구, 이승만을 타도하자' 라는 현수막이 내 걸리고 라디오에서도
―게 떠들고 있었다.

―, 이승만 두 분은 평생을 독립투쟁에 몸 바친 애국지사로 알고 있었는데 갑자기 '살인강도단 두목' 이라고
― 평양 시민들은 "이거, 해도 너무 하는 거 아냐" 하며 어리둥절해 하고 있었다.

소련 점령군

북한에 진주한 소련군은 한반도 점령정책의 사전준비가 잘 짜여져 있었던 것이 아닌가 생각한다.

나는 8·15를 고향 시골에서 맞이했다. 일본의 패망이 머지않다고 예상은 하고 있었지만 막상 일본 패망 소식을 접하고 보니 예상보다 빨리 온 것 같았다.

그래서 조금 갑작스럽다는 생각도 들었고 기쁨도 더욱 컸던 것 같다. 청년들이 밀려다니며 조선독립만세를 목이 터져라 부르기도 하고 여러 가지 이야기를 나누며 떠들기도 했다.

건국준비위원회 발족 소식을 듣고는 독립국가 건설이 순조롭게 이루어지는 것으로만 생각했다. 그만큼 시국을 보는 안목이 부족했다. 하기야 배운 것도 없고 정치훈련은 전무한 형편이었으니 어쩌면 당연했다고도 하겠다.

그런데 9월에 들어서며 뭔가 조금씩 달라지는 듯했다. 학교 사이렌이 울리면 모두 학교 운동장으로 모이라고 했다.

나의 고향은 농촌이지만 1백 수십 호가 한 곳에 밀집해 있고 주변에 조금씩 거리를 두고 10여 호씩의 작은 마을이 마치 대도시의 위성도시와도 같이 널려 있었다. 큰 마을은 2개리로 분할되어 있었다. 한 마을이 2개리로 나뉠 정도지만 전기가 없었다. 사이렌도 수동이었다. 그렇게 큰 마을인데도 전기가 없었던 것은 우리 국민생활을 원시상태로 방치해두려는 일제의 탄압책의 일환이 아니었을까 생각된다.

해가 저물어 갈 무렵에 사이렌이 울려서 모이기 시작하면 앞이 잘 안 보이도록 어둠이 깔려야 어지간히 모여들었다. 이때부터 몇 사람이 나와서 토론을 진행했다. 마주선 사람의 얼굴도 보이지 않는 어두움 속에서 진행했다. 비가 내리는 날이 아니면 하루도 빠짐없이 매일 그렇게 했다. 날씨가 추워져 옥외집회가 어려워질 때까지 그렇게 했다. 그것이 국민 세뇌교육의 일환인 것은 그때는 생각지도 못했다. '왜 매일 이러나' 하고 의아해할 뿐이었다. 그러니 얼마 안 되어 식상이 날 수밖에 없었다. '별다른 말도 없는데 무엇 하려고 추수기의 피로한 사람들을 매일 모이라고 하나' 하고 불평하는 사람이 대부분이었다.

토론에 나서는 사람도 매일 거의 같은 사람이었다. '어떻게 저 사람이 토론엘 나오나?' 할 정도로 별로인 사람이 거의 전부였다. 초등학교 4학년 수료자나 그렇지도 못한 사람이 많았다. 그러니 그 토론 수준을 알 만할 것이다. 초등학교 4학년 수료자가 많았던 것은 학교가 4년제로 출발하여 오래도록 그 제도 하에 있었기 때문이다.

토론 내용은 "연합국의 승리로 우리나라는 일제의 속박에서 행방되었다. 물론 우리 애국지사들의 투쟁도 적은 것이 아니었다. 우리는 애국선열들의 희생정신을 가슴 깊이 새겨두고 독립국가 건설에 총력을 기울여야 할 것이다……." 대략 이런 정도의 지극히 상식적인 말이었다.

그런데 그 토론 내용이 시간이 가며 변질되어 가고 있었다. '미, 영, 중, 소'의 순서로 말하던 연합국의 순서가 어느 날부터인가 '소' 자가 앞서기 시작하더니 11월부터는 완전히 '소련과 붉은 군대'만을 말하고 있었다.

한번은 한 사람이 "나도 한번 말해봅시다" 하며 자청해 나섰다. 지금 이름은 기억나지 않고 40대 중반의 천도교 신자였다. 연합국이라는 말이 사라지고 소련과 붉은 군대만이 우리나라를 해방시켰다는 말이 듣기에 아니꼬웠던지 자청해 나선 그는 "우리나라를 해방시켜 준 연합국에 감사하며"라고 서두를 꺼낸 후 말을 이어갔다.

그의 말이 끝나자 진행 측에서 한 사람이 나서서 "지금 말씀하신 분의 말 중에 잘못된 것이 있습니다." 하고는 "우리는 처음에 연합국이 우리나라를 해방시켜 준 것으로 잘못 알고 있었습니다. 지금은 우리나라를 해방시켜 준 것은 오직 소련과 붉은 군대만 있습니다." 한다. 그래도 누구 하나 이의를 말하는 사람이 없었다. 벌써 그만큼 분위기가 경화되어 가고 있었다.

그리고 이 무렵부터 소련 혁명에 관해 말이 나오기 시작했다. 혁명은 무력이 아니고는 성공하지 못한다고 못 박아 말하고 있었다. 3·1운동도 나약한 종교인들이 지도자로 나섰기 때문에 실패했다고 말끝마다 강조하고 있었다.

이때쯤 이미 공산당 하부 조직의 틀이 굳어져 있었던 것으로 생각된다. 나와 내 사촌과 다른 청년 몇 사람은 완전히 배제되어 있었기에 공산당 조직이 생기는 것을 감쪽같이 모르고 있었다. 공산당 조직은 북한에서도 그렇게 은밀히 진행되었다. 소문으로라도 들려옴직한데 소문도 없는 비밀 속에 진행되었다.

다른 몇 청년은 지주였던 관계로 배제되었던 것으로 보였고 나와 내 사촌은 가정의 전통문제로 배제되었던 것이 아닌가 생각한다.

나의 5대조가 헌종 연대에 문과에 급제하시어 미관말직인 지평장령을 지내셨다. 미관말직이긴 하나 당시 서북지방에서는 중앙의 삼공육경에 못지않은 영광이었을 것이라고 생각한다. 더욱이 홍경래의 난 후 40년을 과거에 응시할 자격조차 박탈되는 탄압 속에 살아왔으니 오죽했겠는가. 영광도 영광이려니와 권위 또한 대단했을 것이다. 그 권위의 꼬리 끝이 한 세기가 더 지난 그때까지도 남아 있었던 것으로 생각된다. 조부님이나 숙부님의 말씀이면 거의 불문율에 가까웠던 것으로 생각된다.

기존의 가치체계를 깡그리 파괴하려는 공산당이 그렇게 전통을 중시하는 가정 출신을 배제한 것은 당연했다. 이렇게 따돌림을 당하고 있었으니 공산당이 어떻게 조직되고 그들이 무엇을 하려고 하는지 도무지 알지 못하고 있었던 것이다.

10월 하순에는 모병이 있었다. 겨우 추수가 끝나가고 낙엽이 지고 있을 무렵이었으니까 분명 10월 하순일 것으로 생각한다. 경기지역에 비해 그곳은 한 달 가량 계절이 이르고 지금에 비해 기온도 낮은 편이었다.

이 모병은 나에게 크나큰 의문을 던져주었다. 해방을 맞이한 지 겨우 두 달 남짓인데 군을 모집한다. 어느 국가고 국가 보위를 위해 군은 있어야 하겠지만 군을 양성할 만한 제반 여건이 갖추어져 있다고 할 수 없을 것 같은데 군부터 양성하려고 하는 것 같은 생각에 의문을 갖게 되었던 것 같다. 이 의문은 오래도록 나에게 의문에 의문을 더하여 '이상하다. 이상하다' 하는 생각을 갖게 했다.

모병방법은 완전 자유지망이었다. 한 사람씩 군에 가고 싶은 생각이 없느냐고 의사확인을 했다. 일제의 징병에 진저리가 나서였는지 지망자는 많지 않았다. 주변의 작은 마을 사람들은 알 수 없고 큰 마을에서만 '홍하섭, 이순호, 박용식' 등 세 사람이었다.

나의 고향은 우리 홍씨의 집성촌이었다. 전 가구 수의 80퍼센트 이상이 홍씨였다. 마을 한 편에 황씨가 10여가구, 이씨가 네댓가구, 박씨는 단 한 가구였다. 주민 분포가 이런데 박씨가 한 사람, 이씨가 한 사람, 우리 홍씨가 단 한 사람이 지원을 했다.

그런데 이 모병은 오지라고 할 시골에서만 했던 것 같다. 외부에 알려지는 것을 피하기 위해서가 아니었을까. 읍 소재지는 물론 면 소재지만 되어도 피했던 것이 아닌가 생각된다. 후에 내가 평양에 가 있으면서 여러 곳 출신에게 물어보았으나 모병에 관해 아는 사람이 없었다.

이렇게 연합국은 사라지고 소련과 붉은 군대만이 있고 모병까지 하는 뒤숭숭한 가운데 12월에 평양엘 갔다. 아버지는 일찍이 세상을 뜨셨고 두 분 형님은 평양에 계셨다. 일제 말 직업을 구하기도 어려웠고 징집 해당자였기에 시골에 있었지, 농사도 짓지 않으면서 시골에 있을 필요가 없었다.

평양은 매우 살벌했다. 소련 군인들의 강도·강간 사건이 다반사로 일어나고 있었다. 소련 군인들의 침입을 막기 위해 골목마다 입구를 4~5미터 높이의 판자 울타리로 막고, 저녁 일정 시간이 되면 문을 잠그고, 그래도 어떻게 침입해 오면 드럼통이고 뭐고 소리를 크게 낼 수 있는 것을 준비했다 두들겨 이웃에 알리고 이웃집에서는 거기에 호응해 두들겨 소련 군인들을 쫓느라고 밤을 새울 때가 많았다. 평양 온 시내가 거의 매일 그렇게 소란스러웠다.

1946년 1월에 들어서며 '살인강도단 두목 김구, 이승만을 타도하자' 라는 현수막이 내 걸리고 라디오에서도 그렇게 떠들고 있었다.

김구, 이승만 두 분은 평생을 독립투쟁에 몸 바친 애국지사로 알고 있었는데 갑자기 '살인강도단 두목' 이라고 하니 평양 시민들은 "이거, 해도 너무 하는 거 아냐" 하며 어리둥절해 하고 있었다.

화폐는 소련군의 진주 직후 발행된 '붉은 군대 사령부' 화폐가 일제의 조선은행권과 병용, 유통되고 있었다. 그 화폐는 하단에 '붉은 군대 사령부' 의 작은 문자 표시가 있었고 붉은 계통 색상이었다.

그런데 이 화폐의 유통량 변화가 심상치 않다는 것이다. 붉은 군대 사령부 발행의 신화폐의 유통량이 놀라울 정도로 증가하고 조선은행권이 그만큼 감소하고 있다는 말이다.

평양에는 친인척이 여러 댁 있었다. 그 중에는 일본에서 대학을 다닌 분도 있었다. 또 형님 친구 분들도 여러 분 계셨다. 내가 나가면 친인척 댁을 찾던가 형님이 경영하시는 점포로 나가는 것이 고작이었다. 형님 점포에는 실직한 친구 몇 분이 거의 매일 찾아와 시국담을 나누곤 했다. 나는 그분들의 대화에서 내가 모르는 일들을 귀동냥으로 얻어듣는 것이 많았다.

그 중 지금도 기억에 남아 있는 것이 있다. 당시 유통되고 있는 화폐에 관해서였다.

친구분 A "아니, 돈이 어떻게 된 거지? 군표−붉은 군대 사령부 화폐 일색이야. 조선은행권은 눈 크게 뜨고 봐야 몇 장 보겠어."

친구분 B "그렇겠지."(이분은 평고 출신이고 최 선생이라고 했던 것 같다.)

A분 "이유가 뭐지? 왜 그런 거야?"

B분 "공작금으로 나가겠지."

A분 "공작금? 남조선으로?"

B분 "……."

이분은 더 이상 아무 말도 하지 않았다.

이 대화와 48년 초 화폐개혁 당일에 들은 말이다. 아침 일찍 화폐개혁 뉴스를 들었다. "현재까지 유통되고 있는 조선은행권, 붉은 군대 사령부 화폐통용을 금지한다. 소유하고 있는 모든 화폐를 사흘 내로 은행에 예치하라"는 포고령이었다.

이때 세대주는 500원, 부양가족은 많고 적고 관계없이 200원, 이렇게 한 가구에 700원씩 균등 교환해주었던 것으로 기억한다.

화폐유통 금지로 시장이 모두 철시하고 모든 물류유통이 정지되었으니 사람들의 아우성이 보통이 아니었다. 이런 가운데 나는 친인척 댁을 찾았다. 조고모님 댁이었다. 몇 분이 이야기를 나누고 있는 중에 그 댁 작은 사위가 왔다. 나보다 10년 가까이 연상이었고 굳이 따지자면 자형뻘이었다. 일본 중앙대학 출신으로 경제학을 전공했다고 했다. 시골에 있을 때 여러 차례 놀러 온 일이 있었기에 나와는 친숙한 사이였다.

그 자형이 들어서자 한 분이 "그러지 않아도 자네가 오면 하고 기다렸네. 잘 왔네. 자네는 이 화폐개혁에 대해 어떻게 생각하나?" 하고 의견을 묻는다.

"저라고 뭐 별다른 견해야 있겠습니까? 아무 힘도 없는 우리 조선이 또 당한 것이지요" 하고는 다음과 같은 말을 한다.

"소련이 우리 조선과는 의논 한 마디 없이 마구 찍어내 흥청망청 써놓고 이제 와서 그 근거를 없애기 위해 화폐개혁이라는 말로 회수하려는 것이겠지요."

"그 화폐의 근거가 그대로 있으면 어떻게 될 것 같아. 이렇게 화폐개혁이라고 하며 국민의 재산을 다 뺏어 가는가. 우리는 그 돈도 재산으로 알고 있었는데."

"우리 조선은 전쟁 당사국이 아니었으니까 완전 독립국가가 된 후에는 문제화할 수도 있겠지요."

이런 취지의 말들이 적지 아니 오갔던 것으로 기억한다. 그 중에서도 어느 한 분의 다음의 말은 지금도 기억에 남아 있다.

"스탈린은 무산대중 단결을 호소하고 소련군은 약소민족 해방군이라고 하면서 이따위 짓을 해! 이것은 착취를 지나 강탈이야."

조선인민군

1946년 12월 평안북도 강계에 간 일이 있었다. 내 일이 아니고 남의 부탁으로 일을 보아주러 갔다. 그때의 강계는 정신이 어지러울 정도로 혼란스러워 보였다. 북한 경비대, 소련군, 팔로군(당시의 모택동군)이 함께 섞여 돌아가고 있었다. 특히 팔로군은 여러 마리가 끄는 다두마차를 타고 기다란 가죽끈 채찍으로 금속성과도 같은 날카로운 소리가 나도록 휘두르며 질주하고 있었다.

팔로군이 장개석군에게 밀려 중국 동북지방 한 귀퉁이로 쫓겨가 있다는 말을 듣고는 있었지만 이렇게 우리나라에까지 무장상태로 들어와 있을 것은 생각지 못하고 있었다.

사실 이때까지 국내외 정세에 관해서는 거의 깜깜 소식 속에 살아왔다. 4구 이상의 라디오는 다 압수되었고 있으나마나 한 그 나마의 신문마저 일반에는 배포하지 않았다. 이런 형편이니 팔로군이 와 있는지 뭐가 와 있는지 알 수가 없었다.

실정이 이러니 정보를 보도매체에서는 얻을 수가 없었고 오가는 사람들에게서 얻어듣는 구전 정보가 고작이었다. 그래도 평양은 사람들의 집산이 큰 도시였기에 적지 않은 정보를 접할 수 있는 곳이다. 그런데도 팔로군이 우리 국토에 들어와 있는 것은 모르고 있었다.

강계에 도착한 지 사흘째 새벽에 큰 문제가 발생했다. 아직 날이 밝지 않은 새벽인데 여관집 주인이 "애들아 일어나서 눈 치워라. 눈이 강산같이 왔다. 이 눈을 어떻게 다 치겠냐. 빨리 길이라도 내야겠다."하고 사환아이들을 깨우는 소리가 들린다. 내다보니 눈이 30센티미터가 훨씬 더 될 만큼 쌓여 있다.

다음날부터 영하 30도에 육박하는 기온 급강하로 꼬박 8일 간 열차 통행이 두절되었다. 일제 시 열차는 중국산 유연탄을 사용했는데 일제의 패망으로 유연탄 공급이 단절되어 북한산 무연탄으로 대체했는데 열량 부족으로 증기의 압이 오르지 않아 급경사 지대가 많은 만포선은 열차 운행이 어려울 때가 많았는데 겨울에는 더욱 그렇다고 한다.

유일한 교통수단인 열차가 통하지 못하니 꼼짝없이 갇혀 있게 되었다. 해방 후 얼마 안 되어 전화를 모두 회수해갔기 때문에 시내고 시외고 통신도 완전 단절 상태였다. 열차가 통하는지 알아보려면 일일이 강계역에 나가 직접 문의해야 했다.

나는 아침 먹고는 강계역에 나가 열차가 오는가 알아보는 것이 일과가 되었다.

"오늘, 평양행 차 있습니까?"

"없습니다."

"언제나 길이 트입니까?"

"모릅니다. 매일 나와 보세요."

이상이 강계역에서 매일 하고 듣는 말이었다.

영하 30도는 대단한 추위였다. 해가 잘 나는 한낮 양지 바른 곳의 지붕 처마에도 고드름 물이 한 방울도 없었다. 모든 것이 꽁꽁 얼어붙은 추위에 강계역에 나갔다가 헛걸음을 하곤 했다. 그래도 강계역 대합실에는 난로를 피워놓아서 언 몸을 녹일 수 있었다.

매일 그렇게 열차가 오는지 문의하고 몸을 녹이곤 했는데 하루는 난로 옆에서 대합실 한쪽 벽에 눈길이 멈추었다. 어제까지는 없었는데 포스터가 한 장 붙어 있다. 가까이에서 보니 여러 대의 탱크가 포격을 하며 진격을 하고 그 뒤를 수많은 보병이 따르는 격전의 현장을 그린 포스터다. 포스터 한쪽에는 해설문이 있다. 그 해설문을 본 나는 흠칫하며 잠시 몸이 굳어지는 듯했다.

"용감한 우리 조선인민군은 중국인민 해방을 위해 중국인민해방군과 어깨를 나란히 하고 싸우고 있다."

이상의 문구였다.

'조선인민군.' 특이한 용어라고는 할 수 없겠으나 처음 접하는 용어이기에 생소한 감이 있었다. 뭔가 이상하다는 생각도 들었다.

'조선인민군? 그러면 작년 10월에 모병한 것이 조선인민군이었단 말인가. 그런데 왜 중국전쟁에 뛰어들어 싸우고 있단 말인가. 모병한 지 1년 2개월에 불과한 군대를 왜 남의 나라 전쟁에까지 끌고 갔을까?

나는 더 이상 생각할 수가 없었다. 노루 꼬리만도 못한 내 지식으로는 더 이상 아무것도 생각할 수가 없었다. 그저 어둠 속에서 벽에 부딪친 듯 꽉 막힌 앞에 이상하다는 의문뿐이었다. 뭔가 불길한 것도 같고 그렇지 않은 것도 같은 알 수 없는 의문에 사로잡힌 듯했다.

그런데 그 의문에 무게를 더하는 듯한 일이 생겼다. 그 포스터를 본 지 4일까지는 그대로 있었는데 닷새째 되던 날 아침에 나갔을 때 그 포스터는 흔적이 없었다. '누가 떼었을까? 누가 붙였다 누가 떼었을까? 물론 공산당이나 그 계통에서 했을 것을 짐작 못하는 것은 아니다. 왜 비밀스런 곳을 살짝 보여주려다 마는 듯 교통이 두절되었을 때 4일간만 붙여놓았다가 다시 거두어 갔을까? 의문만 고무풍선처럼 부풀어오르고 있었다.

그 포스터 한 장에 의문이 얼마나 컸었기에 60년도 더 지난 지금까지도 뚜렷하게 기억하고 있겠는가.

꼬박 8일을 갇혀 있다 평양으로 돌아오는 열차 내에서 나는 8 · 15 후 지금까지 약 1년 4개월간에 있었던 몇몇 의문스러운 일들을 돌이켜 생각하고 있었다.

붉은 군대 사령부 화폐의 급격한 팽창과 반비례해 감소하는 조선은 행권, 그 이유가 공작금일 것이라는 설, 1945년 10월의 모병, 조선의 해방을 연합국을 부인하고 소련만의 덕이라는 억지주장, 1946년부터 거의 전 국민에게 소련혁명사 교육, 혁명은 무력만이 성공할 수 있다는 군사력 제일주의의 강조, 바로 며칠 전 강계역에서의 조선인민군 포스터 등.

이러한 사건과 설들이 한데 엉켜 나로서는 풀 수 없는 수수께끼가 되어버렸다.

그 중에서도 며칠 전 강계역에서의 포스터가 자주 눈앞에서 어른거린다. 그 조선인민군이란 용어는 강계역 포스터에서 처음 보았지만 1947년 봄부터는 평양에서도 간간이 들을 수 있었고 새로운 제복의 군인들이 눈에 띄기 시작했다. 차차 시간이 지나며 평양 시내에서도 군가를 부르며 행진하는 군 행렬이 눈에 띄더니 48년에 들어서면서부터는 그런 일이 흔히 눈에 띄었고 모란봉에서 전투훈련을 하는 것도 자주 볼 수 있었다. 인민군이라는 용어도 일반 용어와 같이 민간에서도 보편화되어가고 있었다.

노태우 정권 말기였다. 서울의 어느 유력 일간지 기자가 나에게 이런 말을 한 일이 있다. "미소 공동위원회에서 양국의 철군을 먼저 제안한 것이 소련이라고 하던데요"라고.

그 기자는 소련의 제안이 선의의 제인이었던 것으로 알고 있는 듯했다. 정말 너무 순진한 생각이었다.

"그랬지. 당신은 유명 일간지 기자인데 소련의 철군제안을 어떤 계

산서 나온 제안인지 짐작 못하오? 북한이 소련군이 없어도 될 만큼 충
분한 무장을 했으니까 철군제안을 했던 것으로 보아야 하오. 6·25 당
시에는 북한군이 개전 삼일에 서울을 점령했지만 소련이 미소 양군의
철군을 제안할 당시 남북 간에 군사적 충돌이 있었다면 북한군은 충돌
당일로 서울을 점령했을지도 모르오. 남북 간 군사력의 차이가 그만큼
컸던 것으로 나는 보고 있소.”

이렇게 말한다고 내가 진작부터 그 수수께끼와도 같은 의문을 해소
하고 있었던가 하면 그렇지도 못하다.

전쟁이 터지고 포로가 되어 북한으로 끌려가 있으면서 윤재원 중위
와 빨치산 남 동무란 자를 만나 자세한 말을 듣고 남로당의 조직 경위
를 알게 되었고, 북한 탈출 후 피난 나온 사람들에게서 1945년 10월에
북한군에 갔던 사람들의 소식까지 듣고서야 나는 나름대로 유추해볼
수 있었다.

독일 패망 후 일본의 패망도 머지않았다는 것은 누구나 예상했었다.
스탈린은 일본 패망 후 한반도 정책의 시나리오를 서너 가지로 짜놓았
던 것이 아닐까 생각한다.

즉 소련군이 한반도에 발을 들여놓기 전에 일본이 패망했을 경우,
한반도를 부분 점령했을 경우, 소련군이 한반도 전역을 점령했을 경우
등 이렇게 서너 가지로 상정해볼 수 있지 않을까.

그랬다가 한반도를 미소 양국이 분할 점령하게 되니까 미리 짜놓았
던 시나리오 중 하나를 택하여 정밀검토하고 세부계획까지 수립한 다음
극비리에 요원들을 파견하여 조직에 착수했던 것이 아닐까 생각한다.

이러한 사전계획이 준비되어 있지 않았다면 일을 그렇게 신속하게
진행할 수 없었을 것으로 생각되기 때문이다.

윤재원 중위와 빨치산 남 동무라는 자가 다 같이 이장이 쌀 배급 신
청을 한다며 백지에 도장을 받아간 것이 ‘해방 후 얼마 되지 않아’ 라고

했던 것으로 보아 늦어도 8·15 후 3주 정도의 시점으로 보는 것이 타당할 듯하다.

일제 말기 우리 국내에 소수의 공산주의자는 있었어도 공산당이 있었다는 흔적은 찾아보기 어렵다. 그런 기존 조직이 없었는데도 공산주의 활동이 그렇게 신속하게 이루어졌다는 것은 어떤 외부의 힘이 작용하여 뒷받침이 잘되었다는 증거일 것이다.

또 8·15 후 불과 며칠 사이에 생긴 자생단체가 있었다 해도 자금 문제 등 여러 문제에 봉착했을 것이니 그렇게 신속하고 거침없는 활동을 하기는 어려웠을 것이다. 반드시 큰 힘의 뒷받침이 있었기에 그런 활동이 가능했다고 보아야 할 것이다.

그러면 그 뒷받침을 어디에서 했을까? 그런 뒷받침을 할 곳은 한 곳밖에 없다. 그 한 곳이 북한이다. 북한이 아니고는 다른 어디에도 남한 내에서의 공산주의 활동에 뒷받침을 할 곳이 없다. 그렇다면 북한 어디에서 했을까? 내국인 단체에서 했을까? 아니다 내국인은 개인이고 단체고 그런 여력이 있을 곳이 없다.

이장이 쌀 배급을 신청한다며 백지에 도장을 받아간 시기를 8·15 후 3주 정도의 시점으로 본다면 그 3주 정도의 기간을 이장 포섭 및 교육기간으로 보아야 할 것이다. 공산당에 포섭되지 않고 스스로 나서서 쌀 배급을 준다고 하며 공산주의 활동을 할 이장은 있을 수가 없다. 불과 3주 정도의 기간에 남한 전역의 거의 모든 이장을 포섭했다면 대단한 속도전이었고, 그런 속도전은 철저한 사전계획이 없이는 불가능할 것이고, 그 속도전의 뒷받침이 되는 큰 힘이 또 달리 작용했을 것이다.

그 뒷받침의 또 다른 힘은 자금이다. 자금, 즉 금품으로 매수 포섭했을 것이다. 매수 포섭이 아니고는 그 짧은 기간에 그 많은 이장들을 포섭할 수 없었을 것이다. 당시의 경제 실정으로 보아 그렇게 많지 않은 금액으로도 매수 포섭이 어렵지 않았을 것으로 생각한다.

당시 북한 각 도 조선은행 지점의 화폐 잔고가 얼마나 되었는지는 알 수 없지만 그리 적은 금액이 아니었을 것이다.

당시 달러 대비 원화 비율이 1대 15 정도였다고 기억한다. 이북 5도 조선은행 지점 잔고를 20억 원 정도로 본다면 시중에 유통되고 있는 화폐는 줄잡아도 그 배는 되지 않았을까. 결코 적은 금액이 아니다. 그 돈이 다 어떻게 되고, 불과 1년도 안되어 시중에 유통되고 있는 조선은행권마저 거의 희귀 상태에까지 갔단 말인가. 물론 각 지점의 보유 잔고는 바닥이 난 지 한참일 것이다.

그 화폐를 좌지우지할 곳은 소련군 사령부 외에는 없다. 소련군은 점령군으로 주둔과 동시에 군정을 실시했고 전 부문에서 엄격히 통제했다. 그 통제 하에서 금고에 손을 댈 사람은 소련군 외에는 달리 있을 수가 없다.

그렇게도 엄격한 통제하에서 중앙은행 각 지점의 보유고가 고갈되고 시중에 유통되고 있는 화폐마저 희귀 상태에 이르러 간다면 그 돈이 다 어떻게 되었단 말인가. 그렇다고 그 화폐가 점령군 주둔 비용으로 사용된 것도 아니다. 점령군 주둔 비용은 점령군 사령부, 즉 '붉은 군대 사령부' 발행의 화폐를 마음대로 사용하고 있었다. 소련군 장교들은 그 화폐를 주머니가 두둑하도록 다발로 넣고 다니며 사용하는 것을 나도 한두 번 목격한 것이 아니다. 또 점령군 주둔 비용으로 사용했다면 시중에 그 화폐가 범람할 것이지 시중에 조선은행권이 희귀해질 수가 없다.

소련군 외에 손을 댈 사람도 없고, 점령군 비용으로도 사용하지 않았다면 그 많은 화폐가 다 어디로 갔단 말인가. 어디엔가 은밀히 사용되었을 것이 분명하다. 그 은밀한 사용처가 남한에서의 공산당 조직과 그 세확장 자금으로 사용되었을 것을 누구나 쉽게 생각할 수 있다. 그렇다. 그 많은 돈이 모두 남한에서 공산당 조직과 세확장 자금으로 사용되었던 것으로 보아야 할 것이다.

그렇다면 그 조직과 세확장에 필요한 요원을 어떻게 충원했을까. 대일본전에 대비하여 잘 훈련된 한인 첩보 요원들이 충분히 있었을 것이니 요원 동원에는 문제가 없었을 것이다. 더욱 소련 첩보원들은 군사 첩보뿐 아니라 정치공작 훈련도 심도 있게 받고 있었으니까 정치공작에도 능숙했던 것이다. 이렇게 잘 훈련된 자들이 파견되어 박헌영과 같은 공산주의자와 접선하여 어렵지 않게 일을 진행할 수 있었을 것이다. 더욱이 일본 패망 직후 당분간은 치안의 공백기였다. 공작요원이 활개를 치며 돌아다녀도 거들떠볼 사람이 하나도 없는 치안의 완전 공백기였다.

이런 치안의 공백기를 틈타 소련은 미군 점령 하에 들어갈 한반도 남부에 공산당을 조직하고 쌀 배급을 준다는 속임수로 그 당세를 최대한 확장해놓았다.

이렇게 볼 때 그런 일을 기획하고 진행시킨 실지 인물이 누구일까 하는 의문이 떠오른다. 누구일까? 소련군 사령관일까? 점령군 사령관 단독으로 했을까? 아니다 언감생심 꿈도 못 꿀 일이다. 일개 점령군 사령관이 자칫 국제문제로 크게 비화할 우려가 매우 높은 민감한 사항을 단독 처리한다는 것은 생각조차 할 수 없는 일이다. 그렇다면 본국의 지령에 의하지 않고는 진행할 수 없는 일이다. 지령자가 누구일까? 그것은 스탈린이다. 스탈린이 아니고 누가 그런 지령을 내릴 수 있었겠는가. 스탈린만이 그런 지령을 내릴 수 있는 위치에 있는 유일한 인물이다.

스탈린의 지령에 의하여 점령군 사령관은 점령지역의 실무책임자로서 휘하 한 부서에 맡겨두고 지휘 감독하다가 북한 내 권력구조의 틀이 잡혀가며 김일성 일당에게 한반도 남부에서의 공산주의 활동의 지휘 감독의 전권을 일임했던 것이 아닐까 생각한다. 또 활동하던 첩보 공작요원들도 자연스럽게 김일성 휘하로 들어갔을 것이니 남한에서의 공산주의 활동에는 아무런 흔들림도 없이 지속할 수 있었을 것이다.

여기서 하나 더 주목할 것은 남한 전역에 공산당의 조직을 확보하고 그 세를 확장하는데 스탈린은 소련의 자금은 한푼도 사용하지 않았다는 사실이다. 장차 거두어 불살라버릴 붉은 군대 사령부 화폐를 발행하여 기존의 조선은행권에 대체 유통시키고 회수한 조선은행권은 남한 전역에 살포함으로써 공산당 조직과 세를 얻고 남한 내에 화폐량을 팽창시켜 경제를 교란하고 남한사회를 혼란에 빠뜨리는 효과까지 얻었던 것이다.

이것도 "적의 무기로 적을 쏘라"는 스탈린의 교훈 중 하나일 것이다.

북한 탈출 후 나는 5년여를 건강 회복에만 유의하며 시간을 보내야 했다. 내과에서는 말할 것도 없고 정신신경과에서도 최소 5년 정도의 요양이 필수일 것이라는 말이었다. 또 부분적이기는 하지만 기억상실증에 걸려 있었다. 나의 과거지사의 많은 부분이 기억에서 사라져 있었다.

그 한 예가 윤재원 중위의 신상 이야기다. 반년 이상이나 같이 북한을 탈출할 것을 도모하면서 여러차례 신상 이야기를 되풀이 말했는데 그것을 까맣게 잊어버리고 가족에게 자세한 소식을 전해드리지 못했다. 그리 오래된 일도 아닌데 까맣게 잊고 있었다. '가족이 왜 윤재원 중위가 장교인 것을 알지 못하고 있을까' 하고 의아해하기만 했다.

내가 1945년 10월에 북한군에 간 사람들의 소식을 들은 것이 북한 탈출 후 거의 5~6년이 지난 후였다.

그때 북한군에 간 세 사람 중 이순호는 1년 여 후에 건강문제로 중도퇴역하고 돌아왔다고 했다. 폐결핵 증상이라고 했다. 그런데 어디에 갔었는지 퇴역해온지 한 달 가량 후에 별을 단 내무서원이 되어 있었다고 했다. 다른 두 사람은 2년 여 후에 홍하섭은 육군 소위, 박용식은 하사관이 되어 있었다고 했다.

나는 그 세 사람의 소식을 듣고서야 그때의 일이 확연히 기억 속에 되살아났다.

스탈린은 장차 미군 점령 하에 들어갈 남한에 공산당을 조직할 계획과 동시에 소련군이 점령하게 될 북한에는 공산당 조직은 물론 강력한 군사력을 시급히 확보할 것을 계획했던 것으로 생각된다.

소련이 왜 그렇게도 서둘러 군사력부터 확보하려고 했을까? 8·15 후 겨우 두 달 된 시기에 대규모 모병을 했다면 매우 서둘렀다고 하지 않을 수 없을 것이다. 왜 그렇게도 군사력에만 혈안이 되어 있었을까?

당시 북한 서북지방에서는 군 지망자가 많지 않았지만 동북지방에서는 군 지망자가 상당히 많았던 것 같다. 초기 입대자 거의가 동북지방 출신이었던 것으로 생각된다.

그렇게 보는 이유는 북한 군인들의 일상용어가 100퍼센트라고 할 만큼 동북지방 방언이었다. 각 지방 출신들 그 많은 군인들의 일상용어가 완벽하다고 할 정도로 함경도 사투리로 통일되어 있었다. 심지어 남한 출신 의용군 입대자라는 군인들까지도 거의 완벽한 함경도 사투리를 사용하고 있었다.

이렇게 군인들의 일상용어가 어느 한 지방 방언으로 편중되어 있다는 것은 고참 상급자의 절대다수가 어느 한 지방 출신으로 편중되어 있었다는 것이다. 군조직의 특성상 고참자가 신병에게 미치는 영향은 거의 절대적이라고 할 수 있다. 초창기 군인의 거의가 동북지방 출신이었고 그 군인들이 신규 증설부대 창설자로 배치되면서 그 용어가 전통처럼 된 것으로 볼 수 있지 않을까?

스탈린은 한반도 분할점령 결정과 동시에 남북관계를 대결구도로 몰아가다 적절한 시기에 미군 점령지역까지 무력 점령하여 소련의 영향 하에 넣으려는 욕심이 발동했던 것이 아닌가 생각된다.

일제가 패망하고 미소 양군이 남북을 점령하고 새로운 질서가 확립되기까지 상당 기간 혼란이 계속될 것으로 보고 그 혼란을 먼저 수습하여 사회 안정을 찾고 군사력의 절대 우위를 확보하고 있다가 기회라고 생각되면 일거에 점령하려는 계획에서 그렇게 서둘러 군사력을 확보하려고 했던 것이 아닐까 하는 생각이다.

스탈린은 미소 양국의 정치제도를 비교까지 하며 혼란을 먼저 수습하고 안정하는 쪽에 승산이 있다고 보고 사회 불안 행위는 추호도 용납하지 않고 무자비하게 탄압하려고 했던 것으로 생각된다. 그 증거가 45년 초겨울 신의주 학생시위 진압과정이다. 이 말을 나는 당시 신의주 동중 재학 중이었다는 강춘만 씨에게서 들었다. 강춘만 씨는 지금 중풍으로 거동이 어렵지만 용산구 후암동에 거주하고 있는 것으로 알고 있다.

강춘만 씨는 1945년 11월 어느 날, 많은 학우들과 같이 "소련군 물러가라"고 구호를 외치며 학교를 뛰쳐나왔다고 했다. 그런데 어떻게 된 일인지 학교를 뛰쳐나온 지 잠시 후 인근 제재 단지 노동자들이 각재와 몽둥이를 휘두르며 "저 학생 놈의 새끼들, 다 때려죽여라"고 외치며 달려들었다고 한다.

아무 준비도 없이 나섰던 학생들이 놀라 쫓겨 달아나는데 갑자기 하늘에서 "따다다닷……." 기관총성이 벼락치듯 들려왔다고 한다. 혼비백산해 골목으로 달아나는데 잠시의 간격을 두고 릴레이식으로 기관총성이 요란했다고 한다. 기관총탄에 민가 지붕의 기왓장이 깨어져 튀어 내리는 골목길을 정신없이 달아나 피했다고 했다.

이때의 기관총성은 소련 공군 전투기에서 났던 것이다. 학생시위가 발생했다는 보고를 받고 소련군 사령부에서 전투기 출동명령을 내려 학생시위를 진압하려고 공중에서 실탄공격을 했던 것이다. 마치 전선에서 적진을 공격하듯 맹공을 퍼부었다고 한다.

어린 학생들 시위에 전투기를 동원하여 하늘에서 실탄공격을 한다? 실로 끔찍한 일이다. 집회와 시위의 자유를 주어 시위를 마음대로 할 수 있었던 남쪽에 비해 몸서리 쳐지는 끔찍한 일이었다.

이날 밤 그 학교의 많은 학생이 연행되어 갔고 그 중 많은 학생이 다시는 소식이 없었다고 했다. 강춘만 씨도 평양교도소에서 거의 1년이나 수감생활을 하다 아무것도 모르면서 시위에 가담했고 나이가 너무 어리다고 석방되었다고 했다.

스탈린이 김일성을 앞세워 서둘러 대규모 모병을 한 것은 미군 점령하의 남한에서도 군사적 대응이 있을 것으로 보고 남한에서 충분한 대응 군사력을 확보하기 전에 기선을 제압하려는 계산에서가 아니었을까?

군사력으로 한 국가를 점령하려면 아무리 신생 약체 국가라고 해도 얕잡아 과소평가해서는 안 된다고 보고 충분한 군사력을 확보하려고 했을 것이다.

그러면 스탈린과 김일성은 어느 정도의 군사력을 목표로 했던 것일까?

나는 경비대니 보안대니 하는 경무장 부대를 포함해서 약 30만 정도의 병력을 목표로 하지 않았을까 하고 생각한다. 왜냐하면 선제 공격부대, 그 후속부대, 예비병력, 후방경비병력, 점령지 치안유지 등을 고려할 때 그 정도의 군사력을 계상하지 않았을까 하는 생각이다.

30만 병력. 어쨌든 대군이다. 정권의 형태를 갖추기 시작한 지 몇 년에 불과하고 경제는 산업기반이 빈약하여 농업이 축을 이루고 있고 인구 1천만이 겨우 될까한 북한에서 30만 병력은 엄청난 군사력이라고 하지 않을 수 없을 것이다.

그런 대군사력을 손쉽게 꿈꿀 수 있었던 것은 두 말할 것 없이 소련이라는 거대한 배경이 있었기 때문이다.

각종 군사장비는 소련의 제2차 세계대전 잉여장비가 산적해 있었을 것이니 문제될 것이 없었을 것이다. 더욱이 그 많은 군사장비가 대일 본전을 위하여 극동지역으로 수송되어 국경지대에 보관되어 있었을 것이니 수송의 염려도 없었을 것이다.

다만, 하나 문제가 있다면 각급 지휘관이 문제였을 것이다. 그것도 하급 지휘관, 위관급 장교에서 중사, 하사에 이르는 최하위급 지휘관이 문제였을 것이다. 대대장급 이상 고급 지휘관은 소련군에 복무중인 한인 인력으로 충당할 수 있었겠지만 하급 지휘관은 위관급 장교에서 하사에 이르기까지 몇 만의 많은 인원이 요구되었을 것이니 그 교육이 시급했을 것이다. 그래서 소련 점령군은 겨우 점령지역의 현황을 파악하자 모병부터 서둘렀던 것으로 보아야 할 것이다.

또 하급 지휘관이 강해야 강군이 될 수 있다고 보고 모병한 신병을 강군으로 키우기 위해 겨우 신병교육이 끝난 풋내기 군인들을 중국전쟁에 투입하여 총성을 귀에 익히도록 하고 점차 실전을 경험하도록 했을 것이다.

전사에는 1949년 초부터 각종 군사장비가 대량 반입되었다고 한다. 1949년 1년 내내 탱크, 야포 등 중장비 수송이 계속되고 있었다는 말을 나는 피난 나온 평양 시민에게서도 들었다.

군사장비 대량 반입이 1949년 봄부터라고 하지만 이때 이미 북한군은 각 병과 인력이 충분히 양성되어 있었던 것으로 보아야 할 것이다. 장비만 맡겨주면 언제든지 제 한몫을 다 할 수 있는 잘 훈련된 인력, 그 인력은 이미 전면전의 준비가 다 되어 있는 대군으로 성장해 있었을 것이다. 일본 패망 겨우 두 달 만에 모병을 개시한 공산당이 계속 병력 증강을 했을 것은 재언할 필요가 없을 것이다. 표면에 드러나지 않는 은밀한 장소에서 강도 높은 훈련을 계속했을 것이다.

또 전사에는 김일성이 전쟁 계획서를 작성해 갖고 모스크바를 방문했을 때 스탈린은 전쟁은 신중을 기해야 한다고 하며 승인하지 않고 그대로 돌려보냈다고 한다.

이성의 판단보다 혈기 방장하여 욕심부터 앞세울 젊은 김일성을 음으로 양으로 충동질하여 전쟁의 욕심에 잔뜩 부풀도록 만들어놓고 만반의 준비가 다 되어 재가를 받으러 가니까 전쟁은 신중을 기해야 한다며 승인하지 않았다는 것이 스탈린의 진심이었을까? 진정 스탈린이 전쟁을 탐탁해하지 않았다고 볼 수 있을까?

글쎄 아무리 생각해도 그렇게 볼 수는 없다. 북한군의 중무장은 스탈린이 일본 패망 전부터 그리고 있었던 그림이다. 그런 스탈린이 그 구상이 현실로 이루어져 십수만의 중무장군을 전진배치까지 완료한 상황에서 전쟁은 신중을 기해야 한다며 김일성을 물리쳤다고 보기는 어려울 것이다.

물론 김일성이 큰일을 감당하기에는 너무 젊은 나이니까 혹시 실수라도 있을지 모른다는 염려에서 그런 일이 없도록 하라는 뜻에서 한번 그래 본 것이라고도 할 수 있겠으나 그 보다는 혹시 전쟁의 결과가 안좋으면 그 책임의 화살이 스탈린 자신에게로 향할 것 같아 그것을 피하기 위한 자기 발뺌의 한 수단이었다고 보아야 하지 않을까? 스탈린은 사진의 모습만 보아도 음흉하고 노회해 보인다.

여기서 스탈린과 김일성의 전쟁 준비과정을 다시 한 번 살펴보자. 1945년 8·15 후 겨우 두 달 남짓한 시기에 대규모 모병을 했다. 경비대니 보안대니 하는 말이 아니다. 공식으로 군대라고 하며 모병을 했다.

1946년 12월 평북 강계역 대합실 포스터에서 나는 그 모병이 조선인 민군이었고 중국 내전에 파병되어 있다는 것을 알았다. 그것이 실지 중공 지원보다는 훈련의 목적이 더 크지 않았을까 생각한다. 또 47년부터 새로운 제복의 군인들이 눈에 띄기 시작했고 날이 갈수록 그 수가 증가하고 있었다. 병력 증강을 계속하고 있었다는 증거다.

1949년 봄부터 각종 군사장비가 북한으로 대량 반입되었다고 하지만 이때 이미 북한은 그 많은 군사 장비를 훌륭하게 운용할 인력이 충분히 양성되어 있었을 것으로 보아야 할 것이다.

200여 대의 전투기를 보유한 공군력, 수백 대의 탱크, 장갑차, 자주포 등의 기동타격부대, 3천 여 문의 각종 포, 기타 일일이 열거할 수 없을 정도로 많은 보병부기가 반입되었다고 한다.

이 엄청난 무기를 어떻게 치안유지용이라고 하겠으며 어떻게 방어용이라고 할 수 있겠는가?

그 엄청난 중무장이 소련 군정의 엄격한 통제 하에서 준비되었다. 어떻게 김일성의 단독행위라고 할 수 있겠는가? 당시 북한은 소총 한 정도 생산하지 못하는 집단이었다. 모두가 소련제 무기였다. 설사 김일성의 단독행위라고 한다 해도 스탈린이 무기를 공급하지 않았다면 김일성이 어떻게 그런 중무장을 할 수 있었겠는가? 신생 약소국가에 중무기를 과다 공급한 스탈린의 저의가 무엇인가 묻고 싶다.

다른 한편으로 미군 점령 하에 들어갈 한반도 남부지역에 공산당을 조직하고 8·15 후 한 달도 안 되는 기간에 전 남한의 거의 모든 이장을 매수 포섭했다. 자금은 북한 각 도의 조선은행 지점 보유화폐를 내다 흥청망청 뿌렸고 쌀 배급을 준다는 속임수로 청년들을 끌어 모아 투쟁의 앞자리에 서도록 강요했다. 그 강요에 응하지 않으려는 사람은 테러분자라는 전문 살인꾼을 동원하여 쥐도 새도 모르게 죽여 버리려고 했다.

이런 일들 거의가 8·15 직후에 착수된 것으로 보인다. 그러니까 그때의 일 거의가 일본 패망 전부터 계획되었고 일본 패망 직후 소련군 선발대와 거의 동시에 공작원들을 파견하여 남한 적화공작에 착수했다고 보아야 할 것이다.

생각이 여기에까지 이르자 '태평양의 포성은 그대로 요란한데 스탈린의 흉중에는 또 하나의 전쟁계획이 싹트고 있었던 것이 아닐까?' 하는 생각을 지울 길이 없다.

한데 당시 공작요원들을 인솔하고 나왔던 공작책임자는 어떤 사람이었을까? 누구였을까? 혹시 김일성이 아니었을까? 김일성이 공작요원과 테러요원까지 대동하고 나왔던 것은 아닐까 하고 나는 의심해본다. 당시 김일성은 소련정보부대 현역 대위였다고 한다.

김일성이 북한 국민 앞에 처음 얼굴을 보인 것이 1945년 10월이었다. 8 · 15 후 두 달 정도 된 시기였던 것으로 알고 있다. 그 기간 동안의 김일성의 행적은 확실하게 알려져 있지 않은 것 같다. 혹자는 그 기간동안 김일성이 소련에서 집권을 위한 교육을 받았을 것으로 보기도 하지만 막연한 추측이 아닌가 생각한다.

그보다 스탈린은 앞으로 위성정권을 끌고 나갈 자의 지위를 확고하게 다져주고 또 김일성의 능력 여하를 최종 확인할 겸 공작요원들을 인솔하고 나가도록 했던 것이 아닐까 하는 생각이다.

테러요원까지 대동했던 것으로 보는 이유는, 당시 우리나라(남북)에서 1년을 두고 살인 사건이 한두 건 있을 때도 있고 한 건도 없을 때가 많았다. 우리 국민이 그만큼 순박했다는 말이다. 사람을 죽인다는 것은 생각조차 하기 어려웠다. 실상이 이러했는데 지서를 습격하고 경찰관을 처단하라는 투쟁을 하지 않겠다고 한다고 테러분자를 동원하여 살해하려고 했던 것으로 보아 그 테러분자는 국내 거주자가 아니었을 것으로 생각되기 때문이다. 그 순박하던 사람들이 어떻게 한두 달 사이에 그렇게 흉악해질 수 있었겠는가?

초기 공산당 이야기가 너무 길어진 듯한다. 그렇더라도 하던 참에 좀더 해야겠다.

나는 요즘 가끔 이런 생각을 할 때가 있다. 북한 공산 집단에게서 속임수와 폭력을 빼면 무엇이 남을까? 그 모습이 어떤 모습일까? 그 모습은 허물 벗어놓은 구렁이 껍질처럼 흉물스럽고 징그럽기만한 폐품 이용조차 할 수 없는 어떤 것이 아닐까?

이렇게 북한 집단에게서 속임수와 폭력을 빼면 쓸 만한 것은 남을 것이 없다. 그런데 우리는 그 속임수에 숱하게도 놀아났고 그 폭력에 숱하게도 당했다. 테러에 당하고 전쟁에 당하고 납치에 당하고 온갖 방법으로 다 당했다. 육지에서 당하고 바다에서 당하고 하늘에서 당하고 온갖 곳에서 다 당했다. 또 그 속임수에 속아 숱하게도 많은 국민이 우왕좌왕하다 꽁다리─버림받은─인생이 되었다. 쌀 배급을 준다는 말에 속아 꽁다리가 되었고, 농토를 무상 분배해준다는 말에 속아 꽁다리 인생을 살아야 했다. 배급제도하의 북한에서도 농민에게 쌀 배급은 한 일이 없다. 농토 분배는 농민을 한 손에 틀어쥐기 위한 김일성의 일시적인 현혹 수단에 불과했다.

1946년 3월 김일성이 농민에게 농토를 분배해준 것은 농토의 경작권을 인정해준 것이지 소유권을 인정해준 것이 아니었다. 그런데 김일성은 농민에게 농토의 경작권을 인정해주고 10년도 안 된 1954년 11월 그 경작권을 박탈 회수했다. 대지주가 경작권을 강제 회수한 것이나 다를 것이 없었다.

농지경작권은 농민으로서의 생명이다. 경작권 없는 농민은 농민이라고 할 수 없다. 농업에 종사한다고 해도 그것은 농업노동자에 불과하지 진정한 농민이라고 할 수 없는 것이다. 그것은 농노, 즉 농업노예라고 하는 것이 오히려 더 정확할 것이다.

경작권을 내어놓고 농노가 되라는 강요에 농민의 반발이 엄청날 것은 당연했다. 그렇다고 그 철권통치하에서 폭력화할 수는 없었고 비폭력 저항이었다. 수십만 아니 백만도 더 될 농민이 김일성의 요구를 거부하고 이때까지 살아온 삶의 터전을 버리고 떠나 유랑의 길을 헤매게 되었던 것이다.

그러니 그 혼란이 어떠했는지 짐작이 갈 것이다. 당시의 그 혼란과 참상에 관해서는 추후에 상세히 말하겠다. 초기 남한에서는 미군이 상륙도 하기 전에 공작원을 파견하여 전국 대다수의 이장을 매수 포섭하여 공산당을 조직하고, 쌀 배급을 준다는 허무맹랑한 말로 백지에 도장을 받아 공산당 입당원서로 둔갑시켜 억지당원을 만들어놓고, 남한 적화투쟁에 앞장설 것을 강요했다. 그 강요에 응하지 않으려는 사람은 쥐도 새도 모르게 죽여 버리려고 했다.

공산당이 아니고는 상상도 할 수 없는 짓거리다. 쌀 배급을 준다는 터무니없는 거짓말로 백지에 도장을 받아 공산당 입당원서로 둔갑시키는 속임수로 본인도 모르게 공산당 당원을 만들어놓은 것만으로도 용납될 수 없는 일이거늘 그 공산당을 안 하겠다고 한다고 어떻게 테러 분자를 동원하여 죽이려고 한단 말인가. 무슨 권리로 죽이려고 한단 말인가. 무엇을 잘못했다고 죽이려든단 말인가. 정말 천인이 공노할 짓거리라고 하지 않을 수 없다.

내가 이 말을 중언부언하는 것은 공산당의 이런 흉악한 반인륜적인 이면을 우리는 누구나 다 알아야 한다는 생각에서다.

그렇다. 우리 국민은 누구나 공산당에게 이런 간악하고 흉폭한 이면이 있다는 것을 알아야 한다.

북한 환상에서 헤어나지 못하고 있는 친북성향의 사람도 알아야 하고, 그렇지 않은 사람도 알아야 한다. 지도층에서도 알아야 하고 일반 시민들도 알아야 한다. 종교 지도자도 알아야 하고 일반 신도들도 알아야 한다. 태백산맥의 작가(이하 작가)도 알아야 하고 판문점 북측 건물 옥상에서하늘에 주먹질을 하며 미 제국주의를 규탄한 성직자도 알아야 한다.

　여기서 나는 친북성향의 사람들과 그 작가와 성직자에게 부탁을 하고 싶은 말도 있고 묻고 싶은 말도 있다. 먼저 친북성향의 사람들에게는 8·15 후 공산당의 속임수와 협박에 본의 아니게 남로당원이 되어 공산당에 협조한 사람들의 후손이 적지 아니 있으리라 생각한다. 이분들에게는 제발 대를 이어 속지 말라고 권하고 싶다. 선친의 대에 속아 버림받으나 다름없는 삶을 살아온 것도 통분할 일인데 공산당의 감언이설에 더는 속아서는 안된다. 당신들은 지금도 그들의 속임수에 계속 속고 있다는 것을 알아야 한다. 나는 공산군 패퇴 당시 공산군을 따라 입북한 남로당 출신 사람들을 수십 명이나 만나보았다. 그들은 하나같이 공산당에게 속았다는 눈치였고 입북한 것을 드러내놓고 후회하는 사람도 여러 사람 보았다. 진심으로 더는 속지 말라고 권하고 싶다. 남에게 속아서 좋아지는 것은 아무것도 없다.

작품 태백산맥 유감

작품 태백산맥을 놓고는 내가 이렇다 저렇다 할 계제가 못된다. 문학이라는 '문' 자 옆에도 못가 본 내가 문학작품을 놓고 무슨 말을 할 수 있겠는가 그런데도 내가 작품 태백산맥의 말을 꺼낸 것은 그 작품이 한 때, 금서로 분류되어 있었다는 말을 들었기 때문이다. 금서로 분류되었으면 이념문제일 것이고 그것은 탄압이 극에 달했던 일제 말기와 8·15후의 혼란기, 6·25 한국전쟁 기간등 격동기가 그 작품의 시대적 배경일 것이기 때문이다. 내가 헤치며 살아 온 백고천난의 시대다.

작가는 나보다는 연하이겠지만 동시대를 살아온 사람이다. 같은 시대를 살아 왔지만 작가는 호남 끝자락 남해안 가까운 곳 출신이고 나는 서북지방인 평남 출신이다. 이렇게 출신지가 남북으로 멀리 상거해 있으니까 생장 환경에도 적지않이 상이한 면이 있었을 것이다. 더욱이 38선으로 국토가 분단되며 북한은 공산주의로 훈련된 소련 군정의 엄격한 통제를 받았고 남한은 자본주의 국가인 미군의 군정 하에 놓이게 되었다.

이렇게 상이한 이념의 두 체제가 남북에 자리하면서 정치 경제 사회 윤리 기타 모든 면에서 격변을 피할 수 없었다. 너무도 갑작스러운 변화에 적응하기가 어려웠다. 처음 북한에 진주한 소련군은 상거지의 모습 그대로였다. 죄수부대라는 말이 있었다. 그 해괴해 보이고 남루함은 겨울 동복이 더욱 심했다 세탁을 한번도 해 본 것 같지 않은 군복에 양모피 반코트를 입혔는데 역시 세탁이라는 말과는 거리가 멀었다. 시커멓게 더러운 양모피에서는 냄새가 고약했다. 노린내와 비린내와 어떤 생물체가 썩는 냄새가 혼합된 것 같은 고약한 냄새였다 그들 옆에 있으면 구역질이 날 지경이었다. 그들은 두 다리로 서 있기에 망정이지 엎드려 있다면 무리지어 밀려다니는 양떼의 모습 그대로였을 것이다. 로마시대 훈족이니 고트족이니 하며 야만족이라고 히는 사람들의 모습이 저런 모습이 아니었을까 하고 연상될 정도였다.

그들은 행동거지도 문명과는 거리가 먼 사람들 같았다 그 첫째가 위생관념이 전혀 없는 것 같았다. 입고 있는 군복이 더러운 것은 그렇다 치고 식품까지도 아무렇게나 굴리고 있었다. 소련군 병사들의 식사 장면을 몇 번 보았다. 야외에서의 식사 장면이었다. 너무도 단조로운 식단이었다. 식빵과 우리나라의 순대와 같이 동물 창자에 소를 넣어 익힌 것을 반 건조 상태로 갖고 다니다 어디서나 꺼내 놓고 썰어서 먹고 있었다.

식빵은 여러 종류의 잡곡을 껍질 째 분쇄해 만든 것이라는데 돌같이 굳었다. 그 식빵을 역시 세탁을 해본일이 없는 것 같은 더러운 자루에다 갖고 다니다 필요하면 꺼내서 깔고 앉기도 하고 길까 맨 땅에다 놓고 베개 삼아 베고 낮잠도 자고 있었다. 이렇게 소련군 병사들은 위생관념이 박약했다. 그들은 행동거지도 난폭했다. 소련군 진주 초기였다. 도로 교통 규칙이 정반대였다. 일제 시에는 차량통행이 좌측통행이었는데 소련군은 우측통행이었다. 이런 규칙을 알리없는 국내 운전자가 운전을 하고 가다 소련군 차량과 마주쳤다. 서로 역주행을 한 셈이었다. 그러면 비키라고 손으로 시늉을 해도 될 터인데 대뜸 권총으로 쏘려고 한다. 국내 운전자가 혼비백산해 급히 핸들을 돌려 피했기에 사고를 면 할 수 있었다.

소련군 차량은 거의가 미국제였다. 지프차에서 대형 추럭까지 MADE IN USA의 표시가 있었다. 미국의 원조 물자였던 것이다. 그 성능 좋은 차를 갖고 질주하다 사람을 한 둘 치이는 사고가 나도 그대로 달아나고 있었다. 이런 일이 비일비재 했다. 점령군 주둔 초기에만 그런 것이 아니었다. 1947년 초가을이었으니까 9월 하순경이었을 것이다. 그러니까 소련군 주둔 만2년이 지났을 때다 평양 신양리 시장 앞에서 소련군 추럭이 백주에 사람을 치이고 달아나다 두 사람을 또 치었다 사람을 셋이나 치이고도 소련군 추럭은 그대로 달아나고 있었다.

이 광경을 먼발치서 본 청년들 여럿이 분노하여 달려오는 소련군 추럭을 막아섰다 사람을 셋이나 치이고도 그대로 달아나던 소련군 추럭이 많은 사람이 막아선 것을 보고는 겁이 났던지 추럭을 멈추었다 청년들이 달려들어 운전병을 끌어 내렸고 운전병은 주먹 세례를 받았다 자연 많은 사람이 모여 들었고 분노한 군중 속 누군가에게서 "저놈의 새끼 죽여라" 라는 고함이 나왔다.

그 말 끝에 한사람이 하수구로 물이 흘러들어 가도록 막아 놓은 로스톨같이 생긴 쇳덩어리로 엎어져 쓰러져 있는 운전병의 뒷목을 내리쳤다 소련군 운전병은 목이 부러져 그 자리에서 즉사했다.

나는 이 사건을 현장에서 목격하지는 못했다 사건 직 후 백미터 가량 될 거리에서 지나가며 사람들이 많이 모여 있는 것을 보고 무슨 일로 사람들이 저렇게 모여 있나 생각했었는데 며칠 후 위와 같은 말을 들었다. 이때 나의 거주지가 신양리였고 집에서 멀지 않은 거리였기에 자세히 들을 수 있었던 것이다.

김일성은 이 사건을 폭동으로 간주하여 처리했다고 했다 사건 즉시 사복경찰이 동원되어 사진을 찍어 두었다가 밤에 연행해 갔는데 끌려 갔던 사람들 중 많은 사람이 다시는 소식이 없었다고 했다.

소련군의 난폭함은 이루 다 말할 수가 없겠다. 앞서도 말했지만 강도 강간은 다반사였고 전통결혼식의 신부가 타고 있는 꽃가마를 보고 이상한 것이라고 생각했던지 세워놓고 가마 안을 보고 아리따운 여자가 있으니까 신부를 가마째 트럭에 싣고 달아난 일도 있었다고 들었다. 또 소련군인들은 아무데서나 총질을 마구 해대고 있었다. 한번은 나룻배를 타고 대동강을 건너던 소련군 병사가 강물속 고기를 보고 따발총을 수십발이나 난사한 일도 있었다.

나는 급료직 생활을 하지 않았기에 각 기관이나 일반 직장에서의 단체 생활이 어떠했는지는 알지 못한다 한데 친인척 중에 당시 조선은행 평양지점에 근무하는 은행원이 한사람 있었다. 상업중학교를 나오고 들어 간지 일년 정도인 신입행원이었다. 8·15 후 6개월이 되어 올 때쯤 "앞으로 북조선에서는 사람 못 삽니다" 하며 남조선으로 간다고 한다. 은행 내 고참 중견 간부직의 행원들 중 몇 사람은 벌써 자리를 비웠다고 하며 그렇게 말하고 있었다.

그때까지도 일반사회에서는 별달리 탄압이 그렇게 눈에 뜨이도록 나타나는 것이 별로인 것 같은데 직장에서는 그렇게도 심한가 하고 의아해 하는 정도였다.

1946년 3월 토지개혁 후 갑자기 일반사회에도 조임의 끈이 조금씩 팽팽하게 조여드는 것 같았다. 그 조임은 시간이 가며 더 조여들고 있었다. 초등학교에는 소년단을 조직하여 전 어린이를 그 조직에 몰아넣고 청년들은 민청이라는 조직에 농민은 농민동맹 부녀자들은 여성동맹 직장에서는 직업동맹 등, 직장에서는 직업동맹과 민청등 이중으로 얽매이고 있었다. 아침에는 민청 학습회에 참석해야 하고 저녁에는 직맹회의에 빠져서는 안 되고 하는 식이었다. 마치 곤충의 발이 거미줄의 각기 다른 회전 줄에 달라붙듯 결박을 당해 있는 꼴이었다. 그 조직의 끈은 모두 북조선 노동당에서 쥐고 조종을 하고 있었다. 또 노력동원도 보통이 아니었다. 가능한 한 전국민에게 시간의 여유를 주지 않으려는 동원이었다. 소련공산주의식 동원이었고 소련 공산주의식 세뇌 교육이었다. 이렇게 전 국민의 조직화와 잠시도 쉴 틈을 주지 않으려는 노력동원에 시달리게 되니 거의 모든 국민이 북조선에서는 살 수 없다는 아우성이었고 날이면 날마다 이 때까지 살아온 터전을 버리고 떼지어 삼팔선을 넘었던 것이다. 가히 민족 대이동이라고 할 북한탈출이었다. 나도 그 물결에 밀려 삼팔선을 넘었던 것이다.

북한이 소련군 주둔 즉시 그렇게 혁명사업을 밀어 붙일 수 있었던 것은 충분한 인력이 확보되어 있었기 때문으로 본다. 소련에는 사단장 이하 전원이 한인으로 편성된 부대 2개 사단이 있었다고 한다.(전사 제1권 22면 참조, 이 말은 전사 여러 군데서 발견된다) 그 한인부대 2개 사단은 스탈린이 대 일본전을 위해 준비한 병력일 것이다. 정규전은 물론 적의 후방 교란을 위한 게릴라전 및 정치공작 등 다 기능 부대였을 것이다. 또 순 한인으로 편성된 부대가 2개 사단이나 되었으면 민간인은 적었겠는가 정치 훈련이 잘 된 민간인도 2개 사단 병력의 인원 이상이면 이상이었지 그 2개 사단 보다 적은 인원은 아니었을 것이다. 정치 훈련이 잘 된 민간인, 이런 사실로 미루어 스탈린의 한반도 점령정책(적화계획)이 철저하게 준비 돼 있었던 것으로 보아야 할 것이다.

삼팔선을 넘었던 나는 전쟁이 터지자 포로의 신분으로 다시 북한으로 끌려갔었고 억류 포로의 신분으로 사년여를 북한에서 지내다 1955년 2월 군사분계선을 돌파하여 북한을 탈출하는데 성공했던 것이다. 그 사년여 나는 북한에서 가장 천한 마치 옛날의 노예와도 흡사한 대우 속에 살아왔다. 또 탈출을 위해 나다니다가 중공군 군단 정치부 영창에도 끌려갔었고 1953년 휴전 직 후에는 북한 개성지구 사회 안전부(정치보위부) 영창 신세도 졌다. 북한 탈출 후, 나를 맞이한 곳은 차디찬 콩크리 바닥의 엠피 영창 독방이었다. 팔십 여일의 조사 기간 후 가족의 품으로 돌아왔을 때, 우리 경찰은 나를 중공군 장교 출신 귀순자로 날조해 놓고 엄중 감시하고 있었다. 친인척을 방문하려고 해도 경찰의 방해가 있었고 같이 억류 돼 있던 사람들의 가족을 찾아 소식을 전해 주고 싶어도 그것도 어려웠다. 삼십 여년을 지나 또 다시 경찰에 불려가 조사를 받으면서야 나는 내가 중공군 장교출신 귀순자의 날조된 신분으로 우리 경찰의 엄중 감시 하에 있었다는 사실을 알게 되었다.

북한에서 사년여를 그 사회 가장 밑바닥에서 굴러다니며 그 곳 사회의 밑바닥을 속속들이 살펴 볼 수 있었고 강동군 인민위원회에서 노동을 할 때, 군인민위원회 위원장급의 공산귀족의 생활도 대략이나마 엿볼 수 있었다.

이렇게 북한 사회의 이면을 나름대로 알고 있다고 생각하고 있었는데 작품 '태백산맥' 이 금서로 분류 되었다는 말을 들었다. 금서로 분류되었으면 이념문제겠는데 작가가 북한 공산 사회의 실상을 어느 정도나 알고 있나 하는 생각에서 관심을 갖게 되었던 것이다. 관심을 갖고 있으면서도 일상생활에 쫓겨 책을 구독하지 못하고 있었다. 이 수기를 쓰기 시작하면서는 꼭 읽어 봐야지 하면서도 읽지 못하고 있었다. 수기를 탈고를 하고 다시 보니 작품 '태백산맥' 을 읽어보고 그 작품에 대하여도 몇 마디 해야지 하는 생각이 깊어져 가고 있었다.

책을 읽으려니까 읽기가 여간 어렵지 않다. 시력이 나빠서다 내 나이 팔십이 많이 넘었으니까 시력이 안 좋은 것은 어쩔 수 없지만 그 안 좋은 시력이나마 짝짝이다 두 눈의 시력차가 너무 크다. 두 눈의 시력차가 너무 커 돋보기를 맞추어도 두 눈이 하나로 잘 보이게 하기가 어렵단다. 그러니 돋보기를 끼고도 작은 활자를 보기가 여간 어렵지 않다. 겨우 제1권을 읽고는 차차 두고 읽지 생각하며 책을 접었다.

또, 1권만으로도 그 작품의 향방을 짐작할 수 있을 것 같고 앞으로 작품 전개에 있어서 대전환이 있을 것 같아 보이지도 않기에 천천히 두고 읽지 하는 생각에서 책을 접었던 것이다.

작품 태백산맥 제1권을 읽으면서 나는 작가가 의도한 바가 그 작품 제1권 67면 한 면에 거의 함축되어 있는 것으로 보았다. 그래서 그 67면의 몇 구절을 여기에 옮겨 놓고 따져 볼까 한다. 작품 태백산맥 제1권 67면에서

…… 그의 행동이 그렇게 전개되고 있는 것은 전체 조직의 통일된 방법이었고 그런 방법이 동원되기 까지는 현실적인 필연성과 당위성이 엄연했던 것이다. 결과적으로그들이 무장투쟁을 전개하지 않을 수 없는 것은 미군정의 무력 탄압에 그 명백한 원인이 있었다.

…… 미군정은 여운형의 조선인민공화국 부인, 친일파 핵심세력인 한민당의 옹호, 민족반역 세력인 군 경찰 출신들의 재등용 비호, 공산당 활동 불법화 청년단 구성과 백색 테러 감행 공산당원들의 무차별 체포와 조직 파괴 공작 남한 단독정부 수립으로 이어지는 폭력행위를 조직적이고 단계적으로 시행해 왔던 것이다. 그 과정을 거치면서 남노당은 지하 활동 속에서도 수난과 피해로 얼룩진 세월을 살지 않을 수 없었다. 무차별한 폭력 앞에 자기를 지킬 수 있는 방법, 그것은 또 다른 폭력밖에 없는 것이었다. 그러나 그 결과는 제국주의적 지배술수에 말려든 것일 수 있었고 군정이 더 가혹한 폭력을 행사할 수 있는 타당성과 근거를 만들어 주는 것 일수도 있었다. …… 그 때 자신이 예상했던 것처럼 군정은 치밀하고 철저하게 공산당 파괴로 일관했던 것이다. 그리고 남노당은 그 피해를 고스란이 입어오고 있었다. 십일폭동, 이칠구국투쟁, 사삼사건을 거치면서 조직의 약체화로 치달아 온 것이다. ……

이상이 제1권 67면의 몇 구절이다.

나와 같이 그 작품의 배경이 된 시대를 남북을 오가며 살아온 사람이 그 작품을 읽는다면 사기성 속임수 작품이라고 하지 않을 사람이 없을 것이다. 작가는 공산당의 무장 투쟁을 두고 현실적인 필연성과 당

위성이 엄연했다고 하고 그들이 무장 투쟁을 하지 않을 수 없는 명백한 이유가 미군정의 무력탄압이라고 했다.

처음 집회 결사의 자유를 주어 누구나 정당 사회단체를 만들 수도 있고 참여 할 수도 있는 권리를 인정했던 미군정이 공산당을 불법화하고 무력탄압을 한데에도 그렇게 되지 않을 수 없는 현실성과 당위성이 엄연했을 것이다. 작가는 그 이유를 알면서도 거기에 대해서는 일언반구의 말도 없이 덮어 두고 있다. 마치 미군정의 공산당 불법화 및 무력탄압이 탄압을 위한 탄압이었던 것 같이 말하고 있다. 정판사 위폐사건은 너무도 유명한 사건이다. 공산당이 미군정하의 경제 사회를 혼란에 빠뜨리기 위해 위조화폐를 대량으로 만들어 살포한 사건이 '정판사 위폐사건' 이다. 남한 전국이 떠들썩했던 사건이다. 이러한 사건을 작가가 몰랐다고는 못 할 것이다.

'태백산맥' 과 같은 대작을 쓰기 위해서는 철저한 자료 수집이 있었을 것이고 수집된 자료도 방대한 양일 것이다. 그 방대한 자료 중에 정판사 위폐사건이 없었다고도 못 할 것이다. 알고 있으면서도 모른 척 슬쩍 덮어두었다고 볼 수밖에 없다.

다음은 북한으로부터 남노당 자금 유입사건이다. 일제 시에 사용하던 화폐를 일제 패망 후에도 남북이 그대로 사용하고 있었다. 그러니까 국토는 분단되었어도 화폐는 통일 상태에 있었다고 하겠다. 여기서 소련군 사령부는 붉은 군대 사령부 화폐를 발행하여 기존의 조선 은행권에 대체 유통시키고 회수한 조선 은행권은 남노당 자금으로 밀송했던 것이다. 여기에 대한 미군정의 대책이 화폐도안의 일부를 변형한 것이다. 일제의 상징인 오동 도안을 무궁화로 살짝 바꾸었던 것이다. 표면상으로는 일제 잔재 청산으로 보였지만 주목적은 북한으로부터의 남노당 자금 유입 차단이었다. 나는 이 말을 조선은행 평양지점에서 근무하다 월남하여 한국은행 발권부에서 근무하고 있던 분에게서 자세히 들었다.

작가는 십일폭동, 이칠구국 투쟁, 사삼사건등을 거치며 남노당은 약체로 치달아 왔다고 했다.

십일폭동은 8·15직후 전국의 이장을 매수 포섭하여 쌀 배급을 준다는 속임수로 백지에 도장을 받아 남노당 입당원서로 둔갑시켜 조직한 당원들을 일년 가량 교육 훈련을 시킨 후 이만하면 행동대원으로서 부족함이 없는가를 확인하기 위해 저지른 실지 6·25와 같은 결정적인 기회라고 할 사태가 벌어졌을 때 행동할 예행연습 정도의 폭동이었던 것으로 나는 보고 있다. 평양 소련군 사령부 관계자들도 미군이 그 정도의 폭동을 진압하지 못 할 것으로는 보지 않았을 것이기 때문이다. 소위 이칠구국 투쟁, 사삼사건등도 그 연장선상에 있었다고 보아야 하지 않을까 생각한다.

남노당의 이러한 모든 투쟁은 북한 주둔 소련 군사령부의 지령에 의하여 전개 되었다고 보아야 할 것이다. 그렇게 볼 수밖에 없는 증거가 있다. 1953년 8·15후부터 파견되어 있던 북한군 육군중장 계급의 남노당 호남지역 총책이란 자가 체포되어 총살형에 처해진 사건이다. 전국이 떠들썩했던 사건이다. 전라북도 모 시 시장의 동생도 연루되어 총살되고 그 시장은 파면되었다. 계엄령하니까 민간인도 총살형에 처해졌던 것이다.

8·15 후부터 파견되어 있었다면 김일성은 아무런 능력도 권한도 없던 시기다. 비록 김일성의 이름으로 파견되었다 해도 그것은 김일성의 이름을 빌렸다 뿐이지 실지는 소련군 사령부의 공작의 결과로 볼 수밖에 없다.

공산당(남노당)이라는 대정당이 위조화폐를 대량 제조 살포하고 외부로부터 공작금으로 화폐를 대량 유입하고 외부 세력의 조정을 받아 폭동을 일으키는 등 불법행위를 자행했다. '위조화폐 대량 살포' 사건 하나만으로도 공산당은 정당으로서의 존립가치를 상실한 것이다. 더욱이 때는 군정의 포고령 통치 시대다. 공산당 불법화는 너무도 당연했다. 또한 그것은 공산당의 자업자득이었다. 그런데도 작가는 공산당은 아무런 잘못도 없는데 미군정이 일방적으로 불법화하고 공산당원들을 체포하여 공산당 조직을 파괴하려고 한 것으로 비치도록 기술하고 있다. 무슨 의도에서 인가 그 의도를 묻지 않을 수 없다. 이 물음은 준엄한 추궁으로 받아 들여도 무방하다.

작가는 제1권 권두 작가의 말 말미에 " … 독자들의 역사 이해를 더 구체적으로 돕고……"라고 했다 독자들의 역사 이해를 더 구체적으로 돕는 것이 어떻게 하는 것인지 나는 잘 이해가 가지 않는다. 역사는 그 시대에 있었던 사실을 그대로 알려주면 그만이지 그 이상 무엇이 더 필요하단 말인가 그런데도 작가는 세상을 떠들썩하게 했던 공산당의 온갖 비위에는 아무 일도 없었던 양 일언반구의 말도 없이 덮어 두고 미군정이 포악하여 공산당을 불법화하고 그 조직을 파괴하려고 했던 것 같이 부각하려고 하고 있다. 이것이 독자들의 역사 이해를 더 구체적으로 돕는 것으로 생각했다면 작가는 이만저만한 착각이 아니다. 그것은 당시의 실상을 알지 못하는 세대에게 올바른 역사 이해를 저해하고 오도하려는 술수에 지나지 않는다. 역사와 민족 앞에 저지른 중대 범죄행위다.

작가는 또 '여운형의 조선인민공화국 부인, 친일세력 옹호 재등용 청년단구성 남한 단독 정부수립등으로 이어지는 폭력 행위를 조직적이고 단계적으로 시행해 왔던 것이다' 했다.

먼저 미군이 한반도에 도달하기까지의 역정이 어떠했던가 그들은 거의 만 4년을 수십만 수백만 전우의 시산혈해를 넘고 건너서 도달한 곳이 한반도다 승자로 도달한 것이다 기존의 세력은 산산조각으로 풍비박산하고 완전 백지 상태인 곳에 도달한 것이다. 그 백지에 그림을 그릴 수 있는 사람은 승자뿐이다 승자만의 권리다. 그런데 그 백지에 먼저 먹물을 무치려고 한 것이 여운형이다. 자기 땅이라고 권리부터 주장하고 나선 것이다 폭력배가 날뛸 때는 팔장만 끼고 있던 자가 피투성이가 되며 싸워서 폭력배를 몰아내니까 내 땅이라고 권리부터 주장하고 나선 것이다. 여운형은 정치적 욕심이 지나치게 앞섰던 것 같다. 우리나라 속담에 김치국부터 마신다는 말이 있다. 여운형이 그 격이었다.

일제에 선전포고까지 한 임시정부가 있는데 그 임시정부를 맞이하여 앞으로의 일을 진행할 생각을 않고 혼자서 조선인민공화국부터 주장하고 나선 것이다. 자신의 정치적 입지를 굳히고 넓히려는 욕심이 앞섰기 때문일 것이다. 이러한 개인의 욕심에서의 주장을 미군정이 받아드릴 이유가 없다 더욱이 미군정은 임시정부도 인정하지 않아 임정 요원들조차 개인 자격으로 입국하지 않았던가 또, 친일파 운운하고 있는데 친일파 처리까지 미군이 해주길 바랐던가?

친일파처리는 우리의 몫이다. 미군은 일본군의 무장을 해제하고 전쟁범재자 처리를 하면 그것으로 미군의 전후처리는 다하는 것이다. 미군의 그 다음의 일은 점령지 치안 유지 정도다. 치안 유지를 위해 기존의 경찰 조직을 이용하려고 한 것이다. 소련과 같이 대일본전 계획 하에 인력을 확보해 두었더라면 그 인력을 이용할 수 있었겠지만 미군에게는 그런 인력이 없었다. 기존의 경찰 조직 중에서 경험자를 이용하여 치안을 유지하다 이 땅에 통치기구가 들어서면 권력을 이양하고 철수하면 미군은 그것으로 그들의 책임을 다하는 것으로 생각했을 것이다. 친일파 처리는 그 다음에 우리의 몫이다. 청년단 구성은 국내 정치인이 자신의 세 과시 내지 확장을 위해 구성한 것이지 미군정이 구성한 것이 아니다.

작가는 또 남한만의 단독정부 수립 운운했는데 나는 실지 단독정부 수립은 북한에서 먼저 했다고 본다. 정부수립 선포만 남쪽보다 늦추었

다 뿐이지 정부 형태의 조직은 완료되어 있은지가 오래다. 1946년 북
조선 인민위원회를 발족하여 행정력을 장악하고 20개 정강정책을 발
표했다. 행정력을 장악하고 정강정책을 발표했으면 그것은 통치기구
다. 또 선거를 하여 인민대표 대의원을 선출하여 대의원 원 구성도 했
다. 흑백함 선거였다. 전북한 각 선거구의 입후자 대부분을 노동당에
서 단일 후보로 공천하고 이 사람을 찬성하느냐 반대하느냐의 찬반을
묻는 투표였다. 찬성표는 투표용지를 백색함에 넣고 반대표는 흑색함
에 넣는 투표였다. 백퍼센트 당선이었다. 백번을 해도 똑같을 투표였
다. 어느 선거구에서 반대표가 많아 낙선하여 선거를 다시 한다고 하
자 그 재선거구의 입후보자도 먼저 낙선자를 공천했던 정당에서 다시
공천을 할 것이니 백번을 해도 똑같을 선거였던 것이다.

　이렇게 해서 통치기구를 갖추어 놓고도 정부수립 선포를 피하고 있
었던 것은 남조선에서 먼저 정부수립을 선포하기를 기다렸던 것으로
생각된다. 대한민국 정부수립을 선포한지 불과 25일 만에 조선인민공
화국 정부수립을 선포한 것이다. 분단의 책임이 남쪽에 있다고 남쪽
책임을 주장하려고 미루었던 것으로 보인다. 초기 정부 구성의 인적
요원도 북조선 인민위원회 때와 별 변화가 없었던 것으로 알고 있다.

　끝으로 작품 태백산맥이 우리 사회에 끼쳤을 영향을 생각해 보지 않
을 수 없다. 그 작품이 550만부 이상이 팔렸다고 한다. 한부를 두 사람
이 읽었다고 가정하면 그 작품은 일천일백만명 이상의 독자를 가졌다.
엄청난 독자다 그 일천일백만명중 일천만명을 당시의 실상을 알지 못
하는 전후세대로 볼 때, 그 작품의 영향은 지대할 것이다. 많은 사람의
생각이 미국으로 인하여 우리나라가 분단되고 통일이 지연되고 있다
는 쪽으로 기울도록 은연중에 빨려 들지는 않았을까? 많은 사람의 생
각이 그런 쪽으로 기울었을 것이다. 어린 학생들을 데리고 빨찌산의

묘역을 찾은 선생님도 그 작품의 영향을 받은 분일 것 같고 사관학교 신입생중 적지 않은 수의 학생이 우리의 주적이 미국이라고 했다는데 그 학생들 중에도 알게 모르게 그 작품의 영향을 받은 사람이 있을 것이다. 이렇게 이 작품의 작가는 전 후 세대의 올바른 역사 이해를 크게 저해 오도한 책임에서 자유롭지 못할 것이다.

당신은 진정 성직자인가?
혁명가인가?

판문점 북측 건물 옥상에서 하늘에 주먹질을 하며 미 제국주의를 규탄한 성직자에게는 당신 말대로 미 제국주의는 규탄의 대상이라고 하자. 그러면 소련 공산제국주의에 대해서는 어떻게 생각하느냐고 묻고 싶다. 소련이 해체 소멸되었으니까 논할 필요가 없다고 할 수는 없을 것이다. 경위야 어찌되었던 미소 양 대국으로 인하여 우리 국토가 분단되었고 60년도 더 지난 지금까지도 우리는 분단의 고통 속에 살아오고 있다. 또 소련은 공산국가이지 제국주의 국가가 아니라고는 더욱 못 할 것이다.

그 성직자도 '프라하의 봄' 이라는 말은 들어 보았을 것이고 그 내용도 잘 알고 있으리라 생각한다. 위성국 중의 한 정권이 위성국의 틀에서 벗어나려고 하는 기미가 보이자 소련은 수십만의 중무장군을 투입하여 일거에 그 정권을 무너뜨리고 그 집권자를 체포하여 모스크바로 끌고 갔던 일, 이것을 제국주의의 침략행위라고 하지 않을 수 있겠는가.

미 제국주의는 규탄해야 할 제국주의이고 소련 공산제국주의는 옹호해야 할 제국주의란 말인가. 다 같이 힘의 원리에 지배되는 상반된 이념의 두 체제를 두고 한 체제를 옹호하고 다른 한 체제를 규탄한다면 그 규탄 대상의 체제는 타도의 대상으로 보고 있다고 해야 할 것이다.

한 체제를 옹호하고 다른 한 체제를 타도의 대상으로까지 배격한다면 두 체제를 심도 있게 연구 했던가 두 체제의 심층부에서 생활 체험을 했던가 하여 양 체제의 장단점을 잘 알고 있어야 했을 것이다. 한데 그 성직자는 그런 깊이 있는 연구도 체험도 있었던 것 같아 보이지 않는다. 그렇다면 그 성직자의 행위는 어떤 선입관에서의 행위로밖에 생각되지 않는다. 선입관에서의 행위는 자칫 편파적이던가 대중 선동적일 수 있다. 편파 또는 대중을 의식한 행위였다면 그것은 혁명가나 할 짓이지 성직자에게는 있을 수 없는 일이다.

나는 북한에서 군중을 내려다보는 위치에서 주먹을 치켜들며 미 제국주의 어쩌구저쩌구 하는 모습을 많이 보았다. 보도된 그 성직자의 모습이 북한에서 보았던 것과 너무도 흡사해 보였다. 현대 국가는 인권 존중의 정도가 그 국가 평가의 척도라고 해도 이의가 별로 없으리라 생각한다.

그러면 지금 북한의 인권 상황이 어떠한가 살펴보자. 언론 보도에 탈북자의 코를 꿰어 끌고 갔다고 하는 것을 보면 현재의 북한 인권 상황이 50년전 그때나 지금이나 별로 변한 것이 없는 것 같다. 그래서 50년 전 당시의 실례를 하나 들어 그때의 북한 인권 상황이 어떠했는가를 살펴보겠다.

하지만 그 보다 먼저 공산당의 속임수와 폭력성, 송악산 고지에서의 개전 상황까지를 조금 더 살펴보고 북한 인권 문제를 말해야겠다.

송악산을 뒤흔든 개전 포격

일제 시 우리 국민의 절대 다수가 초근목피로 연명해 왔다. 이 굶주림에 시달려 온 사람들에게 이장을 매수 동원하여 쌀 배급을 준다는 말로 속여 백지에 도장을 받아 남노당 입당원서로 둔갑시켜 본인은 알지도 못하는 사이에 남노당 당원으로 만들어 놓았다. 이것이 8.15후 불과 2~3주의 시기이다. 그렇게 속임수의 술수로 공산당 당원을 만들어 놓고는 남한 적화 투쟁에 앞장 설 것을 강요했다. 그 강요에 응하지 않으려고 하면 테러분자라는 전문 살인 꾼을 동원하여 감쪽같이 죽여 버리려고 했다.

이 속임수에 귀가 솔깃하지 않을 수 있었겠으며 그 폭력 앞에서 그들의 요구를 거부할 수 있었겠는가?

8·15후 공산당 활동을 한 사람도 6·25 공산군 남침 시 앞장서서 공산군에 협력한 사람들 중 대부분이 공산당의 그런 속임수에 속았고 그런 폭력에 굴복한 사람들일 것이다.

지금 친북 성향의 분들 중 적지 않은 수가 6·25 공산군 남침 시 공산군에 협력하다 공산군 패퇴 후 부역자라는 이름으로 처벌을 받았거나 패퇴하는 공산군을 따라 가족의 일부가 월북하여 월북자의 가족이라는 낙인이 찍혔던가 한 사람들의 후손이 적지 않을 것으로 생각한다. 이 분들은 주위의 따가운 눈총을 감수하며 살아 왔을 것이다. 장기간 그런 따가운 눈총 속에 살아온 그 분들의 삶은 한이 맺히는 삶이었을 것이다.

그 분들이 그렇게 한이 매치는 삶을 살아온 것을 미제국주의의 탓으로 돌리며 미국을 원망하고 있다. 미국이 참전하지 않았으면 전쟁은 일찌감치 공산군의 승리로 마감되고 공산군에 협력한 자신들은 귀족과도 같은 사회적 지위를 누리며 떵떵거리고 살아 왔을 것을 미군의 참전으로 한이 매치는 비참한 삶을 살아 왔다고 미국을 원망하는 것으로 보인다.

그 분들이 지금까지도 마음 한 구석에 그런 생각을 버리지 못하고 있다면 그야말로 자기기만의 환상에 묻혀 있다고 하겠다. 참말로 지금까지도 속아 살고 있으니 눈을 한번 크게 뜨고 뒤돌아보라고 권하고 싶다. 전쟁이 공산군의 승리로 마감되었다고 해도 친공 인사들 중 많은 사람이 숙청 되었을 것이다.

독재자는 권력유지를 위해 끊임없이 주변 인물을 숙청한다. 김일성도 예외가 아니다. 정적이라고 할 정도로 정권 유지에 걸림돌이 될 것 같은 두드러져 보이는 사람들만 숙청한 것이 아니다. 그 숙청 대상자와 출신지의 거리가 가깝다는 이유 하나만으로도 가차 없이 숙청하였다. 별 볼일 없어 보이는 말단 직책의 사람까지도 다 숙청하였다. 박헌영 사건 후 북한 공군에서는 남한 출신이라는 이유 하나만으로 이등병까지 전원 퇴역 시켰다.

앞으로 나의 이 수기에는 부분적이기는 하지만 그들의 숙청과정이 어떠했는가를 적지 않게 말하게 될 것이다.

또, 미군이 왜 참전을 했느냐 참전 자체가 침략행위가 아니냐고 북한에서는 떠들고 있다. 한마디로 어처구니없고 가소로운 수작이다. 나는 지금까지 공산당의 남한에서의 남한적화 공작과 북한에서의 전쟁 준비과정을 말해왔다. 그것이 비록 극히 미미한 편린에 불과하다고 해도 남한 적화에 심혈을 기울이는 준비 행위였고 남한을 군사력으로 점령하려는 군사력 강화 과정이었다는 것을 엿볼 수 있다. 또한, 그것의 거의 모든 것이 소련 군정 하에서 소련 군정의 지원으로 진행되었다.

제2차 세계대전은 인위적 재앙으로는 인류 유사이래 초유의 대재앙이었다. 그 2차대전이 종식되며 세계는 미국과 소련 양대 진영의 영향 하에 놓이게 되었다. 제3세력이 있었다고 하나 독자적으로 이렇다 할 영향력을 발휘하지 못하는 미미한 존재였다.

미·소 양대 진영으로 구분되며 우리 한반도는 분단되었다. 몇 천 년을 단일 민족으로 내려온 우리 국토가 토막이 나고 민족이 분열되었다. 처음에는 단순히 일본군의 무장해제를 위한 일시적인 군사상의 한 계선이라고 했다. 일본군의 무장해제를 위한 한계선일 뿐이라고 하던 북위 38도선이 절대 침범해서는 안 되는 영역의 경계선이나 다름없이 되었다.

북위 38도선을 이렇게 고착화하기 시작한 것은 소련군이었다. 나는 이 말을 38선을 넘어 오가며 장사를 하는 상인에게서 들었다. 38선을 넘어 오갈 때, 소련군이 통행을 금지하는데 북한 경비대원들은 소련군이 배치 돼 있는 지점을 알려주며 소련군이 없는 지역으로 길 안내의 말을 해준다는 말을 여러 번 들었다. 그러다가 결국에는 북한 경비대도 38선 통행을 금지 했고 남측에서는 북쪽에서의 남노당 자금 유입이 알려지면서 38선 통행 단속이 강화 되었던 것이다.

남북의 분단 상태가 고착화하자 남북의 경제적 편차가 너무 커졌다. 광공업 거의가 북쪽에 편재해 있었고 각종 지하자원도 거의 북쪽에 있었다.

그 자원을 대략이나마 살펴보자.

첫째, 발전량에 있어서 압록강 수풍발전소 건설 당시 발전규모가 164만 KW용량이라고 했다. 그 중 50퍼센트는 당시 만주국 출자분이라고 했다.

장진, 부전강의 발전 용량도 수십만 KW라고 하던 것으로 기억한다. 겸이포(8 · 15후 송림으로 개칭)제철소, 시멘트는 단일 공장으로는 동양 최대였다는 평남 승호리 시멘트 공장을 위시하여 황해도 해주, 마동, 함남 원산 근처 천내리(川內里) 함북 무산 시멘트 공장이 있었고 화학 분야는 흥남 종합화학 평남 순천화학, 광업 분야는 저 유명한 평북 운산금광, 황해도 수안금광등 대형 금광이 있다. 특히 평북 운산금광 주변인 구성, 영변지방에도 중소형 금광이 산재했던 것으로 알고 있다. 철광은 가용 매장량이 10억톤 이상이라는 함북 무산 철광을 비롯하여 소규모 철광이 여러 곳에 산재해 있는 것으로 알고 있다. 무연탄은 김일성 시대에 연간 채탄량이 8천수 백만 톤이라는 보도가 있었다. 매장량이 그 만큼 풍부하다는 말이다.

일제시 목재의 연간 벌채량이 얼마나 되었는지는 알 수 없으나 당시의 벌채량으로 계산하여 2백년간 벌채할 자원이 있다고 초등학교 시절에 들었던 기억이 지금도 난다.

한편, 북위 38도선 이남인 남한에는 모든 분야에서 자원이라고 말조차 하기 민망할 정도로 보잘것이 없었다.

발전소라고 청평 수력발전소와 영월 화력발전소뿐인데 갈수기에는 두 발전소의 발전량이 10만 KW에도 미달했고 제철, 시멘트, 화학공업은 전무에 가까웠고 전남한의 연간 금 생산량은 북한 운산 금광의 몇 분의 일에도 미달했고 다소의 무연탄과 중석이 있었다. 임산물도 전무하다고 할 정도로 보잘 것이 없었다.

이렇게 자원과 산업 시설의 북한 편재로 남쪽의 경제는 빈약하기만 했다. 경제가 그렇게 빈약한데 설상가상으로 북한에서 단전을 했다. 이 단전 행위는 기력이 쇠약한 사람의 목을 조여 호흡이 곤란해지도록 한 것이나 다름없었다고 하겠다.

단전 이유는 양질의 귀중한 전기를 보내 주었는데 그 대가로 썩은 밀가루와 초코렛을 보내왔다고 했다. 이 말을 나는 당시 북한에서 귀가 따갑도록 들었다. 비용을 많이 들여서 생산한 전기를 먹지도 못할 썩은 밀가루나 과자 부스러기를 받고는 줄수 없다는 말이었다. 그래서 남한으로의 송전을 중단한 것이라고 했다 라디오에서도 거의 시간마다 그렇게 떠드는 것 같았다. 이 말은 북한에서 남하한 75세 이상 된 분 중에는 지금도 기억하고 있는 분이 적지 않으리라고 생각한다.

이것은 김일성이 북한 국민에게 남조선에서 전기요금을 제대로 내지 않기 때문에 부득이 남조선으로의 송전을 중단한 것이라고 북한 국민에게 송전 중단을 정당화하기 위한 거짓 속임수였다. 전기 대금으로 북송된 물품은 북측에서 요구한대로의 각종 전기 기자재였다고 했다. '변압기, 전기애자, 전선' 등 전기 기자재였다고 했다. 남측 미군사령부에서 북측에게 '귀측에서 요구한대로 각종 전기 기자재를 보냈는데 그것이 왜 썩은 밀가루와 초코렛으로 변했냐' 고 항의를 했고 그 항의문을 남측 방송국에서 방송을 했기 때문에 북한에서도 알만한 사람은 다 알고 있었다.

이런 생떼의 거짓 주장을 누가 했을까? 물론 이때 북조선인민위원회가 발족 되어 있었고 김일성이 그 위원장의 자리에 있었으니까 거의가 김일성이 한 것으로 알고 있고 그렇게들 말하고 있다. 하지만 당시도 북한은 소련 군정 하에 있은 것이나 다름없었다는 것을 잊어서는 안 된다.

문제는 과연 단전이 김일성의 단독 결정에서 나왔을까? 정말 김일성이 혼자 단전을 결정하고 단독 단행을 했을까? 당시 북한의 대소사를 북조선인민위원회에서 처리하는 것으로 보였지만 실은 그렇지가 않았다고 했다. 북조선인민위원회 상급부서에는 말할 것도 없고 중간부서에 까지 소련 고문관이 배치되어 있었다고 했다. 거의 모든 것이 소련 고문관의 지시하에 진행 되었다고 보아야 할 것이다. 그러니까 김일성이 소련 고문관에게 단전 제의를 먼저 했는지는 알 수 없지만, 소련 고문관 모르게 단전을 단독으로 했다고 볼 수는 없을 것이다.

나는 또 1950년 6월 25일 새벽 전쟁 개시의 작전을 소련군사 고문관이 했다는 말도 들었다.

내가 승호리 시내를 떠나기 전이었으니까 1953년 이른 봄이었을 것이다. 일거리도 별로 없어 작업을 하는 둥 마는 둥 하며 있는데 군인이 한사람 찾아 왔다. 어떤 일이었는지는 지금 기억이 나지 않는다. 손이 많이 가는 일은 아니었던 것 같다. 중고양철을 한 장 갖고 와서 "동무 군인이 돈이 있습니까. 이것으로 작은 것 하나 만들어 주고 나머지는 동무가 쓰오." 한다.

그 군인은 내가 포로병인 것을 알고 찾아 온 것 같았다. 누가 포로병 땜쟁이를 찾아 가라고 알려준 것 같았다. "동무도 남조선 동무라지오?" 한다. 나의 신분을 그대로 말해 주었더니 개전 당시의 말을 신이 난 듯이 하고 있었다.

그는 1950년 6월 25일 새벽 송악산 고지(개성북방) 공격 선두 부대에 배치되어 있었다고 했다. 비상령 중에 긴장해 있는데 총 공격을 할 것이라는 말이 돌고 있었다고 했다. 새벽이 되어 오며 긴장이 다소 해이해지려는 듯 할 때, 포격이 개시 되었다. 훈련을 할 때와는 비교도 할 수 없는 맹렬한 포격이었다고 했다. 한 시간은 될 만큼 그런 포격이 계속된 후 보병부대에 공격 명령이 떨어졌다. 소련 군사 고문관의 명령이라고 했다. 4시간 내에 송악산 고지를 완전 점령하라는 명령이었다고 했다.

송악산 고지를 완전 점령하는데 소요된 시간은 겨우 두 시간정도 였다고 했다. 피해는 전사자 7명에 불과했다고 했다. 개전초의 그 전과를 두고 소련 군사고문관의 칭찬이 대단했다고 했다. 그 중요한 고지를 불과 두 시간에 점령하고 전사자를 7명밖에 내지 않은 것은 정말 경이로운 전과라고 찬사를 아끼지 않았다고 했다.

1950년 6월 25일 새벽 개전의 포문을 연 북한군의 포격은 제2차대전 당시 독일군 진지를 성냥갑 부셔 버리듯 했다는 소련의 야전 중포 일명 스탈린포의 포격이었을 것이다. 그 거포의 쉴 새 없이 뿜어대는 포격에 통로호 정도로 구축해 놓았던 우리 국군의 진지는 여지없이 무너지고 깨어졌을 것이다. 소총 위주의 무장으로 경비에 임해 있던 우리 국군 장병들은 그 거포의 작열에 갈기갈기 찢겨져 흩어졌을 것이고 무너지는 흙더미에 그대로 생매장도 되었을 것이다. 그래도 저항을 해 보려던 장병들은 당시 세계 제일의 성능을 자랑하던 소련제 T34 탱크의 캐타벨러에 갈려 뼈가 으스러지고 살이 뭉개지며 대지를 피반죽으로 만들었을 것이다.

1950년 6월 25일부터 1953년 7월 27일 까지 만 3년 32일간 쌍방이 터뜨린 폭약이 1백만 톤에 이르고 쌍방의 군, 민의 인명 피해가 수백만을 헤아리고 남해안에서 압록강 변까지 전국토가 초토화 되는 6·25 한국전쟁의 대 전란이 이렇게 시작되었다.

6·25 한국전쟁은 한반도를 발판 삼아 태평양으로 진출하여 서부 태평양의 지배권을 확보하려는 소련의 야심이 저지른 침략 전쟁이다.

김일성은 소련의 꼭두각시로 침략전쟁을 저질러 놓고는 그것을 숨기기 위하여 남에서 먼저 침공한 북침이니 조국전쟁이니 조국 해방전쟁이니 하고 지꺼려 대고 있었다.

북위 38도선이 어떻게 결정 되었는지 나 같은 사람이 그 경위를 알 수는 없지만 분명한 것은 미국과 소련의 합의하에 이루어 졌다는 사실이다. 국가간 합의하에 이루어 졌다면 그것은 국제 협약의 성립이다. 성립된 국제협약은 준수하여야 한다. 그 협약이 지켜지지 않으면 당사

국간 심각한 분쟁을 야기할 수 있다.

소련은 김일성을 대리로 내세워 내전으로 위장하는 전쟁을 일으켜 그 협약을 깨뜨렸다. 그것은 자칫 세계를 또 다시 전쟁의 불구덩이로 몰아넣을지도 모르는 중대사였다

소련이 군사력을 동원하여 국제간의 협약을 깨뜨려 미국의 국익이 심각한 위협에 노출되었는데 미국은 보고만 있겠는가. 미국의 참전은 자국의 국익 보호를 위한 당연한 출병이다. 또 공산진영에서 국군 북진시 '입술이 상하면 이가 시리다' 는 구호 하에 중공이 출병한 것도 같은 맥락에서 보아야 하지 않을까.

중공 출병에 식량과 피복을 제외한 거의 모든 병참 지원을 소련에서 했다. 특히 공군의 역할은 전적으로 소련 공군이 담당했다. 1952년 1월 3일 승호리 상공 공중전에서 격추된 미그 15기의 조종사도 소련공군이라고 했다.

그리고 압록강 수풍수력발전소 말을 하다보니 그때 들은 소련의 전력에 관한 말이 생각난다. 그저 여담정도로 생각해도 무방하겠지만 당시 소련의 국력을 가늠해 볼 수도 있을 것 같아 말해 보려고 한다.

1951년 12월 어느 날 저녁이었다. 그날따라 저녁 식사가 좀 늦었다. 저녁 식사 후 침소인 벙커에 내려가니까 군인민위원회 거의 전 직원이 정렬하여 앉아 있다 앞에는 조그만 의자에 선전 과장이 얄팍한 노트를 들고 앉아서 무슨 강의를 하고 있다. 몇 마디 들어보니 소련 산업에 관한 말이다. 몇 마디 더하고 "그러면 1950년도 소련 전력에 관해 말하겠습니다."한다. "1950년도 소련의 총 발전량이 1천40억 KW아워라고 합니다. 참 대단합니다. 1천40억KW아워가 얼마나 되는 양인지 숫자만 갖고는 실감하기 어려울 정도입니다. 가히 천문학적이라고 하겠습니다. 우리의 압록강 수력 발전을 40만 KW로 볼 때, 몇 배가 되

는지 쉽게 계산이 안 되는 어마어마한 수치입니다.”한다. 이 말을 몇 번이나 되풀이 하고 있었다.

나는 선전과장의 그 말을 듣고 왜 소련의 전력은 “KW아워”라고 말하고 수풍발전소의 발전량은 ‘KW’로만 말할까 ‘KW아워’와 ‘KW’를 분간하지 못해서는 아니겠는데 생각했다. 또, 그 강의를 듣고 있는 직원들 중 어느 한사람도 그것을 지적하는 사람이 없었다. 여러 번 되풀이 말하는데도 모두들 꿀 먹은 벙어리였다.

왜 소련의 전력은 ‘KW아워’로 말하여 어마어마한 양으로 부풀려 보이도록 말하고 수풍발전소의 발전량은 발전 능력의 기본 수치만 말할까?

압록강 수풍발전소의 발전량을 40만KW라고 말하는 데에는 북한 당국에도 나름대로의 고충이 있었을 것이다. 원래 압록강 수풍발전소에는 대형 발전기(41만KW급) 4대가 설치되어 있었던 것으로 생각된다. 8.15 직후 소련 점령군이 발전기 4대중 2대를 떼어 갔다고 했다. 1946년 초부터 발전기 4대중 2대를 소련군이 떼어갔다는 소문이 파다하니 돌고 있었다. 그러니 나머지 2대중 1대는 만주국 출자 분이었으니까 중국의 차지일 것이고 1대분 약 40만 KW가 북한의 차지였을 것이다. 그래서 압록강 수풍발전소 발전량을 40만 KW라고 하는 것 같았다.

1954년 봄이었을 것이다. 노동당 무슨 회의에서 압록강 수풍발전소의 발전기 2대가 고장으로 수리를 위해 소련으로 가져갔다고 했다는 말이 돌고 있었다. 나는 그 말을 듣고 ‘이놈들이 또 거짓말을 하고 있구나 수풍발전소 발전기는 소련 점령군이 한반도에 나오자마자 전리품으로 떼어 갔는데 수리를 위해 가져갔다고? 수리를 위한 것이면 기술자가 와서 수리를 할 것이지 왜 그 큰 기계를 어렵사리 소련으로 가져간단 말인가?’

압록강 수풍발전소 발전기는 독일제였던 것으로 알고 있다. 당시 일본의 기술력으로는 그런 대형 발전기 제작이 어려워 독일로 발주 한다는 것이 공공연하게 알려져 있었던 것으로 생각한다.

소련은 수풍 발전소의 발전기만 약탈해 간 것이 아니다. 일제가 공출이라는 말로 수탈해 보관해 두었던 양곡을 1946년 2월경까지 다 실어 갔다. 일본군 평양 병기창에서 쓸만한 기계는 다 가져갔다고 했다. 이렇게 좀 쓸만한 것은 무엇이든 다 가져갔다 이것을 약탈행위라고 하지 않을 수 있겠는가?

김일성의 이혼 명령

1954년 여름부터 가을에 걸쳐 여러 차례에 나누어서 들은 이야기다. 당시 승호리 내무서 서원 중에 명씨 성의 서원이 한 사람 있었다고 했다. 성씨가 명씨여서 '명 서원'이라고 했다. 나는 그 명 서원을 만나본 일은 없었고 화젯거리로 떠도는 이야기를 자세히 들었을 뿐이다.

그 명 서원은 20대 후반의 청년이었고 생후 몇 달 안 된 아들과 부인 그렇게 세 가족이라고 했다. 부부 금실이 유난히 좋아 이웃의 부러움의 대상이었다는 말도 들었다.

금실 좋은 부부가 건강하고 무럭무럭 자라는 귀여운 아기가 있고, 거기에 남자는 노동당 청년당원으로 촉망받는 내무서원이었으니 당시 북한에서 대표적인 행복한 가정이었다고 할 수 있을 것이다.

한데 이 행복한 가정에 1954년 여름 어느 날 꿈에도 생각지 못했던 날벼락이 떨어져 그 행복하던 가정이 풍비박산이 되어버렸다.

어느 날 내무서장이 그들 부부를 불러놓고 서류를 뒤적이며 이것저것 한참이나 질문을 하다가 이혼을 하라는 명령이었다. 마른하늘에 날벼락도 유분수지 이런 날벼락이 있을 수 있나. 금실 좋은 부부를 불러놓고 직장상사가 이혼을 강요하다니. 우리네 사회에서는 상상조차 할 수 없는 일이다.

그러나 이때의 내무서장은 단순히 직장 상급자가 아니었다. 당과 정부를 대신해 김일성의 명령을 집행하는 집행관이다. 그의 명령은 절대적이다.

이혼 명령의 이유는 부인의 친정 오빠가 국군 북진 시 국군에 협력하다 국군을 따라 남하한 반동부자라는 것이다. 그것을 전쟁 중이어서 조사를 못하고 있다 휴전 후 일제 조사에서 확인했다는 것이다. 반동분자의 여동생을 유능한 노동당원의 가족으로 받아드릴 수 없단다.

당시 북한에서는 노동당원이 노동당의 굴레에서 벗어나면 이유를 불문하고 최소한 2년의 징역형을 면할 길이 없다고 했다. 그렇기 때문에 노동당원의 탈당이란 있을 수 없고 큰 실수나 범죄행위가 있어서 출당을 당해도 한 가지라고 했다. 당적이 소멸될 때에는 누구나 최소 2년의 징역형을 면할 길이 없다고 했다.

실정이 이러니 그 명 서원도 이혼을 하지 않으려면 당적을 내놓아야 하는데 그것은 최소 2년 이상의 징역형의 길이다. 2년의 형기를 마친다 해도 사회에서 완전히 매장되는 종말의 길이다. 그러니 이혼을 안 할 수도 없는 형편이다. 그렇다고 이혼을 하자니 금실이 좋기로 소문이 나 있는 부부다. 이혼이라는 말만 들어도 가슴이 난도질을 당하는 듯하다.

"이혼! 차라리 둘이 나가 대동강에 투신을 할지언정 이혼은 못한다"

이 말도 노동당원인 당사자는 할 수 없고 부인이 한 말이라고 들었다. 만일 노동당원인 당사자가 그런 말을 했다가 그 말이 상급자의 귀에 들어가면 그 말 한 마디로도 반동분자로 몰릴 근거가 된다.

내무서장은 하루건너 불러놓고 언제까지 이렇게 미루고만 있을 거냐고 다그쳤단다. 명 서원은 몇 차례 그렇게 미루어오다 더는 미룰 수 없다고 생각하자 책임을 부인에게 돌렸단다. 자신은 이혼을 하려고 하는데 부인이 죽어도 이혼은 못한다고 막무가내니 어쩔 수 없이 이러고 있다고 했다는 것이다.

이 후부터 내무서장은 부부를 함께 불러놓고 다그쳤다. 부인은 생후 몇 달 안된 핏덩이 같은 아기를 두고 어떻게 이혼을 하느냐고 하며 지금까지 한 것보다 당과 정부에 열 배도 더 충성을 하겠다고 애걸을 하며 용서해줄 것을 빌었지만 비는 정도로 물러설 내무서장이 아니다.

용서는 절대 있을 수 없다. "정 그렇게 이혼을 못하겠다면 할 수 없지. 다음 군당회의에서 처리할 수밖에 없지" 하며 계속 협박성 압박을 가했다고 했다. 견디다 못해 부인이 당분간 피해 있겠다며 친정으로 간다고 집을 비웠다는 말이 돌고 있었다.

1954년 늦여름부터 가을 중반까지 명 서원의 이혼문제가 승호리에서 온통 화젯거리였다. 그렇게 생기발랄하던 젊은이가 이혼문제 대두 후부터는 사흘에 한 때도 못 먹은 사람같이 기가 죽어 있다고 하며 지나가는 모습만 보고도 그 날 또 서장에게 불려가 시달림을 받았는지 아닌지를 알아볼 수 있다고들 하고 있었다.

두어 달 피해 있겠다며 친정으로 갔던 부인은 혹시 남편이 어떻게 되지나 않을까 하는 생각에 가시방석에 앉아 있는 것 같아 못 견디겠다며 2주가량 후에 돌아왔다고 했다.

부인이 돌아온 다음날 내무서장은 부부를 불러놓고 또 다그쳤단다. 몇 차례 그렇게 시달림을 당하던 부인이 그만 큰 실수를 하고 말았다. 내무서장의 이혼을 빨리 하라는 재촉에 울며 용서를 빌던 부인이 계속 안 된다는 내무서장의 말에 치미는 분노를 억제하지 못하고 "서장 동무, 아기 맡으세요." 하고 업고 갔던 아기를 내려놓고 나왔다.

핏덩이 같은 어린아이를 두고 어떻게 이혼을 하라느냐며 항거하던 부인이 아기를 두고 나가자 내무서장은 준비가 되어 있었던지 얼씨구나 하고 그 자리에서 사람을 시켜 어린 아기를 평양 영아원으로 보내버렸다. 내무서장 앞에 있던 작은 장애물이 사라진 셈이었다. 부인은 '젖 달라고 보채는 아기 때문에 애 좀 먹어보라지' 하는 생각에서 내려

놓고 나왔던 것인데 내무서장은 '그래 잘됐다' 생각했는지 그 자리에서 영아원으로 보내버렸던 것이다.

몇 시간 후 부인이 아기를 두고 나온 것이 또 잘못되지나 않았나 하는 불안한 생각에 아기를 찾으러 갔을 때는 아기는 이미 어디론가 사라진 후였다.

아기를 돌려달라는 부인에게 내무서장은 "나에게 아기를 맡으라고 하지 않았소. 아기는 국가에서 키울 것이오. 국가에서 잘 키울 것이니 아무 염려 말고 어서 이혼이나 하시오" 했단다.

이 후의 일은 더 말할 여지가 없겠다. 젊은 부부의 행복하던 한 가정이 통치 권력에 의하여 박살이 나는 과정이었다.

국가권력이 출생한 지 몇 달 안 된 아기를 강탈해 영아원으로 보내고 이혼을 강요하는 곳이 북한이다.

탄압이 이 지경인데 인권이 어떻다고 말이나마 해볼 수 있겠는가. 나의 이 수기 중에는 인권의 측면에서 살펴 들어야 할 곳이 적지 아니 있을 것이다.

북한의 인권상황이 이 지경인데도 그 성직자는 판문점 북측 건물 옥상에서 주먹을 하늘 높이 치켜들며 미 제국주의를 규탄하고 있었다. 장소가 북측 건물이니 만치 북한을 옹호하고 미국과 대한민국을 싸잡아 규탄했다고 보아야 할 것이다. 보도된 그 모습을 보고 나는 저 사람이 진정 성직자인가 혁명가인가 하는 생각을 금할 길이 없었다.

"신성한 법의의 보호 하에서 정의를 구현한다는 구실로 선량한 시민 신도들을 오도하지 말라."

그 명 서원의 이혼문제로 나는 평양 영아원 이야기도 비교적 자세히 들었다. 몇 사람의 입을 거쳐 전달된 말이겠지만 영아원 내막을 잘 알고 있는 사람의 말인 듯했다.

영아들이 영양실조로 바짝 말라 있으면서 "아그그, 아그그" 보채는 소리가 마치 부화장의 병아리 떼가 삐악거리는 듯하다고 하며 건강한 아기라도 거기 가면 두 달을 넘기기가 어려울 것이라고 했다. 당시 북한에는 영유아용 식품이 전무한 형편이었다.

이런 강제이혼과 같은 무도한 행위가 혁명을 위해서라는 말 앞에 정당화되고 있었다. '혁명완수'를 위해서라는 말 앞에서는 정당화되지 않는 것이 없는 곳이 북한이다.

서 폭격 이야기를 하고 넘어가는 것이 좋을 듯하다. 옛날에 전쟁이 휩쓸고 간 참상을 두고 어떤 이는 "나
깨어지고 산하만 남았구나" 하고 탄식했다지만 당시의 시인이 오늘의 이 가공할 파괴력이야 상상인들 했
나라도 깨어지고 산하도 깨어지고 인성도 깨어지고 깨어질 수 있는 것은 남김없이 다 깨어진 듯했다.

대폭격

미친놈 쌍칼을 들고 막춤을 추듯 날뛰며 모든 것을 닥치는 대로 파괴해 버리는 것이 전쟁이다.

내가 평안북도 우라늄광산에서 돌아왔을 때도 인력감축이 계속되고 있었다. 우라늄광산으로의 동원을 위한 감원으로만 생각 했는데 그것이 아니었던 것 같았다. 인력감축이 계속되는 것을 보고 왜 이렇게 감원을 할까 의아해했었는데 한 달도 더 지나서야 그 이유를 짐작할 수 있었다. 보유 식량이 바닥나 가니까 식량배급 대상 인원을 줄이는 것으로 식량 절약을 꾀하는 것이 아닌가 생각되었다.

이런 형편이니 보잘 것 없는 포로병들이 먼저 밀려날 것은 당연했다. 또 구박은 심하고 반 년 넘게 지내며 그 사회 실정도 어느 정도 알게 되니까 자유노동을 하든 남의 머슴을 살든-사실 머슴을 산다는 것은 있을 수 없는 일이었지만-이보다 더야 하겠냐 이곳 아니라도 굶어 죽지는 않겠다 하는 심리가 작용했던 것도 부인할 수 없을 것이다.

내가 우라늄광산으로 갈 때만 해도 포로병은 감원대상이 아니였던 것 같은데 인력감축이 확대되면서 '부양가족이 있는 지방민의 밥줄을 끊느니 보다 보잘것없는 포로병을 내쫓지' 하는 생각에서 포로병을 내보내는 것 같았다.

아무 생활기반도 없는 사람들을 내쫓았다고 할 것 같아서인지 직접 나가라고 하지는 않고 안 나갈 수 없도록 못살게 구박을 하는 것으로 나가도록 유도하는 것 같았다. 그 지방 사람들은 내보낼 때 한 달분 식량 배급권을 주어서 내보내는데 포로병에게는 그런 것도 없었고 그렇게 일을 시키고도 보수라고는 담배 한 갑도 없었다.

5월에 들어서며 오리농장에 그대로 남아 잇는 사람은 20여 명에 불과했고 20명 정도는 밀려나 어디론가 뿔뿔이 흩어져 있었다. 남아 있는 사람만으로도 농장운영이 가능하다고 보고 그렇게 내보낸 것 같았다. 하기야 기초시설은 다 되었으니까 인원이 적으면 적은 대로 운영해 나갈 수 있겠으니까 내보낼 수 있는 데까지 다 내보내는 것 같았다.

이렇게 밀려났기 때문에 박용래 씨도 사망한 것으로 본다. 박용래씨는 50대 중반 노년기의 나이로 약해진 몸에 일을 젊은 사람과 같이 못한다고 밀려난 후 이리저리 있을 곳을 찾다 평양 대동강 도선장에서 도선공으로 일하다 1952년 7월 11일 평양 대폭격시 사망한 것이다. 도선공은 배를 저어 강심에 들어간 후에는 폭격을 해도 피할 수가 없어 위험하다고 하려는 사람이 없었는데 박용래 씨는 "그까짓 거 죽으면 죽었지" 하고 거의 자포자기하는 심정에서 도선공 일을 하다 죽은 것이다.

여기서 폭격 이야기를 하고 넘어가는 것이 좋을 듯하다. 옛날에 전쟁이 휩쓸고 간 참상을 두고 어떤 이는 "나라는 깨어지고 산하만 남았구나" 하고 탄식했다지만 당시의 시인이 오늘의 이 가공할 파괴력이야 상상인들 했으랴. 나라도 깨어지고 산하도 깨어지고 인성도 깨어지고 깨어질 수 있는 것은 남김없이 다 깨어진 듯했다.

북한 전역의 이러한 파괴는 대부분 지상포화보다는 공군력에 의하여 파괴되었다. 어느 날 하루도 빠짐없이 수백 대 때로는 1천 대 이상의 전폭기가 동원되어 두들겨 부수었으니 남아날 것이 없었다. 도시고 농촌이고 모두가 그러했다. 특히 농촌의 한옥은 몇십 킬로미터급의 소형폭탄 한 발에도 건물 한두 동이 그대로 날아가곤 했다. 70~80호의 큰 농촌도 경폭격기 4대 한 편대만 들어가도 완전히 잿더미가 되었다.

농촌이 이렇게 폭격의 대상이 되었던 것은 군기관이 폭격을 피해 민간에 스며들어 있었기 때문이다.

폭격이 심했던 곳을 몇 군데 꼽으라면 첫째는 역시 평양을 꼽을 것이고 다음은 내가 있던 승호리 청천 강변 안주지역도 빠뜨릴 수 없을 것이다.

실은 어느 하루도 폭격을 안 한 날이 없었고 언제 어느 곳에 폭격이 더했다 덜했다 할 수도 없을 것 같다. 또 평양 대폭격이 한두 번도 아니었다. 그 중에서도 가장 인명피해가 컸던 것으로 생각되는 1952년 7월 11일 폭격을 말하지 않을 수 없다. 그 날은 일기도 화창했다 바람도 한 점 없었다.

이때 나는 심히 앓고 있었다. 길가에서 코피를 쏟으며 쓰러진 후 계속 앓고 있었다. 아무것도 먹지 못하고 있는데 오전 9시가 되어갈 무렵 친구가 누워서 신음하고 있는 나에게 들으란 듯이 "야, 저 비행기봐. 동섭아. 아무리 아파도 저것 좀 나와 봐. 비행기가 하늘에 가득 차서 들어온다." 하고는 달려와 "야, 빨리 피하자" 하며 팔을 잡아끈다. 겨우 일어나 나와 하늘을 보니 수많은 까마귀가 무리를 지어 날아오듯 하늘을 덮고 들어온다. 해군 함재기의 편대다. 어림잡아도 백 대는 더 되겠다. 하늘을 쳐다보고 있는데 승호리 상공을 지나며 편대가 흩어지기 시작한다. 폭격 개시다.

잡아끄는 친구에게 끌려가다 도저히 못 가겠기에 "혼자 먼저 나가라. 나는 힘닿는 대로 따라 나가겠다" 하고 혼자 처졌는데 이때 얼굴에 더운 기운의 바람이 확 스친다. 전폭기의 기총탄이 바로 눈앞을 스친 것이다. 그 날 나는 잠시 폭격이 그친 다음 그 지점에서 그 기촌탄을 찾아냈다. 20밀리 가량의 기관 포탄이었다. 철갑탄에 화약을 납으로 쌌는데 땅이 물러서 폭발하지 않고 그대로 있었고 열기가 따스하니 남아 있었다. 정말 나는 간발의 차로 목숨을 잃지 않았던 것이다.

이 날 승호리 상공을 통과한 전폭기는 평양 동북부에서부터 폭격을 개시했고 평양 서부 진남포 지역 상공으로 진입한 편대는 평양 남서부에서부터 폭격을 시작했다고 했다. 전폭기의 대편대가 동서 양 방향에서 진입해 평양시내 수십 군데를 일시에 폭격했다.

1차 진입한 편대의 폭격이 끝나갈 때쯤 2차 편대가 진입했다. 지상 기지에서 발진한 재래식 전폭기였다. 일차 편대의 반 정도의 수였다. 3차는 제트 전폭기였다. 제트 전폭기의 편대는 비교적 적은 수였다. 이렇게 각종 전폭기가 릴레이식으로 들어와 정오경까지 폭격이 계속되었다. 제트 전폭기는 폭격을 하고는 광범위한 지역을 저공비행하며 지상을 위협하고 있었다. 친구가 그 광경을 보고 "꼭 대구 동촌비행장에서 놀듯하네" 했다. 폭격 개시 후 두 시간가량 지나면서는 온 평양 시내가 검은 폭연 속에 묻혀 버렸다. 그래도 폭격은 계속되었다.

대공포의 대응도 만만치 않았다. 평양시내 도처에 배치되어 있던 대공포가 일제히 불을 뿜기 시작했고 지상에 초연이 짙게 깔릴 무렵 하늘에는 초연의 먹구름이 형성되어 있었다. 대공포 포탄으로 인한 초연이었다.

정오경부터 한 시간 가량 그쳤던 폭격이 재개되었다. 그러나 대공포는 거의 대응을 못하고 있었다. 짙은 폭연으로 시야가 거의 완전히 가려져 있었기 때문이다. 그래도 폭격은 해질 녘까지 계속되었다. 어둠이 깔리기 시작할 무렵 폭격이 다시 재개되었다. 야간 폭격이었다. 전폭기가 아니고 경폭격기의 엔진음이었다. 바로 승호리 상공을 통과하여 평양 서북부로 향하고 있었다. 엔진음이 멀어져 갈 때쯤 후속편대의 엔진음이 이어지고 있었다. 동쪽이 훤히 밝아올 때까지 이렇게 엔진음이 하늘을 뒤흔들고 있었다.

이 날 폭격의 목표는 두 가지로 나누어 말해야 할 것 같다. 첫째 주간에는 군수품 저장소 파괴가 주 목표였고, 다음 야간 폭격은 인명살상이 주목표였다고 한 것이다.

휴전회담이 개최된 후 평양 북방은 폭격을 별로 하지 않았다고 했다. 병력이동에는 공격을 집중했지만 군수품 수송이나 은닉장소는 그대로 방치한 것이나 다름없었다고 했다. 주로 정찰활동만 했던 것 같다. 휴전회담에 영향이 미칠 것을 염려해서가 아닌가 하는 말들을 하고 있었다.

이렇게 1년쯤 지나는 사이 휴전회담은 별로 성과가 없고 적의 전력만 눈에 띄도록 증강되고 있으니까 북한 전역에 폭격을 일층 강화하는 것으로 보였다. 평양도 51년 8월 대폭격 이후 거의 1년이나 폭격을 하지 않고 있다가 1952년 7월 11일 1년이나 삼가고 있던 폭격을 한꺼번에 하려는 듯 엄청난 규모로 폭탄을 퍼부었다.

또 평양시내 곳곳에 많은 굴을 뚫고 있었다. 내가 본 것만도 몇 십 곳은 될 것이다. 청류벽 밑에도 총총히 뚫고 있었고 장댓재 교회 밑에도 기림리 사기공장 뒤에도 뚫을 수 있는 곳은 다 뚫고 있었다. 승호리에도 많은 곳을 뚫고 있었다. 내가 수용소에서 끌려나올 때 같이 나와 시멘트공장으로 갔던 사람들도 그 터널 공사장으로 갔던 것이다.

또 위장 야적해둔 군수품도 많았다고 했다. 주로 식량과 차량용 연료가 야적되어 있었는데 식량은 지상에 연료는 땅을 파고 대충 묻어두는 지하저장이었다고 했다. 특히 서평양역에서 평양역을 지나 대동강 남쪽 대동강역 근처에까지 많은 군수품이 은닉되어 있었다고 했다.

이렇게 은닉 저장해두었던 군수품과 식량이 이 날 하루 폭격에 거의

가 파괴되고 재가 되었다. 뿐만 아니라 굴 입구마다 거의 다 폭탄이 들어가 터졌다고 했다.

야간 폭격은 거의 백 퍼센트 인명피해였다. 1951년 8월 13일인지 14일인지 확실하지 않다. 이때도 평양 대폭격이 있었다. 주로 폭격기의 폭격이었다. 또 주간 폭격이었다. 이 날 폭격에 약 6천 명의 시민이 죽었다는 풍문이었다.

평양시내 중 이때까지 폭격에 피해를 보지 않은 곳이 딱 한 곳 있었다. 일명 가루개라는 평양 서북부 인흥리 지역이었다. 옛부터 빈밀굴로 알려져 있었던 곳이다. 납작납작한 한옥이 다닥다닥 붙어 있었다. 초가집이 반은 될 것 같았다. 또 지역도 많이 넓은 것 같았다.

내가 우라늄광산으로 끌려가다 순안지역에서 탈출하려고 김학춘과 같이 평양까지 나왔다 김학춘의 반대로 다시 북쪽으로 발길을 돌렸을 때 그 인흥리를 통과했었다. 그때 나는 그곳 폭격을 적지 아니 염려했었다. 들끓는 시장보다도 사람이 더 많은데 일반 시민보다 군인이 더 많았다. 특히 장교가 유난히 많이 눈에 띄었다. 장교가 많은 것은 군의 중간 지휘부가 많이 있다는 증거다. 폭격의 표적이 안 될 수가 없는 것이다. 또 첩보원이 놓쳐서는 안 되는 표적이다. '미운 풀 잡는데 고운 풀껴 잡힌다고 폭격을 하면 시민까지 몰살을 하겠구나' 하는 염려가 앞섰다.

52년 7월 11일 이 날도 주간 폭격에는 소형폭탄도 하나 투하되지 않은 곳이 가루개(인흥리)였다. 이때까지 한 번도 폭격을 하지 않았는데 이 날도 폭격을 하지 않으니까 "가루개는 폭격을 하지 않는다. 가루개는 폭격을 하지 않는다" 하며 아주 먼 주변에서까지 시민들이 몰려들었다고 했다.

그런데 이 날 야간폭격의 표적이 바로 이 가루개지대였던 것이다.

폭격을 하지 않는 곳이라고 피난처로 알고 몰려들었던 곳이 저승사자의 안방으로 찾아든 셈이었다.

땅거미가 깔리기 시작할 무렵부터 새벽 동쪽이 훤히 밝아올 때까지 폭격이 계속되었다. 엔진음으로 보아 경폭격기 4대의 편대인 듯했다. 이런 엔진음이 꼬리를 물고 들려왔다. 투하된 폭탄의 착탄 폭발하는 섬광, 지축을 흔드는 진동, 후속편대의 엔진음이 뒤섞인 속에 밤을 새웠다.

이 폭격이 있은 지 얼마 후 나는 그 가루개에 가보았다. 그곳의 파괴 상태가 어느 정도인지 확인하기 위해 멀지 않은 근처를 지나게 되었을 때 일부러 들러보았던 것이다. 지상물은 하나도 남아 있는 것이 없었고 땅은 손바닥만큼도 패여 뒤집히지 않은 곳이 없었다. 말 그대로 황폐 그 자체였다. 대형폭탄의 흔적은 보이지 않았고 최소형 폭탄을 대량 사용한 듯했다. 폭발 장소의 깊이가 1미터 되는 곳이 없는 듯했다. 거의 비슷한 오목한 구덩이가 무수히 널려 있었다.

이 날 하루 폭격에 5만이 죽었다고도 하고 6만이 죽었다고도 했다. 거의 1년을 폭격을 하지 않아 몰려든 시민이 많았고 더욱 인흥리 일대에는 바글바글하다고 할 만큼 군인, 시민 할 것 없이 몰려 있었는데 거의 몰살을 한 것이다.

이 날 폭격에 희생된 시체 처리에 15일이 더 걸렸다고 했다.

일반시민이고 공무원이고 평양 시내 생존자는 총동원 되었고 외부인이 평양 시내에 들어가면 시체처리가 끝날 때까지 내보내지 않고 동원했다고 했다.

가족 및 친인척의 안부가 염려되어 평양을 찾았던 사람들이 모두 시체처리에 동원되었던 것이다. 큰 흙구덩이 한 곳에 시체를 수십구씩 매몰했다고 했다.

7월 11일 폭격에 이어 15일에는 승호리에 폭격이 있었다. 이 폭격은 소규모였다. 하지만 단 한 발의 폭탄으로 희생된 인명피해는 기록이 아닐까 생각한다. 10여 대의 제트 전폭기 한 편대가 들어와 평양조차 장이 들어가 있는 터널을 폭격했다. 다른 곳은 폭격을 더 할만한 곳도 없었다. 읍 규모의 소도시인 승호리는 이미 파괴될 곳은 다 파괴되고 더 이상 폭격의 대상이 될 만한 곳도 없었다. 단 하나 그 터널이 유일한 폭격 대상이었다고 하겠다. 또 그 터널을 한두 번 폭격한 것도 아니었다. 여러 차례 폭격을 했어도 터널 파괴에는 실패했던 것이다. 야산이라고 하지만 수십 년의 채석으로 큰 원형의 광장이 조성되었고 그 둘레에는 고도가 100미터는 될 것 같은 직벽의 절벽이 형성된 한가운데 밑에 터널이 있었다. 또 그 터널 좌우로 돌아가면서 새로이 많은 굴을 뚫고 있었다. 또 터널 앞 약간 우측에는 시멘트공장 연통 몇 개가 수십 미터나 치솟아 있었다.

한번은 이런 일이 있었다. 함재기 18대가 들어와 그 터널을 폭격하다 한 대가 직벽 상단에 충돌하여 기체는 산산조각이 나고 조종사의 몸은 갈기갈기 찢겨 흩어졌다고 했다. 기체의 일부는 직벽 밑으로 떨어지고 일부는 직벽 너머로 튀어 넘어가고 갈기갈기 찢긴 조종사의 신체도 여기저기 흩어져 있었다는데 멀리 떨어져 나간 조종사의 팔의 시계는 그대로 움직이고 있었다고 했다.

이렇게 난폭파의 터널로 미 공군 조종사들에게 고통과 희생을 강요하던 그 터널도 1952년 7월 15일이 액운의 날이었던지 끝내는 당하고 말았다.

오전 10시경에 승호리 상공에 나타난 제트 전폭기는 곧 폭격을 개시했다. 1톤급 대형 폭탄 한 발이 터널 입구에서 45미터 가량 들어가 폭발했는데 그 폭탄 한 개의 폭발로 터널 안에 있던 조차장 종업원 거의 전원이 몰살했다고 했다. 지배인(사장, 장성급) 이하 그 터널 안에 있던 3백 몇십 명 중 생존자는 겨우 다섯이었고 20여 명의 관리직 외에 전원이 기능직 인력이라고 했다. 바로 입구에서 기관차 수리를 하고 있던 몇 사람과 그 가까이에 있던 사람은 직접 폭발력에 사망하고 그 외는 모두 질식사했다고 했다.

이 터널은 내가 강동군 인민위원회에서 회의가 있을 때 점심식사를 지고 갔던 그 터널이다. 터널 구석 쪽 천장에 구멍을 내고 산 너머 채석장에서 돌을 갖다 떨어뜨려 운반하던 구멍으로 공기가 폭풍에 밀려 빠져나가고 초연이 구석에까지 밀려들어 구석 숙소에서 잠을 자고 있던 사람들까지 거의 질식사했다고 했다.

생존자 다섯 사람도 그 숙소에서 잠을 자고 있던 사람들이었다고 했다. 나는 그 생존자 중 한 사람을 만나보았다. 그 생존자들은 잠을 자고 있다 지구가 깨어지는 듯한 엄청난 굉음에 놀라 깨었는데 이미 초연이 밀려들어 숨이 막힐 지경이었다고 했다. 마침 터널 바닥 한쪽에 잘박하니 물이 흐르고 있었는데 걸레를 그 물에 적셔 물마스크를 했기 때문에 질식사를 면할 수 있었다고 했다.

시체 처리에 꼬박 나흘이 걸렸다고 했다. 너무도 끔찍한 죽음의 참상이 널리 알려지는 것을 막기 위해서인지 일반인의 접근을 금지하고 내무서원들만이 동원되어 처리한다고 했다. 평양에 있던 조차장이 피난을 와 있었기 때문인지 현지에는 직원들의 연고자가 별로 없었던 듯했다. 그 많은 시체를 유족들의 곡성 하나 들리지 않는 조용한 속에 처리하였다.

청천 강변 안주지역은 폭격 현장을 목격한 것은 아니고 그 주변 정황으로 보아 대형폭탄이 얼마나 많이 투하되었던가를 알 수 있었다.

청천강에는 임시철교로 가교가 셋이 놓여 있었다. 폭격으로 철교 파괴가 빈번하니까 가교를 셋씩이나 건설하여 이용하고 있었다. 그 임시

가교에 부설된 철도와 원철도와의 연결지점까지가 강남북으로 거의 4 킬로미터는 될 것 같았다. 그 일대가 폭격 대상이었던 것이다. 폭격을 얼마나 많이 했던지 주변 경작지고 산이고 폭탄 파편이 마치 강가의 자갈돌만큼이나 널려 있는 듯했다. 그 파편을 제거하지 않고는 경작지 경작이 어려울 것 같았다. 또 주변에 살포된 삐라도 엄청나 보였다. 산의 낙엽만큼이나 널려 있는 듯했다.

안주는 중공군 참전 초 미군과 중공군 간에 격전이 있었던 곳이다. 지상포화로 지상물은 남아 있는 것이 하나도 없었던 곳이다. 오직 철도시설 파괴를 위해 그렇게 폭격이 빈번했던 곳이다. 폭격을 얼마나 했던지 강남북 임시가교의 철도와 원철도의 연결지점까지의 지역은 폭탄으로 몇 십번은 파여 뒤집혔을 것 같았다.

내가 이곳을 본 것은 평북 우라늄광산으로 갈 때였다. 평양까지 나왔다 갔기 때문에 김학춘과 뒤처져 가며 폭격을 가장 가혹하도록 했다는 그곳을 통과했었다. 이곳에 오기 전날 밤을 안주 변두리 야산 기슭에 볏짚으로 움막 치듯 하고 60대 초의 노인 혼자 있는 곳에서 하룻밤 신세를 졌다.

저녁식사 후 자연히 폭격이 화제에 올랐다가 공중전 이야기로 옮겨 갔다. 어느 하루도 공중전을 안 한 날이 없었다고 했다. 때로는 아침부터 하루 종일 공중전이 그치지 않은 날도 있었다고 했다. 하루는 공중전으로 비행기 다섯 대가 격추되었는데 그 다섯 대가 모두 북의 비행기였다고 하며 "우리 비행긴 안되겠습니다."라고도 했다.

후에 안 일이지만 청천강선이 미그기의 회랑이었다는 것이다. 미그기는 항속거리가 짧아 중국에서 발진하여 청천강 선까지 남하해서는 공중전을 할 시간 여유가 다소 있었지만 더 이상 남하해서는 공중전을 할 시간 여유가 없었다고 한다. 그래서 대부분의 미그기는 청천강 선에서 경계임무를 수행하다 돌아갔기 때문에 청천강 선을 미그기의 회랑이라고 했다는 것이다.

그래서인지 평양 상공에서는 공중전이 거의 없었다. 미그기의 편대가 평양 상공까지 남하하다가는 그대로 기수를 돌려 북상할 뿐 잠시도 체공하지를 않았다. 나는 승호리 상공에서의 공중전을 꼭 한 번 보았다. 그 한 번이 처음이자 마지막이었다. 1952년 1월 3일 오전 9시경이었다. 누가 "공중전 한다" 하는 소리에 쳐다보니까 유리알같이 맑은 창공에 비행기 6대가 떠 있다. 2대는 F80 미군기이고 4대는 미그기다. 미그기 4대는 F80 2대를 가운데 두고 거의 등거리에서 크게 원을 그리며 돌고 있다. 평면이면 완전 포위상태다. 잠시 그렇게 돌다 미군기가 각기 반대방향으로 기수를 갑자기 돌려 一자 비행을 하는가 싶더니 뒤로 엷게 연기줄이 보인다. 뒤어어 기총 발사음이 두루룩 하고 조금 둔탁하게 들린다. 조금 후 미그기 한 대가 회전방향에서 벗어나 완만한 곡선을 그리는가 싶더니 비행기에서 멀지 않은 거리에 낙하산이 펼쳐진다. 기체에서 조종사가 탈출한 것이다. 기체는 완만한 곡선을 그리다 거의 수직으로 추락, 지상 폭발했다. 약 3킬로미터 남쪽이었다. 서너 시간 후 군인민위원회 직원 한 사람이 "망신할라구 우리 비행기가 떨어졌대" 하고 있었다.

이렇게 제트기간에는 소련 공군은 미 공군의 적수가 되지 못하는 것으로 보였다. 하지만 당시는 재래식 전폭기가 더 많았다. 재래식 전폭기는 소련 공군 미그기가 보이기만 하면 즉시 저공비행으로 도망가고 있었다. 나는 그런 것을 평북 선천 북방에서 보았다.

증기소독과 세균전 선전

　내가 평양시내와 그 주변지역을 적지 않게 돌아볼 수 있었던 것은 근거리에서는 단속이 별로 없었기 때문이었다. 그렇다고 단속이 전무했던 것은 아니었다. 방역단속이라고 할까 방역을 빙자하여 행인에게 방역필증 제시를 요구하며 검문을 하는데 주로 각지의 인근 자위대가 하고 있었다. 비상이 걸리지 않고는 내무서원이 직접 나서는 일은 별로 없었다.

　자위대가 제시할 것을 요구하는 방역필증이라는 것은 증기 소독증이었다. 증기로 옷을 쪄서 살균을 한다고 증기소독이라고 했고 그것을 했다고 확인해주는 것이 증기 소독증이었다. 증기소독증이 없는 사람은 정황으로 보아 인근 주민이 틀림없어 보이면 그 자리에서 옷을 한 가지 벗겨 증기소독을 해서 입히고 증기 소독증을 발급해주고, 수상해 보이는 점이 있으면 지서에 신고를 하는 것 같았다.

　그런데 실은 이것이 국민이 항상 위기의식에 사로잡혀 불안에서 헤어나지 못하고 떨고 있도록 달달 볶기 위한 수단 같았다.

　실지로 방역이 목적이라면 옷을 한 가지만 살균을 해서 무슨 소용이 있겠는가. 윗도리에서는 전염병이 전염되고 아랫도리 옷에서는 전염이 안 되는 전염병이 있던가. 길가에 불을 지필 수 있도록 돌 위에 드럼통을 놓고 물을 끓이며 행인의 옷을 한 가지 벗겨 찌는 시늉을 해 입히고 증기 소독증을 발급해주고 있었다. 길가에서 옷을 다 벗길 수가 없으니까 한 가지씩만 그렇게 했던 것이다. 또 그 증기소독증이면 20여 킬로미터 내에서는 언제고 통하고 있었다.

여기에다 방역효과를 기대할 수 있다고 보는 사람이 있겠는가. 정말 소가 웃다 꾸럭이 터진다는 우화와도 같은 일이다. 그래도 그런 지시에 묵묵히 따라야 하는 것이 당시의 북한국민이었다. 김일성은 이렇게 끊임없이 위기의식을 고취하며 국민에게 무조건 지시에 따르도록 강요하고 있었다.

위기의식 고취는 "미 제국주의자들이 세균전을 한다"는 것으로 충분했다. 미 제국주의자들이 세균전을 한다고 라디오에서도 길가의 확성기에서도 계속 떠들고 있었다.

1953년 5월 어느 날이었다. 그 날도 나는 몸이 아파 병원엘 갔다. 그런데 병원은 간호사 몇 사람이 지키고 있을 뿐 내과의는 한 사람도 없었다. 간호사의 말이 어젯밤 어디엔가 세균무기가 투하되어 그 방역을 위해 병원의 전 인력이 총동원되었다는 것이다. 그러면서 오후에 다시 오든가, 내일 오든가 하라는 말이었다. 이렇게 말하는 간호사는 적지 아니 겁에 질려 있는 듯 긴장된 표정으로 "세균무기까지 사용하면 다 죽었지 살아남을 사람이 있겠습니까?" 하고 걱정의 말을 하고 있었다.

다음날 나는 다시 병원을 찾았다. 이때 나는 근 1년을 두고 병원을 자주 다닌 편이어서 내과 의사와는 다소 친숙해진 편이었다. 아무런 말이나 다 털어놓고 할 수 있는 사이는 아니었지만 웬만한 말은 조금 은유적으로 비유해서는 하는 사이였다.

"어제는 안 계셔서 오늘 다시 왔습니다." 하는 인사말에 "어제는 세균무기 투하된 곳이 있어서 긴급 방역 동원으로 병원이 거의 비어 있어서" 한다.

"많이 어려우시겠습니다. 한데 세균무기도 방역이 가능합니까?"

"곤충의 몸에 세균이 배양되어 있다는데 우리나라에서 보지 못하던 곤충 같아. 벌의 일종 같은데 몸이 가냘프고 몸길이가 유난히 길어. 유리병에 한 마리씩 들어 있는데 병 밖으로 나오면 세균이 확산되겠지. 그 곤충이 들어 있는 병을 수거해 소각하는 정도였어" 한다.

"공중 투하되었으니까 깨어진 것도 많지 않았겠습니까?"

"다행히 깨어진 것은 별로 없는 것 같아 보였어."

"그러면 별로 염려할 것 없을 것 같습니다. 수백 미터 고공에서 투하한 유리병이 깨어진 것이 없으면 그 유리는 불파의 유리일 것이니 그대로 방치해두어도 얼마 지나면 자동 멸균되지 않겠습니까?" 했더니 크지 않은 소리로 "하하" 하고 웃는다.

누구나 생각해보라. 수백 미터 고공에서 투하된 유리병 중 파손된 것이 발견되지 않았다면 그것이 공중 투하된 것이라고 할 수 있겠는가. 의사도 나의 생각과 같은 생각이었기에 하하 하고 웃었을 것이다.

미국이 세균전을 한다고 그렇게 떠들어댔지만 세균전으로 인하여 질병이 발생했다는 말은 한 번도 없었다. 그것 또한 영명하신 김일성 수령님의 탁월하신 지도로 방역을 잘했기 때문이라고 하고 있었다.

윤재원 중위와의 작별

윤재원 중위도 어느 농가에 가 있었다. 밭에서 파종일을 도와주고 있다. 나를 보고 죽었던 사람을 다시 만난 듯 반가워했다.

거름삼태기를 들고 일을 하고 있는 것을 보고 나는 저 친구를 좀 자극을 해야겠다는 짓궂은 생각이 들었다.

"평화도 오지 않았는데 씨를 뿌리냐?" 했더니 윤재원 중위는 "또 뭔말을 하려고 그러냐?" 한다. "적거나 많거나 부하를 명령하며 전장을 누비고 달리던 네가 똥삼태기를 들었으니 하는 말이다" 했더니 "나 죽은 것이 아니다. 잠시 기다릴 뿐이다" 한다.

이화여대생에게서 들은 말을 했을 때 윤재원 중위는 "잘됐다. 너도 보았듯이 중부에는 중공군이 너무 많다. 10만도 더 될 것 같은데 그놈들이 날마다 산야를 이 잡듯이 뒤지고 있으니 녹음기라도 행동하기가 매우 어려울 것 같아 걱정이었다. 중부를 포기하고 서부로 나가자. 한데 내가 이 집에 온 지 나흘쨌데 놀며 공밥을 먹고 있다. 오늘 처음 일을 도와주러 나왔다. 이대로 가면 욕을 먹을 것이니 며칠 있으며 밥값이나 해주고 가야겠다." 한다.

"잘 생각했다. 가능한 한 주민들에게 욕먹을 일은 하지 말자. 한 20일 더 있어야 녹음이 은신하기에 괜찮아질 것이니 그때까지 기다리자"는 말을 하고 나는 승호리로 돌아왔다.

윤재원 중위와 나, 김춘림 씨 이렇게 셋이서 행동에 나서기 직전 내게 사고가 났다. 건강문제였다. 왜 그런지 나는 행동을 하려고만 하면 사고가 났다. 정말 한심한 일이었다.

2월 중순이었다. 혹한기여서 행동을 하기는 어렵겠지만 답답하니 주변 정세라도 살펴보자고 하며 윤재원 중위와 둘이 나섰던 일이 있었다.

벌목현장에서 조금 나오다 순찰중인 중공군에게 끌려간 일이 있었다. 대대본부인 듯한 곳에서 연대본부인 듯한 곳으로. 거기서 하룻밤을 보내고 사단 영창으로. 사단 영창에서 이틀을 보내고 군단 정치부 영창으로. 군단 정치부 영창에서 며칠을 보내고 평안남도 중화군 내무서 어느 지서까지 수십 킬로미터는 될 거리를 끌려 다니며 그 일대의 실상을 세밀히 살펴볼 수 있었다. 중공군의 주둔 병력이 엄청나게 많은데 놀랐다. 골짜기마다 민가마다 중공군이 주둔해 있지 않은 곳이 없었다. 그렇게 많은 중공군이 매일 산야를 이 잡듯이 뒤지고 있었다.

사단 영창에서 군단 정치부 영창으로 이송 도중이었다. 중공군 두 놈이 앞뒤에서 호송하는데 윤재원 중위가 "이놈들의 무기를 탈취해 해치우고 탈출하자"고 한다.

우리의 신분이 다 노출되었는데 동료들의 안전도 생각해야 하지 않겠느냐는 말에 "지금 전쟁인데 이것저것 다 생각하다가는 아무것도 못한다"며 "너는 힘으로는 저놈을 못 당할 것이니까 저놈을 꽉 붙잡고 너만 죽지 말고 살아 있어. 내가 앞의 놈을 해치우고 너를 구출할게. 5초만 견디고 있어" 한다. 5초에 되겠냐니까 "한 팔 둘러메고도 해치웠는데 지금은 두 팔 다 쓴다" 하고는 오른팔을 서너 바퀴 허공에 휘둘러 보이기까지 하며 기어이 결행하잔다.

윤재원 중위의 자신만만해하는 말에 나도 용기를 얻어 결행 결심을 하고 기회를 노리고 있는데 이때 그만 나는 아침 먹은 것을 다 토해내

며 주저앉고 말았다. 아침에 중공군 사단 영창에서 밥과 식용유를 듬
뿍 넣고 조리한 찬을 주는 것을 먹었는데 그것을 소화하지 못하고 다
토해버린 것이다.

결국 호송병의 무기를 탈취해 호송병을 사살하고 무장탈출을 시도
하려던 생각은 잠시간의 상상에 그치고 말았다. 후일 윤재원 중위는
"그때 네 모습이 백짓장같이 된 것을 보고는 행동할 생각을 포기할 수
밖에 없었다."고 했다.

중화군 내무서 어느 지서로 넘겨졌을 때 지서 서원이 "동무들 어떻
게 된 사람들이야" 하기에 신분을 사실대로 말하고 벌목현장에서 작업
중에 끌려왔다니까 "그래, 알았어"라고 별 것 아니라는 듯 가볍게 말한
다. 포로병이라면 깜짝 놀랠 줄 알았는데 너무 가볍게 말하기에 또 어
떤 일이 생기려나 하는 생각에 "조회해보세요. 틀림없습니다." 했더니
"알았다니까. 여기도 동무들 같은 사람들 많이 있어"라고 한다.

그 말 한 마디로 북한 각지에 우리와 같이 끌려나와 강제노동에 투
입된 포로가 많을 것이라고 생각했던 추측이 간접으로나마 사실로 확
인되었다.

중공군은 순찰 중 조금이라고 의심되면 아무나 끌고 가 조사를 한다
는 것도 알았다. 심지어 산간에서는 주민들의 가택수색까지 마음대로
하고 리인민위원회 위원장까지 끌려가 조사를 받은 일이 있었다는 말
도 들었다.

윤재원 중위와 김춘림 씨와 나 이렇게 셋이 행동을 하려고 했는데
그 직전 나는 중병으로 병석에 눕게 되었다. 내일 출발하자고 했는데
오늘 아침같이 중병으로 꼼짝 못하게 되었다.

새벽잠에서 깨었을 때 열이 몹시 오르고 오한이 심했다. 말라리아인

것을 직감했다. '큰일 났구나' 생각했지만 별 도리가 없었다. 말라리아는 보통 하루건너 오한이 오는데 이때는 매일 오한이 오고 오한의 시간도 길고 열도 더 높은 것 같았다. 또 오한이 지나가도 열이 별로 내리는 것 같지도 않았다.

폐결핵에 심장병에 악성 요도염-이때도 나는 요도 출혈이 자주 있었다-의 고통도 적지 않은데 지독한 말라리아에까지 걸렸으니 나의 건강이 회복되기는 어려울 것 같았다. 아무런 치료도 받지 못하고 먹는 것조차 겨우 목숨이나 끊어지지 않도록 조악한 음식을 조금씩 먹으며 병이 치유되기를 기대하는 것은 욕심에 불과하다는 것을 나는 잘 알고 있었다.

발병한 지 사흘째 되는 날 아침 옆에서 근심 어린 표정으로 나를 지켜보고 있는 윤재원 중위를 보며 '운명이구나. 할 수 없다. 나는 포기하고 저 친구나 가라고 해야겠다. 야생마와도 같이 전장을 누비고 달려야 할 저 친구나 가라고 해야겠다'고 몇 번이나 되풀이 생각하다 윤재원 중위에게 "기회를 놓치면 안 될 것이니 나를 버려 두고 가라"고 했다.

이때 내 가슴은 몹시도 설레었다. '친구는 살길을 찾아 떠나라고 하며 나는 죽기 위해 이대로 남아 있어야겠구나' 생각하니 가슴이 쓰려오도록 설레었다. 마치 자네와 같이 발이 많이 달린 짐승이 들어가 설치고 돌아다니는 듯 내 가슴은 아프고 쓰리도록 설레었다. 그래도 나는 '내가 여기서 약해져서는 안 된다. 희망 없는 나를 도와달라고 친구의 길을 막아서는 안 된다'고 자신을 타이르며 나를 버려두고 가라고 했다.

나를 버려두고 가라는 말에 윤재원 중위는 "일은 네가 다 만들어 놓고 어떻게 너를 버려두고 가라느냐"는 반문이다.

"일을 네가 다 만들어놓고, 내가 만들어놓고 타산을 할 것도 없고 인정에 연연할 때도 아니다. 한 사람이라도 갈 수 있으면 가야하고 한 사람이라도 살 수 있으면 살아야 한다. 나는 회복이 될지 안 될지 모르겠다. 설사 회복이 된다 해도 언제 회복될지 막연하다. 그러니 나의 그 막연한 회복을 기다리지 말고 나를 버려두고 가라" 하고 딱 잘라 말했다.

나의 단호한 말에 결심을 굳혔던지 윤재원 중위와 김춘림 씨는 다음날 오전 출발했다. 이때 북한을 같이 탈출하자고 한 것은 생사를 같이 하자고 한 말이나 다름없었다고 할 것이다. 그렇게 막역한 사이였는데도 만부득이해서 헤어지면서 석별의 말 한 마디 나누지 못했다.

차마 나를 버려두고 간다는 말을 할 수 없었던지 아침식사 후 윤재원 중위가 밖에서 문을 반쯤 열고 오한에 신음하고 있는 나를 내려다보며 "우리 바람 좀 쏘이고 올게" 한다. 나는 '이 친구가 정말 떠나는구나' 생각하면서도 몸조심하라는 말 한 마디 하지 못했다. 그저 "그래" 하고 그가 떠난다는 것을 내가 눈치채지 못한 척 외마디 대답을 했을 뿐이었다. 그렇게라도 나를 보고는 발길을 돌릴 수 없었던지 그 착한 김춘림 씨는 나를 보지도 않고 떠나갔다.

얼마간 지나 그들이 떠나갔다는 것을 재확인했을 때 '죽어가는 나만 버려두고 갔구나' 하고 야속하다는 생각도 들었으나 그것은 잠시 '꼭 성공해야 할 텐데. 재원아, 너 꼭 성공해야 한다. 꼭 성공해야 해' 하고 두 친구가 북한탈출에 성공하기를 기원하고 있었다.

도대체 인간의 생명력의 한계가 어디까지인가. 지난1년 여 나는 수많은 죽음의 터널을 빠져나왔다. 그 죽음의 고비에서마다 저승사자는 나에게 아물 수 없는 상처를 남겨놓았을 뿐 나를 끌고 가지는 못했다. 이제 나는 또다시 그 고비에 와 있다. 저승사자가 이번에는 나를 끌고 갈 것인가. 이번에도 상처만 남겨놓고 그대로 스쳐갈 것인가. 이번에는 그대로 스쳐간다고 해도 이 폐허의 적막이 나를 죽음으로 밀어 넣을 것이다. 유령조차 깃들기 어려울 것 같은 이 죽음의 폐허. 50여 미터 거리에 정미소를 지키고 있던 85세의 할머니마저 자손들의 손길에 끌려 피난을 가고 인적 끊긴 폐허의 도시 한가운데 나는 홀로 내동댕이쳐져 있다. 언제 무너질지 모르는 퇴락한 민가 한 구석에 혼자 쓰러져 신음을 하고 있는 것이다. 누구 하나 찾아올 사람도 없고 기다리지도 않는다. 그저 이렇게라도 시간이 가고 오느라면 죽음도 찾아들겠지 생각하니 심정이 오히려 무덤덤해지는 듯했다.

죽음! 죽음에 대하여 나는 조금은 알고 있는 것으로 생각하고 있었다. 한데 막상 죽음에 직면하여 '드디어 죽음이 나를 찾아드는구나. 죽음을 받아들이지 않을 수 없다'고 생각하며 죽음이 어떤 것인지 다시 생각하니 나는 죽음에 대하여 아는 것이 하나도 없다. 지난 1년 여 그 숱한 죽음을 곁에서 지켜보았는데도 죽음에 대하여 이해가 깊어진 것이 하나도 없다. 터럭만큼도 깊어진 것이 없다.

죽음! 그것은 진정 한 생을 절대 망각 속에 묻어두고 또 하나의 생으로 이행하는 신비의 계단인가 아니면 말 그대로 소멸의 종착인가.

죽음이 어떤 것인지 알지도 못하면서 사람들은 그 죽음을 피해보려고도 하고 물리쳐보려고도 한다. 그것은 피할 수도 물리칠 수도 없는 말짱 헛수고인 것을 알면서도 그렇게 해보려고 한다.

그 죽음이 피할 수도 물리칠 수도 없어 어쩔 수 없이 받아들여야 한다면 그 죽음이 언제 찾아들던 담담한 심정으로 받아들일 마음의 자세가 오히려 편하지 않을까. 이때 나는 이런 심정이었던 것 같다.

물만 몇 모금 마셨을 뿐 아무것도 먹지 못하고 아니 먹을 생각도 않고 해가 저물고 비몽사몽간에 밤도 가고 다시 새벽이 다가오고 있었다. 새벽이 오며 또 오한이 오고 열이 고약스레 오르고 있었다. 신음 중에도 '이 친구들이 얼마나 갔을까. 꼭 성공해야 할 텐데. 성공해야 할 텐데' 하고 두 친구가 무사히 북한탈출에 성공할 것을 기원하고 있었다.

시간이 얼마나 흘렀을까. 해가 중천에 올랐을 무렵이다. "다 어디 갔나? 아무도 없어?" 하는 소리와 거의 동시에 방문이 열린다. 친구 남병전이었다. 모든 것을 체념하고 있었건만 친구를 보니 그래도 반가웠다.

남병전은 경북 예천 출신이었고 거주지는 대구라고 했다. 국군 제8사단 10연대 소속이라고 했다. 내가 전신 마비되었을 때 제일 먼저 인공운동을 해주기 시작했던 친구다. 친구는 나 혼자 신음하고 있는 것을 보고, "어째 혼자 있나?" 한다.

"다 갔다."

"가? 어딜 가?"

"집에 갔다."

"집에? 이래 앓는 늬만 내버려두고?"

"내가 가라고 했다."

"가라고 해도 그렇지. 히야!"

"……."

"그나저나 늬 아무것도 목 먹었겠구나? 뭐 좀 먹어야지" 하며 이마에 손을 짚어보고 "이크, 불덩어리구나" 한다.

친구도 오리농장에서 밀려나 어느 농가에 가서 며칠 있었는데 체력이 도저히 농사일을 감당할 수 없어 김춘림 씨와 내가 승호리에 있다는 말을 전해 듣고 며칠 쉬어가려고 왔다고 했다.

다음날 아침 친구는 또 오한과 고열에 시달리고 있는 나에게 "이대로 그냥 있을 수는 없지 않나? 어떻게 해봐야지?" 한다.

"어떻게 해봐?"

"그래두 어떻게 해봐야지. 이대로 죽기만을 기다리고 있을 수는 없지 않나?"

"해볼 방법이 있나?"

"방법을 생각해야지" 한다.

친구의 그 말에 나도 '그렇다. 방법을 생각해야지. 이대로 죽기만을 기다리고 있을 수는 없다. 손오공이 부처님 손바닥에서 맴돌 듯 나는 지금 김일성의 손바닥 안에 있는 것이다. 어떻게든 김일성의 손바닥에서 벗어나야 한다. 이것은 나와 김일성과의 투쟁이다. 내가 김일성의 손바닥을 벗어나지 못하는 한 나는 패배자의 신세이고 김일성의 손바닥을 벗어나는 순간 나는 김일성과의 투쟁에서 승리하는 승리자가 되는 것이다. 승리자가 돼야한다. 어떻게든 승리자가 돼야 한다. 승리자가 되기 위해서는 어떻게든 건강을 회복해야 한다' 하고 생각했다.

이때 퍼뜩 내 머리를 스치는 것이 내가 전신마비로 병원에 갔을 때 "죽인다고 해도 일을 하지 말라"고 하던 의사의 모습이다. '아! 그 의사를 찾아가 보자. 그 의사는 죽어가는 포로병 환자를 그대로 돌려보내지는 않겠지' 생각하며 오한이 그치면 인민병원의 그 의사를 찾아가기로 했다.

의사는 전신마비로 고통 받던 포로병 환자를 잊지 않고 있었다. 인사를 하고 지독한 말라리아에 걸렸다고 하니까 한숨을 푸우 쉬며 "말라리아 치료제가 아무것도 없는데" 한다. 말라리아 치료제가 없다는 말에 크게 실망하며 의사를 애원의 눈길로 바라보고 있는데 "606호라는 말 들어봤지?" 하며 "그 606호의 사촌 격이라고 할까 원래 성병 치료젠데 노발산이란 것이 나와 있어. 좀 독하지만 할 수 없지. 한 번이면 떨어질 거야" 하며 그 주사를 맞으라고 한다.

혈관주사였다. 그 주사는 유료인데 의사가 처리했을 것이다. 한 달여 후에 재발하여 나는 또 그 의사의 도움을 받아야 했다.

주사를 맞은 다음날부터는 오한이 오지 않았다. 오한이 멎고 열이 내리니까 친구는 우리도 며칠 내로 행동을 하잔다. 마다할 나도 아니었다. 몸이 조금 더 회복되기를 기다려 4, 5일 후 길을 나섰다. 그러나 그것은 조급한 마음에서 건강상태를 생각지 못한 무모한 행위였다. '십리도 못 가서 발병 난다'고 겨우 십 리를 걸었을까 나는 코피를 쏟으며 길가에 쓰러지고 말았다. 코피가 한 방울 두 방울 떨어지는 것이 아니라 처마에서 낙수 흐르듯 주르륵 주르륵 쏟아진다. 지혈을 시켜보려고 쑥잎을 뜯어 틀어막아 보았지만 소용없었다. 반듯이 누워보았다. 코피가 목으로 넘어가기까지 한다.

이때 시야에 들어온 하늘은 개나리꽃보다도 더 노랗다. 그 노란 한가운데 조그만 물체가 희미하게 빛나고 있었다. 태양이다. 이렇게 태양은 빛을 잃고 하늘은 축소되어 보였다. 이때 나를 간호하느라고 애쓰던 친구마저 코피를 쏟으며 쓰러졌다.

둘이 길가에 쓰러져 한 시간이 더 되도록 그러고 있어도 지나가는 사람이 하나도 없다. 평양에서 승호리로 통하는 일등도로인데 인적이 완전히 끊겨 있었다.

한 시간도 더 지나서야 코피가 겨우 멎었다. 멀지 않은 곳에 조그만 판잣집이 있는 것을 발견하고 기어가듯 다가갔더니 길가에 일시 비를 피할 수 있도록 만들어놓은 간이건물이었다. 거기서 밤을 보내고 다음 날 있던 곳으로 돌아갈 수밖에 없었다.

양철 땜쟁이

1952년은 이때부터 여름내 가을까지 계속 앓았다. 그 전 해 포로수용소에서 완전히 상실했던 저항력이 조금도 회복되지 않은 것 같았다. 조금 낳은 듯하다가는 또 앓고 또 앓고 둘이서 번을갈아가며 계속 앓았다.

이렇게 되니 둘이서 살아갈 호구지책이 문제였다. 다행히 김춘림 씨가 양동이와 대소 함지박을 많이 만들어놓은 것이 있어서 두 달 가량은 충분히 이어갈 수 있었다.

김춘림 씨는 답답하니까 그 심정을 달래보려는 듯 재료가 있으면 있는 대로 작업을 했다. "가만있으면 고향생각이나 나지" 하며 일손을 놓을 때가 별로 없었다.

앞서 말한 대로 승호리는 시멘트공장이 건설되며 생긴 도시다. 주민들이 처음 주거 건물을 초가로 지었다가 생활이 안정되며 양철로 지붕을 다시 덮은 양철지붕의 도시였다. 그 양철 위에 시멘트 분진이 날아와 덮여 굳어져 있었기 때문에 20년 이상 된 것도 두들겨 털면 새것 그대로였다.

당시는 환경문제에는 관심도 별로 없었고 기술도 낙후돼 있어서인지 시멘트 분쇄공정에서 방진되는 분진이 대단했다고 한다. 반경 약 2킬로미터 내에서는 뱀이나 개구리 구경을 할 수 없었다고 했다. 그 분진이 양철지붕에 내려앉아 양철의 산화를 방지했던 것이다. 그래도 분진이 장독에 날아드는 것은 방지해야 한다고 시멘트공장에서 장독 뚜껑을 만들어 주변 모든 민가에 배포했다고 했다.

전쟁으로 도시가 폐허가 되며 파손된 양철 조각이 많았다. 그 양철 조각과 제품을 교환하면 잔손이 너무 많이 가긴 했지만 바꾸어준 물건 열 개는 만들 만큼 되었다.

나는 김춘림 씨와 같이 있게 되었을 때 '김춘림 씨와 항상 같이 있었으면 좋겠지만 그렇지 못하고 헤어지게 되면 병약한 나는 혼자 살아가기가 어려울 것이니 이 일을 배워서 만일에 대비 해야겠다' 는 생각에서 부지런히 배우려고 노력했다. 김춘림 씨는 "가만있기도 어려울 텐데 뭐 일을 하느냐"고 했지만 가위질과 납땜질도 가르쳐달라고 하며 일을 배우려고 노력을 했다.

이렇게 해서 나는 양철 땜쟁이가 되었다. 불과 두 달에 무엇을 변변히 배웠으랴. 땜쟁이치고는 매우 어설픈 땜쟁이였지만 그래도 내가 북한을 탈출할 때까지 목숨을 이어온 생존 수단이었다.

8월경부터 승호리에는 도저히 납득하기 어려운 일이 벌어지고 있었다. 전 도시가 폐허가 되었다고 하나 그래도 여기저기 남아 있는 주거 건물이 적지 않았는데 밤에 북한 군인들이 와서 지붕의 양철을 뜯어가고 있었다. 밤에 건물 한 동의 지붕을 반 가량 뜯어갈 때도 있고, 다 뜯어갈 때도 있었다. 주민들이 다 피난을 가고 집을 비워두었다가 몇 집 그렇게 되는 것을 보고는 모두 한 사람씩 와서 집을 지키고 있게 되었다. 대부분 노인들이 지키는데 공포를 쏘며 뜯어가기도 했다.

내가 있던 곳에서 조금 떨어진 곳에서 총성이 들리고 떠드는 소리가 나서 가보니까 주인은 욕을 하며 지붕을 뜯지 말라고 야단이었고 군인들은 빨리 뜯어 갖고 가려고 서두르고 있었다. 총성과 떠드는 소리에 모여든 사람들이 돌을 던지며 "도둑이야" 하고 떠드니까 군인들은 뜯어놓은 양철을 버려둔 채 달아난 일도 있었다.

이렇게 되니 주민들은 낮에도 자주 들르게 되었다. 대부분 노인들이었다. 나는 그 노인들 몇 분과는 가깝게 지내게 되었다. 노인들이 잠시 집을 비울 때면 집을 봐달라고 부탁을 하는데 나는 그 부탁을 잘 들어 주었다. 노인들이 집에 가서 "그 남조선 포로병이라는 사람들 괜찮더라" 하고 말을 퍼뜨려서 호기심에서 찾아오는 젊은 사람도 더러 있었다. 그 중에는 철도 공무원도 두 사람 있었다. 매우 가깝게 지내게 되었다.

시일이 흐르며 차차 많은 사람을 알게 되었다. 그 중에는 노동당 당원도 한 사람 있었다. 지금 이름은 기억나지 않고 성씨가 신씨라고 했던 것만 생각난다. 그 당원이라는 신씨와 다른 몇 사람과는 흉금을 털어놓고 아무런 말이나 다 할 수 있었다. 또 한 사람은 재일교포 출신으로 박씨라고 했다. 신씨는 40대 후반이었고 박씨는 50대 초였다. 이 두 분에게서 나는 다른 사람에게서는 들을 수 없는 중요한 정보를 가끔 들을 수 있었다.

당시 북한 철도 공무원은 군인과 같은 모양의 계급장을 부착한 복장을 착용하고 있었다. 계급장 색깔만 군인은 가장자리가 빨간색이고 철도원은 국방색으로 달랐다. 모르고 보면 군인과 철도원을 구분하기 어려웠다. 나와 친구는 철도원에게서 철도원의 위계 관계를 자세히 듣고 행동을 하려면 철도원으로 위장하고 행동해야겠다는 생각을 했다.

여름내 번을 갈아가며 앓던 나와 친구는 10월에 들어서야 건강이 좀 나아졌다. 노란 하늘만 보고 있었는데 10월에야 파아란 하늘을 보게 되었다.

건강이 좀 나아지니 그대로 있을 수가 없었다. 자나 깨나 탈출만 생각하고 있던 마음에 좀이 쑤셨다. 철도원으로 위장하고 통행증도 철도원의 위조 출장증을 갖고 둘이 길을 나섰다. 이때는 연백에 있다는 '용매도'라는 섬을 목표로 나섰다. 파아란 하늘을 볼 정도로 건강이 좋아졌다고 하지만 길을 걷기가 너무 힘들었다. 여름내 가으내 중병상태에 있던 몸의 체력이 한계에 와 있었다.

간난신고(艱難辛苦) 끝에 연백에 도착했을 때 어처구니없는 일이 벌어지고 말았다. 연백에 도착해서 조금 멀리 보이는 바다를 보며 용매도를 찾아야겠다고 할 때 친구가 "저걸 건너야 돼? 난 못 가" 하고는 돌아서서 줄행랑을 치는 것이었다. "왜 그러냐?"고 해도 "혼자 가. 난 못 가"라고 한 마디 하고는 잰걸음으로 그대로 달아나고 있었다. 말이나 좀 하자고 해도 들은 척도 않고 그대로 달아나고 있었다.

죽을 각오로 둘이 나섰다가 한 사람이 이러니 '다 틀렸구나' 하는 생각에 나도 기가 팍 죽어 보이지 않는 끈에 매달려 끌려가듯 돌아서고 말았다. 십 리는 될 만큼 가서야 따라잡고 왜 그러냐고 해도 "난 못가"라는 말 한 마디뿐 말도 하려고 하지 않았다.

다시 승호리로 돌아와서 따져 물었을 때 친구는 "그래도 성공 가능성이 20~30퍼센트는 되어 보여야 행동을 하지"라는 말이다. 깜짝 놀라며 20~30퍼센트? 그런 안전한 길은 없다. 나는 1~2퍼센트의 확률을 기대하고 행동을 하려고 했던 거다."

"그건 자살이나 한가지다. 죽으려면 앉아서 죽지 뭐 하려고 그 고생을 하며 죽을 길로 가냐" 한다.

"죽지 못해 그런다. 나는 이 땅에서는 죽지도 못하겠다. 죽더라도 한발자국이라도 나가서야 죽지 공산치하에는 뼈도 못 남겨놓겠다."

"그래도 나는 그런 위험한 행동은 못하겠다. 어느 정도 가능성이 보여야지……."

계속 그래봤자 소용없는 일이기에 나는 입을 다물고 말았다.

치미는 분노를 삭이며 나는 가만히 생각해보았다. 문제는 친구인 남병전에게보다 내게 더 크게 있었다. 친구는 처음부터 어느 정도 안전이 보장되어 보여야 행동에 나설 사람인 것을 내가 모르고 함께 행동을 하려고 했던 것이다. 반면 나는 죽든 살든 결판을 낼 각오로 출발했었는데 그 어려운 길을 갔다가 결정적인 행동을 해야 할 시점에서 행동을 할 생각도 못하고 친구를 따라 돌아서는 어리석은 짓을 했다. 결정적인 순간에 결정적인 행동을 하지 못하고 친구를 따라 돌아섰던 자신을 미워하며 나는 새로이 각오를 다지게 되었다.

한편 윤재원 중위의 말이 생각났다. 윤재원 중위와 내가 같이 탈출할 것을 약속한 다음 행동을 할 만한 사람이 누구일까를 말할 때 윤재원 중위는 "여기 있는 사람들 중 행동할 만한 사람은 나 외에는 그런대로 너 하나뿐이다. 다른 사람은 하나도 없다"라고 했다. 내가 남병전을 거명했을 때 윤재원 중위는 "남병전이 개 절대로 행동 못한다. 행동할 사람은 보면 안다"라고 했다. 새삼 윤재원 중위의 사람 보는 눈이 달랐음에 감탄하며 역시 지휘관이 다르구나 생각했다.

윤재원 중위의 또 다른 한마디, 군사분계선을 남북의 현(1951년 말경) 접촉선을 중심으로 설정한다는 말을 듣고 벙커 속에서 화가 독 같이 난 소리로 "미국은 한번 혼나고도 아직 정신 못 차렸나 정전선(휴전선)을 임진강 선에다 그어 놓고 수도 방위를 어떻게 하나? 임진강 선에다 정전선을 그어 놓으면 수도 방위 못 한다……" 하고 큰 소리로 호통치듯 하며 화를 내고 있었다.

윤재원 중위는 군사분계선을 최소 예성강선에다 그어 송악산을 우리가 장악하고 있어야 수도 방위가 가능하지 그렇지 않으면 수도 방위가 어려울 것이라고 했다.

한국의 일개 위관급 장교도 군사분계선을 임진강선에 설정하면 수도 방위가 어려울 것을 크게 염려하는데 워싱톤 당국에서는 자기들의 일이 아니어서인지 공산당에 대한 인식 부족에서인지 현재의 군사분계선을 설정해 놓고 서울을 불바다로 만들겠다는 협박까지 받게 해 놓았다.

그 후 친구는 현지에서 안정할 길을 모색하고 나는 계속 탈출의 길을 찾아 헤매게 되었다.

이렇게 서로 생각이 달라지게 되니 아무래도 조금씩 소원해지게 되고 그런 상태로 1954년 여름까지 지내다 결국은 헤어지게 되었다. 그렇다고 다투거나 하는 일은 없었고 그저 자연스럽게 각자의 길을 가게 되었다.

연백지역을 탈출 지역으로
택하다

연백 여행에서 승호리로 돌아간 나는 또다시 계속 앓았다. 약한 몸으로 10여 일이나 강행군의 무리를 한 나는 승호리로 돌아가자 곧 몸져 누웠다.

그때 연백의 용매도를 행동의 목표지로 택했던 것은 그만한 이유가 있었다. 물이 빠지면 육지와 연결되어 도보로 내왕할 수 있는 섬이 있다는 말을 이화여대생에게서 처음 들은 것이 아니었다. 섬 이름은 모르고 그런 섬이 있다는 것만 알고 있었다. 그러다 섬 이름까지 확인하고 보다 자세히 들은 것이 이화여대생에게서였다.

그 지방 정세라도 살펴보자고 하며 윤재원 중위와 나섰다가 중공군 군단 정치부 영창에 끌려갔을 때였다. 사단 영창에는 토굴 속에 40명가량 있었다. 4열종대로 무릎을 세워 모으고 앉아서 무릎 위에 손을 얹고 정면을 응시하며 꼼짝 못하게 했다. 얼굴을 돌리던가 말을 하던가 하면 따발총을 앞으로 메고 있는 경비병이 총구로 볼을 쿡쿡 찌르며 꼼짝 못하게 했다. 그 앉은 자세의 고통도 감당하기 어려웠다. 아침에는 더운물로 세수도 하게하고 식사도 그만하면 배부르게 먹게 했다.

그러다 군단 정치부 영창에 갔을 때 영창 내에서는 말 그대로 올 프리였다. 역시 토굴인데 열 사람이 있었다. 모두가 등에 걸쳐 포승으로 줄이 매여 있었다. 모두가 처형될 중 범인으로 생각되었다. 토굴 바닥이 온돌인데 불을 마음대로 때고 있었다. 중국인 한 사람이 불을 때는데 24시간 아궁이 앞에 앉아서 장작을 처넣고 있었다. 너무 뜨거워 앉았다 일어났다 야단인데도 아랑곳하지 않았다. 어쩌다 아궁이 앞에서 잠이 들면 그때만 빼고 계속 장작을 집어넣고 있었다. 그렇게 장작을 집어넣고는 탁탁 소리를 내며 튀어 오르는 불꽃을 응시하고 있었다. 다른 중국 사람이 뭐라고 하면 히죽이 웃고는 또 장작을 집어넣곤 했다. 그는 죽음의 문턱에서 불꽃을 바라보며 고뇌에 싸여 있는 듯했다.

열사람 중 두 사람이 한국인이었다. 중공군 소속 한인은 우리말이라도 함경도 말씨에 가까운 변형된 우리말을 하는데 그 두 사람은 그런 말씨가 아니었다. 어떻게 된 거냐고 했더니 자기들은 연백 앞바다 어느 섬에 사는데 식량난으로 육지에 소를 훔치러 왔다가 체포되었다고 한다. 도저히 믿어지지 않아 소를 끌고 어떻게 바다를 건너느냐니까 물이 빠지면 도보 통행이 가능하다는 말이다.

그 말에 귀가 번쩍 띄어 우리의 신분을 말하고 지리를 물었더니 초행자는 통행이 불가능할 것이라는 말이다. 통행 가능한 곳이 직선이 아니고 굴곡이 많은데 사람이 쑥 빨려 들어가 흔적도 없이 사라지는 뻘이 여러 군데라며 안 가르쳐준다.

윤재원 중위에게 "저 사람들이 소를 훔치러 왔다는 것도 믿어지지 않지만 왜 길을 안 가르쳐주려고 할까?" 했더니 "소도둑은? 국군 첩보원이겠지. 첩보활동을 하다 체포되어 목숨이나 보전해 보려고 하는 거짓말이겠지 지금 죽기 직전에 있는 사람들인데 말할 기분이 들겠어? 물어봐도 소용없지"라고 한다. 나도 더 이상 묻지 않았다.

그런데 8, 9월이 되며 용매도에 관하여 보다 빈번히 들을 수 있었다. 그 섬을 통하여 남북의 군인들이 교역을 한다는 말이었다. 북쪽에서는 주로 한약재, 남쪽에서는 여자용 백고무신이나 항생제와 같은 약품이 오가는 주 거래품이라는 말까지 들었다.

그러던 어느 날 나는 남쪽에서 들어왔다는 여자용 백고무신을 직접 목격했다. '코끼리표, 영등포 남양고무공업사 근제'라고 찍혀 있는 상표와 상호를 확인하고 땅을 치며 한탄을 했다. '고무신짝이 아무리 길을 걸어 다니는 것이라 해도 사람의 발에 끼이지 않고는 조금도 움직일 수 없는 것인데 고무신짝이 오가는데 내가 왜 못 가나'하는 한탄이었다.

당시 북한의 젊은 부녀자들에게는 백고무신이 가장 큰 선망의 대상이었다. 중공제 백곰표 크림 한 병과 역시 중공제 무늬가 잘 나염된 타월 한 장에 남조선제 백고무신을 갖고 있으면 부러울 것이 없다고 할 정도였다. 중공군이 많으니까 중공제는 구하기 어렵지 않았지만 남조선제 백고무신은 구하기가 쉽지 않았다. 백고무신은 가격도 많이 비쌌다. 한 켤레에 당시 북한 화폐 4,500원 내외였다. 쌀 20킬로그램 정도로 보면 틀림없을 것이다.

이러한 물물교환의 주체는 부녀자들이었다. 연백으로 나갈 물품을 머리에 이거나 지고 도보로 1백 수십 킬로미터나 되는 연백에 가서 백고무신과 교환한 후 또 그렇게 지고이고 자신의 거주지로 돌아가 판매하고 있었다.

이런 상행위의 말을 여러 번 듣고 또 직접 목격도 하고 탈출로를 연백지방으로 택했던 것이다.

당시 북한 주민들은 생활의 대부분을 부녀자들이 책임지고 있었다고 하겠다. 남자들은 직장에 나가 식량배급권이나 얻어오는 정도인데 30일분이라는 배급 양곡으로는 저녁 한 끼를 죽을 쑤어 먹으며 절약을 해도 22일을 겨우 연명해 갈 수 있다고 했다. 그래서인지 한 달분 식량을 10일분씩 세 번에 나누어서 배급하고 있었다. 식량배급의 경우 노동자는 본인은 700그램(중노동자는 800그램), 부양가족은 400그램이었다. 고등학교 학생들도 400그램이었다. 이런 형편이니 부녀자들이 생활 전선에 나서지 않을 수 없었다.

지금 우리 사회에서와 같이 부식이나 간식을 다소라도 먹는다면 배급 양곡만으로도 근근이 연명해 갈 수 있겠지만, 먹는 것 이라고는 밥을 지어 먹던 죽을 쑤어 먹던 배급 양곡이 전부다. 부식은 멀건 화학 된 장국 한 공기가 고작이고 간식은 생각도 못한다. 이러니 식량이 배급 양곡으로는 턱 없이 부족했다.

채소가 있는 계절에는 채소를 이거나 지고 중공군 부대를 방문해 고량미(중국 수수쌀)와 교환해 오기도 하고 채소가 없는 계절에는 밀주를 만들어 팔기도 하고 몰래 중공군 부대를 방문해 식량과 교환도 했다. 중공군이 폭격을 피해 소단위로 아무렇게나 주둔해 있었기 때문에 밀주와의 교환도 어렵지 않은 것 같았다. 처녀도 아줌마도 모두 밀주 장사를 하고 있었다.

밀주는 단속대상이지만 국민생활이 너무 어렵고 생활고에 불평이 팽배해 있어서인지 단속은 거의 없다고 할 정도로 심하지 않았다.

직장을 갖고 식량배급을 받는 사람도 어려운데 그렇지 못한 가정은 더욱 어려웠을 것은 말할 필요가 없겠다. 중공군 부대를 방문해 식량을 교환해 오는 것 말고는 산으로 들로 나가 풀뿌리나 나무껍질을 채취해 오는 것도 빠뜨릴 수 없겠다. 초근목피 채취가 생활의 일부가 되어 있었다고 해도 그리 지나친 말이 아닐 것이다.

초봄 땅이 녹기 시작하여 호미 끝이 받기 시작할 때부터 여름 가을이 가고 땅이 얼 때까지 풀뿌리 캐기가 계속되었다. 여름 장마철 폭우가 쏟아질 때도 풀뿌리 캐기에 나서고 있었다. 주로 둥굴레라는 풀뿌리를 캐다 곡물과 섞어 끓여먹기도 하고 조금씩 팔아서 가용으로 보태기도 하였다.

당시 북한 국민의 식생활을 보고 말 한다면 북한은 3단 구조의 계급 사회라고 할 수 있을 것 같다.

제 1계급 이라고 할 상단 계급은 백미계급이다. 이들은 잡곡을 부식이나 기호식으로는 먹어도 주식으로 먹지는 않는다. 1950년대에 이 계급을 "중앙공급대상자"라고 했다. 공식 명칭이다.

제 3계급이라고 할 맨 하단 계급은 초근목피 계급이라고 해야 할 것 같다. 이들은 1년 내내 곡불만으로 끼니를 때우는 날이 며칠이 안 될 것이다. 식량을 거의 초근목피에 의존하고 있는 것 같았다. 국민의 절대 다수가 이 계층에 속해 있었다. 공식 명칭은 "일반공급대상자"다.

상단 계급과 하단 계급 사이에 있는 중단계급은 숨은 계급이라고 할까 눈에 잘 뜨이지 않는다. 관심을 갖고 살펴보아야 눈에 들어온다. 이들은 공식으로는 "일반공급대상자"에 속해 있지만 식량을 초근목피에 의존하고 있지는 않는 듯 했다. 주식을 부족하나마 곡물에 의존하고 있는 것으로 보였다. 매우 드믄 일이기는 하지만 상단계급인 "중앙공급대상자"의 서열에 올라설 신분 도약의 기회도 조금은 있는 듯 했다. 군인민위원회 중요 과장급들이 그들로 보였다.

"중앙공급대상자, 일반공급대상자"에 관하여는 후에 상세히 말하겠다.

나는 중공군 부대를 방문하여 물물교환으로 식량을 구해오는 부녀자들에게서 주변 지방 소식을 적지 않게 들을 수 있었다. 그 중 하나가 승호리 동방 10여 킬로미터 거리에 위치한 '삼등' 이라는 곳의 소식이었다. 부녀자들이 상한 술통을 수리하러 와서는 삼등에 가면 지프차를 타고 다니는 높은 중국 사람이 많다는 말이다.

당시 중공군은 장성급이 아니고는 지프차를 탈 수 없는 것으로 알려져 있었다. 다시 말해 지프차를 탔으면 장성이라는 말이다. 지프차를

탄 사람이 많다는 것은 장성이 많다는 것이다. 장성급이 많다는 것은 중공군의 상층 지휘부가 있다는 말이다. 여러 번 들은 말을 종합해볼 때 그곳에 중공군의 전선사령부가 있는 것으로 생각되었다.

1951년 8월 말경 대동강이 크게 범람했다. 내가 강동군 인민위원회로 끌려간 지 10일 가량 되었을 때였다. 3~4일 간 내리다 그쳤다 하던 비가 폭우로 변하여 10여 시간을 계속 쏟아졌다. 강동군 인민위원회는 대동강의 지류 남강 북쪽 좀 높은 지대에 있었다. 아침잠에서 깨었을 때 눈앞이 전부 물이었다. 남강이 더욱 크게 범람했다고 했다. 1925년 대홍수를 기준으로 축조한 제방이 범람했다고도 했다.

강심 일대의 수면에는 중공군의 군수품-주로 미숫가루 박스와 가솔린 드럼-이 강물이 보이지 않을 정도로 뒤덮여 흘러가고 있었다. 중공군의 전력 손실이 막대할 것으로 생각되었다.

그런데 그 '삼등'이라는 곳이 산악지역이어서 여러 군데 산사태가 나 대공포가 십 리나 굴러 흘러간 일도 있고 치료받고 있던 부상병 실종 환자가 700여 명이나 된다는 말도 들었다. 대규모 야전병원이 있었다는 말이다.

그러고 보니 혼수상태에서 포로가 되어 중공군 의무실에서 의식을 회복했을 때 자신이 포로가 된 것을 확인하고 '부하가 다 죽었는데 나만 살 수 없다'고 중공군의 치료를 거부하고 1951년 4월 중순 포로수용소에 입소한 지 나흘 만에 죽은 김 대위가 60여 일이나 어디에 있었을까가 궁금했었는데 치료받고 있던 부상병 실종자가 700여 명이었다는 말을 듣고 보니 김 대위도 그 야전병원에 있었던 것이 아닐까 생각되었다.

다른 하나는 윤재원 중위와 내가 주변 정세라도 살펴보자고 나섰다가 끌려갔던 중공군 부대의 정체다. 그 중공군 부대는 중공군 참전 초부터 주로 공격 임무를 담당했던 백전 노병의 정예부대인데, 휴전회담이 개최되어 병력 소모만 많은 진지전의 양상으로 바뀌자 주로 신병으로 편성된 부대와 교체하여 평안남도 중화, 상원, 황해도 수안, 곡산지역에 걸쳐 주둔하여 휴전이 되어 본국으로 철수할 때까지 있었던 부대의 정체다.

그 부대가 거기에 그렇게 있었던 것은 평양과 전선사령부가 있는 듯한 삼등지역 보호가 임무였을 것이다. 다시 말해 평양과 삼등지역 보호를 위해 구축된 제2 방어선인 것 같았다.

한숨 속에 또 1년

1952년 10월 연백에서 다시 승호리로 돌아간 후 나는 다음해 9월까지 꼬박 1년을 계속 앓으며 보냈다. 조금 나은 듯하다가는 또 몸져눕고 나은 듯하다가 또 열이 오르며 아파 누워 있어야 했다. 그러면서도 목숨을 이어가기 위해 틈틈이 땜쟁이 작업도 해야만 했다. 정말 어렵고 괴로웠다. 너무 괴로워 '죽으려면 빨리 죽고 나으려면 좀 시원히 회복될 것이지 왜 이렇게 죽지도 않고 낫지도 않으며 괴롭히기만 하나' 하는 한탄 속에 1년을 보냈다.

그러면서도 휴전 성립을 기정사실로 보고 휴전이 되어 총성이 멎기만 하면 즉시 행동에 나설 생각을 하고 있었다. 휴전이 되면 갑자기 총성이 멎고 2킬로미터의 비무장지대 확보를 위해 병력을 재배치해야 할 것이니까 긴장이 다소 해이해질 것으로 보고 그 틈을 노려 탈출을 시도해볼 생각이었다.

그러나 그것은 마음뿐이었다. 휴전의 소식을 나는 병석에서 들었다. 열이 39도는 될 만큼 올랐다 조금 내렸다 하며 여름내 앓고 있었다. 몸이 이렇게 아프니 마음뿐이지 어떻게 해볼 수가 없었다.

마음은 조급하고 행동을 하고 싶은 생각은 굴뚝같으나 운신하기가 어려워 속만 태우고 있는데 포로교환 소식이 들려왔다. 누워만 있을 수가 없었다. 아픈 몸을 끌고 포로수용소를 찾아갔다. 안 될 것을 알면서도 나도 같이 송환해줄 것을 요청해볼 생각이었다. '이놈들이 나를 어떻게 하나 보자' 하는 생각이 작용했던 것도 부인할 수 없겠다.

휴전이 되었으니까 수용소 사무실이 지상으로 올라와 있었다. 사무실 현관에서 30미터 정도의 거리에 초소가 있었다. 초소 앞에 트럭 두 대에 미군 포로가 가득 앉아 있다. 꽤나 건강해 보였다. '포로병이 저렇게 건강할 수 있나' 하고 생각했다. 포로병이 건강해 보이니까 오히려 이상하게 생각되었다. 초병에게 용건을 말하고 수용소장 면회를 구두로 신청했다.

초병 하나가 사무실로 들어간 얼마 후 대위 계급의 장교가 현관에서 나왔다. 그 장교가 현관 밖에 나서며 "저 사람 누구야?" 한다. 사병 하나가 "저 사람입니다" 한다. 그 말에 대위 놈의 입에서 "저놈의 새끼 때려 내쫓아" 하고 불호령이다. 대위 놈의 그 호령에 사병 네댓 놈이 "이 새끼야, 죽기 전에 꺼져" 하고 소리를 지르며 밀려나온다. 나는 개 쫓겨나듯 쫓겨나고 말았다.

9월 중순에야 열이 좀 내리고 또다시 파아란 하늘을 보게 되었다. 또 1년을 계속 앓으며 지내온 내 몸은 몹시 쇠약해 있었지만 미루고 있을 수가 없었다. 곧 행동을 할 생각이었다. 휴전 후 철도가 복구되어 개성까지 열차가 통행하고 있었다. 개성까지 열차를 이용할 생각이었다. 그러나 아무런 신분증도 없는 것이 문제였다. 생각 끝에 리인민위원회에 가서 개성까지 통행증을 발급해줄 것을 요청했다.

리인민위원회에서는 "개성에는 왜 가느냐, 무엇 하러 가느냐?"는 등 꼬치꼬치 캐물었지만 나의 집요한 요구를 끝까지 거절하지는 못했다. 결국 나는 개성까지의 통행증을 얻어냈다.

"내가 폐결핵 중환자인 것은 승호리의 많은 사람이 알고 있다. 몸이 이렇게 되도록 치료를 한 번도 받아보지 못했다. 그저 가만 앉아서 죽기만을 기다리고 있을 수는 없지 않느냐? 개성 근교에 고모님이 계시는데 가서 찾아보고 생존해 계시면 도움을 받아 폐결핵을 치료 해야겠다”는 것이 내가 통행증 발급을 요구하는 근거였다.

당시 북한에서는 폐결핵=죽음이었다. 승호리 주민 중에도 폐결핵 환자가 여럿 있었다. 그 중 몇 사람은 나도 알고 있었다. 그들 역시 아무런 치료도 할 생각을 못하고 죽기만을 기다리고 있는 형편이었다. 어쩌다 스트렙토마이신 한 병을 구해 맞고는 “마이신 주사를 맞았으니까 효과가 좀 있겠지” 하고 기대하는 것이 고작이었다. 또 항생제 가격이 너무 비쌌다. 한 병의 가격이 쌀로 환산하면 백미 25킬로그램 가량의 금액이었다.

폐결핵에 감염되면 죽음으로 직행해야 하는 것으로 인식되어 있으니 누구나 폐결핵 환자를 기피하려는 것은 당연했다. 그런데 내가 마주앉아서 침을 튀겨 가며 폐결핵 중환자라고 하니까 폐결핵이 두려워 빨리 쫓아버리려고 그리 어렵지 않게 통행증을 발급해준 것이 아닐까 생각되었다. 이런 현상은 내가 개성지구 사회안전부 영창에 들어갔을 때 다시 한 번 나타났다.

개성 사회안전부 영창

1953년 9월 하순 초 어느 날 아침 나는 평양행 열차에 올랐다. 목적지는 개성이다. 승호리에서 10킬로미터 남짓의 거리인 미림 비행장이 가까워지며 철도 양쪽 수수밭과 옥수수 밭 한가운데 미그 15의 동체와 날개가 널려 있다. 휴전 성립 직후부터 전투기의 동체와 날개를 열차로 실어 나르더니 그것이 모두 여기 옥수수 밭과 수수밭에 은닉되어 있었다. 그대로 노출 상태인 채였다.

휴전협정에 무기반입이 금지되어 있으니까 은밀히 반입하기 위해 전투기를 서둘러 지상수송하는 것 같았다. 비행장이 복구되기 전에 반입되어 주변 곡식밭에 그렇게 은닉해둔 것으로 보였다. 휴전 성립 즉시 그렇게 지상수송하는 것으로 보아 사전준비가 되어 있었던 것으로 생각되었다. 처음 열흘 가량은 전투기만 그렇게 실어 나르더니 그 후부터는 탱크도 같이 수송하고 있었다. 전투기와 탱크 수송이 한 달도 더 계속되었다.

미림 비행장은 물론 미림 비행장 동남부간 일대가 일제 시 일본군 군용지로 사용되고 있었는데 그 토지를 북한군이 그대로 사용했단다. 그 군용지를 가로지르는 거리가 약 8킬로미터라고 하는 말을 들었다. 탱크는 그리 가져갔는지 노변에 은닉되어 있는 것은 보이지 않았다. 나는 '재빨리 많이도 갔다 놓았구나' 생각하며 그 지역을 통과했다.

오후 느지막해서 개성에 도착한 나는 시내 빈집에서 밤을 보내고 다음날 개성시 인민위원회 노동과를 찾아가 통행증을 제시하고 직장 알선을 요구했다. 혹시 개성 시내나 근교에서 단속이라도 있으면 개성 시에서 발급한 직장 배치증 같은 것이 도움이 될까 해서였다. 강동군 인민위원회에 있을 때 노동과에서 생산인력 수급을 조절 배치하는 것을 알고 있었기에 그 제도를 나의 안전을 위해 이용해보려고 했던 것이다.

개성시 노동과에서는 토성에 있는 벽돌공장으로 가라고 했다. 그 직장 배치증을 갖고 그 날 낮을 보내고 길가에서 파는 떡을 사서 요기를 하고 땅거미가 깔릴 무렵 개성시를 벗어났다. 고랑포 방향을 코스로 정하고 산으로 들어섰다.

산으로 들어서서 두어 시간 되었을까. 나는 깜짝 놀랐다. 도저히 해치고 나갈 수 없는 벽에 부딪쳤던 것이다. 야산 능선을 넘어 다음 산으로 올라서기 위해 산자락으로 내려오다 멀지 않은 건너편에 반짝이는 불빛을 발견했다. 자세히 보니 그 불빛은 여기저기 넓은 지역에 널려 있었다. 불빛의 정체를 확인하기 위해 좀 더 접근했을 때 나는 "어이쿠"하는 비명이 절로 새어나왔다. 중공군이 천막을 치고 주둔해 있는 병영지대였던 것이다. 염색을 하지 않은 백색 천막이 큰 강줄기와도 같이 끝없이 길게 이어져 있었다. 그 병영지대의 끝을 찾아보려고 헤매고 다녔으나 소용없었다. 하늘에는 별의 위치가 많이 변해 있었다. 밤이 깊었음을 알려주는 것이다.

한참 동안 더 헤매다 나는 틀렸다는 결론을 내리고 개성시내로 들어갔다. 다시 출발해야겠다는 생각에서 발길을 돌렸다.

다시 개성시내로 들어오며 나는 중공군이 저렇게 주둔해 있는 것은 일선에 배치되었던 전투부대가 휴전 후 비무장지대 경비를 북한군에 맡기고 집결한 것으로 보고 그렇다면 개성 시 주변 도처에 주둔해 있을 것이니 산길은 틀렸다고 보고 도로를 이용해야겠다고 생각했다.

새벽의 개성 시는 너무 평온했다. 바로 두 달 전만 해도 포성이 요란하게 진동하는 전선에 접해 있던 도시 같지 않았다. 시내 분위기가 매우 삼엄할 것으로 생각했었는데 그저 평온해 보였다. 민가가 셋에 둘 정도는 비어 있는 것같이 보였고 낮에는 거지 아이들이 네댓씩 떼를 지어 다니고 있을 뿐이었다.

역시 빈집에서 시간을 보내고 나왔을 때 해는 많이 올라와 있있다. 오가는 행인들의 말에서 그 날이 개성 장날임을 알았다. 장날이면 사람들이 많이 내왕할 것이니까 장꾼들 틈에 끼어 행동해야겠다고 생각했다.

시장이 파하려면 몇 시간 더 있어야 할 것 같아 으슥한 곳에서 한잠 자고 났을 때 장꾼들이 흩어져 돌아가고 있었다. 장꾼들 거의가 부인들이었다. 넷이 일행이 되어 가는 부인들에게 접근하여 고모님이 계신 곳을 찾는 데 부락 이름을 모르겠다고 하며 부락 이름을 물어보았다. 가까운 부락 이름을 말했을 때 아닌 것 같다고 하고, 다음 부락을 말했을 때 또 아닌 것 같다고 하고, 이렇게 여섯 번째 물었을 때의 부락이 '옥시미' 라고 했다. 비무장지대 북방한계선이 옥시미 부락을 관통했기 때문에 일부 주민은 철수했다고 했다. 집을 두고 어디로 철수했냐니까 비어 있는 집이 많은데 무슨 걱정이냐고 한다.

남쪽으로 도망간 사람이 많아 마음에 드는 집을 택해 이사를 했다고 한다. 다음해에는 경작지도 토질 좋은 농토를 선택해서 농사를 지을 것이라고 한다.

비무장지대 북방한계선이 관통했다는 옥시미 부락에 접근했을 때 지형이 이 부락도 아닌 것 같다고 하고, 해도 저물어 오고 더 이상 갈수도 없다고 하니 나는 그만 돌아가겠다고 하며 부인들과 작별인사를 하고 돌아가는 척하다 숲 속으로 몸을 숨겼다. 숲 속에 잠복해 있다가 밤이 으슥해지면 행동할 생각이었다.

휴전 후 북한군은 병력 재배치로 아직 자리가 잡히지 않은 것 같았다. 부인들의 걸음이 느리다고 해도 거의 세 시간이 될 거리인데 검문소가 하나도 없었다. 군데군데 작은 입을 옆으로 길게 벌리고 있는 토치카만이 긴장을 더해주는 듯했다.

길가에서 조금 들어가 숲 속에서 밤이 깊어지기를 기다리며 여기까지 어렵지 않게 무사히 나온 것을 다행으로 생각하고 있는데 아무래도 몸이 정상이 아닌 것 같았다. 오래도록 앓고 있다 열이 내린 지 며칠 안 되었고, 더욱이 전날 산을 헤매며 밤을 보낸 데서 오는 피로와 환절기 증상이 겹쳐서 나타나는 것 같았다.

'기침 소리를 냈다가는 큰일이다' 라고 생각하며 참고 있는데 결국 터지고 말았다. "쿨럭, 쿨럭." 기침이 계속 난다. 숲 속에 그대로 있다가는 안 되겠다는 생각에 다시 길가로 나왔다. 도로에 나와서 가능한 한 기침 소리를 적게 내려고 입을 손으로 막고 있는데 "누구야?"하는 소리가 들려왔다. 조금 멀면 보이지 않을 정도로 땅거미가 밀려들고 있었다. "누구야" 하는 소리에 소스라치게 놀라며 바라보니 어둠 속에 그림자가 셋이었다.

다가온 세 그림자는 부락 자위대였다. '내가 부락에 너무 근접해 있었구나' 하고 후회했지만 소용없는 일이었다. 결국 나는 자위대에게 체포되었다. 등불이 있는 곳으로 가 소지품 조사를 했다.

통행증을 내어놓고 북한 인민군이 후퇴할 때 월북했고, 정전이 되었으니 친인척을 찾아보려고 나왔다고 하며 내가 어디에 몸을 숨기고 있은 것도 아니고 대로상에 있었고 밤이 늦은 것도 아닌데 보내달라고 했지만 소용없었다. 지역이 지역이니 만치 그대로 보낼 수 없다는 것이다.

밖으로 잠근 민가 방에서 밤을 보내고 아침에 화장실에 가다 순찰중인 북한군 하사관의 눈에 띄었다. 자초지종을 들은 북한군 하사관은 자기들에게 넘기라고 하고 자위대는 자기들이 잡았으니까 내무서로 넘겨야 한다고 하며 잠시 실랑이가 벌어졌다. 이렇게 되어 아이들까지 부락의 많은 사람이 나를 보게 되었다.

결국 나는 판문군 내무서로 넘겨졌다. 내무서로 끌려가며 조금 높은 곳에 올라섰을 때 "도대체 북방한계선이 어디이기에 나를 내무서로 끌고 가느냐"고 했더니 "저어기, 저 큰 나무 밑이오" 한다.

들판 가운데 큰 나무가 한 그루 있는데 그 나무 밑이 비무장지대 북방한계선의 통과지점이란다. 멀리 잡아도 500미터가 안 될 거리이고 내가 밤을 보낸 민가에서는 200미터 가량 될 것 같았다. 내심 '다 나왔다 잡혔구나. 어떻게든 나의 정당함을 강조해 풀려나면 다시 나와 북한을 탈출하리라' 고 생각했지만 그것이 내 뜻대로 될 일이 아니었다.

판문군 내무서에서 조사를 받기 시작한 지 한 시간가량 되었을 때 "안녕하십니까?" 하며 들어서는 자가 있었다. 나를 조사하고 있는 자와 같은 또래의 내무서원이었다. 별이 셋이었다.

"야, 이거 어쩐 일이야? 참 오랜만이다" 하고 서로 반기며 인사를 하고는 그 동안 어디 있었느냐는 물음에 새로 들어온 자가 "승호리에 있다가 ○○내무서로 옮겼는데 지금 ○○으로 출장을 가는 길이야. ○동무가 여기에 있다기에 잠깐 보고 가려고 들렀지"라는 대답이다.

그 내무서원의 승호리라는 말에 가슴이 철렁했으나 내색을 않고 있는데 나를 조사하던 내무서원은 승호리라는 말에 귀가 번쩍 뜨이는 듯 눈짓을 하고 같이 나가더니 잠시 후 지나가던 내무서원이 다시 나를 살펴보고 사라졌다.

처음 공손한 말로 조사를 하던 내무서원이 다시 들어와서는 태도가 돌변하여 눈을 부라리며 "네 신분 다 알았어. 어디라고 거짓말이야? 이놈아 네 입으로 다 말해"라고 호통이다. 결국 내 신분이 백일하에 드러난 것이다. 지나가던 내무서원이 나를 자세히 보고는 나를 확인 했던 것 같았다. 처음에는 관심 없이 보았다가 다시 살펴보고는 나를 확인 했던 것 같다.

나는 더 이상 숨기려고 해도 소용없다고 생각했다. 내가 포로병인 것을 다 말하고 내가 잘못한 것이 무엇이냐, 개성까지 통행증을 발급받았으니 행선지를 보고한 것으로 보아야 할 것이고, 옥시미 부락이 개성에서 10킬로미터 정도의 거리이니 같은 개성지구이고, 밤중에 은밀히 행동을 하려고 했던 것도 아니고 지리를 몰라 일일이 물어보며 다니다 해질 무렵에야 그곳에 도착한 것이다. 월북자라고 한 것은 공연히 오해를 살까봐 그렇게 말한 것뿐이라고 항변했으나 소용없었다.

범죄 준비로 의심만 되어도 처벌하는 곳이 북한이다. 결국 나는 개성지구 사회안전부로 이송되었다.

판문군 내무서 수사과장인 듯한 그 수사관은 북한에 억류되어 있는 포로병이 있는 것을 알지 못하는 것 같았다. 어디엔가 전화를 걸어 "비무장지대 근처에서 포로병을 하나 잡았는데 어떻게 해야하느냐"고 하고는 "우리의 처리 대상이 아니지 않느냐"고 하며 문의를 한다. "예, 예" 하고 몇 번 대답을 하고는 "그러면 사람만 보내겠습니다" 하고 전화를 끊고 별 하나의 서원을 불러 "이 사람, 만월대에 데려다줘"라고 한다. 나의 개성까지의 통행증과 개성시 노동과에서 발급한 취업 의뢰서 등도 자기 책상에 놓아두고 나만 데려가라고 한다.

정말 기가 막혔다. 이게 무슨 운명의 장난인가. 하필 그때 들어선 놈이 승호리 내무서에 있던 놈이란 말인가.

모든 것을 체념하고 끌려간 곳은 만월대. 어떤 부호의 저택이었던 듯한 한옥이었다. 대문에 보초가 서 있고 중문을 들어섰을 때 정장을 한 북한군 소좌가 마루에 걸터앉아 있다가 들어서는 나를 보고 "이 사람이야? 나쁜 놈의 새끼" 하고 대뜸 욕설이다. 마침 그때 기침이 몹시 나며 가래가 올라와서 뜰에다 그대로 뱉어버렸다. 서너 줄기 피로 얼룩진 누런 가래가 조금 보태면 주먹만하다. 이러는 나에게 소좌 녀석, "에잇! 그 더러운 것을 어따 뱉어 놔" 하고는 "환자야? 어디가 아파?" 하고 묻는다. "폐결핵입니다" 했더니 흠칫하며 "저기 가 있어. 저기 보초 옆에 작은 문 있지? 그리 들어가 있어"라고 한다.

작은 문을 들어섰을 때 실내의 길이가 약 6미터, 폭이 약 2미터 남짓 되어 보이는 방인데, 바닥에는 발이 빠지도록 흙먼지가 깔려 있고 쌀가마 뜯은 것이 한 장 펼쳐져 있다. 임시 영창인 것 같았다.

'결국 운명이 여기까지 왔구나. 공산치하에는 뼈도 못 남겨놓겠다고 했는데 이제 운명이 끝났구나.' 한탄 속에 펼쳐져 있는 가마니에 그대로 누워버렸다. 병약한 몸으로 며칠을 노심초사하며 무리를 한 탓인지 기운이 쏙 빠지며 피로가 몰려왔다.

누워서 눈을 감고 있는데 "누구요?" 하는 소리가 들려왔다. 매우 초췌해 보이고 20세가 겨우 되었을까 한 청년이다. "어떻게 여길 왔소?" 한다. 피로도 하고 긴 말 하기도 싫어서 "나, 포로병이오" 했더니 깜짝 놀라며 "아이고, 나와 같은 분이네" 하며 손을 덥석 잡는 그의 눈에는 어느새 눈물이 주르르 흐르고 있었다. 나 역시 놀라 벌떡 일어나며 "당신도 포로병이야?" 하는 내 말에 고개를 끄덕이며 눈물을 훔치고는 "조금 전 잠깐 낮잠이 들었다 꿈에 집에 가 형님을 만나 무슨 말을 하려다 잠을 깨고는 마음이 뒤숭숭해 화장실에 가는 척하고 잠시 바람을 쏘이고 왔는데 그 사이에 내가 와 있었다"며 "나는 아직 나이가 많이 어립니다. 나보다 나이가 많이 많으시니까 형님이라고 하겠습니다" 하며 그 자리에서 "형님 이라고 한다.

그는 부산 출신으로 김영길이라고 했던 것 같다. 부산상업중학교(당시는 중고교가 분리되어 있지 않았다)3학년이었고 학교에서 급우들과 같이 부대로 인솔되어 가 입대했고 며칠간의 훈련 후 미군에 배속 배치되어 북진중 평안남북도의 경계인 청천강변 안주전투에서 중공군에게 포로가 되었다고 했다. 내가 알고 있는 미군 포로 죠니와 같은 전투에서 포로가 되었던 것이다.

포로가 된 후 여기저기 몇 군데 포로수용소를 전전했고 1951년 7월 휴전회담이 개최된다는 것을 알려주고 얼마 후 석방이라는 미명하에 끌려나와 배치된 곳이 황해도 재령군 어느 농장이었다고 했다. 농장에서 신상조사를 할 때 상업중학교 재학중이었다고 한 것이 알려져 주판을 잘 놓는다고 재령군 어느 소비조합에 가서 경리보조원으로 있었기 때문에 나와 같은 육체노동의 고생은 하지 않았다고 했다. 김군의 말인즉 황해도 재령, 은파지방 여러 곳의 농장에 포로병이 적지 않게 배치되어 있는 것으로 안다고 했다.

김군은 소비조합 경리보조원으로 있으면서 출장 갈 때 여러 번 따라가 보았다고 했다. 김군의 말로는 당시 황해도 지방은 많은 주민이 국군을 따라 남하하고 텅 비어 있었다고 했다. 이런 완전 공동화 현상은 '은율' 지방이 가장 심했다고 했다. 하루 종일 길을 가도 주민을 한 사람도 만나기 어려웠다고 했다. 가꾸지 않아 잡초가 우거진 과수원-은율지방에는 과수원이 많았다고 했다-에는 저 혼자 달려 빨갛게 익은 사과가 딸 사람이 없어 그대로 떨어져 썩고 있었다고 했다. 말 그대로의 무인지경이었던 것이다. 해안지역이어서 포로병도 배치하지 못한 듯했다.

김군은 재령군 소비조합에서 그렇게 지내다 휴전을 맞이했고 포로교환이 시작되었다는 소식을 듣고 재령군 내무서를 찾아가 자신도 송환해줄 것을 요구했으나 안 된다고 거절해서 개성으로 나와 개성지구 사회안전부를 찾아가 송환해줄 것을 요구했으나 또 거절해서 "나는 페결핵 중환자다. 이 지경이 되도록 한 번도 치료를 받아보지 못했다. 사람을 그대로 말려 죽이려고 하느냐? 당연히 보내야 할 포로를 왜 안보내려고 하느냐”고 하며 떼를 썼더니 병원에 입원을 시켜주었다는 것이다. 김군도 폐결핵 환자라고 했다.

병원에 입원을 했다고 하나 폐결핵 치료는 받아보지 못했고 병원 급식만 얻어먹고 있다가 중립국 감시위원단을 찾아가 송환을 요청해야겠다는 생각에서 몰래 병원을 빠져나가 판문점으로 중립국 감시위원단을 찾아가다 체포되어 다시 안전부로 끌려와 있었다고 했다.

판문점으로 가는 길목에는 여러 곳에 검문소가 있었는데 “포로병인데 중립국 감시위원회에 송환을 요청하러 간다”고 하니까 “안 될 텐데” 하면서도 통과시켰는데 최종선에서는 절대 안 된다는 것을 그냥 통과시켜 달라고 떼를 쓰다 체포되어 끌려왔다고 했다. 최종선에서 체포되어 초소를 관리하는 본부에 갔어도 그냥 떼를 쓰니까 소좌(소령)한 놈이 권총을 빼들며 “요놈의 새끼, 죽여버리고 말까?” 하며 협박을 해서 할 수 없이 그대로 끌려왔다고 했다.

그러면서 김군은 “가만히 눈치를 보니 나를 있던 곳으로 돌려보내려고 하는 것 같아요.” 사무실인 안방쪽을 가리키며 “여기 가만있으면 저기서 자기들끼리 말하는 소리가 들려요” 하며 “형님도 나와 같이 판문점으로 송환해줄 것을 요구하러 가던 길이었다고 해보는 것이 어떨까요?”라고 한다.

김군의 말을 듣고 ‘나는 이대로 김일성에게 죽임을 당하기는 억울하고 달리 방법도 없고, 오줌이 약이 된다는 말도 있는데 밑져야 본전이지’ 하는 생각에서 김군의 말을 따라 보기로 했다.

저녁 어두움이 깔려 앞이 잘 안보이게 되어서야 북한군 대위가 와서 출입문 밖을 향해 문턱에 앉아서 “오늘 온 사람 이름이 뭐야?” 하고 묻고는 "어디를 가던 거야?" 하고 다시 묻는다. "판문점으로 송환을 요구하러 가던 길이었습니다"했더니"이 사람, 그렇게 개별적인 행동을 해서 돼?" 하고 힐책을 한다. "몇 년째 폐결핵으로 죽어가고 있는데 한 번도 치료를 받아보지 못했습니다. 집에 가야 치료를 해보지 않겠습니까?" 했다. "그래도 개별적인 행동을 하면 안 되는 것을 몰라?" 하고는 더 이상 아무 말도 않고 일어서 가버린다.

개성지구 사회안전부 수사관과의 대화는 이것이 전부였다. 객관적인 자료를 수집하는지 소좌가 판문군 내무서에 전화를 하는 것 같았다. "비무장지대에 들어갔던 거야 안 들어갔던 거야?" 하는 말과 "좀더 자세히 올려" 하는 통화내용을 들었다. 아마도 자위대원이 나를 발견할 당시의 상황을 자세히 알리라는 말 같았다. 전화하는 말을 한 번 더 들었다. 이번에는 대위의 통화였다. 감이 멀어 저쪽에서 잘 알아듣지 못하는 듯 음성이 커지고 있었다. "이승엽이가 배치한 자야. 잘 살펴야 돼" 하는 말이 들려왔다. 박헌영, 이승엽 계통의 숙청이 계속되고 있다는 증거다.

말 한 마디 없이 5일을 보내고 6일째 아침 우리는 둘이 다 불려나갔다. 대위가 "동무들, 중환자가 돼서 관대하게 처리하려고 있던 곳으로 돌려보내는 거야. 다시는 이런 행동해서는 안 돼. 알았지?" 하는 간단한 주의의 말을 듣고 개성역으로 나갔다. "한 사람은 사리원까지. 한 사람을 평양까지 가면 되지?" 하고 행선지를 다시 확인하고 열차수송관에게 인계되었다. 열차수송관도 대위였다.

이와 같이 나는 또다시 북한 탈출에 실패했다. 너무도 싱겁게 실패했다. 그런데 아무리 생각해도 이해하기 어려웠다. 내가 폐결핵 중환자이고 그 폐결핵이 무서운 전염병이라고 해도 군사분계선을 넘어가려고 했던 것이 분명한데 중립국 감시위원단을 찾아가던 길이었다는 말 한 마디만 듣고 있던 곳으로 돌려보낸다는 것이 무슨 꿍꿍이 속인지 이해가 가지 않았다.

　느릿느릿 달리는 열차 내에서 아무리 생각해도 의문이 풀리지 않았다. 생각하면 생각할수록 김일성 도당이 이렇게 관대할 수가 없는데 하는 생각만 더욱 깊어갔다. 의문이 풀리지 않는 불안 속에 사리원에 도착했을 때 김영길 군은 내리고 나는 그대로 북쪽으로 향했다. 평양이 가까워올수록 불안은 더해갔다. 열차가 황주를 통과할 무렵 도망을 쳐야겠다는 생각을 굳혔다가 중화역에서 열차가 다시 떠나려고 할 때 열차수송관 모르게 빠져나왔다. 열차수송관은 우리가 폐결핵 환자인 것을 알고는 옆에 있기가 싫었던지 자리에 있지 않았다.

　이때 나의 차림새는 중공군과 흡사했다. 군복은 아니지만 군복과 흡사했고 모자는 모택동 모자를 쓰고 있었다. 모르고 보면 중공군으로 보기 십상이었다. 이런 차림새였으니까 내가 열차에서 내려 나오는 것을 보고도 별로 의심하지 않았을 것이다.

김병휴의 탈출

1951년 3월 하순 같이 포로 되었던 친구가 이동해 간 곳이 수용소에서 불과 7~8킬로미터의 거리인 강 남쪽의 미림 비행장이었다고 했다. 비행장 복구를 위해 동원되었던 것이다.

이때 북으로 끌려가는 도중에 알고 친해졌던 충북 충주 출신 김병휴라는 사람과 탈출을 계획하게 되었단다. 탈출할 것을 의논하며 어느 시기에 탈출을 결행할까 의논을 하고 있던 중 김병휴와 또 헤어지게 되었다. 일부 포로가 또 이동해 갔는데 김병휴도 거기에 끼어갔다.

김병휴가 옮겨간 곳이 멀지 않았고 서로의 작업현장이 멀지 않아 가끔 먼발치에서라도 모습을 볼 수 있었고 가끔 소식도 들을 수 있었는데 하루는 김병휴가 탈출했다는 소식을 들었단다. 같이 탈출을 시도하던 친구가 단독 탈출했다는 소식에 혼자 뒤떨어진 것 같은 실망감에 크게 낙담하여 나도 빨리 행동을 해야겠다고 마음이 다소 조급해졌다.

여기서 김병휴 씨의 이야기를 좀 하는 것이 좋을 것 같다. 포로가 되어 북으로 끌려갈 때 강원도 김화지역 어느 곳에서였다. 밤새 끌려가다 밝아올 무렵 어느 민가에 들어갔는데 내가 들어갔던 집이 마침 60이 다 되어 보이는 시각장애인 부부가 살고 있는 집이었다. 식량이 공급되지 않아 전날도 굶었는데 오늘 또 굶어야 한다고 하며 쪼르륵 소리가 나는 배를 움켜 안고들 있는데 주방 쪽에서 누가 "여기 밥이 있다" 한다. 밥이 있다는 말에 주방 쪽으로 달려 나가는 사람도 있고 주방 샛문을 열고 정말 밥이 있는지 확인하느라 법석이다.

이때 주인이 "그 밥은 못 먹는 밥이야. 두 달도 더 된 썩은 밥이야" 한다.

주인의 말인즉 중공군이 처음 나왔을 때 여기서 밥을 짓다 어떻게 된 일인지 밥이 다 되어 가는데 버리고 달아났다는 것이다. 그것을 모르고 있다가 오랜 후에야 발견했는데 그때 이미 밥이 변질되어 있었다고 한다. 동절이어서 얼려놓기는 했는데 너무 오래 되어 더 썩었다고 한다. 썩었다는 말에 냄새를 맡아보며 냄새가 나기는 나는데 그래도 데워서 먹어보자고 하며 아궁이에 불을 지핀다.

조밥인데 냄새가 나고 맛이 많이 가기는 했지만 워낙 굶주린 포로병들이기에 다 먹어버렸다. 먹고서 생각하니 썩어가는 밥이지만 그 밥이 주인 내외의 겨울 양식이 아니었던가 생각되었다. 중공군이 버리고 간 그 밥으로 주인 내외가 겨울을 살아온 것 같았다. 그냥 두었으면 주인 내외가 10여 일은 더 살아갈 수 있었을 것인데 그것을 포로병들이 다 먹어버렸다. 주인 내외가 많이 아쉬워하는 것 같았다.

미안한 생각이 들어 주인장과 이런 저런 이야기를 나누고 있는데 한 사람이 "에잇! 비가 오네" 하며 들어온다. 용모가 준수해 보였다.

그 사람은 옆집에 들은 포로병이라고 하며 주인장에게 "아저씨가 점을 잘 보신다는 말을 옆집에서 들었습니다. 잡혀가는 몸이라 몸에 지닌 것이 없어서 수고비를 보답해 드리지는 못하겠습니다마는 불쌍히 생각하시고 점을 한 번 보아주세요" 하고 정중히 간청을 한다. 뒤이어 그는 "실은 내가 이등병인데 육군 중위 행세를 하고 있었습니다. 그래서 주위에서는 모두 나를 육군 중위로 알고 있습니다. 한데 사실대로 이등병이라고 해도 괜찮겠는지 걱정입니다" 하면서 다시 한 번 간청한다.

묵묵히 듣고 있던 주인장이 말없이 주머니에서 원통형의 물건을 꺼내 뚜껑을 연다. 그 속에는 길이 12~13센티미터 가량의 이쑤시개 같은 댓가지가 10여 개나 들어 있는 듯했다. 그 댓가지에는 불규칙한 간격의 흠집이 나 있다. 그 흠집의 간격과 수를 손끝으로 더듬어 세어보고 어떤 계산을 하는 듯했다. 그것이 그분의 점술인 듯도 했다.

이때 점을 본 사람이 김병휴 씨였다. 김병휴 씨는 점의 결과가 좋다고 했다. 4월이나 5월에는 도망을 가면 성공해 부모, 동기를 다 만날 수도 있겠다고 했다.

김병휴 씨가 이등병이면서 육군 중위 행세를 하게 된 경위는 이러했다.

김병휴 씨는 충주초등학교 교사였다. 전쟁이 터지고 중공군의 개입으로 전쟁이 장기화될 기미를 보이며 1·4후퇴를 하게 되었을 때 소집영장을 받았고 신병교육을 마치고 부대 배치된 곳이 국군 제8사단이었다. 1951년 1월 중순이었을 것이다.

이때 8사단은 중공군과의 연이은 전투에서 병력 손실이 너무 커 병력보충을 위해 후방에 주둔해 있었다.

신병교육을 마치고 부대 배치되어 갔을 때 중위를 대동한 소령이 와서 신병들을 일렬횡대로 정렬시키고 앞을 지나며 하나하나 유심히 살피고는 "너 나와, 너 나와"해 별도로 인솔해 갔는데 이때 김병휴 씨도 선발되었다. 김병휴 씨를 나오라고 한 소령이 "있다 얘 내 방으로 데리고 와" 하고 중위에게 지시를 내렸다.

이때의 그 소령은 국군 제8사단 수색대대 대대장이었다. 수색대대 요원 선발을 위해 직접 나섰던 것이다. 팔로군(모택동군) 대좌(대령) 출신이라고 했다.

김병휴 씨가 중위와 같이 대대장실에 갔을 때 대대장의 첫말이 "너 군대생활 얼마나 했어?"였단다.

"저, 며칠 전 훈련소에서 나온 신병입니다."

"거짓말 마. 너 군댓밥 많이 먹은 놈이야. 네 얼굴에 씌어 있어……" 라고 다그치더란다.

김병휴 씨는 이 양반은 도저히 속이지 못하겠다는 생각에 "저 일본군 관동군 육군 소위였습니다" 하고 실토를 했단다.

대대장은 "그러면 그렇지. 네가 나를 속이겠다고" 하고는 "마침 잘 됐다. 부관이 없어 불편했는데 너 지금부터 내 부관해" 하고는 중위에게 "중위 계급장 하나 구해다 달아줘. 이등병 계급장으로야 어떻게 부관을 하겠나? 중위는 돼야 하지……" 했다는 것이다.

이렇게 되어 김병휴 씨는 육군 중위 행세를 하게 되었다. 대대장의 명령이니 계급 사칭이지만 어쩔 수 없었을 것이다.

김병휴 씨는 일제시 징병 1기였고 일본군에서 조선청년들이 너무 얻어터지는 것을 보고 홧김에 '나도 장교가 되어야지' 하는 생각에서 시험을 쳐 사관이 된 견습사관 출신 장교였다고 했다. 일본 패망 후에는 군이 적성에 맞지 않는다는 생각에 향리에서 교편을 잡고 있었다고 했다.

나는 이렇게 김병휴 씨를 점술가의 집에서 만났고 나도 점을 본 후 김병휴 씨와 두 시간 가량 이야기를 나누었다. 김화지역에서 일주일 가량 있다 다시 떠나갈 때 같이 포로가 되었던 친구를 만났고 김병휴씨와 인사를 나누도록 했던 것이다. 그런데 친구는 김병휴 씨를 알게 된 이런 경위는 잊어버린 듯했다.

나는 시각장애인이 살고 있는 집에 들어가서도 점을 볼 생각을 못하고 있었다. 시각장애인이면 대부분 점술인일 것인데 그것조차 생각하지 못했다. 고통이 너무 컸고 또 그것은 내가 어렸을 때부터 점을 보는 것을 별로 보지 못하고 자랐기 때문일 것이다.

김병휴 씨의 점의 결과가 좋다는 것을 보고 나도 점을 보아줄 것을 부탁했다.

그 점술인은 철저한 음성 분석가인 듯했다. 점을 보아달라고 하면 그 한 마디를 듣고 점을 보고 있었다. 생년월일을 묻는다던가 하는 일 없이 점을 보고 있었다.

김병휴 씨 때보다 배도 더 오랫동안 손가락 끝을 댓가지에 더듬고 또 더듬고 하더니 갑자기 "아이 끔찍해라. 아이 끔찍해" 하고 고함을 치듯 큰 소리로 말하고 "이 고생을 어떻게 하누? 내가 60평생 점을 보고 있지만 이런 팔자 처음이구만……" 한다.

"잡혀가는 몸이 고생이야 각오했지 어쩌겠습니까?"

"그런 정도의 고통이 아니야. 계속 칼밭길로 끌려 다니는 것과 같은 극한고통의 연속이야."

"그러면 죽었지 살겠습니까?"

"귀신 단지에 집어넣어도 죽지는 않겠어. 죽지도 않고 계속 고통이야. 한도 끝도 없이 고통의 연속이야" 하고는 뜸을 들이듯 조금 후에 "열두 지옥의 고통을 다 받을 운명이라고 할까, 병을 많이 앓겠고 길을 많이 걷겠어"라고 한다.

병을 많이 앓겠고 길을 많이 걸으며 열두 지옥의 고통을 다 받겠다고 한 그 점술인의 예언은 적중했다고 보아야 할 것 같다. 내가 질병으로 이번에는 꼭 죽었지, 회복할 수 없을 것이라고 생각했던 고비가 열두 번이었고 포로가 된 후 끌려 다니기도 하고 탈출을 위해 스스로 나다니기도 한 장거리 보행의 거리가 2천 킬로미터가 더 될 것 같다. 우리의 리로 따지면 오천 리가 더 될 거리다. 그것이 모두 천 근이나 한 무거운 발걸음이었다.

북한 탈출 후 나는 김병휴 씨의 소식도 들었다. 58년엔가 우연히 충주 사람을 만나 혹시 충주초등학교 선생님이었던 김병휴 씨를 알지 못하느냐고 했더니, 그분은 김병휴 씨가 자기 은사라고 하며 그분이 포로가 되어 북으로 끌려갔다 도망쳐 나와 군 단기 종합학교를 마치고, 육군 소위가 되어 전선에서 대퇴골을 절단하는 중상으로 상이군인으로 향리에 돌아와 있다는 말이었다. 이때는 내가 건강 회복을 위해 요양중이었고 한푼의 수입도 없던 때여서 찾아가 만나볼 생각을 못하고, 후일 기회가 되면 만나볼 수 있겠지 생각하며 오늘까지 지내왔다.

집단 탈출

김병휴 씨의 탈출 소식에 다소 조급해진 친구는 평소 눈여겨보고 있던 한 사람에게 행동 제의를 했더니 쾌히 응하며 나도 그런 생각으로 한 친구와 행동계획을 해오고 있는데 같이 행동을 하자는 말이었단다. 셋이 행동할 것을 의논하고 있는데 옆사람이 눈치를 채고 동행 제의를 해와 다섯 사람이 되었고 얼마 후 또 어떻게 되어 여덟 사람이 되었단다.

무모한 짓이었다. 탈출행위에는 세 명도 많으면 많았지 적은 인원이 아니다. 내 경험으로는 두 사람이 가장 적합하다고 본다. 단독으로는 산중에서 밀려드는 고독과 불안을 인내하기 어렵다. 서로 의지가 되어 다소라도 안정 속에 침착성을 유지하며 행동하려면 두 사람은 돼야 한다. 인원이 많으면 자칫 흔적을 남기게 되고 또 은신이 어렵다. 탈출행위는 어디를 가던 몸을 숨겨야 하는데 그것이 어렵다. 또 식사 해결이 어렵다. 이때 이미 몸이 많이 쇠약해져서 하루쯤이면 몰라도 여러 날 굶으면 체력저하로 운신이 어려워진다. 그런데 인원이 많으면 하루 한 때라도 어떻게 식사 해결을 할 수 있겠는가. 더욱이 때가 보릿고개의 노랑봄이다. 들판에는 먹을 것이라고는 아무것도 없다.

그들도 이런 점을 감안해 우리는 인원이 너무 많다. 그렇다고 누구누구는 따로 행동하라고 할 수도 없다. 어떻게 해야 되겠냐고 의논 끝에 북한군으로 위장하고 북한군 행세를 하며 전선까지 접근한 후 거기서 행동방향을 다시 의논하자고 했다.

북한군으로 위장하는데도 문제가 있었다. 북한군으로 위장하려면 북한군복이 있어야 하겠는데 북한군복을 어떻게 구하느냐, 군복은 못 구한다고 결론을 내리고, 국군 군복을 북한군복에 비슷해 보이도록 개조하고 모자도 어떻게 만들어 쓰고 계급장도 만들어 달기로 했다.

북한군의 군모와 계급장을 만드는데도 애로가 있었다. 그것들을 만들 재료가 없었다. 그 재료를 어떻게 구하느냐 하는 문제에 봉착한 것이다. 생각 끝에 포로수용소 소장의 시중을 들고 있는 소년 포로병에게 부탁을 하기로 했다.

그 소년 포로병은 어느 중학교 4학년 - 현 고등학교 1학년 - 이었다는데 영리하고 재능이 뛰어났다고 했다. 글씨 잘 쓰고 그림 잘 그려서 수용소 내 스탈린과 김일성의 초상화를 소년이 다 그려 걸었고 표어 현수막도 소년이 다 썼다고 했다. 하도 재능이 뛰어나고 영리해 보여서 수학에 관해 물어보았더니 중학교 졸업반까지의 고등수학까지 다 마스터했더라고 하며 천재적인 소년이었다고 했다. 너무도 재능이 뛰어나고 영리해 많은 사람의 귀여움을 받았는데 포로수용소 소장도 귀엽게 보고 자기의 심부름을 하라고 자신의 방 옆에 방을 마련하고 거처를 옮겨주었다. 그래서 수용소 소장과 같이 있으면서 민간인 접촉이 용이했기에 그 소년에게 필요한 재료를 구해줄 것을 부탁하기로 했다.

소년에게 부탁하는 책임을 친구가 맡았고 소년에게 빨강, 노랑, 국방색의 천을 좀 구해달라고 했을 때 소년은 벌써 알아채고 "계급장 만들려구 그러지? 나두 데려가 줘야 해. 내가 필요한거 뭐든지 다 구해올게. 나도 데려가 줘……" 했다는 것이다.

이렇게 되어 또 한 사람 많아져 총원 9명이 되었다. 앞서도 말했지만 이 계획은 실패가 전제되어 있었다고 하겠다. 9명이면 한 개 분대

이상의 인원이다. 집단으로 보아야 할 인원이다. 이 많은 인원이 어떻게 노출되지 않고 행동을 할 수 있겠는가. 노출은 실패와 직결이다.

어쨌든 준비는 순조롭게 진행되었다고 보겠고 행동계획은 계획대로 실천으로 옮겨졌다. 디데이가 5월 하순 어느 날이었다. 자정쯤의 약속 시간을 거의 어기지 않은 소년의 행색을 보고 그 대담성에 모두의 입이 딱 벌어졌다.

소년은 수용소 소장의 중요한 소지품을 다 훔쳐가지고 나왔던 것이다. 권총, 권총벨트, 휴대용 서류가방. 가방에는 수용소 관리부대의 공인을 찍은 백지가 수십 장이나 들어 있었다. 철조망 절단을 위해 펜치도 준비되어 있었고 권총 탄창에는 실탄이 가득했다.

마침 날씨도 순조롭지 않았다. 시커먼 먹구름이 몰려오며 바람이 심했고 굵은 빗방울이 후드득 후드득 떨어지고 있었다.

거의 예정했던 시간에 행동 개시 형식에 불과하다고 할 정도로 대여섯 줄 늘어져 있는 철조망은 순식간에 절단되었고 철조망을 빠져나온 일행은 눈여겨보아 두었던 산영을 바라보며 걸음을 재촉했다.

국군 소위였던 친구가 인민군 소위로 위장하고 친구는 중사로, 또한 사람은 하사로, 나머지 사람들도 적절히 위장했다.

소위로 위장한 소대장은 권총을 차고 서류가방을 메고 가방끈 위로 권총벨트를 돌렸다. 긴 끈의 서류가방은 목에 걸쳐 어깨에 걸쳤는데 납작한 가방은 왼쪽 옆구리 엉덩이 가까이에 늘어져 있었다. 일렬로 걸어가는 그들은 누가 보아도 소단위 부대이동같이 보였으리라.

방향이 설정돼 있는 그들의 행동은 민첩했다. 미명의 시간까지 수용소로부터 일정 거리까지 벗어나야 한다는 압박감이 그들의 걸음을 더욱 재촉했다.

정오가 지나도록 반달음박질이라고 할 정도로 달려온 일행은 이미 평안도를 벗어나 황해도에 적지 아니 진입해 있었다. 황해도 지역임을 확인하고 다소 안도하며 리인민위원회 위원장을 찾아서 군 임무수행 중이라고 하고 수용소 관리부대 공인이 찍힌 백지에 식사 의뢰서를 써 주고 식사를 부탁했다. 리 위원장은 별 의심 않고 식사 요청서를 받아 놓고 식사를 제공해 주었다.

이런 식으로 발걸음을 재촉한 지 사흘째 되는 날 더 이상 남진을 할 수 없는 벽에 부딪혔다. 여기저기 많은 중공군이 주둔해 있는 것이 누에 띄었고 중공군은 자기네 주둔지역 통과를 허용하지 않고 왔던 길을 돌아가라고 한다. 인원이 많으니까 그들도 의심을 하지 않은 듯했다. 한둘이었다면 연행해 조사를 했을 것이다. 서너 차례 통과 불가의 거부를 당하자 이들은 위험을 느끼고 당황하게 되었다. 전선까지는 아직 먼 거리겠는데 행동이 불가능해졌으니 그럴 수밖에. 의논 끝에 해안으로 나가 해상통로를 찾아보기로 하고 해주나 옹진으로 나가기로 했다.

옹진 지역에 도착한 이들은 크게 실망했다. 쪽배 한 척도 눈에 띄지 않았다. 국군 남하시 그곳 어민들도 국군을 따라 다 남하하고 배라고 는 한 척도 없는 포구가 적막 속에 잠들어 있었다. 포구마다 다 그랬다.

바다로는 한 발자국도 나갈 수 없다는 것을 확인하고 발길을 동부전선으로 돌렸다. 서해안 한 끝자락에서 동부전선까지 멀고도 험난한 길이다.

벌써 수용소를 탈출한 지 일주일이 되어간다. 이때는 이미 이들에 대해 수배가 내려져 있었다. 일단의 군인이 부대명의로 민간에 식사제공을 요구하며 다닌다는 보고가 안 올라갔을 리가 없는 것이다.

이들이 황해도 서흥 지역에서 여느 때와 같이 리 위원장에게 저녁식사를 부탁하여 식사를 하고 잠을 청하려는데 내무서원 둘이 와서 지서까지 가자고 한다. 책임자인 소대장이 나서서 "동무들이 왜 우리에게 가자고 하느냐"며 따지고 들었지만 따지는 것으로 될 일이 아니다. "우리는 보위성 소속이다. 동무들 내무성 직원이 무슨 권리로 우리를 간섭하려고 하느냐"며 완강하게 거부했지만 그렇다고 그 정도에 물러설 내무서원들도 아니다.

"이곳은 중부전선에서 직통인 멀지 않은 후방이다. 또 중동부·중서부와도 직통인 요충지다. 때문에 불순분자들의 출몰이 빈번한 곳이다. 일반 인민들도 긴장을 풀지 못하고 있는 곳이다. 보위성·내무성 소속을 따지지만 말고 호상간에 다 같이 협조해야 한다. 왜 소속만 따지냐? 가서 소속을 확인만 하면 될 것을, 따지지만 말고 협조해 달라……."

가자거니 못 간다거니 언쟁 속에 한 시간도 더 지났다. 옆에서 보고만 있던 친구가 "소대장 동무, 잠깐만요……" 하고 끼어들었다.

친구의 생각은 도저히 안 가고는 못 배기겠는데 소대장이 막무가내로 우기기만 하고 있어서 '가다가 어떻게 해봐야지' 하는 생각에 자신이 나섰다고 했다.

리 위원장이 저녁식사를 준비해 제공하는 사이 지서에 신고를 해서 내무서원들이 온 것이 틀림없어 보였다고 했다. 교통이나 통신수단이 없어서 사람이 보행으로 가서 신고를 하고 내무서원들도 도보로 오느라고 시간이 걸렸던 것이다. 이때 북한에는 통신·교통수단이 거의 전무해서 몇 백리의 거리도 사람이 직접 가야만 전달될 때가 많았다.

"내무서원 동무, 지서까지 거리가 얼마나 됩니까?" 하고 거리를 물었을 때 "약 4킬로미터"라고 하더란다. '4킬로미터면 꽤 먼 거리다. 가다가 어떻게 해봐야지' 생각하면서 "하루 종일 행군에 피로한 사람들을 그 먼 거리까지 가자고 하는 이유가 뭐요?" 하고 지금까지 몇 번이나 한 말을 되풀이하며 시간을 끌다 못 견디는 척 소대장에게 "소대장 동무, 힘들지만 갑시다. 이 동무들도 국가를 위해서이고 우리도 국가와 인민을 위해서 싸우는 군인입니다. 지서에 가서 확인할 것은 확인하고 협조해야 하지 않겠습니까?"

이렇게 해서 내무서원을 따라나섰다고 했다. 이때 이미 일행은 기가 팍 죽어 있었다고 했다.

한참 동안 가다가 "아직 멀었습니까?" 하고 물었을 때 "반 가까이 와 갑니다" 하는 말이다. 친구는 '여기쯤에서 해결해야지' 생각하며 "담배나 한 대 피우며 다리쉼이나 좀 합시다. 종일 행군을 했더니 피로합니다" 하며 길가에 앉았다. 마침 좀 가파른 비탈이었고 그리 크지 않은 소나무가 비탈을 덮고 있는 가운데로 뚫려 있는 신작로였다. 비탈 위쪽으로 친구가 먼저 앉으니까 일행이 따라 비탈 위쪽으로 앉았고 내무서원들은 자연 비탈 아래쪽 일행의 맞은편에 앉았다. 그들도 담배를 피워 물었다.

이때 친구가 소대장에게로 다가앉아 주먹으로 옆구리를 건드리며 해치우자는 신호를 했고 손을 소대장 왼쪽으로 돌려 권총을 빼들었다. 권총을 빼든 친구는 불안한 가슴을 쓰다듬으려는 듯 담배를 한 모금 깊이 빨고는 권총을 마주앉은 놈의 가슴을 겨냥했다. 거리는 단행차로 정도의 신작로였으니까 5미터가 겨우 될까 한 거리였다. "땅." 권총의 단발 총성이지만 우주가 박살이 나는 듯 날카롭고 요란했다.

내무서원들의 행동도 민첩했다. 총성과 거의 동시에 두 놈이 비탈아래로 굴러 떨어지는 것을 확인했다. 한 놈은 분명히 맞았을 것이고 한 놈은 분명히 안 맞았을 것인데 두 놈이 동시에 행동하는 것을 보고 '보통 녀석들이 아니구나. 두 놈을 다 쏘려고 했는데' 하고 한 놈만 쏜 것이 아쉬웠다고 했다.

내무서원 두 놈이 동시에 굴러 떨어지는 것을 보고 친구 일행은 후닥닥 뛰어 비탈진 솔밭을 기어올랐다. 정상이 가까워졌을 때 "우—, 우—" 하고 저음 신호를 보내 서로의 위치를 알려 모인 사람은 친구와 소대장과 다른 한 사람, 모두 셋이었다.

셋이 상의하여 내린 결론은 각자 행동을 해야 한다는 결론이다. 모여 다니다가는 자칫 다 죽는다. 그러니 각기 따로 행동을 하다보면 운 좋은 사람은 살아남을 수 있을 것이라는 생각이었다.

친구는 각기 헤어져 가만히 생각하니 앞으로 나가려다가는 경계망을 벗어나기 어려울 것 같은 생각에 잠시 후방으로 들어가 피할 생각을 했다고 한다.

'한 백 리쯤은 벗어나야 어느 정도 안심이 되겠지?' 생각하며 산악 지역을 헤매며 밤을 지냈다. 다음날 해질 무렵 외진 곳에 민가가 딱 하나 있는 것을 발견하고 한참을 살펴본 후 찾아들었더니 20대 후반의 여자 혼자였다고 한다.

"여성 동무, 임무수행중인 인민군입니다. 죄송하지만 하룻밤 쉬어 갈 수 있도록 허락해 주십시오" 했더니 선뜻 그러라고 하더란다.

그 여자는 결혼한 지 불과 몇 달 만에 남편이 군에 갔는데 곧 전쟁이 터졌고 얼마 후 전사통지를 받았다는 것이다.

그날 밤 친구는 그 여자와 정을 통했다. 친구는 여자가 전쟁미망인 것을 알고는 이 여자를 이용하여 자신의 안전을 도모해야겠다고 생각했고 여자를 이용하는 데는 정을 통하는 것이 손쉬울 것으로 생각했다는 것이다. 여자도 외진 곳에서 혼자 살아가는 고독에 지쳤던지 억센 남자의 완력에 저항해보았자 소용없다는 체념에서인지 별 저항 없이 몸을 내맡기더라고 했다.

거의 일주일이 되어 갈 무렵 친구와 여자는 북방을 향해 길을 떠났다. 친구가 그 여자의 집에 유숙한 다음날 말라리아가 발병했고 다음날 여자는 어디에서 키니네를 구해다 치료를 해주었다. 그러는 사이 친구는 여자의 순진함을 발견하고는 이 여자와 당분간 어디에 가서 안정하고 있다가 행동을 해야겠다고 생각하고 여자에게 "실은 내가 군임무를 수행하던 중이 아니고 죽을 것이 두려워 부대를 이탈한 도망병이오. 나는 남조선에서 의용군으로 입대한 의용군 인민군이오. 그래서 북조선에는 연고자가 아무도 없소. 여기 그대로 있으면 며칠 안 가 잡혀가게 될 것이니 여기 그대로 있을 수가 없소. 나를 좀 도와주오” 하고 하소연을 했다.

여자는 “에이, 이놈의 전쟁, 이놈의 전쟁 때문에 나는 청년과부가 되었소. 이제 당신에게 몸까지 맡겼으니 당신 하자는 대로 하겠소. 나는 이곳에 있어도 그만이고 떠나도 그만입니다. 당신이 가자면 어디든 따라가겠소” 하더란다.

이리하여 안전한 곳에 가서 당분간 피해 있을 생각으로 북방으로 향했다고 했다. 여자는 공민증이 있으니까 신분이 확실했고 친구는 폭격에 신분증이고 뭐고 다 분실했다고 하며 여자와 부부 행세를 하며 신의주까지 들어갔다고 했다.

신의주까지 가는 동안과 신의주 도착 후 며칠간의 비용은 여자가 갖고 있던 돈으로 사용하고 그 후부터는 친구가 막노동으로 벌어서 충당했다고 했다. 젊은 사람은 다 군에 가고 막노동을 할 사람이 없는데 방공호를 판다든가 하는 막노동의 일거리는 많았다고 했다. 먹고 사는 것은 문제없었는데 불안해서 견딜 수가 없었다고 했다.

먹고 사는 문제에 신경을 쓰지 않게 되니 안전문제가 질식할 것 같이 가슴을 짓눌러 왔다고 했다. 여자에게 도망병이라고 했는데 만일 여자가 실수로라도 그런 말을 입밖에 냈다가는 나는 끝장이다 하는 생각이 그렇게도 자신을 괴롭혔다고 했다. 어떻게든 여자와 순조롭게 헤어져야겠는데 방법이 없었다고 했다.

친구는 여자를 안심시키려고 부지런히 일을 했고 수입은 여자에게 다 갖다 맡겼다고 했다. 그래야 여자의 불안이 다소라도 감소될 것 같아 그렇게 했다고 했다. 그대로 종적을 감출까도 생각해보았지만 여자가 알고 있는 대로 신고를 하면 체포령이 내리고 지명수배 될까봐 그렇게도 할 수 없었다고 했다. 아무런 신분증도 없고 교통편도 없어서 멀리 갈 것 같지도 않았다고 했다.

자유가 제일이야!

　김일성은 55년 하반기부터 56년, 어쩌면 57년까지의 기간에 대숙청을 단행했을 것으로 본다. 또한 이 기간중 성년층 대부분이 심사를 받았을 것으로 본다. 그 심사는 공안사범 피의자 수준의 강도 높은 강제 수사와도 흡사한 수준이었을 것이다. 특히 남한 출신은 더욱 강도 높은 조사를 받았을 것이다. 그 이유는 입북하기 전 행적을 확실하게 증명하기 어려웠을 것이니 말이다.

　기대하기가 매우 어렵다고 생각되긴 하지만 친구도 이 기간만 무사히 넘겼으면 그 후에는 그렇게도 어려운 고비는 없었을 것으로 본다. 친구가 아무쪼록 그 고비를 무사히 넘기고 안녕하기를 기원할 뿐이다.

　1953년 봄 박헌영 사건이 터졌고, 그 직후 공군에서는 남한 출신은 이등병까지 전원 퇴역시켰다는 말을 친구를 통해 자세히 들었지만, 육군과 해군에서는 어떠했는지 들을 길이 없었다. 풍문에는 장교는 군사동원부(병무청)에 한두 사람씩 있을 뿐 그 외는 전원 퇴역시켰다고 했다. 그러면 일반 사회에서는 어떠했는지도 간단하게나마 알아보자.

　처음 나는 박헌영 사건에 별로 관심이 없었다. 건강은 최악의 상태에 있었고 앞은 한 치도 내다볼 수 없는 암흑의 장막이 드리워 있는데 그깟 일에 관심이 갈 수가 없었다. 하지만 관심을 안 가질래야 안 가질 수도 없었다. 길가에 설치된 확성기에서 귀에 못이 박히도록 계속 떠들고 있었으니 말이다.

1953년 3월경이었던 것 같다. 제5차 전원회의에선가 무슨 회의에서 김일성이 박헌영에게 경고를 했다는 말이 확성기에서 흘러나오기 시작했다. 하루 20번도 더 매일 떠들고 있었다. 그러던 어느 날 박헌영이 간첩 혐의로 체포되었다고 했다.

'박헌영이 간첩질을 해? 당치도 않은 수작이다. 때려잡으려면 거저 때려잡지 간첩누명을 씌워야 때려잡나?'

이렇게만 생각했다.

박헌영이 체포되었다는 말은 경고를 했다고 할 때보다 배도 더 요란스럽게 떠들었다. 이번에는 박헌영, 이승엽 일당이라고 했다. 매일 그렇게 떠들기 시작한 지도 한참 지난 어느 날이었다. 군인민위원회 예천 출신 김헌우가 나를 찾아왔다. 지나는 길이었다고 했다. 하지만 일이 있어서 근처에까지 왔었는지는 몰라도 나를 찾은 것은 부러 찾은 것 같았다.

얼굴이 까칠해진 것이 혈색이 안 좋았다. 입술까지 꺼멓게 변색되어 있었다. 잠을 제대로 자지 못한 사람같이 많이 피로해 보였다. 큰 고민거리가 있는 것같이도 보였다. 김헌우는 나에게 무슨 말을 하고 싶어 하면서도 못하는 것 같았다. 무슨 말을 할 듯하다가 못하고 "자유가 제일이야" 한다. 하고 싶은 말이 있는데도 못하고 "자유가 제일이야"라는 말로 하고 싶은 말을 대신 하는 듯했다. 이 날 김헌우는 무슨 말을 하려다가는 못하고 "자유가 제일이야" 한 것이 대여섯 차례는 되었을 것이다. 답답한 심정을 말하려고 했는데 막상 마주앉으니까 차마 포로병에게 말하기가 자존심이 허락지 않아 못하는 것 같았다. 오죽 답답했으면 포로병인 나를 찾아 왔으랴. 또 김헌우를 본 것이 이것이 마지막이었다.

이런 일이 있고 얼마 후 휴전이 되었고 나는 개성 사회안전부 영창에서 대위가 저녁 어두움이 밀려들기 시작할 때 어디엔가 전화로 "잘 살펴야 돼. 이승엽이가 배치한 자야" 하는 말을 들었다. 박헌영 계통의 남한 출신 숙청이 계속되고 있음을 말해주는 것이다.

1952년 초 강동군 인민위원회에서 작업이 마무리되고 다시 오리농장으로 갔을 때 60대 초의 노인이 한 사람 있었다. 경북 대구 출신이라고 했다. 전직이 신문기자라고 했다. 이름이 박의양이라고 했다. 아마도 대구지역 박씨 문중에는 지금도 '박의양'의 이름을 기억하고 있는 사람이 있으리라 생각한다. 인도에 특파원으로 나갔던 말까지 하는 것으로 보아 전직이 신문기자였음이 틀림없는 것 같았다. 당시 우리 사회에서 신문기자면 그리 흔치 않은 식자층에 속한다고 보아야 할 것이다. 그런데도 김일성은 외국에 특파원으로까지 나갔던 사람을 오리농장에다 묻어놓고 농장 막일을 시키고 있었다.

박의양 씨의 아들은 일제시 일본에서 어느 대학을 나왔고 북한에서는 중성 넷(위관급은 소성, 영관급은 중성, 장성급은 대성이라고 했고 중성 넷이면 대좌와 소장의 중간계급으로 우리 군의 준장에 해당하겠다)으로 북한군 어느 군단 정치부 책임장교(정치부장격)라고 했고, 자부는 서울 여의전(전 서울여자의과대학의 전신) 출신의 여의사로 승호리 인민병원에 재직 중이라고 했다.

박의양 씨는 자신은 오리농장에서 막일을 할지언정 아들이 군단정치부 책임장교이고 자부가 인민병원 의사인 것을 자랑삼아 말하고 있었다.

박헌영 사건의 불똥이 이 가정에 벼락으로 떨어졌다. 군단정치부 책임장교였던 아들이 소환되어 승호리 시멘트공장 막노동자로 배치되어 채석장에서 돌을 싣고 밀고 다니는 밀차꾼의 노동을 한다고 들었다.

차라리 제명하여 당원의 자격을 박탈하고 출당을 시켰으면 일정기간의 형기를 마친 다음 당원으로서의 구속을 받지 않고 살아갈 것인데 그렇지도 않고 당원으로서의 의무를 다하도록 고삐를 조여 매어 철저한 감시하에서 먹고 마르도록 하나도 조심 둘도 조심하는 마음 졸이는 삶을 살아가도록 해두었던 것이다.

부인은 의사라는 특수 기술직이니까 승호리 인민병원에서 그대로 재직하고 있다고 들었다.

박헌영 사건 후 이렇게 남로당 계열은 하위간부직에라도 있던 사람은 거의가 그 자리에서 밀려나 밑바닥 노동직으로 전락했다.

그 후 각 남북회담 석상에 남쪽 출신이 한두 사람씩 끼어 있었던 것은 남쪽 출신을 중용하고 있다는 것을 남쪽 국민에게 보여주기 위해 마치 기계의 폐부품을 모아두었다가 필요할 때 쓸 만한 것을 골라 재생 수리해 사용하듯 밑바닥으로 밀어냈던 사람들 중에서 선택 복권시켜 재교육 후에 일을 맡긴 것으로 보아야 할 것이다.

일반 서민 입북자들 중 해안 가까운 지역에 머물러 있던 사람들은 북부 내륙지역으로 이주시킨 것으로 알고 있다. 나는 이렇게 이주해간 사람도 만나보았다. 그는 불평이 이만저만이 아니었다.

40대 후반으로 보였는데 입북 후 황해도 어느 바다 가까운 곳에 머물러 있었다고 했다. 반 강제 반 속임수에 끌려왔다고 했다.

인력 모집 선전원이 나와서 ○○에서 공장 종업원 모집을 위해 왔다고 하며 자기가 권하는 곳은 작업도 비교적 쉬운 편이고 고기가 흔한 곳이어서 돼지고기는 먹기 싫어서 안 먹을 정도고 주거환경도 최고라고 할 정도라고 했다는 것이다. 한편 그 지방 공무원이 동원되어 이런 기회에 직장을 구해 가라고 하며 농촌에서 날품이나 팔며 건들거리고 있어서는 안 된다. 앞으로는 이런 날품노동을 못하게 할 것이라고 반 강제 반 협박으로 내몰다시피 했단다.

국군을 따라 남쪽으로 간 농민이 많아 미경작 농토가 많은데 그 농토를 경작하도록 해주었으면 좋았을 것인데 그것을 허용하지 않고 내륙지역으로 이주를 시켰다.

이 주민 이주가 박헌영 사건과 연관이 있었는지는 알 수 없으나 휴전 후 얼마 되지 않아서라고 했다. 휴전이 되어 바다 출입이 빈번해지면 남조선으로의 탈출자가 있을지도 모른다는 생각에서 그 방지책으로 이주시킨 것이 아닌가 생각되었다.

그는 휴전 전에도 가까운 갯벌에서 조개나 굴을 조금씩 채취해다 먹을 수 있었다고 하며 양은 적어도 먹는 데는 부족함이 없었다고 했다. 그렇게 먹던 사람을 꼬셔서 끌어다가 이 꼴을 만들었다고 하며 불평을 하고 있었다. 고기가 흔한 곳이어서 돼지고기는 먹기 싫어서 안 먹는다더니 한 달에 한 번도 고기 구경을 못한다고 했다. 주거는 토끼굴 같은 토굴이라고 하며 "이것이 어디 사람 사는 집입니까? 오소리 굴이지" 하며 불평을 늘어놓고 있었다.

김일성이 억류한 포로들

　　내가 개성에서 다시 승호리로 돌아간 지 얼마 후였다. 앞새거리에서 뒷새거리로 가다 승호리 역 쪽으로 향한 군 행렬을 발견했다. 가까이 접근해 보니 군 행렬이 아니었다. 비무장의 행렬을 무장경비병이 호송해 가는 호송행렬이었다. 행렬은 넷으로 나뉘어 있었다. 1개 대대 병력이 충분히 될 인원이었다. 나는 한눈에 그들이 잔류 포로병인 것을 알았다. 나는 그들에게 직접 부딪혀 포로병인 것을 확인해야겠다는 생각이 들었다.

　　경비병의 간격이 조금 먼 곳에서 눈치를 보다 대열에 뛰어들어 "우리 말 좀 합시다. 나도 포로병이야. 당신들 지금 어디로 가는 거야" 하고 말할 것을 재촉했으나 얼굴만 벌겋게 상기될 뿐 말을 못하고 있었다. "왜 말을 못해? 어디로 가는 거야?" 하고 말할 것을 재촉했으나 그들은 말을 못하고 있었다. 그러는 사이 경비병이 달려와 "이 사람이 뭐 하는 거야" 하며 내 팔을 낚아챘고 나는 호송관에게로 끌려갔다.

　　호송관은 대위였다. 맨 꼬리에서 따라가고 있었다. 경비병에게서 자초지종을 듣고 눈을 부라리며 왜 그랬느냐고 다그치는 것이었다. "나는 해방전사(포로병을 해방전사라고 했다)입니다. 나는 송환되어 가지 못하는데 저 사람들 송환되어 가는 해방전사 같아 말을 해보려고 했습니다. 뭐가 잘못되었습니까?" 하고 되묻는 말을 했더니 "그렇다고 대열에 뛰어들어. 대열에 뛰어들면 안 되는 것을 몰라” 하며 조금 누그러진 태도다. 그러는 사이 대열이 멀어져 가고 있었다. 대위 녀석 멀어져 가는 대열의 꼬리를 보고는 몹시 바쁜 듯 “다시는 그런 짓 하지 마.” 한마디를 뒤로 하고 그대로 가버린다.

이 일이 있고 며칠 후였다. 앞서 잠깐 박 선생이라고만 말한 그 박선생이 찾아왔다. 박 선생은 포로 교환 시 송환하지 않고 수용소에 그대로 남아 있던 잔류포로병이 ‘건설대대’라는 이름으로 평안남도 양덕지방으로 이동해 갔다고 알려준다. 내가 대열에 뛰어들어 “어디로 가느냐”고 물어도 얼굴만 벌겋게 상기될 뿐 아무 말도 못하고 묵묵히 끌려가던 그들이 ‘건설대대’란다.

‘건설대대.’ 점잖은 표현이다. 보다 정확한 표현으로 그들은 노동부대인 것이다. 한 번 더 말을 바꾸어 그들은 ‘전쟁노예’의 집단이다. 전선에서 전투행위 중 세 불리하여 손을 들고 무장해제당한 채 끌려가 휴전이 성립되어 송환될 날만 학수고대하고 있었건만 송환은 거부되고 인간으로서의 권리는 송두리째 박탈당하고 김일성 도당이 요구하는 무한한 노력을 제공해야 할 의무 아닌 의무를 지닌 채 자신의 의사와는 관계없이 어디든 끌려 다녀야 하고 만일 김일성 도당의 명령을 어기면 그들 마음 내키는 대로 아무런 법적 절차 없이 ‘꽝’ 하는 단발 총성으로 처형될 수도 있는 전쟁노예인 것이다.

이것으로 나는 억류돼 있는 포로의 실체를 세 번째 확인했다. 처음은 1952년 2월 중공군 군단정치부 영창에서 중화군 내무서 어느 지서로 넘겨졌을 때 지서 서원이 “여기도 동무들 같은 사람들 많이 있어”라는 말로 간접 확인했고, 다음은 1953년 9월 하순 개성지구 사회안전부 영창에서 부산 출신 김영길을 만나 황해도 ‘재령 은파’ 지방 여러 농장에 많은 포로병이 분산 배치되어 있다는 것을 확인했고, 뒤이어 포로

교환이 끝나고도 포로수용소에 그대로 수용되어 있다 '건설대대' 라는 이름으로 끌려가는 대열에 뛰어들어 몸으로 직접 부딪혀 확인했다.

포로교환 종결 후에도 수용소에 그대로 수용되어 있던 포로들은 어떻게 되어 수용소에 그대로 남아 있었을까. 그들은 남북 쌍방이 포로명부를 교환한 후에 포로가 된 전쟁 후기의 포로일 것으로 생각된다. 전쟁 전기의 포로는 휴전회담 개최 직후 억류해둘 목적으로 매우 서둘러 포로수용소에서 끌어내다 북한 각지에 배치하여 포로의 적을 없애려 한 것으로 생각된다. 그 이유는 휴전회담 진행 중 혹시 있을지도 모를 국제기구의 간섭 같은 것을 피하기 위해서였을 것이다. 그러다 그런 간섭이 별로 없으니까 전쟁 후기의 포로는 그대로 수용소에 수용해두었다가 일부는 송환하고 대부분은 그들의 인력이 탐나서 그대로 억류해두고 건설대대라는 이름으로 끌고 다녔을 것으로 생각된다.

그러면 얼마나 많은 포로가 북한에 그대로 억류돼 있을까 하는 것이 관심의 초점일 것이다. 그 정확한 숫자는 김일성 도당만이 알고 있을 것이다. 추산해 볼 수밖에 없다. 한국전쟁사 제5권 p.249 '포로교환 문제와 이념전' 편의 기록을 근거로 추산해보자.

1951년 12월 판문점회담에서 남북 쌍방이 교환한 포로명부에는 한국군 포로 7,142명, 유엔군 포로 4,417명 합계 11,559명이다.

그런데 1951년 12월 현재 우리측의 실종인원이 한국군 실종자만 8만 8천 명 이상으로 보고 있었다. 이 8만 8천의 숫자는 그 파렴치한 김일성도 한 마디의 이의도 제기할 수 없는 물증이 있었다. 김일성이 개전 한 달 후 6만 5천의 적병을 생포했다고 방송으로 공개했기 때문이다. 그 6만 5천의 포로는 전쟁 초기였으니까 거의가 한국군이었을 것이다.

전사에 유일하게 인명피해가 기록되어 있는 전투가 1951년 2월 강원도 횡성지구 전투다. 이 전투에서 아군의 인명피해가 한국군 9천 8백 명, 미군 1천 9백 명, 네덜란드군 1백 명, 합계 1만 1천 8백 명이다.

나는 이 전투에서 내가 최종 포로였다고 생각한다. 포위되어 병력이 분산된 지 만 4일 후에 포로가 되었는데 몇 시간 후 호송대열 맨 후미에서 끌려갔다. 중공군도 이때 후퇴했다는 말이 있었다. 이때 그 포로 후송이 2차 후송이라고 들었다. 1차에 약 6천 명이 후송되었고, 2차 후송에는 약 3천 명이라는 말이 있었다. 그렇다면 1만 1천 8백 명 중 약 75퍼센트는 포로가 되고 약 25퍼센트는 전사한 것으로 보아야 할 것이다. 그러면 한국군의 피해 9천 8백 명 중 75퍼센트 약 7천 3백 명 정도는 포로가 된 것으로 보아도 큰 차가 없을 것이다.

중공군 개입 초기의 초산전투, 안주전투, 평남 덕천전투, 1·4후퇴 당시의 경기 가평전투, 방금 말한 1951년 2월 초 강원도 횡성전투, 동해안에서의 여러 전투, 1951년 4월, 5월 중공군의 춘계 대공세 때의 피해 등을 감안하면 아무리 적게 쳐도 8만 8천 명 이상일 것이다.

포로명부를 교환할 때 7,142명이라고 했는데 휴전 후 포로교환시 송환되어 온 국군 포로가 8,321명이었다. 포로명부 교환시보다 1,179명이 많다. 그것은 포로명부를 교환한 후에 새로이 포로가 된 전쟁 후기의 포로도 적지 않다는 것을 말하는 것이다. 전쟁 후기의 포로를 적게 쳐도 6천~7천 명 이상 되지 않을까. 전쟁 전기의 포로 8만 8천 명에 6천~7천 명 이상을 더하면 9만 4천~9만 5천 명 이상이다.

한국군 포로가 이렇게 거의 10만에 육박하는데도 김일성은 포로명부를 교환할 때 7,142명뿐이라고 했다. 휴전 후 포로 교환 시에는 겨우 8,321명만 송환했다.

휴전회담 석상에서 개전 한 달 만에 6만 5천의 적병을 생포했다고 방송으로 공개하고는 왜 이렇게 포로가 적으냐는 유엔군측 대표의 추궁에 김일성은 일부는 전선에서 즉시 석방하고, 일부는 공산군에 편입시키고, 일부는 미군의 무차별 폭격으로 죽었다고 생억지 주장이었다.

일부 포로를 공산군에 편입시켰다는 것은 사실이었다. 중공군 개입 초기에 포로가 되었다가 북한인민군에 편입되어 전투 중 탈출 원대 복귀해 오는 낙오병을 나도 두 번 보았다. 중공군 개입 초기 김일성이 모택동의 전술을 본받는다고 조금씩 몇 차례 시도해본 것으로 알고 있다.

나도 끌려갈 때 곧 석방해서 돌려보내느니, 희망자는 인민군에 편입시켜 같은 대열에서 미 제국주의와 싸우게 한다느니 하는 선전을 많이 들었다. 그런 선전도 강원도 김화지역을 벗어나면서는 하지 않았다. 전선이 멀어지면서 선전도 필요 없다고 안 하는 것이 아닌가 생각되었다.

이렇게 그때 벌써 말만 그랬지 실지 석방해서 돌려보내거나 북한군에 편입시키거나 한 포로는 없었던 것으로 알고 있다. 후에 나와 같이 끌려갔던 포로를 몇 사람 만났었는데 그런 일이 있었다는 말은 듣지 못했다. 그러니까 중공군 참전 초기 두어 달 사이 많지 않은 인원을 북한군에 편입 혼합하여 전선에 투입하는 방법으로 몇 차례 시도해보고 이탈자가 많아 성과가 없다고 중단한 것으로 보아야 할 것이다. 그렇게 북한군에 편입시킨 포로는 많다고 해도 5천~6천 명 정도가 아닐까 생각한다. 후에 들은 말이다. 뽕나무라는 암호로 집결하여 1백 수십명이 집단탈출 원대 복귀해 온 일도 있었단다.

포로를 무기만 빼앗고 석방했다는 것은 그런 사례가 있었는지도 알 수 없거니와 설사 있었다 해도 우리측에서 말하는 실종자에는 들어 있지 않을 것이다. 당시 아군은 전투에 실패하여 밀리면 타 부대에서 그 지역을 담당하고 그리 멀지 않은 후방에 낙오병 집결소를 설치하고 안내표시를 하여 집결하도록 하고 몇 주 동안 그 집결소를 운영한 것으로 알고 있다. 그러니까 그 집결소로 집결한 장병은 낙오되었던 장병이 부대를 찾아 원대 복귀한 것이지 실종자가 아니다. 적에게 포로가 되었다가 무기만 빼앗기고 석방되었다면 그 낙오병 집결소로 갔을 것이니 그들은 실종자라고 할 수가 없는 것이다.

미군의 무차별 폭격으로 많은 포로가 희생되었다는 것은 순전히 날조된 거짓말이다. 당시 전투에 실패하여 적에게 포로가 되어 많은 실종자가 생기면 미군 정보처에서 공중 추적하여 포로들이 끌려가는 곳을 확인하고 있었던 것으로 알고 있다. 내가 끌려갈 때도 폭격을 한 번 받았다. 홍천지역 어느 곳이었던 것으로 생각된다.

해군 함재기의 편대가 날아오다 1번기가 급강하며 폭격을 하려고 하자 모두 뛰어나가며 수건을 흔들었더니 따르륵 하고 기총발사를 하다 말고 그대로 상승했다. 2번기는 하강하려다가 기수를 돌려 상승하고 전 편대가 상공을 몇 차례 선회하다 사라졌다.

그 이후는 매일 밤 포로의 북상행렬을 확인하려는 듯 상공에서 항공촬영용 마그네슘이 터지고 있었다. 이런 일이 수용소에 입소할 때까지 계속되고 있었다. 또 미군 정보처에서는 북한 내에 29개소, 압록강 너머 중국에 18개소 합계 47개소에 포로수용소가 설치되어 있는 것까지 확인하고 있었다.

이렇게 포로의 행렬을 주야로 추적하고 북한 내 포로수용소의 수와 위치를 정확하게 파악하고 있었다. 그런데도 무차별 폭격으로 많은 포로가 희생되었다는 것은 당치도 않은 수작이다. 더욱이 김일성은 포로명부와 같이 유엔측에 제출한 포로수용소의 수를 11개소로 축소했다고 한다.

내가 전사에서 이러한 기록들을 보기 전에는 김일성이 억류해둔 포로가 몇만명은 될 것이라고만 생각했지 대략이라도 숫자로 추산해볼 생각을 못했었다. 얼마나 많이 포로가 되었는지를 알 수 없었기 때문이다. 이제 위의 기록을 보았으니 김일성이 억류해둔 포로가 얼마나 될지 대략이나마 추산해볼 수 있게 되었다.

전쟁 전기의 실종자 8만 8천 명과 전사에 기록은 없지만 전쟁 후기

의 실종자를 최소 6천~7천 명 정도로 보아도 무리는 아닐 것으로 생각
한다. 그러면 합계 약 9만 4천~9만 5천 명이다. 북한군에 편입했다는
수를 약 6천 정도로 보고 송환포로가 8,321명이니까 잔류인원이 8만
여명이다. 이 8만 여명 포로의 행방이 묘연하다. 이 8만 여 명의 포로
가 어떻게 자취도 없이 사라졌는가. 김일성이 포로를 갖고 어떤 장난
을 부렸는가를 따져보아야 할 것이다.

내가 본 바 그 일부는 1951년 4월부터 9월 사이에 학살되고 나머지
일부는 북한에 그대로 억류해둔 것이 틀림없다고 단언한다. 51년 4월
부터 9월사이라고 하는 것은 그 기간에 희생자가 절대다수라고 할 만
큼 많았다는 것이지 그 전후에는 희생자가 없었다는 말이 아니다.
1951년 2월, 3월에도 9월 이후에도 그때의 상황으로 보아 희생자가
적지 않았을 것을 짐작할 수 있다.

어째서 김일성은 1951년 그 시기에 그렇게도 많은 포로를 학살했을
까 하는 것도 따져보아야 할 것이다.

김일성도 전쟁 초기에는 포로를 그렇게까지 학대하지는 않았다고
한다. 반동분자라고 사살한 수도 무시할 수는 없지만 전체 학살자 수
에 비하여 큰 비중의 수치는 아니었던 것 같다.

개전 다음날인 6월 26일 의정부 근처에서 포로가 되었다는 사람을
만나 자세한 말을 들었다. 국군 북진시에는 압록강을 건너 중국으로
끌려가 있다 1951년 2월에 다시 북한으로 끌려나왔다고 했다.

잡혀 있는 몸이니까 만족스러울 수는 없지만 그런 대로 견딜 만했는
데 다시 북한으로 끌려나왔을 때는 대우가 싹 달라져 있었다고 했다.
그는 "왜 이렇게 사람을 굶겨 죽이는지 알 수가 없어요" 하며 초기에는
배고픔도 그렇게 못 견딜 정도는 아니었다고 했다.

그의 말을 듣고 나서 나는 김일성이 지금 포로를 이렇게 죽이는 것
이 보복심에서였구나 생각했다. '미군만 아니었으면 지금쯤 승전의 기

뻠에 도취되어 태평가를 부르고 있을 것을 미군으로 인하여 승리는 물 거품이 되고 남조선 국방군을 무장하여 지금은 남북이 단독 대결한다고 해도 승리할 수 없게 되었으니 "에잇! 포로병 놈들 다 죽여 버린다. 총탄도 아깝다. 다 말려 죽여라" 하는 잔인한 심리가 발동하여 포로병을 이렇게 죽이고 있구나 생각했다.

김일성이 많은 포로를 학살했지만 히틀러가 유태인을 가스실에서 학살하듯 일시에 많은 인원을 살해하지는 않았다. 차라리 일시에 살해했으면 희생자의 고통을 조금이라도 덜어주었을 것이다. 인간으로서 생존이 불가능할 열악한 환경으로 몰아넣음으로써 진을 빼가며 길고 긴 고통 속에 시달리다 말라죽는 가장 사악한 방법으로 살해했다. 그 사악함을 다시 한 번 살펴보자.

첫째, 식량 공급을 최소한으로 제한하는 것으로 굶주림의 고통을 극대화시켰다. 희생된 포로가 모두 굶어죽었다고 해도 과언이 아니다. 채소는 3월부터 10월까지 거의 공급하지 않았다. 여름철 풋 채소가 많을 것 같은데 한 번도 공급하지 않았다.

다음 1951년 초 모든 포로를 인공토굴에 수용했는데 상상을 초월하는 수용밀도였다. 한 평에 열 명도 더 밀어 넣었다. 잘 때도 그대로 앉아서 자야 했다. 밤에는 한쪽 출입구를 폐쇄하고 또 포로의 탈주 우려가 있다고 토굴 천장의 환기 구멍마저 폐쇄하여 새로운 공기의 유입마저 제한했고 식수까지 최소한으로 제한하여 목이 말라 죽은 포로도 적지 않았다. 그 소량으로 주는 식수마저 세면장으로도 사용하는 구정물이었다.

이런 열악한 환경에서 저항력을 상실하여 무방비 상태인 포로병들에게 한 번의 주사로 페스트까지 여덟 가지 전염병을 예방한다는 알 수 없는 예방주사를 강제로 놓아주어 하룻밤 사이에 수많은 중환자를 만들어놓았다. 이렇게 대량 급조된 중환자를 별도 수용했는데 때마침 비가 여러 날을 계속 내려 토굴 천장에서 비가 새 바닥이 논바닥같이 되었는데도 3일을 그대로 있다 지상 건물로 옮겼다. 지상건물 아홉 자방(약 2평—7평방미터)에 거의가 의식이 혼미상태인 중환자를 12명 씩 밀어 넣었다. 그러고는 누구 하나 들여다보는 사람 없이 그대로 방치해 두었다.

사망자가 있어도 모르고 며칠씩 그대로 있은 일도 있었다. 내가 중환자 병동 방 몇 곳을 들여다보았을 때 이질 환자가 있었던지 배설을 자주 한 듯했다. 배설물 썩은 액체가 질펀하게 고여 있는 방이 두 곳 있었다. 거기에 환자들이 그대로 누워 있었다. 눈도 잘 뜨지 못하는 환자들이었다. 이런 사람들 중에서 회복된 사람이 있었겠는가. 다 죽었을 것이다. 1951년 여름 내 매일 10여 명씩 죽어나갔을 것으로 생각한다.

이런 상황에서도 그래도 목숨이 질겨 죽지 않고 열이 내려 병이 놓인 사람들이 있었다. 이들의 모습은 말 그대로 해골의 모습이었다. 이들은 얼마 안 하여 영양실조로 부기가 일기 시작했다. 그 중에는 급속히 부어오르는 사람도 많았다.

커다란 유방이 힘에 겨운 듯 동작이 굼뜬 젖소가 유방이 질병으로 그렇게 되었다면 그 느린 동작이나마 가능할까 몸 둘레가 3미터는 될 만큼 끔찍하게 부었고 남성의 상징물이 맥주병만큼이나 커져 있고 고환 주머니가 큰 참외만 하게 되어 금세라도 터져 어떤 기분 나쁜 냄새를 풍기는 액체가 쏟아져 나올 것같이 멀겋게 되어 있었다. 이런 사람이 20여 명이었고 곧 그렇게 될 것 같은 사람이 백 명도 더 되었을 것이다.

김일성 도당은 절대 안정해야 할 이런 사람들까지 대피소로 가야 한다고 하며 아침저녁으로 끌고 다녔다. 발자국을 떼어놓기 힘든 사람들에게 보행의 고통을 강요했다.

김일성은 포로수용소를 표시하는 그 어떤 표시도 하지 않고 폭격이 위험하다고만 하며 그렇게 끌고 다녔다. 또 아무런 표시 없어도 포로수용소는 폭격을 하지 않는다는 것을 인정하면서도 그렇게 끌고 다녔다. 수용소 경내 아카시아 숲 속에는 매일같이 탄약을 가득 실은 중공군의 군수트럭이 10여 대씩이나 대피해 있었다. 트럭 옆에는 커다란 타월 담요를 깔고 운전병들이 낮잠을 자고 있었다.

이렇게 포로수용소는 폭격을 하지 않는다고 군수트럭 대피소로 이용하면서도 포로병들에게는 폭격이 위험하다고 하며 그렇게 끌고 다녔다.

이렇게 죽지 않을 수 없도록 가혹한 학대와 괴롭히기 위한 괴롭힘 속에 죽어간 국군 포로가 최소 4만 명 내외일 것으로 나는 보고 있다. 북한 각지에 산재해 있는 포로수용소의 포로대우가 모두 한결같았을 것으로 보기 때문이다.

내가 북한을 탈출한 후 대구에서 포로 송환시 송환되어 온 사람을 한 분 만났었다. 그는 평북 삭주 포로수용소에서 포로생활을 하다 송환되어 왔다고 했다. 삭주 포로수용소 역시 수용인원이 2천 명 정도였다고 했는데 거기서도 8백 내지 1천 명 정도가 죽은 것으로 본다고 했다. 역시 수용인원의 50퍼센트 가까이가 희생된 것으로 보아야 할 것이다.

포로수용소의 수용인원이 2천 명 정도로 비슷했던 것은 식량수송 문제였던 것 같다. 당시 북한에서는 전선으로 향하는 군수품이 아니면 수송을 거의 우마차에 의존하고 있었다. 포로수용소 식량공급도 예외가 아니었다. 폭격은 심하고 원거리수송은 거의 불가능하여 인근에서 식량조달을 해야 했으니까 소규모로 분산 수용했던 것으로 보였다.

앞서 나는 휴전회담이 개최되지 않았으면 포로는 거의 전멸을 면하기 어려웠을 것이라고 했다. 전 포로병의 건강이 그만큼 최악의 상태에 있었다는 말이다. 다만, 몇 십 명의 작업반 사람들만이 그런 대로 건강을 유지하고 있는 편이었다. 작업반 사람들은 전염병을 앓은 사람도 몇 사람에 불과했고 전염병으로 죽은 사람은 없었던 것을 알고 있다. 배불리 먹고 건강하니까 저항력이 유지되었기 때문일 것이다. 죽은 그 많은 포로병들도 영양상태가 어느 정도만 유지되었어도 희생이 그렇게까지 크지는 않았을 것이다. 내가 그 많은 포로의 죽음을 김일성의 계획된 대량학살로 보는 근거가 바로 여기에 있는 것이다.

포로병을 그렇게 학대하고 죽이다가 휴전회담이 개최되자 한 달도 안 되어 "우리 공화국에서는 동무들을 더 이상 이렇게 수용해둘 필요가 없다고 보고 석방하기로 한 것이야"라는 일방적인 말 한 마디로 몇십 명씩 북한 각지에 배치, 강제노역에 투입하여 그대로 북한에 억류해두었다. 그렇게 억류한 포로 역시 4만 명 내외일 것으로 생각된다. 죽이다죽이다 남은 포로는 다 억류해 두었다.

이렇게 보면 될 것이다. 송환 포로와 북한군에 편입시켰다는 포로의 수를 제외한 약 8만여 명 중 학살 포로가 많으면 억류 포로가 적을 것이고 학살 포로가 적으면 억류 포로가 많을 것이다. 정확할 수는 없겠지만 내가 본 바로는 거의 반반이 아니었을까 생각한다.

5장

북한 탈출

간이 내가 만 4년여를 전쟁노예로 묶여 있던 김일성의 쇠사슬을 부수고 자유의 들판으로 뛰쳐나온 극적

간이었다.

은 찬란한 아침햇살 가득히 쏟아지는 희망의 들판이다.

자유여, 희망이여. 그곳은 포식자 없는 평화의 들판, 불안도 공포도 사라진 안식의 침상. 이제 나는 저승사

두렵지 않다.

미스 황과의 작별

　며칠만 기다리라던 김 선생을 다시 찾은 것은 4일 후였던 것 같다. 몇마디 잡담을 나누다 김 선생이 "개성 시내 지리를 좀 아느냐"고 한다.

　"개성 지리를 모르지요" 하는 나에게 연필로 대충 그린 약도를 보이며 큰길가이니까 찾기가 쉽다고 했다. 약도에는 개성 역에서부터 찾아갈 곳이 표시되어 있었다. 선죽교 방향으로 가다가 우측으로의 표시가 있었다.

　"나지막한 판자 울타리 위로 삐죽이 1미터 가량 올라가 있는 끝에 '시계 미싱 수리' 라고 씌어 있는 집이 있을 것이니 그곳이 내가 찾아갈 곳"이라고 김 선생은 상세히 설명해주고 "가서 자세한 말을 들어보고 판단하라"는 말이었다.

　선죽교 방향의 표시를 보고 쉽게 찾을 수 있겠다고 생각했다. 1953년 9월 개성시 인민위원회 노동과에서 토성 벽돌공장으로 가라는 배치증을 받아 넣고 나오다 '선죽교 입구' 라는 표식을 보고 지금 못 보면 영 못 볼 것이니 생각하며 선죽교를 찾았었다. 지금 생각하면 어리석기 한이 없는 짓이었다. 죽느냐 사느냐 하는 긴박한 상황에서 선죽교를 보고 무엇을 어쩌겠다는 말인가.

　선죽교에서 멀지 않은 곳에서 이틀을 배회하며 지낸 것이 불과 1년 반 전이어서 그 근방의 지리가 대략 기억에 남아 있었다.

"내가 찾아갈 사람이 누구냐"는 말에 "가서 만나면 안다"고만 하던 김 선생은 "누군지 알기나 하고 찾아가야 하지 않겠느냐"는 나의 재촉에 표정이 다소 심각해지며 낮은 소리로 "내 형님이오. 바로 위 친 형님이오."한다.

나는 내심 놀라며 '그랬구나. 이분의 형님이 개성에 계셨구나' 하고 말을 못하고 있는데 김 선생이 더욱 조심스럽게 "피난 가다 개성에서 길이 막혀 못 가고 개성에 그대로 눌러 있소. 가기만 하면 알게 되어 있으니 안심하고 나가 보오. 승호리에서 왔습니다 하면 반갑게 맞아줄 것이오" 한다.

"낯선 사람 여럿이 드나드는 것이 안 좋을 것 같아 혼자 찾아가라는 것이니 안심하고 찾아가라"는 말까지 덧붙여 했다.

나는 그분 형제분들의 말을 더 이상 하지 않겠다. 나는 곧 떠날 결심을 했다. 다만 다음날 출발하려고 했는데 하루 더 있다 출발했다.

미스 황의 곁에서 조용히 사라지는 것만이 미스 황을 살리는 길이라고 생각했지만 나는 차마 아무 말도 않고 떠날 수가 없었다. 약간의 힌트라도 주고 가야겠다고 생각했다.

개성에 한번 가봐야겠다고 했을 때 미스 황은 낯빛이 흙빛이 되도록 변하며 "개성에는 무엇 하려고요? 연백에 다녀온 지 며칠 안 되었는데 개성에는 왜 또 가려고 하세요?" 하며 몹시 불안해했다.

"너무 답답하오. 외부 정세를 좀 알아야겠는데 도무지 알 수가 없소. 그쪽에 가면 좀 알 수 있을까 해서 가보려는 거요."

"며칠이나 걸려요?"

"가봐야 알겠소. 며칠이나 걸릴지."

나는 이렇게 얼버무리는 말을 태연히 했다.

다음날 새벽 겨우 날이 밝아오는데 '똑똑' 문 두드리는 소리에 이어 "주무세요? 저예요"하는 미스 황의 소리다.

나는 아직 자리에 누워 있는데 이 새벽에 무슨 일인가 하며 황급히 나서는데 미스 황이 조그만 종이 꾸러미를 들고 서 있다.

"이른 새벽에 웬 일로?" 하는 나에게 "오늘 가시다 드세요. 점심 준비를 할 것이 없어서 이걸 했어요. 인절미예요" 한다.

"인절미? 아니 지금 같은 때에 인절미를…" 하며 놀라는 나에게 "추석에 남겼던 쌀이 조금 있어서요. 너무 적어서 밥을 지어 밥바리에다 숟가락으로 비볐어요" 한다.

나는 그 인절미를 받을 수가 없었다. 나는 지금 미스 황의 곁에서 떠나려고 한다. 그 이유가 어찌되었든 떠나려고 한다. 그런 줄은 모르고 왠지 불안해하면서도 미스 황은 나에게 지극정성을 다하고 있다. 지금 이 세월에 그 인절미는 천국의 진수성찬보다도 더 귀한 음식이다. 양이 적어 밥을 지어 밥바리에다 숟가락으로 비볐다는 그 인절미. 나는 도저히 받을 수가 없었다. 나는 괜찮다고 하며 갖고 가 어머니에게 드리라는 말에, "어머니에게는 맛보실 것을 드렸어요."하며 안 받으려는 내 손을 당겨 탁 쥐어주고 눈물이 글썽해지며 "조심히 다녀오세요." 하는 말을 뒤로 하고 종종걸음으로 가버린다. 이것이 미스 황과의 마지막 작별이었다.

전달될 수 없는 메시지

승호리 서부지역 평양으로 향하는 철도는 저지대에 높고 길게 제방을 축조하고 노반을 조성한 철도다. 그 높은 철로에서 남쪽은 시야가 멀리까지 탁 트여 있다. 그 넓은 시야 저기 약 3백 미터 거리에 미스 황의 방공호 거처가 있다.

미스 황에게 아무 말도 못하고 가는 것이 가슴 아파 나는 열차가 그 제방구간에 진입할 때 미스 황의 거처가 있는 곳을 바라보고 있었다. 나는 하마터면 옆 사람이 깜짝 놀라도록 큰 소리의 비명을 지를 뻔했다. 여기저기 몇 개의 방공호가 널려 있는 가운데 한 방공호 위에 한 사람이 미동도 않고 서서 열차가 지나가는 것을 보고 있지 않은가. 새벽에 왔던 미스 황의 차림새 그대로다.

미스 황의 그 모습을 본 나는 코가 싸해 오도록 가슴이 아팠다. 내가 연백 여행을 떠날 때는 미스 황은 아무렇지도 않아 했다. 그때는 답답하니까 바람이나 쏘이려 나가는 정도로 생각하는 듯했다. 그러던 미스 황이 내가 개성엘 가봐야겠다니까 낯색이 흙빛이 되도록 변하며 불안해했다. 오늘 새벽에도 미스 황의 모습에는 그 불안이 그대로 서려있었다. 무슨 말을 하고 싶어 하는듯 하면서도 못하고 울음이 터지려는 듯 눈물이 글썽해지면서 겨우 "조심히 다녀오세요."하는 한 마디였다.

그러던 미스 황이 지금 내가 타고 있는 이 열차를 바라보고 있다. 하루 한 번 다니는 열차니까 이 열차에 내가 틀림없이 타고 있을 것을 알고 보고 있는 것이다. 먼발치에서 이 열차를 바라보며 미스 황은 무슨 생각을 하고 있을까. '혹시 저 사람이 영 안 돌아오지나 않을까 하는 불안한 생각에 흙빛으로 변해 있는 얼굴에 흐르는 두 줄기 눈물을 훔칠 생각도 잊고 이 열차를 보고 있는 것이나 아닐까' 하는 생각이 방망이가 되어 내 가슴을 치는 듯했다.

그 방망이가 연속으로 치는듯한 아픔 속에 나는 미스 황에게는 전달될 수 없는 메세지를 읽고 있었다.

"보영 씨. 다시 오지 못할 길을 떠납니다. 보영 씨에게 지울 수 없는 상처를 남겨놓고 가는 나도 가슴 많이 아픕니다.

모두가 내 탓입니다. 나와 같은 사람은 사랑을 저만치서 바라보는 것만으로 만족해야 한다는 것을 잘 알고 있으면서도 보영 씨가 안겨주는 사랑을 덥석 받아 안은 내가 잘못입니다.

보영 씨는 우리의 사랑이 이루어지면 비록 그늘지고 구석진 곳에나마 비좁더라도 우리만의 공간을 마련하고 조각시간이라도 우리만의 시간을 가질 수 있을 것을 기대했습니다.

물론 자유가 보장되어 있는 사회라면 누가 우리의 사랑을 방해하겠습니까? 주위의 많은 사람들의 축복 속에 새 출발을 하는 아름다운 한 쌍이겠지요.

그러나 이곳이 어떤 곳입니까? 희대의 폭군 김일성이 통치하는 공산주의 체제 북한입니다. 어느 한 개인의 안일을 위하여는 비좁은 틈새공간도, 촌각의 시간도 허용하지 않는 곳입니다.

최소한의 공간, 최소한의 시간도 오직 김일성을 위해서 살아가는 사람들에게나 허용되는 곳입니다.

이제 우리의 앞에는 파멸이 기다리고 있습니다. 나와 보영 씨의 완전 파멸 말입니다. 내 공민증에 찍혀 있는 '기타' 라는 낙인이 그것을 말해주고 있습니다. 그 기타 낙인은 나의 불행한 종말을 예고하는 것입니다. 내가 이 땅에 있는 한 그것은 피할 길이 없습니다. 또한 시간도 많지 않습니다. 앞으로 3~4개월이 고비가 아닐까 생각합니다. 내가 이렇게 시간까지 못박아 말하는 것은 그만한 근거를 두고 하는 말입니다.

지금 김일성의 농업정책은 1930년대 스탈린의 꼴호즈 정책을 그대로 답습하고 있다고 보겠습니다. 집단영농 제도 말입니다. 스탈린은 '꼴호즈' 가 안정을 찾기 시작하면서 전 소련을 공포의 도가니로 몰아넣는 대숙청을 단행했습니다. 피의 숙청 말입니다. 추정 희생자 백만에 육박하는 엄청난 피의 숙청이었답니다.

나는 이런 사실을 2차대전 중 미국으로 망명한 한 소련 외교관의 수기를 읽고 알았습니다.

스탈린의 정책을 그대로 답습하고 있는 김일성이 숙청을 하지 않으리라고는 볼 수 없습니다. 반드시 할 것입니다. 다만 그 시기가 언제인지를 알 수 없을 뿐입니다.

나는 먼저 연백 여행 중 곳곳에서 수많은 유랑 농민을 보았습니다. 추수한 양곡을 김일성에게 홀랑 다 빼앗기고 엄동설한에 남부여대하고 조금이라고 살기가 나은 곳이 어디일까를 찾아 헤매며 떠돌고 있는 저들 떠돌이 농민의 고난을 무슨 말로 다 하겠습니까? 마치 기력을 잃어가는 생물체의 마지막 몸부림을 보는 듯했습니다.

김일성은 그런 떠돌이 농민을 무슨 수단으로든지 그들의 원래 있던 곳으로 돌려보내려고 할 것입니다. 지치고 허기진 농민들은 그들이 돌아가면 다시는 헤어날 수 없는 농노의 신세로 전락한다는 것을 알면서도 식량배급을 준다는 말에 끌려서 돌아가지 않을 수 없을 것입니다. 그대로 떠돌다 노상에서 굶어죽을 수는 없지 않겠습니까?

김일성은 그렇게 해서 영농의 안정을 찾으려고 할 것이고 영농이 안정을 찾기 시작하면 숙청에 착수하지 않을까 하는 생각입니다. 그 시기가 5월이나 6월쯤일 것으로 보고 앞으로 3~4개월이 고비가 아닐까 생각한 것입니다.

만일 내 추측이 어긋나지 않고 내가 그때까지 이곳에 그대로 있다면 '기타 공민'인 나는 승호리 지역에서 숙청 대상 제1호가 될지도 모릅니다. 내가 끌려가면 살아서는 다시 못 나온다는 곳으로 끌려갈 것입니다. 내 뒤를 이어 보영 씨도 그렇게 되겠지요.

지금 나는 그런 불행이 닥치기 전에 행동을 하려고 나선 것입니다. 물론 보영 씨와 동행했어야 했겠지만 이 길 역시 죽음의 길입니다. 생존 확률을 단 1퍼센트도 보장할 수 없는 죽음의 길입니다.

그런데도 내가 이 길을 나선 것은 죽더라도 행동을 하다 죽겠다는 것입니다. 멍청히 앉아 있다 김일성에게 끌려가 밀실에서 맞아 죽을 수는 없다는 것입니다. 절대로 그럴 수는 없습니다. 절대로 그럴 수는 없다는 생각이 나를 죽음의 길도 마다 않고 나서게 한 것입니다.

내가 탈출행동 중 기관총의 표적이 되어 몸이 벌집이 되든 시체가 어느 해역을 떠돌다 물고기의 밥이 되든 그런 것은 아랑곳할 것 없습니다. 오직 하나 김일성에게 끌려가 밀실에서 맞아죽을 수는 없다는 것, 그것 하나뿐입니다. 그래서 보영 씨와 동행하지 못하는 것입니다.

그리고 아직은 우리의 관계가 그렇게 널리 알려져 있지 않다고 보기에 나만 없으면 보영 씨의 안전도 다소는 안정될 수 있지 않을까 기대해봅니다. 또 어느 정도는 보영 씨가 잘 대응할 수 있을 것으로 믿습니다. 아무쪼록 잘 대응하여 꼭 살아남으십시오. 그리하여 먼 후일 백발이 되어서라도 다시 만나 두 손을 맞잡고 해후의 눈물이라도 흘릴 수 있게 되었으면 하고 희망할 뿐입니다."

소리 없이 메시지를 읽고 있는데 갑자기 소음이 요란해지며 시야가 탁 트인다. 열차가 철교에 진입한 것이다. 승호리 철교다. 승호리역 서쪽 약4킬로미터 거리에 위치한다. 난폭파 철교로 미 공군 전폭기 조종사들을 그렇게도 괴롭혔고 영화화까지 되었던 저 유명한 승호리 철교다.

여기서 이 철교에 대해 이야기를 좀 하고 가자. 수용소에 입소한 지 불과 며칠 후였으니까 1951년 3월 하순 어느 날이었을 것이다.

제트 전폭기 편대가 그 철교를 폭격했다. 수용소에서 1킬로미터 남짓한 거리였지만 구릉이 가로막고 있어 철교는 보이지 않았다. 철교가 있다는 것은 알고 있었다.

급강하하던 1번기가 상승하지 않는다. 하늘에서 곡예를 부리고 있는 전폭기를 바라보고 있던 포로병 중에서 누가 "이상하다. 비행기가 안 올라온다." 한다. 그 말과 거의 동시에 조금 먼 거리에 뭉게구름 같은 검은 폭연이 솟아오르고 뒤이어 폭음이 울려온다. 대공포에 전폭기가 격추된 것이다. 대공포성이 요란했던 것으로 보아 상당수의 대공포가 배치되어 있는 듯했다.

후에 들은 말이지만 그 전폭기는 강 남쪽 농가 밀집지역에 추락하여 농가 10여 가구가 흔적도 없이 사라졌다고 했다.

1번기가 격추되고 2번기는 1번기의 피격을 알았던지 그렇게까지 하강하지 않고 폭탄을 투하하고 상승했다.

3번기는 2번기보다도 더 고공에서 폭탄을 투하했다. 철교는 폭파되지 않았다.

그 후부터는 사흘이 멀다 하고 철교를 폭격했지만 철교는 파괴되지 않았다.

대공포화가 무서워 근접 폭격을 피하고 거의 1,000미터나 될 것 같은 고공에서 폭탄을 투하하니 모두 착탄 지점이 엉뚱했다. 이런 폭격이 거의 8개월가량이나 계속되었다. 폭격 비용도 그런 철교 몇 개를 건설하고도 남을 금액이 아닐까 생각했다.

그 엄청난 폭격에도 철옹성인 양 버티고 있던 승호리 철교에도 운명의 날이 오고 있었다.

1951년 12월 초순 어느 날이었던 것 같다. 나는 승호리에 있었기에 폭격 현장은 목격하지 못했다. 철교 피폭을 말로만 전해 듣고 있었다.

며칠 후 재래식 전폭기 편대가 승호리 상공에 나타났다. 그 전폭기 편대를 보고 주민 한 사람이 손가락질하며 하는 말. "아, 고것이 땃벌보다 더 지독하데 쌕쌕이(제트 전폭기)는 아주 노오픈 데서 폭탄을 떨어뜨려서 번번이 못 맞추더니 고것이 겁도 없이 다리를 스칠 듯이 가까이까지 내려와 단방에 끊어놓데" 하며 철교폭격 현장을 목격할 당시의 상황을 놀라움과 감탄의 말로 하고 있었다.

그 주민의 말을 듣고 나는 '그렇구나. 철교를 폭파한 것이 재래식 전폭기였구나' 이렇게만 생각했는데, 북한 탈출 후 알고 보니 그 철교를 폭파한 전폭기는 한국 공군이었다. 한국 공군이 승호리 철교 폭격을 위해 출격하는 것을 보고 미 공군 장병들 간에는 "한국 공군이 철교를 폭파한다, 못 한다" 하며 돈을 걸고 내기까지 했다고 한다.

승호리 철교는 이렇게도 사연이 많은 철교다. 한국 공군이 폭파한 그 철교를 그대로 방치해두고 있다 휴전 이후 임시 복구하여 열차가 통행하고 있었다.

숙명적 만남

　승호리를 출발한 지 이틀 후 나는 정말 하늘이 돕고 신도 도왔던지 누구나 불가능하다고 생각하던 군사분계선을 돌파하여 북한을 탈출하는데 성공했다.

　내가 살아서 나온 것이 정말 기적과 같은 일이라고들 했다. 나를 조사하던 미군 수사관도, 내 몸을 진찰한 한국군 군의관도 "네가 살아서 나온 것은 기적과 같은 일이다"라고 했다.

　내가 탈출해 나온 곳은 미군 경비지역이었다. 2월 중순인데도 몹시 추웠다. 비무장지대 북방지역에서 거의 무릎까지 차는 늪지대를 건넜는데 젖은 누비솜바지가 비무장지대 남방한계선에서 날이 새기를 기다리는 동안 동태바지가 돼 있었다.

　일선 경비가 너무 허술한 것 같았다. 남방한계선에서 너무 추워 경비병이 찾아올 것을 기대하며 기침 소리도 내고 성냥개비로 불빛도 비췄으나 아무 소식도 없었다.

　동이 틀 무렵 삼중의 대형 원형 철조망 저쪽 백색 유리판에 '비무장지대 남방한계선'의 표시를 확인하고 옆쪽 발자국을 따라 비무장지대 남방한계선을 넘어섰다.

　임시도로를 따라 나오며 '일선 경비가 이렇게도 허술할 수가 있나. 그냥 빠져나가려면 백 번이라도 빠져 나가겠구나' 생각했다.

임시도로를 따라 왼쪽으로 커브를 돌았을 때 대형 군용천막 두 개가 설치되어 있다. 한 곳은 문이 열려 있고 한 곳은 닫혀 있다. 문이 열려 있는 천막에는 온통 빨갛게 달은 오일스토브가 혼자 앉아 있다. 문이 닫혀 있는 천막에 접근했을 때 미군 병사들이 왁자지껄 떠드는 소리가 새어나온다.

'최전선에 대형 천막이 두 개씩이나 있는데 보초가 하나도 없다. 이것이 정말 군부대 막사인가' 생각하며 문을 두들겼다. 그래도 떠들기만 한다. 힘껏 두들기며 "아이 컴 프롬 노스 코리아" 하고 고함을 쳤다. 그제서야 문을 열어보고 화들짝 놀라며 무기를 챙기느라 야단법석이다.

몸수색을 대충하고 오일스토브가 있는 천막으로 가서 불을 쪼이는데 미군 병사들의 손의 무기를 보고 나는 다시 한 번 놀랐다. 무기마다 탄환이 장전돼 있지 않았다. 심지어 권총은 탄창을 빼놓은 상태다.

'이 사람들 만일 지금 적의 기습공격을 받는다면 대응사격 한 번 못해보고 전멸하겠구나' 하는 생각이 들었다.

얼마 후 지프차를 타고 온 장교에게 연행되었다. 눈을 완전히 가린 상태에서 연행되었다. 얼마 후 도착한 곳은 어느 큰 부대 본부인 듯했다. 각종 엔진 소리가 요란하고 콘셋트 막사가 많았다.

그곳에서 간략한 조사를 받고 다른 곳으로 옮겨갔다. 많이 멀었다. 지프차로 한 시간은 걸린 것 같다. 군단사령부가 아닌가 생각되었다. 'JACKSON CP'라고 쓰인 두다리 입간판이 보였다.

여기서 나는 MP 영창에 수감되었다. 몹시 추웠다. MP 영창 독방 차디찬 콘크리트 바닥에 버거덕거리는 얼음바지를 입고 주저앉아서 나는 '내가 왜 무엇 때문에 남북으로 다니며 외국군 영창엘 드나들어야 하나?' 하는 한탄 속에서 또 다른 한탄을 토해내고 있었다.

'아, 어쩌다 내가 이런 비극의 주인공이 되었던가?'

개성을 출발하여 비무장지대 북방한계선의 철조망 밑으로 스며들 때까지도 나는 북한 탈출에 성공할 것은 기대하지 못하고 있었다. 그저 죽더라도 가는 데까지 가본다는 일념이었다.

군사분계선의 표식을 발견하고 비로소 북한을 탈출하는데 성공했다는 것을 의식했지만 북한 탈출에 성공했다는 환희와 감격에 따르는 흥분으로 정상 의식이 아니었다.

MP 영창에 들어앉아 '아, 이제는 살아났다. 조사를 받은 후 나는 자유인이 될 것이다' 하는 설렘 속에 마음을 가라앉히려고 노력했다.

마음을 가라앉히며 여러 가지 생각을 했지만 여기서는 다른 말은 그만두겠다. 가장 마음에 걸리는 일이 미스 황과의 일이었다.

'어차피 나는 내놓은 목숨 죽으려면 나 하나나 죽을 것이지 미스 황까지 죽음으로 끌고 갈 수는 없다. 그럴 수는 없다' 하는 생각 하에 행동에 나섰던 것인데 막상 북한 탈출에 성공하여 자유인으로 살아갈 희망을 갖게 되니 심중에 혼란이 왔던 듯하다.

경위가 어찌되었든 결과를 볼 때 나만 살겠다고 사랑은 버려둔 채 허겁지겁 도망쳐 나온 배신자라는 생각을 떨쳐버릴 수 없었다.

'이화와도 같이 청순하고 우아한' 그 아름다운 사랑을 기만한 비열한 자라는 자책에 가슴이 답답할 지경이었다.

한데 이러한 상심도 그리 오래 가지는 않았던 것 같다. 김일성과의 투쟁에서 승리했다는 엄청난 승리감이 그러한 아픔을 얼마간 상쇄했던 것 같다. 그리하여 한동안 지내면서는 '이미 지나간 일 아무리 생각해도 천국만큼이나 먼 곳이 되어버린 곳, 이제 어쩔 수가 없이 된 곳, 잊도록 노력해야지, 잊어야지' 이렇게 생각하면서도 죄책감은 평생을 두고 내 가슴 한 구석에 남아 있을 것 같았다. 이런 죄책감 속에 나는 하나의 작은 결심을 하게 되었다.

'앞으로 다시는 여자에게 거짓을 말하지 않으리라. 작은 일이든 큰

일이든 다시는 여자에게 거짓말을 하지 않으리라.'

나의 이 결심은 50년이 지난 지금도 변함이 없다고 생각한다.

내가 결혼을 할 때도 평생을 같이 살아갈 사람에게 추호도 숨기지 않겠다는 생각에서 미스 황과의 일을 대략이나마 말해주고 이해를 구하고 했었고, 불행히도 아내가 불치의 병으로 20년을 병상에 있는 동안도 나는 아내에게 일언반구 거짓을 말하거나 추호도 아내를 탓하거나 한 일이 없다.

미스 황. 그녀는 미모의 여인은 아니었다. 그저 두툼하고 후해 보이며 의지가 강해 보이는 인상이었다.

그녀는 당시 우리나라 시골에서는 보기 드문 식자층의 여인이었다고 생각한다. 그녀는 이런 말도 했다.

"석가의 대자대비나 공자의 인(仁)이나 예수의 사랑이나 궁극에는 하나가 아니겠습니까?"

이런 깊이 있는 말까지 하는 여인이 어째서 나같이 질병에 찌들고 보잘것없는 양철 땜쟁이 포로병에게 그토록 지극 정성을 다하는지 이해하기 어려웠다. 그래서 나는 우리의 만남이 숙명의 만남이었던가 하는 생각까지도 했었다.

군사분계선상에 서다

　다시 돌아가 나의 탈출 경로를 말해야겠다. 승호리 철교를 건너 평양 대동강역에서 개성행 열차에 환승한 것이 몇 시경이었는지 기억나지 않는다. 개성행 열차에 올랐을 때는 미스 황에 대한 생각은 까맣게 사라지고 어떻게 될지 막막한 앞일로 머릿속이 가득 차 있기도 하고 텅 비어 있는 것 같기도 했다.

　내가 찾아가는 김 선생의 형님이 어떤 정보를 갖고 있는지, 그 정보가 별 것 아니면 옥시미로 나갈 생각이지만 옥시미는 죽음의 덫이 너무도 많이 널려 있는 들판이다. 더욱이 겨울이다. 가을걷이로 마른 풀 한 포기 없는 거울 같은 들판이다. 100퍼센트 노출상태에서 행동해야 할 곳이다. 이렇게 1953년 9월에 보았던 옥시미 들판의 겨울 풍경을 그리며 행동할 방법을 생각하다가 '좌우간 나가서 들어봐야 알 일이지' 하고 전인미답의 미로의 입구에서 방황하듯 내 생각은 불안 속을 헤매는 듯하며 개성역에 도착했다.

　개성역에 도착한 것이 일몰 전인지 일몰 후인지 기억에 없다. 아무튼 시간은 일몰경이었다. 열차에서 내려 사람들 틈에 끼어 나오면서 사람들이 공민증을 꺼내들기에 나도 공민증을 꺼내들었다. 역 출구 좌우에 제복의 감시원이 여럿 있었지만 별 말 없이 빠져나왔다. 개성 도착이 순조로와 출발이 괜찮다고 생각했다.

어둡기 전에 빨리 찾아가야겠다고 생각하며 1년 반 전에 보았던 기억과 승호리에서 보고 기억했던 머릿속의 약도를 더듬으며 찾아갔다. 길을 가다 우연히 지인을 만나듯 뜻밖이라고 할 만큼 쉽게 찾았다.

선죽교 방향으로 가다가 우측이라고 한 약도의 방향을 생각하며 우측으로 얼마간 갔을 때 좌측 한 곳에 사람 키보다도 많이 낮은 울타리에 사립문과도 흡사한 썩어가는 좁은 판자 쪽을 드문드문 붙여놓은 판자문 옆에 삐죽이 올라가 있는 것이 보였다. 좀 더 가야 할 것으로 생각하며 걸음을 재촉하던 나는 혹시 여긴가 하여 걸음을 돌려 가보니 '시계 미싱 수리'라고 쓰여 있었다. 정말 우연과도 같이 쉽게 찾았다.

'시계 미싱 수리'를 확인하고도 정말 여기가 틀림없나 하고 의아해하며 다시 확인하고는 "계십니까?" 하고 손님이 왔음을 알렸다.

인기척에 방문을 나서며 "뉘시오?" 하는 분이 승호리 김 선생의 형님임을 짐작했다. 용모가 많이 닮아 있었다. 그분도 나를 전에 많이 보았던 사람같이 반갑게 맞아준다. 첫눈에 알아본 것이다.

"아이구, 어려운 걸음이군요" 하며 반갑게 맞아준다. "승호리에서 왔습니다." 하는데 "아, 알고 있습니다"하며 손을 내민다. 인사의 악수를 나누고 "어서 들어 갑시다" 하고 앞서 들어가며 등을 켠다. '초면에 어떻게 나를 알고 있다고 하나' 생각하며 따라 들어갔다.

다시 간단한 인사의 말 뒤에 그분은 "내가 처음 보는 선생을 안다고 해서 이상하게 생각되지요? 여기 선생의 사진이 있습니다" 하고 증명사진 한 장을 내어놓는다. 공민증 신청할 때의 내 사진이다.

사진을 첨부해 공민증을 신청하라고 해서 사진을 찍어 갖고 오다 김 선생에게 들렀었는데 그때 김 선생이 "어디 사진 좀 봐" 하기에 내어주었더니 한 장을 집어 들며 "한 장은 내게 두고 가. 맞선 보게 해줄게" 한다.

"맞선? 내가 맞선 볼 사람인가?" 하고 웃어넘겼었다. "맞선도 볼 때는 봐야지" 하며 한 장 간직하더니 그 사진이 여기에 나와 있었다.

그 사진을 보고 이분들 형제간에 오래 전부터 내 이야기가 심도 있게 오갔다는 것을 알 수 있었고 그래서 나가기만 하면 알게 되어 있으니 안심하고 나가라고 했던 것을 알 수 있었다.

김 선생은 동생에게서 그간 내가 많은 고생을 하고 있다는 말을 들었다고 하며 탈출로에 관해 이야기를 시작했다.

개성 남서쪽 도보 약 3시간 정도의 거리에 비무장지대 북방한계선이 통과했고 그 지점을 지나면 다시 북방한계선이 멀어지고 그 지점에서 구릉을 끼고 우측으로 돌면 민가가 있는데 가구 수가 꽤 되는 것 같다는 말이다.

도로는 자전거 한 대 끌고 가기도 어려울 정도의 오솔길이고 북방한계선은 철조망을 쳐서 표시했는데 몇 줄 허술하게 늘어져 있다고 했다. 김 선생은 고장난 미싱 수리를 위해 그곳에 갔다가 그곳을 보게 되었고 그곳 주민에게서 이런저런 자세한 이야기도 들었다고 했다.

북방한계선이 스치며 통과하는 지점이 야산의 협소한 골짜기인데 그 골짜기를 가로 건너 통과했다는 것이다. 주도로는 비무장지대로 폐쇄되고 그 오솔길이 주민들의 유일한 나들이길인 것 같다고 했다. 장소가 협소하고 도로가 그 지경이어서인지 경비 병력도 하나 없고 약 1킬로미터 가량이 무인지경이라는 것이다. 비무장지대에 접해 있어서인지 내왕하는 사람은 보지 못했다고 했다.

김 선생은 미싱 수리 관계로 그곳에 두 번을 갔었는데 처음에는 모르고 갔기 때문에 자세히 알아두지 못했지만 두 번째 갔을 때는 비무장지대 접점 지점을 자세히 보아두었다고 한다.

한데 문제는 그 지점까지 가는 중간에 검문소가 하나 있는데 그것이 마음에 걸리기도 하지만 그보다도 비무장지대 내에서 남쪽을 찾아가는 것이 문제라고 했다. 김 선생도 북한 탈출을 생각하며 여러 지점에 관심을 두고 살펴보았지만 비무장지대에 접근하는 코스는 이만한 곳이 없다는 것이다. 하지만 비무장지대에 진입한 후에는 어떻게 된 일인지 남쪽을 찾아가지 못한다고 한다. 남쪽을 찾아간다고 밤새도록 헤매고 다니다 새벽에 보면 다시 북방한계선에 접근해 있다는 것이다. 이렇게 되어 실패한 것이 지난 1년 여 간에 3건이 있었다고 들었단다. 두 번은 북방한계선 근처에서 체포되고 한 번은 북방한계선 근처에서 지뢰 폭발로 폭사했다고 들었단다. 체포된 사람 중 한 사람은 친하지는 않지만 풋낯이나 있는 사람이었단다. 귀신의 장난인지 여우의 장난인지 알 수가 없다는 것이다. 실패한 세 사람이 개성 근방 사람이어서 그 근방 지리를 대략은 알고 있는 사람들이란다. 그런데도 그렇게 실패했다는 것이다.

나가는 사람마다 실패했다는 말을 듣고 비무장지대 내에서 남쪽을 찾아가는 것이 불가능하다고 보고 김 선생은 탈출을 단념하라고 말하는 것과 다름없었다.

실정이 이런데 내가 탈출을 위해 너무도 애쓴다는 말을 듣고 직접 들어보는 것이 좋을 것 같아 한번 나와 보라고 했다고 하며 행동 여부는 나의 의지에 달렸다는 것이다. 그러면서 비무장지대에 접근하는 것보다 비무장지대 진입 후 남쪽을 찾아가는 것이 열 배나 어려울 것이라고 또다시 강조해 말하며 "길을 찾아갈 수만 있으면 좋은데…" 하며 거의 탄식조로 말한다. 이날 밤 김 선생의 이런 탄식조의 말을 네 번인가 들은 것 같다.

그러나 나는 길을 찾아가는 것은 별 것 아닌 것으로 가볍게 보고 있었다. 지형이 아무리 복잡하고 야심칠야라고 해도 방향감각만 잃지 않으면 남쪽을 찾아가는 것은 어렵지 않다고 보고 있었다. 그래서 김 선생이 "길을 찾아갈 수만 있으면 좋은데…" 할 때마다 "길이야 못 찾아가겠습니까?" 하고 가볍게 말했던 것이다.

휴전이 된지 이제 겨우 1년 반이다. 목숨을 걸고 탈출을 시도하려는 사람도 휴전 성립 그 날부터 나서지는 못했을 것이다. 한동안 관망하며 지켜보고 있다가 행동에 나섰을 것이다. 그렇다면 탈출행동에 나서기 시작한 것이 1년 남짓의 시점으로 보아야 할 것인데 그 1년 남짓 정도의 기간에 한 지점에서 탈출사건이 실패한 그 3건만이라고 해도 적은 횟수가 아니다. 한데 그곳을 왜 그대로 방치해두고 있을까 생각하면서도 그렇게 비무장지대에 접근할 수 있는 곳이 있다는 것이 다행으로 생각되었다. 옥시미와는 비교가 안 될 만큼 좋은 코스다.

밤을 지내고 다음날 아침 비무장지대 접점지점까지의 말을 하다가 김 선생이 또 "길을 찾아갈 수만 있으면 좋은데" 하고 되풀이 말한다. 이렇게 세 번째 말할 때 나는 허풍을 좀 떨어서라도 이분을 안심시켜야겠다고 생각하며 "왜 그렇게 길 찾아갈 것을 염려하십니까? 나는 눈감고도 찾아가겠습니다." 했다.

"어떻게 그렇게 장담을 하우?"

"야간행군을 얼마를 했는데 그까짓 길을 못 찾아가요. 김일성이 미로를 만들어놓았어도 찾아 가겠습니다" 하고 장담을 했다.

이때 김 선생의 표정이 긴장하는 듯 경직되며 "에잇, 그러면 나도 간다" 하고 결심의 말을 한다.

이때 김 선생의 가족은 부인과 여섯 살 정도의 아들과 또 연상의 처남 되는 분이 나와 있었다. 부인과 자식을 버려두고 북한 탈출에 나서겠다는 데에 나도 놀랐지만 처남 되는 분도 놀라는 기색이었다. "매부도 가려구?" 하며 건너다본다. "아무래도 이 기회에 가야 할 것 같습니다." 하고 말하고 김 선생 탈출 후의 가정사를 의논하려는 듯 옆방으로 옮겨갔다.

김 선생은 국군 북진 시 국군에 협력하다 후퇴하는 국군을 따라 피난을 나오던 중 개성에서 길이 막혀 개성에 그대로 머물러 있었다. 이

런 관계로 고향에는 들어갈 수가 없었고 머지않아 개성에도 전면조사
가 있을지도 모르겠고 만일 그렇게 되면 피할 길이 없을 것 같아 가족
을 버려두고라도 북한을 떠나야 할 절박한 상황이었다.

오후 5시경에 비무장지대 북방한계선에 도착하도록 시간을 계산하
여 출발했다. 승산은 극히 미미하다고 생각하지만 오늘밤 내 운명이
판가름 난다는 비장한 각오였다.

개성을 출발한 지 두 시간은 되었음직 했을 때 김 선생이 "저기 파라
솔이 있는 곳에 보초병이 있지요? 거기가 검문소입니다" 하며 "그런데
오늘은 어째 혼자 있네?" 한다. 평소에 둘이 있으면서 검문을 했는데
이날은 초병이 하나라고 그렇게 말한 것이다.

전방 100미터가 채 안 될 것 같은 거리에 큰 파라솔을 세워 놓은 곳
에 무장병이 혼자 서 있다. 그보다 가까운 좌측에는 초가집이 하나 앞
을 가로막듯이 서 있다. 그 초가집 옆을 지나려고 하며 보니까 ○○소
비조합 상점의 간판이 보인다.

나는 앞서서 소비조합 상점으로 향했다. 용건이 있어서가 아니다.
잠시 시간을 갖고 검문소를 통과할 것을 생각하기 위해서다. 그렇다고
그냥 돌아 나오기도 무엇하여 담배와 성냥을 한 갑씩 사 가지고 나와
검문소 초병 앞으로 다가가며 담뱃갑을 뜯어 한 개비 꺼내 물고 불을
붙이며 오던 길을 돌아보았다. 길게 뻗은 도로에는 검은 강아지 하나
보이지 않는다. 잠시 그 도로를 바라보다 "위원장 동무가 아직 안 보이
네. 이러다 회의시간이 늦겠는데"하고 초병이 들으라는 듯이 크게 말
하며 시치미 뚝 떼고 뚜벅뚜벅 초병 앞으로 걸어갔다. 아무 말 않고 그
대로 통과시킨다.

검문소 초병이 그대로 통과시킨 이유를 알 수는 없지만 어쨌든 무사
통과다. 하늘의 도움인가? 신의 도움인가? 앞으로는 거칠 것이 없을

것처럼 생각했다.

이때 초병이 우리를 그대로 통과시킨 것이 내 모습이 너무도 초라해서가 아니었던가 생각한다. 이때 내 모습이 얼마나 초라해 보였던가는 내가 군사분계선 돌파 후 춘천 수용소에서 헌병이 했던 말을 들어보면 짐작이 갈 것이다.

이때 군사분계선을 넘어온 북한 탈출자는 모두 춘천 수용소에 수용했다. 수용소에 들어가자 곧 옷을 바꿔 입히고 이발을 해주었다. 나도 예외일 수는 없었다. 다음날 근무 교대한 헌병이 와서 "어제 50이 더 되었을 노인이 한 사람 왔는데 어디 갔느냐"고 묻는다. "노인은 웬 노인이냐"고, "이 천막에는 나 외에는 온 사람이 없다"니까 50이 더 되었을 노인이 분명히 있었다는 것이다. 이제 갓 30이 된 나를 50이 더 되었을 노인으로 보았던 것이다. 그만큼 내 모습이 초라해 보였던 것이다.

검문소를 그렇게 통과하여 야산 높은 곳에서 대공포 훈련을 하는 것도, 부대 배치되어 있는 것도 보며 한참을 나온 후 나지막한 야산 중간을 좌측에 끼고 돌았을 때 김 선생이 "저기 저 밑에 바닥이 북방한계선 통과 지점"이라고 턱으로 가리키며 말한다. 야산 입구부터는 무인지대였다. 군인이고 민간인이고 인적이 끊겨 있었다.

지대가 낮은 골짜기 바닥 일대에는 마른 억새가 가득해 보인다. 거의 백 미터 가량 될 거리였고 땅거미가 깔리기 시작할 직전의 시간이었다. 꼭 적당한 시간에 도착했다.

비무장지대 접점지역에 다가오니 긴장이 더해지는 듯했다. 주위를 자세히 살피며 접근해 갔다. 철조망에 접해서 10미터 가량 갔을 때 폭이 1미터 정도의 물 마른 막자갈 바닥의 실계곡이 나타났다. 깊이 30센티미터는 될 것 같았다. 토막나무를 몇 개 건너놓아 사람이 다니게 해놓았다. 철조망 밑에는 녹슨 철조망을 뭉쳐서 막아놓았다 물 마른 실계곡 좌우에는 마른 억새가 한 길만큼이나 빽빽하다.

나는 조용히 주위를 살피며 그 자리에 앉았다. 김 선생도 따라 앉았다. 앉은 자세로 막자갈 바닥으로 내려가 억새 속으로 스며들었다. 지뢰연계선이 건너갔을 것 같아 멀리 들어가지는 못하고 거기서 시간을 보내기로 했다. 약 5~6미터 들어가서였다. 거기서 밤이 깊어지기를 기다리기로 했다. 9시는 돼야 행동에 나설 수 있을 것으로 생각했다. 김 선생이 낡은 야광시계를 갖고 있기에 시간을 확인할 수 있었다.

총성 멎은 일선의 밤은 너무 적막했다. 사위가 죽은 듯이 고요했다. '일선인데 이렇게도 조용하나?' 생각하면서도 긴장은 더해지는 듯했다. 하늘에는 별이 가득 깔려 있다. 밤의 냉기가 스며들었지만 못 견딜 정도는 아니었다. 꼼짝 않고 웅크리고 있으니까 몸이 굳어지는 듯했다. 어둠 속에 가만히 일어서서 발은 움직이지 않고 무릎과 허리의 경직을 풀도록 했다. 초조와 불안과 긴장 속에서도 시간이 흘러 예정시간이 다가왔다.

"실계곡의 흘러가는 직선방향이 남조선 방향이라고 들었다"는 김 선생의 말이었다. 억새 속에서 일어서서 물이 흘러가는 쪽을 향해 섰을 때 오른쪽에서 왼쪽 직선상 저 멀리에 북극성이 빛나고 있었다. 그러면 정면은 정동쪽이다. 정면을 응시하다가 나는 속으로 북극성에게 나를 잘 인도해줄 것을 기원했다.

"북극성아, 이 밤 나를 잘 인도해다오. 지금 나는 너의 별자리 하나를 믿고 목숨을 걸었다. 내가 죽고 사는 것이 오직 너의 인도 여하에 달렸다. 부디 잘 인도해다오."

행동개시! 사위는 여전히 고요하다. 철조망으로 다가가 밑을 막아놓은 녹슨 철조망 덩어리를 들어올려 김 선생에게 들고 있으라고 하고 내가 먼저 기어 나왔다. 이번에는 내가 그 철조망 덩어리를 들고 김 선생도 나오도록 했다. 이제 비무장지대에 들어선 것이다. 지뢰연계선이 건너가 있을지도 모르니까 절대로 머리를 높이 들지 말고 나만 따르라고 김 선생에게 당부를 하고 엎드려서 기어 나오기 시작했다. 북극성을 정좌측 상공에 두고 나가야 한다. 어떤 장애물이 있어도 이 방향을 이탈해서는 안 된다. 이 방향만이 생명의 방향이다. 이 방향만이 나를 삶의 길로 인도하는 삶의 길이라고 생각하며 그 길을 잃지 않으려고 주의를 기울이며 기어 나왔다.

그렇게 기어 나오는데 실계곡이 점점 넓고 깊어지더니 얼마 되지 않아 일어서서 걸어도 될 만큼 넓고 깊어졌다. 깊고 넓어지며 바닥이 찐득찐득하다. '이 추위에 어떻게 얼지 않았을까?' 생각하며 나오는데 큰 돌밭이 나타난다. 겹겹이 쌓여 있는 돌밭이 몹시 미끄럽다. 어둠 속에 위태롭게 나오다 기어이 미끄러져 넘어졌다. 넘어지며 돌에 손을 짚었을 때 찐득찐득한 흙이 묻어온다. 뻘 흙이다. 그 뻘 흙을 확인하고서야 바닷물이 들어오는 작은 수로임을 알았다.

그 작은 수로는 곧 큰 수로와 연결되었다. 돌로 생각했던 덩어리도 돌이 아니고 빙괴였다. 큰 수로에 들어섰을 때 수로가 매우 넓고 깊은 것을 어둠 속에서도 알 수 있었다. 깊이가 5미터도 더 될 것 같고, 폭은 거의 20미터는 되지 않을까 생각했다. 급경사인 수로 언덕에는 크고 작은 빙괴가 겹겹이 깔려 있다. 아무렇게나 불규칙하게 쌓여 있는 빙괴 밭을 기어 나오려니 고난이 이만저만이 아니었다. 한 발자국도 걸어 나올 수가 없었다. 얼음덩어리의 틈바귀에 미끄러져 빠지고 엎어지고 구르며 기어 나와야 했다. 뻘 흙이 두껍게 덮여 있어서 더 미끄러운 것 같았다. 언덕 위로 올라서고 싶은 생각이 굴뚝같았지만 지뢰가 있을 것 같아 그럴 수가 없었다.

그렇게 기어 나오다 김 선생이 미끄러져 굴러 떨어졌다. '철석' 하는 소리에 깜짝 놀랐다. 내가 놀란 것은 두 가지 면에서였다. 첫째는 굴러 떨어지며 다치지나 않았을까 해서였고, 또 하나는 북한군 초소에까지 들리지나 않았을까 해서였다. 다행히 다치지는 않았고 물이 많지 않아 옷도 그렇게 많이 젖지 않았다고 하며 기어 올라왔다.

이때 수로에 물이 그렇게 많지 않았던 것은 조금이었기 때문이었다. 이때는 음력 날짜를 알지 못했는데 후에 보니 이 날이 음력 1월 23일 조금이었다. 당시 북한에서는 음력을 사용하지 않아 물때를 알 수도 없었고 또 그 지역이 밀물이 오르는 지역인 것을 알지 못하고 나섰던 것인데 밀물이 없는 조금이었던 것은 정말 우연의 행운이었다.

이렇게 엎어지고 빠지고 구르면서도 북극성을 수없이 쳐다보았다. 진행방향을 벗어나지 않았나 하는 염려에서였다. 다행히 방향은 벗어나지 않고 있었다.

그렇게 엎어지고 빠지고 구르면서 기어 나온 것이 거의 세 시간은 되었을 것이다. 수로가 갑자기 좌측으로 굽은 것 같다. 북극성을 쳐다보니 방향이 거의 40도나 좌측으로 향해 있는 것 같다. '안 되겠다' 생각하며 둑으로 올라섰다. 둑 위는 논두렁이었다. 손으로 더듬어 보니 사람이 많이 다닌 것 같다. 얼음 위에 얼지 않은 뻘흙 위를 기어 나오며 손이 너무 시려 마비된 것 같았는데 그래도 완전 마비상태는 아니었나 보다. 땅 위를 더듬어 사람이 많이 다녔음을 감지할 수 있었으니 말이다. 좀 더 더듬는데 통신선 같은 것이 잡힌다. 북한군의 전화선 같다. 끊어놓고 싶었지만 맨손으로 끊을 수도 없고 그럴 시간도 없었다.

논두렁 너머는 빙판이었다. 농사를 짓던 수답인데 물이 차 늪이 되어 있었다. 빙판이 엷어서 발을 들여놓을 때마다 '퍼석', '철벅' 하고 얼음이 꺼지며 거의 무릎까지 빠진다. '퍼석', '철벅', '퍼석', '철벅' 하는 소리에 신경이 몹시 쓰인다. 조금이라도 소리를 적게 내려고 천천히 늪지대를 건너야 했다. 늪지대가 많이 길었다. 늪지대를 건너는 데 시간이 얼마나 걸렸는지 가늠하지 못했다.

늪지대의 물 깊이가 조금씩 얕아지더니 이윽고 딱딱한 빙판이다. 빙판에는 서릿발인지 눈 같은 것이 엷게 깔려 있는데 발을 옮겨 짚을 때마다 '빠드득 빠드득' 소리가 난다. 그 소리에 또 신경이 몹시 쓰인다.

빠드득 소리가 나는 빙판지역도 짧지 않은 거리였다. 그 빙판지역을 지나니까 잡초 밭이다. 잎은 아주 작은 타원형이고 다 자라야 20센티미터 정도 되는 풀이다. 고향에서도 많이 보던 잡초다. 이 풀이 나는 곳에는 다른 풀은 별로 자라지 못한다. 줄기는 가늘어도 매우 빳빳하다. 경작하던 토지를 묵히면 많이 자생한다. 이 잡초지대에서는 발자국 소리가 나지 않아 조용한 속에 전방을 주시하며 나오는데 발 뿌리에서 꿩이 놀라 날아오르는 소리에 어찌나 놀랐던지 하마터면 엉덩방아를 찧을 뻔 했다.

이때 김 선생이 조용한 말로 "우리가 길을 바로 찾아가고 있습니까?" 하고 묻는다. 나는 '이 분이 많이 불안해하고 있구나' 생각하며 "우리의 정좌측 상공 저기에 북극성이 있고, 우리가 나가는 방향과 90도 각도가 거의 정확할 것이니까 틀림없다"는 말로 김 선생을 안심시켰다.

그때는 말이 없었는데 후일 대한민국 사회에 나온 후 언젠가 그 별을 보고 길을 찾아간다는 말에 "야! 별을 보고 길을 찾아 간다" 하며 한편으로는 놀라고 한편으로는 감탄했다는 말에 "밤길 가는 사람이 별의 위치를 기준으로 하는 것은 상식입니다" 하고 웃은 일이 있었다.

꿩에 놀란 가슴을 진정시키며 나오는데 저 앞에 뭔가 있는 것 같다. 순간 팍 앞으로 쓰러지듯 엎드렸다. 거의 반사적이었다. 엎드려서 전방을 주시하는데 뭐가 있기는 있는데 움직이질 않는 것 같다. '움직이지 않으면 사람은 아니다. 사람만 아니면 염려할 것 없다' 생각하며 가만히 접근해 갔다. 높이 3~4미터 가량 되어 보이는 향나무였다. 향나무 한 그루에 그렇게 긴장했던 것이다.

그 향나무는 어느 민가의 정원수였다. 향나무 옆에는 큰 항아리 하나가 얌전히 놓여 있었다. 민가 건물은 흔적을 알아볼 수 없도록 사라졌는데 항아리는 형태가 온전한 채로 남아 있다. 집은 박살이 나 흔적업이 사라졌는데 항아리는 형태가 온전하다. 이해하기 어려운 항아리의 존재였다.

향나무와 항아리를 뒤로 하고 나오는데 얼마 후 전방에 또 무엇이 있는 느낌이다. 먼저와 같이 거의 반사적으로 엎드렸다. 먼저 향나무는 검은 그림자의 느낌이었는데 이번에는 희끄무레한 느낌이다. '무얼까? 사람만 아니면 좋겠는데, 사람만 아니었으면' 하고 거듭 사람만 아니기를 바라며 전방을 주시한다.

'아무래도 이상하다. 무얼까?' 한참을 그렇게 주시해도 어둠 속에서 확인할 길이 없다. 그렇게 전방을 주시하다가 움직이는 기색이 없는 것 같기에 가만히 일어서서 허리를 한껏 굽히고 살금살금 다가갔다. 어둠 속이지만 어떤 형태의 물체인 것을 확인할 수 있었다. 사람의 키 보다는 많이 높아 보인다. 사람이 아닌 것을 확인하고는 허리를 펴고 접근해 갔다.

나의 인생 일대 최대의 환희와 감격을 안겨주기 위한 신의 인도였던가. 그것은 군사분계선의 표식이었다.

사람의 키보다는 높아 보이기에 다소 안심하고 접근했을 때 백색 물체가 공중에 떠 있듯이 들려 있는 것이 보인다. 여기에도 그 짧은 잡초가 가득 나 있다. 나무가 없어 가려지지 않아 어둠 속에 공중에 떠 있는 것 같이 보였던 것이다. '저것이 무엇인가' 하며 바짝 다가서서 손으로 더듬었을 때 파이프 기둥에 커다란 사각 백색판이 붙어 있는 것을 확인할 수 있었다. 파이프는 표면적이 적어서 어둠 속에서 알아보지 못했던 것이다.

군사분계선
軍事分界線

한글로 다섯자, 한문으로 다섯 자 합이 열 자의 문자가 상하 가로 쓰기 두 줄로 크게 쓰여 있는 것이 희미하게나마 알아볼 수 있었다. 남쪽면에도 역시 상단에는 한글로, 그 밑에는 한문으로 쓰여 있고 또 밑에 작은 문자가 많은데 밤이어서 알아볼 수가 없다. 아마 군사분계선의 영문 표시일 것이다.

나는 북측면을 재확인하고 '이것이 정말 현실인가' 하는 생각에 손등을 세게 꼬집었다. 언 손등이 몹시 아프다. 현실임이 틀림없음을 확인했다. 현실이라는 사실을 확인하는 순간 나는 입 밖에는 나오지도 않는 '아!' 하는 감탄사와 동시에 두 손으로 군사분계선의 표식주를 움켜쥐며 두 팔 사이에 얼굴을 묻었다. 그러고는 나 자신을 잊어버렸다. '1,460여 일 몽매에도 잊지 못하고 있던 나의 북한 탈출이 이루어지는구나' 하는 생각과 동시에 나의 혼령은 육체를 떠나 더할 수 없는 환희와 감격의 블랙홀로 빨려들은 듯 아무 생각도 없었다.

이런 것을 '무념무상의 경지'라고 하는지 분명히 나는 죽은 것도 아니고 잠이 든 것도 아니고 혼절을 한 것도 아닌데 스스로의 존재를 까맣게 망각하고 있었다. 어두움도 밝음도 없었다.

얼마를 그렇게 있었는지 모른다. "갑시다" 하는 김 선생의 재촉의 말에 화들짝 놀랐다. '내가 정신이 있나? 여기가 어디라고 이러고 있나. 빨리 이곳을 떠나야 한다. 어느 곳에서 총탄이 날아올지 모른다. 조금 멀어 보이기는 하지만 좌측 뒤에 약간 돌출되어 있는 듯한 산영이 마음에 걸린다. 거기에 기관총좌가 있지 않을까' 하는 생각에서다. 나는 이때 이미 북한군이 비무장지대에 자동화기를 반입했다는 것을 알고 있었다.

한 달 여 전 연백 여행을 떠나기 전 승호리역 대합실에서 휴가 온 군인의 고향친구와의 대화를 옆에서 들었다. 그 군인은 민사경찰로 비무장지대 경비에 나가 있다고 하며 벌써부터 비무장지대에 자동화기가 반입되어 있다는 말을 하고 있었다. 그 말을 옆에서 들으며 유심히 보았기에 모습을 기억하고 있었는데 나보다 한 달 가량 후에 그 군인도 월남하여 춘천 수용소에서 같이 수용소 생활을 했다. 지금 이름은 기억나지 않고 성씨만 '옥씨'였던 것이 기억에 남아 있다.

이렇게 비무장지대 도처에 자동화기가 배치되어 있을 것을 알면서도 분계선 표식주를 붙잡고 정신없이 있었으니 김 선생의 "갑시다" 하는 재촉에 그렇게 놀랐던 것이다. 이때 내가 표식주를 붙잡고 있은 시간이 거의 3분은 되었을 것이라며, 하도 움직일 생각을 않기에 재촉의 말을 했다는 김 선생의 후일담이었다.

한데 놀라기는 했지만 어둠의 보호막이 있어서 크게 당황해하지는 않았다. "갑시다" 하는 재촉의 말에 정신을 차리고도 잠시 표식주를 움켜잡은 손을 놓지 않고 얼굴도 두 팔 사이에 묻은 채로 있었다. 그렇게 있으면서 땅 위를 보았을 때 또 뭔가 있는 것 같다. 희끄무레하고 기다란 것이다. '뭐가 있나' 하고 허리를 굽히고 더듬었을 때 잡초 위에 기다랗게 늘어져 있는 것이 잡힌다. 어둠 속에 들린 것은 얇은 백색 테이프다. '하얀 테이프'다. 북한에서 합성수지라는 말을 들어보지 못했던 나는 고무 테이프로만 생각했다. 두루마리 화장지를 펼쳐놓은 것 같이 길게 늘어져 있다.

'이 하얀 테이프가 군사분계선의 표시구나! 이 하얀 테이프가 우리 국토를 갈라놓은 선이구나' 생각하니 치미는 분노를 억제할 길이 없었다. '에잇! 이것이나마 내손으로 걷어 치운다' 생각하며 확 잡아챘다. 하지만 그것은 끌려오지도 않고 끊어지지도 않는다. 더 이상 이것과 씨름을 할 시간이 없다. 나는 빨리 이곳을 떠나야 한다.

나는 왼손에 그 테이프를 받쳐 들고 오른발을 넘겨짚었다. 이 순간이 내가 한 발은 남쪽 대한민국에, 한 발은 북쪽 공산치하에 걸쳐 짚고 군사분계선상에 서 있는 순간이다. 나는 그것을 의식하며 왼손에 받쳐 들었던 테이프를 놓으며 왼발마저 넘겨짚었다.

이 순간이 내가 만 4년여를 전쟁노예로 묶여 있던 김일성의 쇠사슬을 부수고 자유의 들판으로 뛰쳐나온 극적인 순간이었다.

그곳은 찬란한 아침햇살 가득히 쏟아지는 희망의 들판이다.

오! 자유여, 희망이여. 그곳은 포식자 없는 평화의 들판, 불안도 공포도 사라진 안식의 침상. 이제 나는 저승사자도 두렵지 않다.

1955년 2월 17일 새벽 1시 30분경이었다. 비무장지대 북방지역 2킬로미터를 거의 네 시간 반이나 걸려 기어 나왔던 것이다.

제2의 탈출

　80여 일의 조사기간을 거쳐 가족의 품으로 돌아온 나는 내가 생각했던 내가 아닌데 놀랐다.

　첫째, 건강문제였다. 나는 북한 탈출에 나서려고 할 때 하루 백리의 길을 걸을 수 있을 만큼 건강이 좋아졌다고 만세라도 부르고 싶은 심정이라고 했다. 하지만 그것이 아니었다. 내 몸은 너무 병약했다.

　내가 처음 진찰을 받은 것이 춘천 야전병원에서였다. 이때 군사분계선을 넘어온 사람은 모두 춘천 수용소에 수용했다. 전시 전방 임시 포로수용소로 사용하던 시설인 듯했다. 내가 입소한 다음날 아침식사 직후 나오라고 해서 정문으로 나가니까 벌써 지프차를 대기시키고 병원으로 가잔다.

　나를 진찰한 육군 중위 계급의 젊은 군의관이 건강이 회복되려면 최소한 3~4년의 요양기간이 필요할 것이라고 한다. 나는 깜짝 놀랐다. "4년을요? 이미 5년을 허송했는데 또 4년을요?" 하는 나를 군의관은 눈을 똑바로 하고 빤히 건너다보며 "당신, 살 사람이 살았어? 응? 살 사람이 살았냐구? 다행히 가족이 있다기에 요양을 할 수 있겠다 해서 한말인데 지금 시간 허송하는 것을 아까워해?"

　나는 할 말을 잃었다. 시중 종합병원에서는 의사마다 하나같이 최소 5년은 걸려야 건강이 회복될 것이라는 말이었다. 내과에서만이 아니고 신경정신과에서도 같은 말이었다. 나는 정신신경감정도 받아야 했다.

더욱이 폐결핵 외에는 어떤 약물 투여도 효과를 기대하기 어려울 것이라는 말이었다.

심장이 안 좋고 요도염이 그렇게 악화된 것도 장기간 최악의 영양불량 상태였기 때문에 그 지경이 된 것으로 보겠는데 건강이 회복되면 회복된 만큼 따라서 회복될 것이라고 하며 약물 투여로는 회복에 도움 될 것이 없을 것이라는 말이었다.

또 의사마다 아직 젊으니까 그런 대로 괜찮지 몸은 이미 골병이 들었다고 하며 50대에 접어들어 노년기에 들어서면 십중팔구 다시 건강이 악화될 우려가 매우 높으니까 노년기에 들어설 무렵이 되면 각별히 조심하라는 경고성 주의의 말을 하지 않는 의사가 없었다.

여기서 나는 고민에 빠져들지 않을 수 없었다. 나이 30이면 이미 청년기를 지났다고 보겠는데 건강 회복을 위해 5년을 더 허송해야 하고, 그러고도 겨우 15년 정도 지나 50대에 들어서며 다시 건강이 악화된다. 겨우 15년을 살자고 그 고생을 하며 북한을 탈출해 나왔던가. 겨우 15년. 그런데 그 15년도 정상인으로 회복되어 정상생활을 하지 못하고 골골하다 노년기를 맞이할지도 모른다. 그러면 그것은 살았어도 살았다고 할 수 없는 삶이다. 주위에 부담이나 되는 그런 삶, 그것은 살았어도 죽음만도 못하다. '아! 이런 삶을 살려고 그 고통을 극복하고 살아서 나왔던가' 하고 회한의 탄식을 토하지 않을 수 없었다.

그러는 또 한편으로는 '내가 왜 이러나? 군사분계선을 돌파하여 북한을 탈출한 내가 왜 이러나? 건강을 회복하도록 노력해야지. 제2의 탈출로 생각하고 건강을 회복하도록 노력해야지. 그 노력은 하지 않고 절망 속에 탄식만 하고 있으면 어쩌겠단 말인가? 그래, 제2의 탈출로 생각하고 이 어려움을 극복해야 한다. 꼭 극복해야 한다' 하고 다짐도 했다.

그런데 그 다짐은 오래 가지 못했다. 다짐 후에 마음이 좀 가벼워지는 듯 하다가는 또 '정말 내가 정상으로 회복되어 정상생활을 할 수 있을 것인가' 하는 의구심이 또다시 앞을 가로막는다.

이렇게 절망과 그것을 어떻게든 극복해야 한다는 다짐이 엇갈리는 갈등이 몇 년이나 계속되었다.

긴장이 해소되는데 반년이 더 걸렸다. 긴장이 해소되며 악몽이 나를 괴롭히기 시작했다. 2월에 북한을 탈출했는데 10월경부터 끊임없이 악몽이 나를 괴롭혔다. 눈만 감으면 악몽이다.

눈만 감으면 공산군에게 쫓겨 다니는 꿈이다. 탈출을 위해 나오다 다시 체포될 위기에 처하던가, 조금만 더 가면 되겠는데 그것이 안 되어 무진 애를 쓰던가 하는 악몽. 그저 악몽만이 아니었다. 어떤 흉물의 울음소리와도 같은 비명을 곁들인 악몽. 그 비명의 괴성에 가족이 잠을 이룰 수 없을 정도였다. 아래층에서의 괴성에 2층에서도 잠을 이루기 어려울 정도였다. 조금씩 약해지기는 했지만 이런 괴성이 3년도 더 계속되었고 괴성 없는 악몽은 25년 이상이나 나를 괴롭혔다. 그러니까 거의 30년을 두고 악몽이 나를 괴롭혔다.

폐결핵은 1년가량 치료했고 심장 회복은 거의 10년 가까이 갔다. 내가 북한 탈출 후 3년이 조금 더 된 1958년 4월 피부병 치료차 온양온천에 갔었는데 온천장에서 나오다 졸도한 일이 있었다. 잠시이기는 했지만 큰 소동이 벌어졌었다. 아직 심장이 많이 안 좋으니까 온천 같은 곳은 피하도록 하라는 의사의 말이었다.

요도염은 거의 5년이 지나며 차츰 치료되었으나 그 후유증이 평생을 두고 나를 괴롭히고 있다. 소변보기가 거북하고 자주 보게 되고 때로는 방뇨가 잘되지 않아 애먹을 때가 많다.

그러나 무엇보다도 글씨를 쓸 수 없는 것이 나의 사회생활에 큰 불편을 주고 있다. 언제부터인지 나는 글씨를 쓸 수 없이 되어 있었다. 원래 글씨를 잘 쓰지는 못했지만 남이 알아볼 수 없을 정도로 못 쓰지는 않았는데 지금은 한글로 내 이름도 쓰기 어렵다. 글씨가 도무지 되질 않는다. 왼쪽으로 그으려면 오른쪽으로 가려고 하고 오른쪽으로 그으려면 왼쪽으로 그어지려고 한다. 영문필기를 그런 대로 빨리 하는 편이었는데 지금은 영문 필기체는 한 자도 쓸 생각을 못한다. 사인도 못한다. 도대체 손가락이 뜻대로 움직여주질 않는다. 사람의 손가락의 가장 미세한 움직임이 글씨를 쓸 때라고 하겠는데 그 미세한 움직임이 불가능해진 듯하다. 손가락의 관절이 경화되어 유연성을 잃은 것이 아닌가 생각된다.

51년 강동군 인민위원회에서 강제노동을 할 때 뼈만 앙상한 손가락의 굳은살을 철판 절단용 가위로 며칠에 한 번씩 연속 잘라내야 했고 거의 백일 가까이나 손가락 하나 발가락 하나 움직이지 않는 전신마비 증상으로 거의 매일 주사를 맞으며 토목노동 현장으로 끌려 나가 곡괭이질을 할 때의 고통의 후유증인 것 같다. 시간이 흐르면 좀 달라져 나아지겠지 하고 기대했는데 나이 들며 오히려 더 악화되고 있다.

90년대 초였던 것 같다. 오른손 손가락이 이상이 있는 듯 움직이기가 거북하여 병원 외과에 간 일이 있었다. 엑스레이를 찍고 결과를 기다리는데 시골에서 온 듯 한 50대 중반쯤으로 보이는 분이 "영감님도 일 많이 하셨습니다" 한다.

"무슨 일을 많이 해요?"

"영감님 손이 일을 보통 많이 한 손이 아닙니다" 한다.

내손이 험악한 일을 보통 많이 한 손 같아 보이질 않는다는 말이었다. 나는 노동의 경험이 없는 사람이다.

1951년 북한 강동군 인민위원회에서의 일이 나의 노동경험의 전부다. 불과 6개월 정도의 기간이었다. 불과 6개월 정도의 노동이 험악한 중노동을 보통 많이 한 것 같아 보이지 않을 정도로 내 손이 거칠어져 있다는 것이다. 당시 강동군 인민위원회에서의 혹사가 얼마나 가혹했던가를 증언하는 증거이다.

건강 회복

2005년이 나의 북한 탈출 50주년이 되는 해다. 만80세다. 글씨를 못 쓰는 것과 요도염의 후유증 말고는 그런 대로 건강한 편이라고 나도 생각하고, 주위에서도 말하고 있다.

북한 탈출 후 나의 초기 건강 회복은 가족의 폭넓은 이해가 없었던들 어려웠을 것이다. 두 분 형님을 비롯하여 온 가족의 그 폭넓은 이해가 있었기에 건강을 회복할 수 있었다.

나의 노년기 건강은 남다른 식생활의 덕이 아닌가 생각한다. 내가 결혼할 당시 체중이 58킬로그램이었다. 키 172 정도에 골격이 튼튼해 보여서 완골이라는 말을 들었는데 58킬로그램은 아무래도 정상체중과는 거리가 있다고 하겠다. 결혼 후 62킬로그램 정도로 증가하기는 했으나 쉬 피로가 오고 매사 조금만 노력을 해도 힘이 너무 들었다. 체중을 늘려보려고 애도 많이 썼지만 소용없었다. 생활이 안정되며 보약도 적지 아니 써보았으나 별로 효과가 있는 것 같지 않았다.

한데 60세가 되면서 몸이 달라지기 시작했다. 아내가 10여 년째 병석에 있었고 아이들은 어리고 살림살이 꾸려가기가 난처했다.

당시는 '식모'라고 하여 입주 동거하는 아가씨 가정부를 두고 있는 집들이 대부분이었는데 사람 구하기가 여간 어렵지 않았다. 장기 환자가 있으니 더욱 어려웠다. 어쩌다 구하면 가정부가 가겠다고 할까봐 겁이 날 지경이었다. 이런 형편이니 가정부 아가씨가 무엇을 크게 잘 못하지만 않으면 모른 척 덮어둘 수밖에 없었다.

그런데 어느 날 아침 식탁에 식빵 두 쪽과 계란 부침 하나를 갖다놓고 "아저씨도 빵 드세요. 지금은 아침에 다 빵 드십니다. 누가 밥 먹습니까? 밥하기가 귀찮습니다" 한다. "그래, 그럼 나도 빵 먹자" 하고 아침식사를 빵으로 메뉴를 바꾸었다. 가정부 아가씨가 밥하기가 귀찮다니 어쩔 수 없는 일이었다. 이렇게 가정부의 말 한 마디로 나의 아침식탁 메뉴가 바뀌었다.

그런데 나는 빵으로는 견딜 수가 없었다. 육가공품을 사다 곁들여 먹어보았지만 하루 종일 목에서 올라오는 계란냄새, 육가공품 냄새에 견딜 수가 없었다. 생각 끝에 두부를 사다 곁들여 먹어보았다. 당시는 요즘같이 위생 포장된 두부는 있지도 않았다. 구멍가게에서 길가에 놓고 파는 모두부였다. 그 모두부를 숭덩숭덩 잘라서 적당히 끓이고 마늘, 파, 참기름 양념장으로 간을 맞춰 빵에 곁들여 먹으니까 그것이 괜찮았다. 그래서 매일 두부를 그렇게 먹었다. 1년이면 최소 340일은 먹었을 것이다.

그렇게 두부를 먹기 시작한 지 5~6년이 지나면서 내 몸은 달라지기 시작했다. 한 달에 200그램 정도씩 체중이 증가하여 2년에 약 5킬로그램이 증가했다. 활동하기가 훨씬 편해졌다. 나를 자주 보지 않던 사람이 어쩌다 나를 보고는 어떻게 그렇게 몸이 좋아졌냐고 놀랠 정도였다.

67킬로그램에서 멈추었던 체중이 약 2년 후 또 그렇게 증가하여 다시 2년 후에는 72킬로그램이 되었다. 이렇게 60대 후반에 들어서며 나는 거의 완전 건강체에 가까워졌다. 가정부 아가씨가 아침밥을 안 지어줌으로써 나의 건강 회복의 계기가 되었다고 생각하니 여간 고마운 일이 아니었다. 또 어느새 나는 두부 예찬론자가 되었고 나의 아침 식탁에는 두부 빠질 때가 별로 없다. 그렇게 20여 년째다. 아마도 내가 세계에서 두부를 제일 많이 먹은 사람이 아닐까 생각한다.

우리 경찰의 노출 감시

북한 탈출 후 나의 급선무는 무엇보다도 같이 억류돼 있던 동료들의 가족을 찾아 소식을 전해드리는 일이었다. 나는 억류 포로 49명의 이름을 기억하고 있었다. 그러나 50년이 더 지나도록 소식을 전해드리지 못하고 있다.

내가 그들의 가족을 찾는 손쉬운 방법은 그들의 이름을 언론에 공개하는 것이겠는데 어떤 이유에서인지 당시 당국에서는 나의 북한 탈출 자체를 비밀에 덮어두고 공개하지 않았다. 지금은 탈북자들이 기자회견도 하고 언론에 이름이 공개되는데 그때 나는 외부에 알려질까 봐 쉬쉬하는 것이 눈에 띄도록 역연해 보였다. 춘천 수용소에 있을 때는 수용소 관리 일체를 한국군이 했는데 4월에 노량진으로 옮긴 후에는 관리 일체를 미군이 했다. 나는 치료도 용산 미군병원에서 받았다.

내가 석방된 것이 치안국 특정과로 인계되어서였다. 수용소에서 후면까지 가린 포장 트럭으로 나왔기 때문에 어디로 어떻게 치안국으로 들어갔는지를 모른다. 트럭이니까 정문으로 들어갔을 것이다. 하지만 석방되어 나올 때는 쓰레기나 치우는 듯한 작은 후문으로 나왔다. 사복경찰 한 사람의 안내로 나왔다. 사람이 쓰레기통 하나 들고 겨우 출입할 수 있을 크기의 문이었다. 그때는 생각지 못했는데 후에 생각하니 남의 눈에 띄지 않도록 하기 위해 그렇게 했던 것 같다.

당시 치안국은 지금의 외환은행 본점 자리에 있었다. 정문은 명동 입구 쪽에 있었고 내가 나온 개밭이 구멍 같은 작은 문은 을지로 2가 쪽 끝에 있었다.

나를 석방한 후 경찰에서는 나의 발을 묶어두고 입을 막아놓으려고 했던 것 같다. 나를 조사하고 신임이 가니까 석방했겠지만 암암리에 감시할 것은 당연했다. 나 자신도 그런 감시가 있을 것을 당연시했다. 한데 우리 경찰에서는 그것이 아니었다.

혹시 나에게 불손한 의도가 있지 않을까 하는 염려에서의 감시라면 나 모르게 해야 할 것이고 그렇게 하다 범법행위가 있으면 나를 체포하면 될 것인데 그렇지가 않았다.

내가 인사차 친인척 댁을 방문하면 하루나 이틀 후에 사복경찰이 나타나 "그 사람이 왜 왔었느냐? 무엇 하려고 왔었냐"고 꼬치꼬치 캐묻고 갔다고 한다. 한 번 두 번이 아니고 매번 그러했다.

친인척 댁 한 곳을 두 번 방문하면 사복경찰이 두 번 찾아가고, 세 번 방문하면 세 번 나타나서 꼬치꼬치 같은 말로 캐묻고 왜 그 사람이 자주 오느냐고 까지 했단다. 경찰의 이런 행위는 나를 잠시도 빠뜨리지 않고 미행 감시하고 있으니 그리 알라고 미행 감시하고 있다는 것을 일부러 노출시키는 것으로 밖에 생각되지 않았다.

내가 죽어서 지옥에까지 갔다 다시 살아온 사람이라 해도 나의 방문 후 어김없이 사복경찰이 나타나 꼬치꼬치 캐묻는다면 그것을 좋아할 사람은 없을 것이다. 처음에는 별 것 아닌 것으로 가볍게 생각했으나 계속되는 데는 신경이 쓰이지 않을 수 없었다. 자연 친인척 방문도 삼가게 될 수밖에 없었다.

경찰의 이러한 태도는 막말로 "집에 죽치고 있지 뭣 하러 나다녀?" 하는 윽박지름으로 밖에 생각되지 않았다. 군 수사기관에서는 나를 신임했는데 경찰에서는 왜 나를 윽박지르려고만 할까. 아무리 생각해도 이해가 가지 않았다.

사실 나는 미군 각 군사정보대의 조사를 10여 차례 받았을 뿐 한국 기관의 조사는 한 번도 받지 않았다. 한국 기관의 조사는 치안국 특수정보과에 나와 두어 시간 그간의 경위를 묻는 정도의 조사를 받았을 뿐이다. 치안국으로 나온 그 날로 석방되어 여관에서 하룻밤 지내고 가족의 품으로 돌아왔다.

내가 춘천 수용소에 입소한 지 10여 일 후였다. 그 날도 병원에 가려고 정문 헌병 경비실에서 차를 기다리고 있는데 군 CIC 파견대에서 사람이 와서 내 이름을 부르며 찾는다. 헌병 경비책임자인 상사가 "바로 이 사람인데 지금 병원에 가려고 대기 중이야. 이 사람 중환자가 돼서 당분간 조사받기 어려울 거야. 매일 병원에 가야 해" 하고 가서 그렇게 전하라고 하며 그대로 돌려보낸다.

나는 헌병 상사에게 "내가 조사를 받아야 석방될 터인데 오래도록 조사를 못 받으면 어쩌냐"고 했더니 염려 말라고 하며 미군이 조사한 조서도 다 한국 조사기관으로 넘어온다고 하며 그 서류심사만으로도 충분히 통과될 것이니까 염려할 것 없다는 말이었다. 그 후 한국 기관에서는 다시 찾지 않았다.

이렇게 나는 미군 기관의 조사만 받았다. 미군 기관의 조사도 그렇게 심도 있는 조사는 아니었다고 본다. 처음 북한에서 발급한 내 공민증에 찍힌 '기타' 라는 낙인을 놓고 그것이 북한에서 가장 천대받고 경계 대상 계층의 표시라고 했을 때 "이런 신분증으로 어떻게 군사분계선에 접해 있는 개성까지 여행을 할 수 있었느냐? 김일성의 보호 하에 개성까지 무사히 온 것이 아니냐"며 막무가내로 밀어붙이려는 듯 할 때는 다소 곤혹스럽기는 했으나 미군 포로의 말이 나오며 그런 기색은 사라졌다.

이렇게 나는 한국 기관의 조사는 한 번도 안 받았고 미군 기관에서도 허술해 보인다고 할 정도의 조사를 10여 차례 받았을 뿐이었다. 내가 아무리 포로가 되어 끌려가 있었다고 하나 4년여를 북한에 있다 나왔는데 어떻게 조사를 이 정도에서 그치나 할 정도로 조사가 허술해 보였다.

하나 그것은 내가 군사정보에 관한 지식이 전무한 문외한이었기에 그런 생각을 했다는 것을 나는 20여 년이 지난 후에야 알았다.

내가 북한을 탈출할 때 북한군의 대규모 지하군수기지의 위치를 정확하게 알고 나왔다. 트럭이 20대 가량 들어갈 수 있는 규모라고 했다. 인근 주민 한 사람이 어느 날 저녁때 그 군수기지에서 나오는 트럭을 세어보았는데 18대가 나왔다는 것이다. 또 거기에는 탄약 적재차량만 들어갈 뿐 기타 군수품 적재차량은 들어갈 엄두도 못 낸다는 말이었다. 트럭 20대 분의 실탄이면 당시 공산군의 실정으로 보아 전 전선에서 하루 소비량이 되지 않았을까 생각한다.

승호리에서 황해도 수안 방향 약 7~8킬로미터 거리에 '가수리(일명 가시골)' 라는 곳이 있다. 고도 약 500미터 정도의 고지가 겹겹이 쌓여 있는 첩첩산중의 협곡이다. 도로는 트럭이나 지프차는 충분히 통행할 수 있다. 국도에서 약 1킬로미터의 거리였고 이일대의 계곡은 모두 우기에나 흐르는 물이 있는 마른 계곡이다. 그 계곡을 거슬러 들어가며 좌측에 절벽으로 되어 있는 길이는 짧고 높이 20미터 정도의 다소 돌출된 바위가 있다. 그 바위 뒤는 급경사의 산악이다. 우기에 급류가 그 바위에 부딪쳐 파여져 바위 밑에는 건기에도 적지 않은 깊이의 물이 고여 있었단다. 바위 밑 거의 수면에 접해 있는 곳에는 터널 입구같이 생겨 있었으나 물이 있어 출렁거리고 입구가 깊어 보이지도 않아 어느 한 사람도 들여다 본 사람이 없었다고 한다. 때문에 지도에도 아무런 표시가 없었단다.

또 이 지점에서 멀지 않은 곳을 통과한 국도는 황해도에 들어서며 중부는 물론 중동부와 서부전선으로까지 연결되는 교통의 요충지다.

그런데 주민 한 사람이 국군북진시 치안대원으로 협력하다 피난을 못 나오고 피할 곳을 찾다가 혹시 이 속에 피해 있을 만한 곳이 없을까 하는 생각에 함지박을 타고 들어가 보았다. 그 주민은 안으로 들어가자 곧 광활한 공간이 나타나는데 놀랐다는 것이다.

그 주민은 1950년 12월부터 그곳에 피신해 있으면서 국군의 재북진을 기다렸으나 국군은 들오지 않고 공산당의 자수하라, 자수하면 무조건 용서한다는 말에 많은 생각을 하다가 그곳에 피신해 있은 지 1년 반이 지난 1952년 6월에 자수하고 나왔다.

그 주민의 자수 즉시 현장조사를 하고 사실이 중공군에 알려져 한두 발의 발파로 입구를 정리하여 단 하루에 트럭이 20대나 대피할 수 있는 대규모의 지하 군수기지가 완성되었던 것이다. 주민들이 큰 산이 속이 텅 비어 있다고 할 정도로 광대한 지하공간이 형성되어 있었다고 했다.

또 이런 일이 있었다고 했다. 그 지역이 중공군의 제2방어선이 아닌가 생각되었다. 그래서인지 그 일대의 산악 광범위한 지역을 매일 순찰하며 이 잡듯이 뒤지고 있었단다. 한데 하루는 순찰 중 잠시 앉아 다리쉼을 하던 중 돌 틈에서 연기가 가냘프게 피어오르는 것을 발견하고 그 일대뿐 아니라 병력을 동원하여 한 달이나 광범위한 지역수색을 했으나 연기를 발생시킬 만한 지하공간을 발견하지 못했다는 것이다. 그리하여 의혹만 남겨두고 중공군은 철수했는데 돌 틈에서 연기를 발견한 지점에서 족히 2킬로미터는 될 거리에 그 군수기지로 사용하는 지하공간이 있었다고 했다. 그것을 두고 주민들은 이 산줄기가 어디까지 속이 비어 있는지 알 수 없다는 말을 한다고 했다.

그 지역이 중공군의 제2방어선인 것은 거의 틀림없는 것 같았다. 때문인지 거의 매일 항공촬영이 있었는데도 발견되지 않고 휴전 성립 시까지 단 한 발의 기총공격도 받아본 일이 없이 1년여를 안전하게 이용할 수 있었다.

1952년은 내가 죽도록 앓으며 나날을 보내고 있을 때였다. 그런 대규모의 지하공간이 발견되어 중공군의 군수기지로 사용되고 있다는 말을 듣고도 가서 확인할 생각을 못하고 있다 한 달도 더 지난 어느 날 가서 현장 확인을 했다. 이때가 아마도 강가에서 노동자 둘이 목욕을 하며 '위신 말라죽은 것이 비누' 라고 하는 비누 타령을 들은 며칠 후였을 것이다.

오리농장에서 멀지 않은 곳이었다. 약 3킬로미터의 거리였고 오리농장에 있을 때 나도 한 번 가본 일이 있었다. 친구 남병전은 그곳에 수차 작업을 갔었다. 한번은 몇 사람이 2박 3일 작업을 갔는데 그때 남병전도 갔다. 민박을 하며 그곳 주민 한 사람과 친해져 자주 방문하고 있었기에 그런 사실을 전해들을 수 있었다.

내가 그 사실을 확인하려고 갔을 때 입구 앞에는 6~7미터 높이의 소나무 20여 개를 찍어다 세워 자연생 송림같이 위장하고 중공군 보초 셋이 있었고 조금 거리를 두고 몇이 또 있었다. 한 조 1개 분대씩 입구 경비를 하고 있는 것 같았다.

내가 갑자기 행동에 나서게 되면 현장 확인을 못할 것 같아 미리 보아둬야겠다는 생각에 그 아픈 몸으로 무리를 해가며 현장 확인을 하고 돌아와서는 또 몹시 아파서 움직이지 못하고 있었다.

1953년 7월 휴전이 되었고 중공군은 철수하고 어떤 변동이 있었지 않나 하여 54년 9월 재차 가서 변동 유무를 확인했다. 경비병이 중공군에서 북한군으로 바뀌었을 뿐 다른 변동은 있는 것 같지 않았다.

미군 수사관들의 묻는 말에만 답하라는 말에 말을 못하고 있다 한 수사관이 혹시 군사시설에 관해서는 아는 것이 없느냐는 말에 있다고 하고 그 군수기지에 관하여 다 말해주고 그곳이 중공군의 제2방어선같이 보였고 거의 매일 항공촬영이 있었는데 그 지하기지를 발견하지 못한 것이 이해가 가지 않는다고 했더니 수사관은 귓맛이 씁쓸해하는 듯했다. 미군 수사관들은 나에게 미군 포로에 관해 제일 많이 물었고 다음이 그 군수기지에 관해서였다. 처음 군사 정보대에서 조사하는 데 2주 남짓 걸렸고 그 후 거의 한 달이나 아무 일 없이 있다 몇 차례 짧은 조사가 있은 후 미군 사령부에서 석방령이 내렸다. 북한을 탈출한 지 52일 만이었다.

이때 북한군 귀순자들은 월남한지 반년이 더 된 사람이 많다고 하며 불과 50여 일 만에 석방령이 내린 것은 빽이 있어서 그렇게 석방령이 빨리 내렸다고 '빽, 빽' 하며 불만과 시기와 부러움이 뒤섞인 듯 이상한 행동을 하고 있었다. 50여 일 만에 석방령이 내린 것은 처음이라는 것이다. 하나 나의 가족은 나의 북한 탈출은 고사하고 나의 생사조차 모르고 있었다.

한데 나의 석방은 보류되었다. 한국군 사령부에서도 석방령이 내려야 하는데 한국군 사령부에서는 석방령이 내리지 않았던 것이다. 한국군 사령부에서는 꼭 30일을 더 있다 82일 만에야 석방령이 내렸다. 그 이유도 나는 20여 년이 지난 후에야 짐작할 수 있었다.

20여 년이 지난 후 나는 평생을 정보 분야에서 종사한 군사정보 전문가를 한 사람 알게 되었는데 시일이 흐르며 가까워져 그런 말을 했더니 '그야말로 백만 불짜리 정보'란다. 첩보원을 파견하여도 그런 정보를 수집해오기는 어려울 것이라며 휴전이 되어 정보가치가 반감되었다고도 볼 수 있겠으나 1급 정보에서 해제되지는 않았을 것이라고 하며 1급 정보 제공자의 신분을 뭐 의심했겠냐는 말이었다. 나의 신분을 보장하고도 남을 만큼의 충분한 가치 있는 정보라는 것이다.

그러면서 미군 수사기관에서 처음 몇 차례 조사를 하고 한 달이나 그대로 있었던 것은 워낙 중요한 정보니까 첩보원을 파견하여 진위를 확인하느라고 그랬을 것이고 한국군 사령부에서 한 달이나 그대로 있은 것도 미군에게서 넘겨받은 정보의 중요성에 비추어 진위를 확인하지 않을 수 없었을 것이라는 말이었다. 또 그 정보가 사실로 확인되지 않았으면 나는 이 사회에 나오기 어려웠을지도 모른다는 말이었다.

이렇게 군 수사기관에서는 나를 신임했다고 보겠는데 경찰에서는 왜 그랬는지 지금도 이해가 가지 않는다. 또 언론에서도 외면하는 듯했다.

어떻게든 북한에 억류돼 있는 사람들의 가족을 찾아 소식을 전해주어야겠다는 생각에 49명의 이름과 포로수용소에서의 참상, 김일성의 포로억류 과정을 간단하게나마 기록하여 당시 독자가 제일 많다는 신문사를 방문하여 직접 전달했다. 원고지 70여 매였던 것으로 기억한다. 그런데 무슨 이유에서인지 보도되지 않았다. 글씨가 너무 엉망이어서 보지도 않고 폐기했는지, 글씨가 엉망이라도 더듬더듬이라도 읽을 수 있었을 것이고 49명의 억류 포로의 이름이 있다고 했는데도 보도 되지 않았다. 혹시 경찰의 방해가 있었지 않았나 하는 생각도 들었으나 내가 알 수 있는 일이 못 되었다.

이렇게 경찰에서는 나를 윽박지르려고만 하고 언론에서도 외면하는 듯하니 내가 그들의 가족을 찾아 소식을 전해드리는 것은 거의 불가능하다고 보고 한동안 체념 속에 지내고 있었다.

이러는 동안 어느새 내가 북한을 탈출한 지 3년이 지나 58년이 되었다. 북한 탈출 3년이 지나도록 그들의 가족을 찾아 소식을 전해주지 못하고 있는 것이 죄스럽기까지 했다. 이제라도 어떻게 글들의 이름을 공개하여 알릴 수가 없을까 생각하다 '잡지는 어떨까? 잡지에라도 공개해보자' 하는 생각에서 당시 여원사에서 발행하는 〈현대〉지에 투고했었다. 한데 〈현대〉지는 그만 지령3호에 그치고 말았다. 원고 도착 전 이미 발행이 중단되었던 것이다. 그 잡지에 대한 아무런 사전 지식 없이 원고를 보낸 것이 잘못이었다. 그저 광고를 보고 주소를 찾아 보낸 것이 잘못이었다. 하지만 그때 여원사에서 6·25 특집으로 〈여원〉지에 실어주어 그 원고는 활자화됐었다.

당시만 해도 여성잡지 구독이 활발하지 못했던지 널리 알려지지는 못했다고 본다. 앞서 말한 윤재원 중위의 누님과 춘천 이윤재 군의 부친, 앞서의 탈출 도중 내무서원을 사살하고 노동당원이 되었던 친구 등 세 사람의 가족에게서 연락이 있었고 이시우 씨의 가족에게서도 연락이 있었으나 동명이인인 듯 했다. 친구 남병전은 장기간 같이 있으면서 대구 시내 거주지의 위치를 여러 차례 들었기에 내가 대구에 도착한 그 날로 형수님이 찾아가셔서 소식을 알려드렸다. 그때 나의 가족도 대구에 있었다.

내가 원고를 보낼 때 혹시 방해가 있지 않을까 하여 여동생을 시켜서 보냈고, 이름도 가명인 '홍춘우'로 하였다. 별다른 생각이 있어서 그런 것은 아니었고 원고를 써놓고 실명으로 할까, 익명으로 할까 망설이며 혹시 경찰의 간섭이 또 있지는 않을까 생각하다가 밖을 보니 봄비가 소리 없이 내리고 있었다. 만물의 소생을 재촉하는 봄비. 나도 소생을 해야지 하는 생각에서 홍춘우라고 했을 뿐 별다른 뜻이 있는 것은 아니었다.

나의 날조된 신분

내가 북한을 탈출한지 30년도 더 지난 80년대 후반에 들어서였다. 이때 나는 소규모의 공장을 경영하는 자영업자였다. 장기간 병석에 있는 아내를 돌보기 위해 일찍 퇴근하고 있었다. 어찌됐든 생활이야 못하겠냐 하는 생각에 정오가 지나면서는 직원들에게 맡겨두고 있었다.

어느 날 그 날도 일찍 집에 들어갔는데 병석의 아내가 "은평경찰서 정보과에서 내일 아침 9시까지 나오라는 전화가 있었어요" 하며 "옛날에 포로 됐던 일로 찾는 것 같은데 기분 나쁘게 말을 해요" 한다.

'내가 북한을 탈출한 지 30년도 더 되었는데 무슨 일로 듣기에 기분이 나쁘도록 말을 하며 찾나?' 하는 나도 기분이 좋지 않았다.

은평경찰서 정보과에서는 내가 어디서 어떻게 하고 있는지 조사해 올리라는 상부의 공문으로 나를 찾았다는 것이다. 공문에 있는 신촌 주소에 가보았으나 찾을 길이 없어 컴퓨터에 입력했더니 주소와 전화번호가 나와 연락을 했다는 말이다.

조사 담당자의 첫마디가 "선생은 중공군 장교 출신 귀순자로, 연령으로 보아 하위급 장교는 아니었을 것 같은데 계급이 무엇이었습니까?" 한다.

참 기가 찼다. 하도 어이없어 말이 나오지 않았다. '어떻게 내가 중공군 장교 출신 귀순자로 둔갑해 있단 말인가' 생각하며 "누가 나를 중공군 장교 출신이라고 합디까? 중공군은 남의 나라 자기 집 안방에 앉아 있는 사람을 장교로 임관한답디까. 나는 아직 해외에는 한 발자국도 나가본 일이 없는 사람이오?" 하며 따지듯 말했더니 사무실에 있는 정보과 직원 모두가 의아해하는 기색이었고 조사 담당자는 약간 당황해하는 듯하며 "우리가 뭐 압니까? 공문에 그렇게 되어 있으니까 그렇겠거니 했지요" 한다. 또 담당자가 이것저것 물으며 계속 귀순자라고 하고 있었다. "나는 귀순자가 아니오. 귀환자요. 집을 나갔던 사람이 집을 찾아 돌아온 것이지 상대편 진영에서 투항해온 사람이 아니오. 귀순자와 귀환자는 엄연히 구분되어야 할 것이오" 했더니 광의의 뜻이 어쩌고 하고 있었다.

그런데 당시 자유당 이승만 정권이 무슨 이유로 나를 중공군 장교 출신 귀순자로 만들어놓고 감시하려고 했을까? 처음에는 경찰의 착오였을까? 생각했으나 그런 착오는 있을 수 없을 것으로 보이고 허위 날조로만 생각되었다. 해외에는 한 발도 나가본 일이 없는 사람을 착오로 외국군 투항자로 만들었다고는 생각할 수 없다. 그것도 일반 병사라면 모르겠는데 장교로 되어 있는 것을 착오로 볼 수는 없다. 분명 고의 조작이다. 사복경찰이 친인척 댁 방문을 방해하려고 했던 것을 보아도 알 수 있다. 우리 경찰이 무슨 이유로 나를 적군 장교 투항자로 조작했을까? 나로서는 해소할 수 없는 영원한 의문이다.

하지만 추리는 해볼 수 있다. 당시 우리 국민은 일선에서 적에게 끌려간 장병이 얼마나 되는지를 짐작이라도 할 수 있는 사람이 별로 많지 않았을 것이다. 그러나 정부 당국에서는 비록 추정치이기는 하지만 실지 수치에 크게 어긋나지 않는 수치추정을 하고 있었을 것으로 보아야 할 것이다. 더욱이 김일성이 개전 한 달에 6만 5천의 적병을 생포했다고 공개방송까지 했는데 실지 수치에 근사한 수치 추정조차 하지 못하고 있었다면 그것은 정부도 아니라고 할 것이다.

1951년 12월 판문점에서 남북 쌍방의 포로명부를 교환했을 때 김일성이 제공한 포로명부에는 한국군 포로가 겨우 7,142명에 불과했다. 당시 우리측에서는 국군 실종자가 최소한 8만 8천 명 이상일 것으로 보고 있었다. 실종자는 거의 포로가 된 것으로 보아야 할 것이다. 즉, 실종자=포로인 것이다. 한데 포로교환 시 실지 송환되어 온 포로는 8,321명이었다. 포로명부 교환 시보다 실지 송환되어 온 포로가 1,179명이 더 많았다. 이것은 전쟁 후기의 포로도 적지 않았다는 증거가 되는 것이다. 전쟁 후기의 포로를 6천명~7천명 이상으로 본다면 총 실종자 수는 9만 4천~9만 5천 명이 된다. 그 중 송환되어 온 8,321명과 김일성이 모택동의 전술을 본받는다고 북한군에 편입시킨 수를 5천명~6천명 정도로 본다면 나머지 포로는 8만 여 명이다. 이 8만 여 명의 포로 중 반 정도인 4만 명 내외는 1951년 4월부터 9월까지의 기간에 학살되고 나머지 4만 명 내외는 김일성이 북한에 억류해둔 것으로 보아야 할 것이다. 그 자세한 것은 앞서 포로 억류에 관해 말 한 바 그대로다.

조사 담당자에게 내가 "북한을 탈출한 지가 30여 년인데 무슨 일로 이 조사를 또 하느냐"고 물었을 때 담당자는 "사건이 오래 되었으니까 마무리를 지으려고 하는 것이겠지요" 한다. 이때까지 내 문제가 사건 계류 중에 있었다는 말이다. 중공군 장교 출신 귀순자로 날조하여 감시대상 적색 리스트에 올려놓고 있다가 30여 년의 시간이 흘러 더 이상 계류 상태로 방치해둘 수 없으니까 사건종결을 위해 나의 현재 신상을 확인하려고 일선 경찰서에 신원확인을 의뢰한 것으로 보였다.

정말 기가 막혔다. 우리 경찰이 무슨 이유로 나를 터무니없는 거짓 신분 날조로 감시대상 리스트에 올려놓고 감시하고 있었단 말인가. 그것도 30여 년이나.

1952년 2월 윤재원 중위와 같이 탈출을 위한 사전정보를 얻기 위해

나섰다가 중공군 군단정치부 영창에도 끌려갔었다. 1953년 9월 개성
지구 비무장지대 근처 옥시미라는 곳에서 그 곳 자위대에게 체포되어
북한 개성지구 사회안전부 영창 신세도 졌다. 1955년 2월 구사일생으
로, 정말 구사일생으로 군사분계선을 돌파하여 북한 탈출에 성공했을
때 나를 맞이한 곳은 차디찬 콘크리트 바닥의 MP 영창 독방이었다. ‘
　내가 왜 무엇 때문에 남북으로 다니며 외국군 영창엘 드나들어야 하
나’ 하는 한탄 속에서도 내가 자유인이 되기 위한 불가피한 과정으로
도 생각했었다. 그런데 자유인이 되었다고 생각했을 때 나는 이미 우
리 경찰의 요감시대상 리스트에 올라 있었다. 중공군 장교출신 귀순자
의 날조된 신분으로 30여 년이나 감시를 받아야 했다. 우리 경찰이 이
러했으니 내가 설 땅이 어디였단 말인가. 국가권력이 무고한 한 국민
의 인권을 이렇게 마구잡이식으로 유린할 수 있단 말인가.

　이쯤에서 나의 추리를 마무리 지어야 하겠다. 우리 경찰이 무엇 때
문에 나를 중공군 장교 출신으로 조작했을까?
　앞서 나는 행방이 묘연한 국군 포로가 8만 여 명이고 그 중 약 반 정
도는 학살되고 약 반인 4만 명 정도는 김일성이 그대로 억류해둔 것으
로 본다고 했다. 또 이러한 사실을 많은 국민이 알지 못하고 있다고도
했다. 많은 국민이 모르고 있는 이러한 사실이 갑자기 공개되어 널리
알려지면 국민의 분노가 탱천할 것은 명약관화다. 국민의 그러한 분노
는 집권층에 부담이 될 것으로 보고 그 부담을 피해보려고 나를 중공군
장교 출신 귀순자로 날조하여 엄격히 감시하려고 했던 것은 아닐까?
　내가 친인척 댁을 방문했을 때 마다 사복경찰이 나타나 “그 사람이
무엇 하려고 왔었느냐?” “왜 자주 오느냐?” “왜 또 왔었느냐?”고 다그
치듯 한 것도 내가 나다니며 만나는 사람들과 대화 중 북한의 실정을
말할 것이고 자연이 억류 포로의 이야기도 나올 것이다. 그 억류 포로

의 이야기를 자주 하다 보면 자칫 확산될지도 모르니까 그것을 원천봉
쇄하려고 그렇게 했던 것은 아닐까? 그래서 신문사 원고도 회수했던
것은 아닐까? 당시만 해도 대공사찰기관에서 나를 중공군 장교 출신
요감시대상 인물이라고 하며 대공방첩상 필요해 회수한다고 하면 아
무리 언론기관이라고 해도 원고를 내주지 않을 수 없었을 것이다.

　또한 멀지 않은, 앞으로 있을 대통령선거가 휴전 후 첫 선거다. 수만
명의 포로가 북한에 억류돼 있다는 것이 쟁점화 되면 집권측에 이로울
것이 없다는 판단에 그렇게 했던 것은 아닐까?

기억 회복을 위하여

내가 북한을 탈출했을 때 나는 기억력이 정상이 아니었다. 지난날의 많은 부분이 기억에서 사라져 있었다. 부분적 기억상실증이 아니었을까 생각한다. 윤재원 중위와 같이 탈출할 것을 의논하며 그의 신상이야기를 여러 번 들어서 잘 알고 있었는데 북한 탈출 후 그의 누님이 서신에 동생이 사병이라고 한 것을 보고 장교가 틀림없는데 가족이 왜 장교인 것을 모르고 있을까 하고 의아해하기만 했다. 불과 5년 전 일인데 그렇게 까맣게 잊고 있었다.

이렇게 기억력이 희미해져 있었으니 답답하기 그지없었다. 또 기억력이 그렇게 희미해진 것은 나만이 아니었다. 북한을 탈출하기 거의 1년 전쯤이었던 것 같다. 이윤재 군과 다른 친구 두엇과 같이 앉아 이야기를 나누고 있었는데 이윤재 군이 생각에 잠기는 듯하더니 느닷없이 나를 향하며 "김형, 우리 어머니가 몇 살이신지 몰라요?" 하고 자기 어머니의 연세를 묻는 것이었다. "내가 너의 어머니를 본 일이 없는데 어떻게 알겠느냐” 했더니 어머니 연세가 어떻게 되는지 아무리 생각해도 생각이 나지 않는다고 하고 있었다. 이렇게 어머니의 나이도 생각나지 않을 만큼 고통이 가혹했다.

포로병 대부분이 이렇게 기억력이 희미해져 있었다. 기억력이 이 지경이었으니 기억력 회복을 위해서도 나는 적지 않은 노력을 기울여야 했다.

다시 포로가 될 당시로 돌아가 그 후의 과정을 머릿속에서 하나하나 되짚어 생각하고 메모를 해가며 이어나가야 했다. 생각이 나지 않을 때에는 며칠씩 두고 그때를 더듬어야 했다. 그래도 생각이 나지 않을 때에는 어디서 어디까지 인지를 물음표로 표시해놓고 기억이 되살아 날 때까지 두고두고 쥐어짜 가며 몇 번이고 더듬어야 했다.

이렇게 쥐어짜기 생각을 되풀이하며 4년여를 지나면서 내 기억력은 거의 완전히 회복되었다. 그런데 사건 경위는 대부분 되살아났는데 몇 사람의 인명은 아무리 쥐어짜도 생각이 나지 않는다. 죽어도 포로는 되지 않으려고 권총으로 자신의 목을 쏜 김 대위의 이름 등 몇 사람의 이름이 도통 생각나지 않는다.

이렇게 4년여를 생각하며 써놓았던 메모를 정리했을 때 원고지 2,700매가 조금 더 되었다. 원고를 정리해놓고 이것을 어떻게 할까? 처음부터 출판을 염두에 두고 쓴 것이 아니기에 어떻게 할지 망설이게 되었다.

생각 끝에 글 쓰시는 분에게 드려서 자료로라도 이용하도록 하는 것이 좋지 않을까 하는 생각이 들었다. 그렇다고 글 쓰시는 분중 아는 분이 있는 것도 아니었다. 그저 글 쓰시는 분 중 어느 분에게나 드릴 생각이었다. 생각 끝에 작고하신 박계주 선생을 찾았다. 그분의 작품을 읽은 기억에서 그랬을 것이다.

당시 명동에 동방싸롱이라는 다방이 있었다. 그 다방에 문인들의 출입이 많다는 말을 듣고 그 다방에 가서 여종업원에게 물었더니 마침 박계주 선생이 나와 계셨다.

박계주 선생은 자초지종을 들으시고 댁으로 가져오라고 하시며 돈암동 전차 종점에서 미아리를 향하여 우측으로 들어서서 골짜기 중간쯤에서 물으면 동리분들은 거의가 다 알고 있으니까 어렵지 않게 찾을 수 있을 것이라고 하셨다. 그리고 다른 바쁜 일로 한 달은 지나야 볼 시간이 되겠다고 하며 한 달 후에 다시 보자고 하셨다.

두 달 가량 후 박계주 선생을 다시 찾았다. 마침 댁에 계셨다. 박계주 선생은 전시에 종군작가로 종군했다고 하며, 휴전 후 미군 정훈부에서 송환되어 오는 한국군 포로의 수기 나오는 것이 있으면 구해달라는 부탁이 여러 번 있었는데 나오는 것이 없어서 구해주지 못했다고 하며 "5년도 더 지나 이제야 나왔으니 이것을 어쩐다" 하신다.

나는 내심 적지 않게 놀랐다. 어떻게 수기가 한 편도 나온 것이 없었단 말인가. 수기를 쓸 만한 분이 없었던 것도 아닌데 왜 한 편도 나온 것이 없었단 말인가. 군의관 포로도 있었고 대학 재학 중 전쟁으로 단기 교육 받고 임관된 장교 포로도 있었다. 내가 만났던 그런 장교 포로도 6~7명이나 된다. 한데 어떻게 수기가 한 편도 없단 말인가. 그들 모두가 송환되어 오지 못했단 말인가. 8천 몇 백 명의 송환포로가 있었기에 김일성의 포로학대가 어떠했는가 그 참상이 다 알려졌을 것으로 생각했는데 한 편의 수기도 나온 것이 없다는 말에 '김일성의 포로학살 그 참상이 거의 알려지지 않았겠구나, 알려졌다고 해도 개인 개인이 한두 마디씩 전하는 토막 이야기로 떠돌다 말았겠구나' 생각되었다. 김일성의 포로학살 참상은 반드시 역사의 심판을 받아야 한다. 천인이 공노할 그 참상이 역사의 뒤편에 그대로 묻혀버려서는 안 된다.

나는 김일성의 포로학살을 히틀러의 아우슈비츠 참상에 비유한 적이 있었다. 규모 면에서는 아우슈비츠와 비교가 안 되겠지만 죽어나간 사람들 각 개인의 고통의 심도에 있어서는 아우슈비츠보다 한층 더 가혹했다고 생각한다.

히틀러는 많은 인명을 살해하며 가스실에서 질식사시켰다. 그 임종의 시간이 그리 길지 않았을 것이다. 죽음에 이르는 고통의 시간을 조금이나마 단축시켜 주었다고 하겠다. 하나 김일성은 그 임종의 순간까지도 괴로움이 더하도록 인위적 고통을 가중시켰다. 발자국을 뗄 수 없는 사람들까지도 대피소로 가야 한다며 끌고 다녔다.

나는 여기서 끔찍한 말을 하나 전하겠다. 1951년 7월 어느 날일 것이다. 그 날도 대피소로 간다며 숲 속에 가 앉아 있을 때였다. 바로 내 다음다음 열에 앉아 있는 두 사람이 주고받는 말이었다.

포로병 A "지금 우리를 돼지 잡듯 잡아서 끓인다면 기름 한 방울 뜰까?"

포로병 B "기름 한 방울이 어디에가 있어서 떠?" 한다.

그렇다. 그때의 우리의 몸에는 단 한 방울의 지방분도 남아 있지 않을 만큼 말 그대로 미라였다.

그 참상을 다시 한 번 말한다. 나는 앞서 휴전회담이 개최되지 않았으면 포로는 전멸을 면하기 어려웠을 것이라고 했다. 휴전회담이 개최된다고 알려준 것이 1951년 7월 초였다. 그러니까 강대국 간에 휴전설이 나돌기 시작한 것은 그보다 훨씬 전이었을 것이다. 그 시기와 거의 같이하여 김일성은 포로처우를 개선해야겠다는 생각을 했던 것이 아닐까 생각한다. 그 증거로 수용밀도를 들 수 있겠다.

1951년 6월 26일 폭격이 위험하다고 하며 창고 건물로 끌고 나왔을 때 한 사람에게 가마니 뜬 것을 한 장씩 주며 이제부터는 편안히 있을 것이라고 했다. 인체 생명 유지를 위한 최소한의 공간을 허용한다는 말이었다. 이것은 가마니 뜬 것 외에는 비용이 하나도 더 들지 않은 처우개선이다. 있는 시설에 사람만 옮겨갔으니까 비용 들을 것이 없었다.

이렇게 충분히 수용할 시설물이 있는데도 비워두고 아무런 표시도 하지 않고 폭격이 위험하다고만 하며 협소한 토굴에 상상을 초월하는 밀집수용을 했다. 가마니 뜬 것 한 장 면적에 다섯 사람이 조금 더 되는 밀도였고 24시간 그렇게 있어야 했다.

이런 상황에서 수용인원 2천 명 미만인 수용소에서 제일 적게 죽은 날은 5명이 죽었고, 제일 많이 죽은 날은 13명이 죽었다. 1951년 4월부터 반년이 더 가도록 하루도 빠짐없이 매일 그렇게 죽었다. 한 번의 주사로 페스트까지 여덟 가지 전염병을 예방한다는 알 수 없는 예방주사라는 것까지 강제로 놓아주어 죽였다. 휴전회담이 개최되고 대우가 개선될 때까지 계속 그렇게 죽었다. 그렇게 죽은 그들 모두가 20대 청년이다.

이 참상은 꼭 역사의 심판대에 올라야 한다는 생각이었는데 박계주 선생은 실망스런 말씀을 하신다.

분량이 너무 방대하여 출판이 어렵다고 하시고 박계주 선생이 보시기에 7백 매 정도가 적합할 것 같다며 7백 매 정도로 재정리하라고 하셨다. 그렇게 해도 출판계의 경기가 말이 아니어서 받아줄 출판사가 있을지 의문이라며 받아주는 출판사가 나서지 않으면 자비출판을 하라고 하셨다. 자료로 남겨두어야 할 부분이 많다고 하시며 꼭 자비 출판을 해서라도 자료로 남겨두어야 한다고 하셨다. 말씀하시는 태도로 보아 그것을 재정리해도 활자화해줄 출판사는 거의 없을 것으로 생각되었다.

나는 처음부터 활자화를 염두에 두고 집필했던 것도 아니고 기억력 회복을 위해 토막토막 기록했던 것이고, 그렇게라도 기록한 것을 그냥 버리기가 아까운 생각에 들고 나왔던 것인데 박계주 선생은 마무리까지 네가 해야 한다는 생각인 듯 했다. 출판을 의식하고 쓴 것이 아니라는 말에는 활자화해야 다른 사람이 자료로 이용할 수도 있다고 하며 한 번 활자화하면 영원히 남아 있을 것이니 꼭 자비출판을 해서라도 남겨놓아야 한다는 당부의 말씀이다.

박계주 선생의 말씀에 "예" 하고 대답은 했지만 나는 마음이 몹시 무거웠다. 출판비가 얼마가 될지는 알 수 없지만 적고 많고 간에 자비출판은 엄두도 못 낼 일이었다. 나는 이때까지도 한 푼의 수입도 없이 무위도식하고 있었다. 이제 다소라도 건강이 나아졌으니 생계해결에 나서야지 그것을 붙들고 있을 시간이 없었다. 또 생계해결이 된다 해도 내 능력으로는 출판비까지 마련하기는 불가능할 것으로 생각되었다.

그리하여 재정리고 자비출판이고 거의 포기상태에서 오랜 시간이 지나고 좁은 살림집에서 이리저리 굴러다니며 한 장 두 장 손실된 것이 적지 않아 원고를 그대로 폐기했었다.

10여 년이 지나며 생활은 안정되었으나 아내가 불치의 병으로 장기간 병상 신세를 지게 되면서 혼자 살림살이 꾸려가기도 어려워 다른 생각을 할 여지가 없었다.

나는 아내가 병상에서라도 오래 살아 있기를 기대했으나 그나마도 내 뜻과는 달리 아내는 내 곁을 떠났고 몇 년을 망연한 속에 지내다 2000년이 되어 6·25 50주년을 맞으면서 당시를 회상하지 않을 수 없었다.

당시를 회상하는 나는 당시의 생생한 기억이 뼈가 저리도록 아픔으로 다가왔다. 북한 탈출 후 기억력 회복을 위해 4년여를 두고 수없이 여러 번 기억을 더듬어서인지 그 참혹했던 장면들이 50년이 지난 지금까지도 하나하나 너무도 생생하게 내 기억 속에 살아 있었다.

그 참혹했던 생생한 기억을 더듬으면서 '그 참혹했던 사실이 역사의 그늘 속에 그대로 묻혀버리고 말 것인가. 아니다. 그 참혹했던 사실이 역사의 어두운 그늘에 그대로 묻혀버려서는 안 된다. 단 몇 줄의 짧은 기록으로라도 역사의 조명을 받아야 한다. 그 일을 할 사람이 누구인가. 50년의 시간이 흐르는 사이 그 일을 할 만한 사람이 거의 사라진 것 같다. 이제 그 일을 나라도 맡고 나서야 할 것 같다. 아니 나 아니고는 있지도 않을 것 같다. 능력이 너무 부족하지만 나라도 나서야 하겠다'는 생각이 들었다.

사실 나 자신이 체험한 일이지만 나는 능력이 너무 부족하다. 한글도 제대로 가르치지 않는 일제하 시골에서 겨우 초등교육이나 받은 내 능력으로는 그때의 참상을 그대로 전한다는 것은 불가능하리라 생각하지만 부족하더라도 내가 해야겠다는 생각에 이 작업을 다시 시작하였다.

일을 시작은 했지만 진행이 너무 느렸다. 이때도 나는 바쁜 시간을 보내고 있었다. 하루 한두 장 쓸 때도 있고, 한 달 넘게 손을 못 댈 때도 여러 차례였다.

또 작업을 시작하고 보니 분량이 너무 많아질 것 같다. 박계주 선생은 7백 매 정도가 적합할 것 같다고 했는데 일을 진행하여 보니 분량이 그 배는 될 것 같다. 내 능력 부족의 탓도 있겠지만 그때는 말할 수 없는 장면이 많았다.

나의 여자 친구 미스 황과의 일, 노동당원 신 선생과의 관계, 재일교포 출신 박 선생과의 일, 나와 북한을 동반 탈출한 김 선생 형제분들의 이야기, 북한 탈출 행동 중 내무서원을 사살하고 노동당원이 되었던 포로병 친구이야기, 8 · 15 후 나의 고향에서의 이야기 등 모두가 그때는 공개해 말할 수 없는 일들이었다. 이제 50여년의 세월이 흘러 거의가 저 세상 사람이 되었을 것 같고 혹시 생존자가 있고 그때의 나와의 관계가 알려진다고 해도 공산당에게 끌려가 죽임을 당할 사람은 별로 없을 것 같아 모두를 말하다 보니 자연 분량이 많아졌다.

박계주 선생은 700매 정도가 적당할 것 같다고 했는데 2,700매나 되었던 것은 나의 능력 부족의 탓이 컸다고도 보지만 북한사회에서 4년여를 지내며 보고들은 것을 거의 다 기록했기 때문이었다. 지금은 다 잊어버리고 기억에 남아 있는 것이 별로 없다. 두 가지만 말하겠다.

휴전 성립 몇 달 뒤부터 학교가 재개되어 학생들이 등교하고 있었다. 이웃에 중학교 1학년 학생이 있었다. 1954년 초여름 어느 날 저녁 나절 나는 이웃집 마당에 펼쳐놓은 자리에 끌려져 있는 학생 책보에서 국사교과서를 발견하고 펼쳐보았다. 대충 훑어보던 나는 세종대왕의 한글 제정에 관한 곳에 눈길이 멈추었다. 우리가 알고 있는 사실과 많이 달라 글로 옮겨본다.

"한글은 세종왕이 인민이 문자를 쉽게 깨우치게 하기 위해 제정한 것이 아니라 인민의 요구에 의해 마지못해 제정했다"는 것이다.

그렇게 볼 수밖에 없는 근거가 유럽의 문예부흥기와 시기를 거의 같이 한다는 것이다. 유럽의 문예부흥이 피지배계층에서 발원되었듯이 우리나라의 한글 제정도 절대다수인 피지배계층의 요구에 의하여 제정되었다고 한다. 인민의 요구가 무엇인지를 간파한 왕이 그 요구가 묵살할 수 없는 경지에까지 왔다고 보고 피지배계층에게 선심을 쓰는 척 생색을 냈다는 것이다. 연산조에 이르러 한글을 탄압한 것만 보아도 알 수 있다는 것이다.

1953년 이앙기 때였다. 모를 내는데 밀식이앙을 하라는 것이었다. 현재까지는 8치 이앙이었는데 모의 간격을 6치로 줄이라는 것이다. 이 지시에 농민들은 그렇게 밀식이앙을 하면 벼가 허약하게 자라고 통풍이 안 돼 썩어버린다며 안 된다고 해도 막무가내였다. 이앙기에 행정기관이 총동원되어 밀식이앙을 독려했다. 김일성의 욕심은 벼가 포기수만 많으면 수확이 많을 것으로만 믿고 있었는지도 모른다.

7월에 들어 벼가 한창 자랄 때 농민들은 모를 뽑아내 논두렁에다 산더미같이 쌓아놓고 있었다. "욕심은 많아 좁은 땅에 심기만 하면 될 것 같이 지랄을 해놓고 안 해도 될 고생을 한다."며 불평을 하고 있었다.

부록 1

잊을 수 없는 사람들

김 대위

포로생활을 하면서 수 많은 이들을 만났다. 그 중에서 잊을 수 없는 이들에 대한 이야기를 하고자 한다.

내가 처음 죽음의 대기소로 간 다음날 먼저 있던 토굴 책임자-소대장이라고 했고 평안북도 영변 출신 김 동무라고 했다-가 나를 찾아왔다. 어떤 외상환자를 입원시키려고 하는데 부상환자 수용 토굴이 어디인지 몰라 그 위치를 확인하고 오는 길인데 바로 이 앞을 지나게 되어 잠깐 들렀다는 말이었다.

그의 말인즉 전날 저녁 무렵 안면 부상환자 한 사람이 왔는데 식사를 하라고 하니까 "이때까지 뙤놈들한테 시달리다 왔는데 당신들까지 나를 괴롭히느냐? 나는 빨리 죽어야 할 사람이다. 먹으라고도 마시라고도 하지 말라"고 더듬더듬 말하고는 말하기도 어렵다고 더 이상 말도 하지 않으려고 한다는 것이다.

나는 내심 '대단한 사람이구나' 생각하며 '그 사람이 정말 죽고 내가 만에 하나라도 살아서 대한민국으로 돌아간다면 그 사람의 유가족을 찾아 소식을 전해주어야겠다' 는 생각이 들었다.

나는 영변 김 동무에게 그 사람의 신상관계를 조용히 차근차근 물어보아 자세히 알아두었다가 내가 이곳을 나가 다시 만나면 알려달라고 부탁을 했다.

사실 나는 전염병의 고비를 넘기고 죽음의 대기소로 갔던 것이다. 처음 발병했을 때 옆에서 눈치채지 못하도록 숨기고 있다가 병이 절정에 이르렀을 때 나도 모르게 신음 소리가 새어나와 옆사람에게 알려졌고 그러고도 3, 4일 후에야 죽음의 대기소로 갔던 것이다.

며칠 후 나는 열이 좀 내리는 듯하기에 다 나았다고 하고 그 죽음의 대기소를 빠져나와 먼저 있던 곳으로 가 영변 김 동무를 다시 만났고 그 사람에 관한 자세한 말을 들었다.

영변 김 동무는 내가 부탁했던 대로 그 안면 부상환자의 신상관계와 포로수용소에 입소할 때까지의 일을 자세히 알아두었다가 내게 알려주었다. 그러나 내가 북한을 탈출했을 때 가장 중요한 그의 이름과 소속을 기억하지 못하고 있었다. 다만 성씨가 김씨, 계급은 대위, 직책은 일선 중대장, 고향은 평양 사동이라는 것이 기억에 남아 있었다.

1951년 2월 초 미군과 교대하여 전선을 인수한 김 대위의 사단은 즉시 적과 접촉하게 되었고, 주간에는 주로 아군이 공격을 하고 야간에는 적이 기습 공격을 해오는 주공야방의 공방전이 10일 가량 계속되던 중 2월 11일 저녁 무렵 적은 총공격을 가해왔다. 더욱이 연일 계속되는 전투중 아군 후방에 침투 잠복해 있던 상당수의 적이 동시에 행동을 개시해 후방 상급부대와 통신이 차단되었다. 그래도 그날 밤 사용할 실탄은 보급되어 있었다.

기습공격을 해올 때와는 달리 이 날은 신호탄이 오르고 나팔을 불고 꽹과리를 치고 짐작조차 할 수 없도록 엄청나게 많은 적이 노도와 같이 밀려들고 있었다. 일부에서는 기마대까지 밀려나오고 있었다. 상급부대와는 상황보고 중 심상치 않은 총성이 송수화기에서 들려오며 유무선이 모두 불통이다. 불길한 예감이 머리를 스친다. '전선이 완전히 고립되었구나' 생각하며 김 대위는 각 소대장에게 명령을 하달한다. "실탄을 아껴라. 일발필살의 사격으로 현 위치를 사수하라. 오늘밤은 더 이상 실탄 보급이 없다. 어떠한 일이 있어도 현 위치를 사수해야 한다.”

적은 죽여도 죽여도 한이 없었다. 피해가 크면 잠시 주춤했다가는 또 밀려들기를 여러 차례 되풀이했다. 그러는 사이 김 대위의 중대도 피해가 증가해 갔다. 잠시 주춤한 사이 피해를 점검해보니 병력손실이 이미 과반수다. 처절한 전투는 계속되었다. 중대의 저항이 감소되어 갈수록 적의 압박은 그만큼 가중되고 있었다.

잠시 주춤한 사이 인원을 점검했을 때 생존자는 거의 소대단위에 가까웠다. 인원을 점검하며 저항선을 약간 조정하는데 적은 또 밀려들고 있었다. 저항선이 축소되었으니까 적의 압박은 더욱 가중되었다.

동이 트며 전방이 어느 정도 식별 가능해졌다. 무수한 적이 최후의 돌격을 해오는 듯했다. 이때 이미 들려오는 총성으로 중대원이 10여명 정도일 것이라는 것을 알고 있었다. 중대가 거의 전멸한 것이다. 적은 몇 미터 앞까지 달려들고 있었다. ‘드디어 최후가 왔구나’ 생각하는 순간 죽어도 포로는 안 되겠다는 생각에서 손의 권총을 돌려 자신의 목에다 대고 방아쇠를 당겼다.

시간이 얼마나 흘렀는지 모른다. 눈이 캄캄한 게 아무것도 안 보이는데 희미하게 이상한 소리가 들려온다. ‘내가 분명히 죽었을 텐데. 이것이 이승인가 저승인가’ 하고 있는데 통증 같은 것이 느껴지고 들려오는 소리도 사람의 소리인 듯했다. ‘그럼 내가 죽지 않고 포로가 되었단 말인가? 포로가 됐어?’

죽지 않고 포로가 되어 어느 중공군 부대 의무실에 누워 있다는 사실을 확인했을 때 김대위는 ‘꼭 죽으려고 했는데 죽지 않고 포로가 되다니’ 하고 포로가 된 것을 통분해하며 ‘이제라도 죽어야겠다’는 생각에 머리를 온통 싸 감은 붕대를 다 끌러버렸다. 붕대를 끌러버린 것을 보고는 뭐라고 떠들며 와서 또 감아주었다. 가만히 인기척을 살피다

또 끌러버렸다. 이렇게 붕대를 감아주면 끌러버리고 감아주면 또 끌러
버리기를 여러 차례 했을 때 어디엔가 먼 거리를 이동해갔다.

이동해 갔어도 여러 차례 붕대를 끌러버렸을 때 중공군 의무 당국에
서는 위생병 한 사람을 고정 배치해놓았다. 그 위생병은 물이나 미음
같은 것을 떠 넣어주기도 했다. 김 대위는 그때마다 안 마시려고 “푸
우, 푸우” 하며 입으로 들어오는 것을 뱉어버리려고 했다. 그러나 너무
지쳐서 때로는 넘어가기도 했다.

김 대위의 이러한 삶이 장장 60여 일이나 계속되었다. 김 대위의 그
60여 일은 전선에서 악전고투의 전투행위보다 백배도 더한 고통의 연
속이었을 것이다. 김대위는 초지일관 끝내 의지를 굽히지 않았다. 정
말 그 초인적인 의지에 머리가 절로 수그러진다.

김 대위의 부상은 중상이기는 해도 그렇게 치명적인 부상은 아니었
던 것 같다. 중공군 의료진의 어설픈 치료라도 잘 받았으면 생존이 가
능했을 것이지만 김 대위는 끝내 그런 삶을 거부했다.

김 대위의 부상 상태는 턱밑 약간 오른쪽으로 총탄이 들어가 왼쪽
눈밑 코허리 옆을 관통했다고 했다. 어떻게 그렇게 되었는지 조금 납
득하기 어려운 관통상이었다.

영변 김 동무가 “그래도 이대로 죽을 수는 없지 않느냐”고 했을 때
김 대위는 “아니오. 나는 150여 명의 부하를 하룻밤에 다 죽였소. 내가
투항을 했으면 부하를 다 죽이지는 않았을 것이오. 그러나 투항을 한
다는 것은 생각해본 일이 없소. 전투에 임해 최선을 다하다 여의치 않
으면 죽음뿐이라는 것이 나의 신념이었소. 그래서 상황이 거의 절망적
이라는 판단을 하고도 저항을 계속했던 것이오.”

김 대위가 죽음의 토굴로 들어가며 마지막 남겼다는 말. “나는 전투
에 임해 최선을 다했소마는 역부족이었소. 이제 내게는 죽음이 있을
뿐이오.”

영변 김 동무는 김 대위의 소식을 매일 알아보고 있었다. 김 대위는 죽음의 대기소로 간 지 사흘 만에 영원히 눈을 감았다. 이것이 1951년 4월 16일에서 18일 사이의 일이었다.

그때 나는 김 대위의 명복도 빌지 못했다. 이제나마 그의 명복을 빌어야겠다.

'김 대위여! 당신이 그렇게도 미워하던 공산주의는 20세기의 악령입니다. 이제 그 악령의 꼬리 끝마저 사라질 시간이 머지않은 듯하오. 고이 잠드소서.'

김 대위의 말을 다 하고 영변 김 동무는 자신의 처지도 잊은 듯 "아까운 사람 죽었습니다"라고 하며 깊은 한숨을 토해내고 있었다.

영변 김 동무의 처지. 그 처지가 어떤 처지였던가. 내가 있던 토굴에는 북한 출신 포로가 10여 명 있었다. 영변 김 동무도 그 중 한 사람이었다. 국군을 따라 피난 나오다 입대했다고 했다. 이런 사람이 몇 사람 있었고 전쟁 전에 월남했던 사람도 몇 있었다. 이들은 자기들은 죽은 목숨이라고 하며 아마도 덕천 중범인수용소로 끌려가게 될 것이라고 하며 시름에 차 있었다. 덕천 중범인수용소는 한 번 들어가면 살아서는 다시 못 나오는 곳이라고 했다.

어느 날 밤 이들이 감쪽같이 없어졌다. 아침에 보니 한 사람도 없었다. 보통 포로의 소규모 이동은 초저녁에 호명해서 어디론가 가는 공개 이동이었는데 북한 출신 포로들은 심야에 쥐도 새도 모르게 없어졌다.

그리고 김 대위의 일에 풀리지 않는 의문이 하나 있다. 중공군이 왜 김 대위를 살리려고 그렇게까지 애쓰며 노력을 했을까 하는 점이다. 당시 중공군은 보행이 불가능한 포로는 그대로 방치해 모두 동사한 것으로 알고 있다. 한데 유독 김 대위만은 살리려고 끝까지 노력을 했을까. 중공군 자기네 부상병도 후송하기 어려운데 김 대위를 살리려고 후송하고 위생병까지 고정 배치하여 살리려고 노력을 했을까. 아무리 생각해도 의문이 풀리지 않는다. 어쨌든 김 대위의 죽기 위한 투쟁은 장장 60여 일 동안 계속되었다.

처음 김 대위의 말을 들었을 때 나는 만의 하나라도 내가 살아서 대한민국으로 돌아간다면 김 대위의 유가족을 찾아 자세한 소식을 전해 주어야겠다고 생각했다. 그러나 나는 오늘 현재까지 김 대위의 유가족을 찾아 소식을 전해드리지 못하고 있다. 김 대위라고만 기억할 뿐 이름도 소속도 모르고는 찾을 수가 없기 때문이다. 김 대위의 이름과 소속을 생각해내려고 아무리 기억을 더듬어도 소용없었다.

그런데 김 대위가 유명을 달리한 지도 45년이 지난 1996년 연말경 12중대장이라는 생각이 어렴풋이 떠오르는 것이었다. "12중대장, 12중대장" 하고 12중대장을 수없이 되풀이하며 연대를 생각했으나 연대는 생각나지 않는다. 15연대 12중대장이라고 한 것도 같은데 연대는 자신이 없다. 12중대장인 것은 십중팔구 틀림이 없는 것 같은데 연대는 반신반의다.

그런데 그 12중대장이라는 것만 갖고도 찾을 수 있지 않을까 하는 생각이다. 당시 그 전투에 투입되었던 병력이 국군 제3, 제5, 제8 등 3개 사단(한국전쟁사, 제5권, p136 참조)이었는데 그 중 제8사단이 아니었던 것은 틀림없다. 제3, 제5 양 사단 소속 어느 연대였겠는데 혹시 사단이나 연대에 당시의 인사기록이 남아 있다면 찾을 수 있지 않을까 하는 생각이다. 그 두 사단 각 연대의 12중대장의 이름을 조사하여 그 중 김씨 성에, 대위에, 중대장 직책에 있었고 평양 사동과 연관이 있는 사람이면 그때의 그 김 대위가 틀림없지 않을까 하는 생각이다.

노동당원 신 선생

중화역에서 도망쳐 승호리로 돌아와서도 오래도록 불안을 떨치지 못하고 있다가 그 불안도 잊어버린 지 한참 지나서였다. 앞서 잠깐 말한 노동당원인 신 선생이 찾아와서 몇 마디 이야기를 나누다 가만한 말로 "동무, 작년 가을에 개성에서 돌아오다 도망쳤다고 했지?" 하고 다시 묻는다. "예, 무슨 일 있었습니까?" 했더니 "참 운이 좋았어"라고 한다. 그 말에 나는 모골이 송연해짐을 느끼며 "행방불명된 사람 있습니까?" 하고 재차 물었으나 자세한 말은 하지 않고 다시 한 번 "운이 참 좋았다구"라고만 할 뿐 더 이상 말이 없었다. 캐물을 수도 없어서 나도 가만히 있었다. 생각만 천 갈래 만 갈래였다.

신 선생이 한 말을 두고두고 생각해보았다. 어떤 일이 있었던지 하나 분명한 것은 "개성에서 돌아오다 도망쳤다고 했지. 참 운이 좋았다구" 한 것으로 보아 내가 평양까지 열차수송관을 따라갔으면 결과가 어찌되었을까 하는 생각이다. 아마도 행방불명되지 않았을까. 행방불명, 그것은 처형을 말하는 것이다. 쥐도 새도 모르게 없어지는 처형, 그리고 황해도 재령의 김영길 군은 어찌되었을까? 도망친 것이 운이 좋았다고 한 것으로 보아 불길한 생각을 떨칠 길이 없다.

그러면 나는 어떻게 이때가지 무사했을까? 개성까지 갔던 포로병이 누구인지 몰랐기 때문일 것이다. 나의 개성까지의 통행증은 판문군 내무서 수사관이 '사람만 보내라고 해서' 라고 하며 개성지구 사회안전부로 보내지 않은 것을 나는 알고 있다. 또 안전부에서 대위가 내 이름을 물어보았지만 기록하지 않은 것도 알고 있다. 52년 2월 중공군 군단 정치부 영창에서 중화군 내무서 어느 지서로 넘겨졌을 때 지서 서원이 "여기도 동무들 같은 사람들 많이 있어"라고 했던 것으로 보아 평양 부근 여러 곳에 억류 포로병들이 있었으니까 어느 곳에서 누가 개성까지 갔었는지를 알기 어려웠을 것이다.

그러면 그 신 선생은 내가 개성에 갔던 지 10개월이 다 되어갈 때 왜 무엇 때문에 그런 말을 했을까? 그것은 당원들의 특별교육 시간에 휴전 후 월남하려고 개성까지 갔던 포로병이 몇 놈 있었는데 그 포로병을 있던 곳으로 돌려보낸다고 하고 후송하던 중 한 놈이 도망갔다고 하고 그런 자를 알면 보고하라고 했던 것이 아닐까 하는 것이 나 혼자의 생각이다.

당원들의 특별교육은 어떤 것인가. 그것도 나는 신 선생에게서 들었다. 당원이라고 모두가 특별교육을 받는 것은 아니고 중요한 책임을 맡고 있는 핵심당원들만이 특별교육을 받는데 그때 받은 교육내용은 절대로 다른 사람에게 말해서는 안 되고 언제나 자기만 알고 있어야 한다는 것이다.

교육내용은 무엇이든 있는 그대로 알려주고 공산주의 이론에 입각하여 비판하고 결론을 내리는 것이라고 들었다. 예를 들어 미국의 자본주의도 일반 국민에게 말하는 것과 같은 그런 착취 위주의 자본주의는 아니고 나름대로 분배와 복지에도 신경을 쓰는 변형된 자본주의라고 하며 미국의 제도를 굳이 이름을 붙여 말한다면 '자본사회주의'라고 할까, 그런 제도라고 한다는 것이다. 다시 말하면 김일성 도당이 국민에게 말하는 것과 같은 그런 나쁜 제도는 아니라는 것을 당원들에게는 알려준다는 것이다. 나는 '자본사회주의' 라는 말을 이때 처음 들었다.

내가 신 선생을 처음 만난 것은 강동군 인민위원회에서 작업이 마무리되고 전원이 시멘트공장으로 넘겨졌었는데, 그때 알게 되었던 것 같다. 신 선생의 본 직책은 시멘트공장 축로공이었다. 나이는 나보다 20년 가량 연상이었다. 시멘트공장으로 간 지 사흘 만에 시멘트공장 전면 폐쇄령으로 다시 강동군 인민위원회로 갔다. 처음 배치되었던 오리 농장으로 갔던 것이다.

신 선생을 다시 만난 것은 1952년 가을이었다. 내가 양철 땜장이를 하고 있을 때 지나가던 길이었다고 하며 "이 동무, 여기서 또 보는구만" 하며 나를 찾아왔었다. 그 후 빈번히 들렸고 이야기를 나누다 가곤 했다. 이러는 사이 어느 정도 친해졌고 나는 그가 노동당 당원이라는 것을 알게 되었다.

그런데 하루는 그 신 선생이 또 와서 이런저런 이야기를 나누다 표정이 다소 심각해지며 "동무한테는 말이 안 나겠으니까 말인데 내가 우리 반 위생반장이야"라고 한다.

위생반장이 어떤 역할을 하는 것인지 신 선생이 말한 것과 그 후에 내가 파악한 이야기를 해보자. 결론부터 말하면 그 위생반장이야말로 김일성 정권을 유지해 오고 있는 핵심지주의 하나이며 김일성 정권의 말초신경의 일부라고 하겠다.

당시 북한에는 10호 단위로 애국반이라는 것이 조직되어 있었다. 한 애국반에 반장이 두 사람인데 한 사람은 보통 반장이고 또 한 사람은 위생반장이다. 애국반장은 반원들에게 행정적인 것, 예를 들면 노력동원 통지 같은 것을 전달하는 반장인데 대부분 비당원이 맡고 있었고 위생반장은 노동당 당원이 아니면 안 되었다. 위생반장이 일반 환경정화 같은 것을 담당하고 있는 것으로 생각했다가는 큰 오산이다.

위생반장은 한 마디로 정치정화를 위해 반 내를 항시 감시하고 수시로 보고해야 하는 감찰반장이라고 할까, 사법반장이라고 할까, 그런 반장이다. 그리고 신 선생이 "내가 우리 반 위생반장이야"라고 할 때는 일반에는 위생반장이 별도로 있다는 것이 널리 알려져 있지 않을 때였다. 말하자면 비밀반장이다.

위생반장은 언제나 이렇게 남 모르게 반 내를 감시하고 있다가 조금이라도 평상시와 다른 것이 있으면 보고를 해야 하고 그 일을 게을리했다가는 자신이 처벌을 받아야 한다. 명칭이 위생반장이기 때문에 청소를 제대로 했냐고 하며 필요하면 남의 집 안방이나 주방까지도 마음대로 들여다볼 수 있는 것이다.

"하아! 거 참, 하아! 거." 어느 날 신 선생이 무엇에 몹시 놀라 질린 듯 창백한 모습으로 들어서며 토해놓은 탄식의 소리다. 나는 신 선생에게 심상치 않은 일이 있었음을 직감하고 무슨 일이 있었냐니까 다시 한 번 "하아! 거" 하고는 "글쎄, 우리 반에 5구 라디오(당시는 진공관라디오로 진공관 숫자에 따라 4구니 5구니 했다)를 갖고 있는 사람이 있는 것을 내가 모르고 있었어. 그것을 누가 알고 신고를 먼저 했어"라고 한다. 추궁을 단단히 받은 것 같았다. "반장이라고 하나도 놓치지 않을 수는 없지 않겠습니까?" 했더니 "아니야. 이건 보통 일이 아니야" 하고 또 한 번 "하아! 거" 하며 깊은 한숨을 토해내고 있었다.

그 후 신 선생이 다시 왔을 때는 신색이 괜찮아 보였다. "잘 수습되었습니까?" 했더니 고개를 끄덕이며 "괜찮게 될 것 같아. 글쎄 그 라디오가 고장이 나서 사용하지 않고 있어서 그러니 내가 알 수가 없었지. 또 그 사람이 처음부터 내 반이 아니었어. 방공호 파고 나와 여기저기 흩어져 있어서 반을 다시 짤 때 내 반이 됐던 거야. 이사 올 때 짐짝 속에 갖고 와서 그대로 처박아두고 있었으니 내가 알 수가 없었지" 하며 그래서 괜찮게 될 것 같다고 했다.

신 선생이 이렇게 자신의 비밀 임무까지 털어놓고 말하는 것을 보고 나도 '이 사람에게는 웬만한 말을 다 해도 괜찮겠구나' 생각하게 되었다.

내가 개성에서 승호리로 돌아간 며칠 후 "아니 열흘이나 어딜 갔던 거야?" 하는 신 선생의 말에 나의 그간의 일을 그대로 다 말해주었었다. 그래서 내가 개성에서 돌아오다 도망친 것을 잊지 않고 있다가 노동당 특별교육 시간에 그 말이 나오니까 '이 사람이 큰일날 뻔했구나' 하는 염려에서 "운이 참 좋았다"는 짧은 말로 재령의 김영길 군과 나 두 사람의 처리 경과를 무언 속에 말해준 것으로 생각되었다. 신 선생의 "운이 참 좋았다구" 하는 말을 듣고서야 나는 개성지구 사회안전부에서 아무런 조사도 않고, 있던 곳으로 돌려보내는 관대함이 어떤 것인지 알 것 같았다.

그런데 실은 "운이 참 좋았다"는 말을 처음 들은 것이 아니었다. "너, 운 참 좋았다"는 말을 듣고도 그것이 나를 두고 한 말이기 보다 내가 개성에서 돌아온 후에 포로들 중 또 다른 사람이 개성 어떤 기관에 가서 송환을 요구했다가 처형된 사람이 있었지 않았나 이렇게만 생각했던 것이다. 한데 신 선생의 말을 듣고 생각하니 그것이 나를 두고 한 말이었던 것이 틀림없어 보였다.

같이 포로 되었던 친구를 만남

1954년 5월 하순경있던 것 같다. 어느 날 저녁 20대 후반의 남녀가 주방용구가 몇 가지 필요하다며 찾아왔다. 앉아서 그들과 이야기를 주고받는데 컬컬한 음성이 꼭 어디서 들어본 음성 같다. 눈은 그를 알아보지 못했는데 귀가 그를 잊지 않고 있었다. 몇 마디 더 나누다 "이 동무, 꼭 내 친구 같아" 했더니 "친구가 누군데" 하고 되묻는다.

○○○이라고 이름을 말했더니 "내가 긴데?" 한다. 너무도 반가워 "야" 하고 벌떡 일어서며 얼싸안았다. 순간 '아차, 내가 큰 실수를 했구나' 하는 자책이 송곳 끝같이 내 가슴에 와 꽂힌다. 벌떡 일어서며 얼싸안는 순간 그의 모습이 창백해짐을 느꼈던 것이다.

내가 포로병인 것은 승호리 천하가 다 알지만 친구는 어떻게 된 사람인지를 모른다. 그 친구는 포로병인 것을 숨기고 있는지도 모른다. 그렇다면 내가 그 친구의 신분을 폭로한 것이 될 것이니 하는 생각에 그렇게 자책을 하게 되었던 것이다.

금시에 얼싸안았던 팔을 풀며 "아이, 아니네. 동명이인이네. 키가 많이 크네. 내 친구는 키가 많이 작아서 10센티미터도 더 차이가 나겠어" 하고 머쓱해하며 얼버무리고 말았다. 그 친구도 머쓱해지며 다시 앉아서는 "나는 도무지 기억에 없는데 어떻게 나를 알아보나 했다"고 하며 얼버무린다.

친구를 보내고 나는 깊은 생각에 빠져들었다. 그때 그 친구가 틀림없는데 어떻게 된 일일까? 나처럼 공개 억류돼 있는 신분이 아닌가? 그러면 포로병이 어떻게 이 사회에 나와 있을까? 신분을 숨기고 있는 것이 확실해 보이는데 어떻게 된 것일까?

나는 여기서 그 친구의 성명도 향리도 말하지 않겠다. 그저 친구라고만 하겠고 고려대학교 정치학과 3학년 재학 중이었다는 것만 말해두겠다. 이것도 내가 직접 확인한 것은 아니고 친구에게서 들었을 뿐이다.

50여 년이라는 시간이 흘렀지만 그래도 생존해 있을 수 있는 연령이다. 내가 북한 탈출 후 친구의 가족과 연락이 닿아 자세한 소식을 전해주었으니까 그의 가족은 그가 북한에 생존해 있다는 것을 알고 있다.

그는 나와 같이 적의 포위망 속에서 4일을 헤매며 다니다 포로가 되었던 사람이다. 국군 포병 제20대대 소속이라고 했다. 4일을 눈만으로 목을 축이며 산야를 헤매다 거의 탈진상태에서 포로가 되었던 것이다.

포로가 된 후 끌려가면서는 만났다 헤어졌다 했고 수용소 입소 며칠 후 어디론가 이동해 가 다시 못 볼 것으로 생각했었다. 한데 우리나라의 국토가 협소해서인가, 세상은 넓고도 좁다는 이치의 탓인가. 이 악연의 승호리 바닥에서 그 친구를 다시 만날 줄이야.

거의 두 달이 지난 후 그 친구가 다시 찾아왔다. 나는 친구가 다시 찾아올 수도 있겠지 하고 내심 기다리고 있었던 것도 사실이다. 다시 찾아온 친구가 어디 조용한 곳에 가서 이야기를 좀 나누잔다. 조용한 곳을 찾는 친구의 말에 조용한 곳이 어디일까 생각하니 조용한 곳이 없다. 어디고 사람의 이목이 집중되어 있는 것 같다. 마침 시간이 땅거미가 깔린 후이기에 강가로 나갔다. 강가에는 자갈밭이 넓게 펼쳐져 있어서 멀리서 접근해 오는 소리도 들릴 것이고 거리도 멀지 않기에 밀회의 장소로는 최적의 장소인 것 같았다. 거기서 서로의 지나온 이야기를 다 털어놓았다.

친구는 '이 바닥에서 나를 알아보는 사람이 있다. 도대체 누구일까? 누가 나를 알아본단 말인가?' 생각하며 기억을 더듬었으나 생각이 나지 않다가 같이 포로가 되었던 사람이 떠올랐다는 것이다.

'그 친구밖에 나를 기억할 사람이 없다. 만일 그 친구라면 포로병이 어떻게 이 사회에 나와 있을까? 변절자일까? 만일 변절자라면 나는 한 시간이라도 빨리 이 바닥을 떠나야 한다. 원수가 외나무다리에서 마주친다더니 이 바닥에서 그 친구를 만나다니……' 생각하다가 '좌우간 그 친구가 어떻게 되어서 이 바닥에 와 있는지부터 알아보고 뒷일을 생각하자' 하는 생각에서 나의 뒷조사를 했단다.

그 친구는 그때까지도 많은 포로가 송환되지 않고 억류돼 있다는 것을 알지 못하고 있었기에 내가 변절자인가 아닌가에 우선 중점을 두고 알아보았다고 했다. 결국 절대 변절자는 아니다. 아무런 말이나 다 해도 괜찮을 것이라는 결론을 내리고 나를 찾아왔다고 했다. 그러면서 친구는 자신이 지나온 그때까지의 일을 말하기 시작했다.

북한 친구의 북한공군 입대

막노동의 고달픔과 불안 속에 보내는 나날도 길어져 어느덧 51년도가 저물기 시작할 무렵 길가에서 공군 일반병 모집 공고를 보았다고 했다.

그 공고를 보고 '공군에 지원하면 어떨까. 공군에 지원해 복무중 부대이동이라도 있어서 이곳을 떠난다면 아무런 마찰 없이 여자와 헤어질 수 있지 않을까' 하는 생각이었다고 했다.

거처로 돌아가 공군에 지원할 것을 말했을 때 여자는 펄쩍 뛰며 "남자 하나 나가 죽은 것도 감당하기 어려웠는데 당신마저 나를 버려두고 또 나가려고 해요" 하며 울고불고 야단이었단다.

친구는 여자에게 "나는 불안해서 견딜 수가 없소. 꿈에까지 잡혀가는 꿈을 꾸오. 공군 일반병은 전선에 나가는 것도 아니고 후방에서 비행장 경비를 위해 보초나 서는 것이 고작일 것이니 죽을 염려는 없을 것이오. 죽을 염려 없는 곳에서 몇 년 간 복무하고 제대하면 떳떳하게 살아갈 수 있지 않겠소" 하는 말로 달랬다고 했다. "이대로 있다 만일 내가 잡혀가면 그때는 당신 어떻게 할 거요?"라고까지 하며 여자를 설득해 겨우 이해를 구했다고 했다.

공군에 입대한 친구는 신의주 비행장에서 복무하며 1년여가 지난 1953년 초봄 박헌영 사건이 터졌고 그 직후 남조선 출신은 다 퇴역시켰다고 했다. 육군, 해군에서는 모르겠는데 공군에서는 이등병까지 남쪽 출신은 다 퇴역시켰다고 했다. 이때 연고지를 묻는 퇴역 심사관에게 "남반부 출신이어서 연고지가 없습니다" 했더니 "어디고 상관 없겠냐"고 해 "상관없다"고 했더니 함경도 청진에서도 적지 아니 먼 곳에 있는 어느 공장으로 배치되었다고 했다.

친구는 오히려 다행으로 생각했다고 했다. 자신의 절대 약점을 알고 있는 여자 모르게 먼 곳으로 갈 수 있게 되었으니 다행이기도 했으리라.

함경도 북부지역인 그곳에 간 지 얼마 안 되어 휴전이 되었고 휴전 후 공장 복구를 계획했으나 파괴상태가 너무 심해 복구를 포기하고 함경남도 원산 근처에 있는 천내리 시멘트공장으로 재배치되어 갔는데, 천내리 시멘트공장 역시 파괴상태가 너무 심했다고 했다. 이것을 복구하느니 새로 건설하는 것이 비용도 시간도 절약될 것이라는 의견이 많아 복구계획을 보류하고 일부 복구가 완료되어 가동에 들어간 승호리 시멘트공장과 통합한다고 전 직원이 승호리 시멘트공장으로 합류했다고 했다.

친구는 어엿한 북한 공군 제대군인으로 노동당의 지시에 따라 승호리 바닥에까지 굴러 와서도 가슴 한 구석에는 여전히 불안의 못이 깊이 박혀 있다고 했다. 이 불안이 완전 해소는 안 되겠지만 조금이라도 그 불안을 깊이 묻어두기 위해 신변 안전 책으로 남조선에서 여맹원으로 활동하다 입북한 여성 노동당원과 결혼을 하고 살림을 차리려고 주방용구 마련을 위해 나왔다가 나를 만났다는 것이다. "노동당원과 결혼하려면 결혼 허가가 있어야 할 터인데" 했더니 친구는 "나도 파티를 맸어" 한다. 파티를 맸다는 말은 노동당에 입당한 노동당원이라는 말이다. 노동당원들은 당원증을 소중히 간직하느라고 물이 잘 스미지 않는 주머니에 넣어 목에 걸쳐 옷 속에 숨기고 다니는데 그것에 당증을 맸다고 한다고 친구도 그렇게 말했던 것이다.

이어 친구는 "나는 파티를 맸지만 절대로 변하지 않아. 어디까지나 내 신병 안전책이야" 한다.

"그래, 우리는 변해서도 안 되겠지만 변할래야 변할 수도 없다" 하는 나에게 "내 와이프는 지독한 빨갱이야. 부러 그런 사람을 택해서 내 신변 안전에 도움이 될까 해서 빨갱이 중에서도 지독하다고 할 정도로 열성인 여자를 택했어" 한다.

친구의 말을 다 듣고 나도 내가 지나온 이야기를 다 털어놓았다.

1953년 9월 말경 개성 사회안전부 영창에서 나와 부산 출신 김영길 군을 있던 곳으로 돌려보낸다고 하며 개성역에서 열차 수송관에게 인계되어 평양으로 돌아가다 중화역에서 도망쳤다고 했을 때 친구는 내 손을 통증이 오도록 힘을 주어 꽉 쥐며 "너 참 운 좋았다"라고 했다. 한두 번이 아니고 여러 차례 되풀이 말했다. "너 참 운 좋았다"고 되풀이 말하는 친구에게 나는 "나 말고 다른 포로가 또 개성에 나갔다 행방불명된 사람 있었나?" 하고 물었으나 친구는 그 말에는 대답을 않고 "참 운 좋았다"는 말을 또 하고는 "몸조심해, 몸조심해" 하고 몸조심할 것을 강조해 말하고 있었다. 이때 친구는 '몸조심하라'는 말을 유난히 여러 차례 말했다. 거의 열다섯 번은 말했을 것이다.

이렇게 몸조심할 것을 강조해 말하는 친구의 말을 듣고도 나는 그것이 내가 개성으로 나가 군사분계선을 돌파하려던 행위를 두고 하는 말로만 생각했다. 한데 신 선생에게서 "운이 참 좋았다구" 하는 말을 또다시 듣고는 내가 중화역에서 도망친 것에 대해 계속 내사를 하고 있다는 것을 감지했다.

신 선생에게서 "운 참 좋았다구" 하는 말을 듣고서야 친구도 노동당원의 위치에서 내 뒷조사를 했을 것이라는 것을 깨달았다. 나는 이때까지는 포로병 친구로만 생각했지 친구가 노동당원이라는 것에는 별로 무게를 두지 않고 있었다. 이렇게 친구를 같이 포로가 된 포로병 친구로 생각하다 "나도 파티를 멨어"라고 하던 말을 생각하며 '친구도 노동당원이다. 더욱이 친구는 "내 와이프는 지독한 빨갱이야"라고 했다. 친구가 노동당에 입당한 것도 그 지독한 빨갱이 여자의 뒷받침이 크지 않았을까. "내 와이프는 지독한 빨갱이야" 했던 것으로 보아 그 여자는 노동당의 신임이 깊었을 것이고 그래서 그 지독한 빨갱이 여자의 강력한 추천으로 쉽사리 입당허가를 받게 되었는지도 모른다. 또 이렇게 신임이 깊은 당원의 추천으로 입당을 했으니까 친구도 신임이 좋았을 것이다. 그런 신임 좋은 당원의 위치에서 내 뒷조사를 하고 절대 변절자는 아니다. 아무런 말이나 다 해도 괜찮을 것이다' 하고 생각했다면 나는 이미 최악의 평가로 낙인이 찍혀 있다고 보아야 할 것이다.

그 낙인은 생존을 허용하지 않을 낙인일 것이다. 친구는 그렇다고 단언할 정도로 확실하게는 알지 못했다 해도 거기에 근접해 있다고 보고 나에게 알려주고 싶은 심정에서 몸조심하라는 말을 그렇게도 강조해 말했던 것이 아닐까.

이날 밤 나와 친구는 강가에서 밤이 깊도록 이야기를 나누며 시간을 보냈다.

친구는 기왕 이렇게까지 되었으니까 조금 시간을 갖고 탈출의 길을 모색하겠다고 했고 건강문제로 번번이 실패한 나는 건강이 조금만 더 좋아지면 또다시 행동에 나서겠다고 했다. 군사분계선을 베개삼아 쓰러져 다시 일어나지 못하더라도 나는 행동에 나서겠다고 했다. 이러는 나에게 친구는 또 몸조심하라는 말로 나의 안위를 염려하는 말을 했다.

이 후 나는 내 거처에서 친구와 소주를 한 잔 나눈 일이 있었고 얼마 후 친구는 자취를 감추었다. 승호리에 포로병이 이렇게 많을 줄은 몰랐다고 하며 불안해하는 듯한 말을 하더니 어디론가 자취를 감추었다. 어디든 자신의 전력을 아는 사람이 없는 곳을 찾아갔을 것이다.

박 선생

　박 선생은 50대 초의 재일교포 출신으로 8 · 15 후 북한으로 귀국한 분이었다. 가족은 단 내외뿐이었고 조그만 음식점을 경영하고 있었다. 전시여서 달리 식당 같은 것이 있지도 않았고 음식도 정갈하게 했기 때문에 손님이 있어서 그런 대로 생활을 해가고 있었다. 포로수용소가 십 리나 되는 거리지만 포로수용소 장교들의 단골집이기도 했다. 식사도 하고 술도 마시며 자기들끼리 주고받는 말을 들었다가 중요하다고 생각되는 말은 나를 찾아와 알려주곤 했다.

　아이젠하워 대통령 취임 후였다. 북한에서는 여차하면 후퇴하려는 준비를 하는 것이 역연했다. 2차대전의 영웅이 미국 대통령이 되었으니까 군사공세가 강화될지도 모른다는 염려에서였을 것이다.

　유사시에는 질서 있게 대항하고 후퇴해야지 서로 먼저 후퇴하려고 혼란에 빠져서는 안 된다고 하며 낙하산으로 공중 투하되면 누구나 5분 정도는 혼수상태에 빠지기 쉬우니까 부녀자들이라도 무서워하지만 말고 부지깽이라도 들고 나가 적을 때려죽여야 한다는 교육까지 하고 있었다.

　제일 먼저 북쪽으로 이동해 간 것이 포로수용소였다. 포로수용소가 텅 비어 있다는 말을 듣고 어쩐 일인가 궁금했는데, 박 선생이 포로가 모두 평안북도 식주군 천마 포로수용소로 이동해 갔다고 알려준다.

1953년 11월 어느 날이었다. 포로수용소에 잔류해 있던 포로병이 '건설대대'라는 이름으로 양덕지방으로 이동해 갔다는 말을 전해 들은 지 한참 후였다.

아침 이른 시간인데 박 선생이 지나가다 나를 먼저 보고 찾는다. 지나가다 나를 찾았다기보다 나를 찾기 위해 그리로 지나갔던 것 같았다.

박 선생은 "나 지금 막 리인민위원회에서 신문을 보고 오는 길인데 남북 쌍방이 실향사민 송환문제를 협의하기 위해 판문점에서 회담이 열리고 송환희망자는 거주지 내무서에 송환신청을 하라는 기사가 났다"고 하며 "실향사민은 당신들 같은 사람을 말하는 것 아냐?" 하며 내무서에 가 송환신청을 해보라고 가만히 귀띔을 해준다.

박 선생의 말을 듣고 나는 '실향사민 송환을 위해 회담을 해? 아마 한 사람도 안 보낼 것이다. 대외관계가 있으니까 신문에 보도는 했겠지만 절대로 안 보낼 것이다'라고 생각했다.

'어쨌든 신문에 보도되었다니까 신문을 구해보고 신문을 들고 가서 문의해야지.' 그렇지 않고 물증 없이 빈 몸으로 가서 물으면 십중팔구 모른다고 할 것 같아 신문부터 구해 보려고 나섰다. 이때 북한에서는 북한에서 발행하는 신문도 일반에는 한 부도 배포하지 않았다. 리인민위원회와 같은 기관이나 각 직능단체에만 배포했다. 그러니 신문을 구해 보려면 기관이나 직능단체를 찾아가야 했다. 내가 찾아가 신문을 빌려달라고 해 볼 곳은 그런 대로 강동군 인민위원회밖에 없었다.

나는 강동군 인민위원회를 찾아갔다. 먼저 서무과에 가서 신문을 좀 빌려달라고 했다. 서무과 직원이 "신문?" 하고 여기저기 살펴보며 "어, 조금 전에 있었는데 신문이 없다. 누가 가져갔나?" 하며 신문이 없단다. 노동과에서도, 선전과에서도 같은 말이었다. '벌써 거두어 치웠구나. 신문을 얻어 보기는 틀렸다' 생각하며 그대로 발길을 돌려야 했다. '참 무서운 곳이다. 일반 서민은 국내에서 발행되는 신문도 볼 수 없는 곳, 정말 무서운 곳이다' 라고 생각하며 나는 강동군 인민위원회를 나왔다.

강동군 인민위원회를 나오며 나는 꼼꼼 생각했다. 아직 오전 이른 시간인데 내무서에 가서 오늘 신문에 보도되었다고 하며 송환문제를 말했다가는 신문에서 보았다면 어디서 신문을 보았느냐고 할 것이고 사람에게서 들었다면 누구에게서 들었느냐고 캘 것이다. 오늘은 안 되겠다. 이 말의 출처를 말하지 않고 시중에 떠도는 소문에서 들었다고 하려면 소문으로 확산될 시간이 필요하다. 그것이 소문으로 확산될 시간을 생각지 않고 내무서를 찾아갔다가는 그 말의 출처를 말하지 않을 수 없는 궁지에 몰리게 될지도 모른다고 생각했다.

그 말을 들은 지 3일째 되는 날 나는 내무서 민원계를 찾아갔다. 민원계장에게 실향사민 송환 신청절차를 물었더니 민원계장은 "이 동무, 이상한 말을 다 하네. 누구한테서 무슨 말을 들었어? 우린 도무지 모르는 일이야"하며 시치미를 떼고 있다.

"그저께 신문에 났다고 소문이 자자하던데 왜 모른다고만 하느냐"고 했더니 "이 동무, 큰일날 동무네. 우리도 모르는 일을 누구한테서 들었어? 소문이라도 들은 데가 있을 것 아냐?" 하며 계속 소문이라도 들은 곳을 말하라고 한다. 거의 10분은 될 만큼 실랑이하듯 하다 계속 따지다가는 내가 정말 궁지에 몰릴 것 같은 생각이 들었다. 계속 우리도 모르는 일이라고 하는 민원계장에게 "정말 그렇게 모르면 알아보고 좀 알려주세요"했더니 선뜻 그러라고 한다. 삼일 전 신문을 보여 달라고까지 요구하는 내 말에 민원계장도 계속 시치미 떼기가 난처했던지 선뜻 알아보고 알려줄게, 가보라는 말이었다.

이렇게 김일성 도당은 신문에 보도된 것도 모른다고 시치미를 뚝 떼기를 잘하는 훈련을 잘 받은 거짓말쟁이들이었다.

미스 황

1954년은 나에게는 기적의 해였다. 기적이라는 말이 아니고는 달리 표현할 길이 없는 변화가 내 몸에 서서히 일어나고 있었다. 폐결핵과 심장병이 아무런 치료도 받은 것이 없는데 조금씩 회복되고 있었다.

1953년 9월 말 개성에서 다시 승호리로 돌아간 나는 몇 주 간 여독으로 누워 있기는 했지만 중병으로 아주 몸져누워 있지는 않았다. 역시 폐결핵 환자니까 가만있어도 힘이 들고 기력이 없는 것은 어쩔 수 없었다. 해마다 봄여름에는 죽게 앓았지만 54년에는 그렇게 열이 많이 오르는 중병은 앓지 않았다. 가을에는 건강이 회복되고 있는 것을 확연히 느낄 수 있었다. "아아! 나는 건강이 회복되었다. 건강이 회복되었어. 하루 백 리의 길을 걸을 수 있을 만큼 건강이 회복되었어. 나는 이제 행동을 할 수 있게 되었다"고 외치며 만세라도 부르고 싶은 심정이었다.

1954년 늦가을 나는 며칠씩 두어 번 혼자 있은 적이 있었다. 몇 사람 살림을 차리고 안정하는 것을 보더니 남병전도 벌서부터 그런 생각을 하는 것 같았고 결국 그렇게 되었던 것이다.

이때 북한은 여인국이라고 할 만치 여자가 많았다. 전쟁미망인도 많았고 전쟁으로 몇 년 간 결혼을 하지 못해 과년한 미혼여성도 많았다.

폭격을 할 때 처녀들이 방공호 속에서 '우리는 시집도 못 가보고 죽겠구나' 하고 한탄을 하는가 하면, 전쟁미망인들은 살아가기가 너무 어려워 "재혼을 할래도 남자가 있어야 하지"하는 한탄의 말에 "오리농장에는 남자들 많더라"라는 말에 "포로병들?" "포로병이면 어때? 다 같은 조선 사람인데"라고 한다는 말이 내 귀에도 들려오는 정도였다. 이런 형편이니 김일성도 포로병과 살림을 차리는 것을 암묵적으로 묵인하는 것 같았다.

몇 사람 살림을 차리는 것을 보고 나는 벌써부터 저렇게 해야 하나 생각하며 못 마땅해했는데 남병전까지 그렇게 하려고 할 때는 "좀 더 기다려 보지 벌써부터 그러느냐"고 하며 많이 못 마땅해 했다.

그런데 이러는 나에게도 따르는 여자가 생기고 있었다. 사람의 일이란 참으로 알 수 없는 일이었다. 여자는 염두에도 없었는데 한 여자가 나도 모르게 다가오고 있었고 나 또한 나도 모르는 사이에 그 여자에게로 조금씩 끌려가고 있었다.

사실 이 이야기는 하고 싶지 않은 생각도 있었지만 그때의 일을 가감 없이 말하려는 나의 본래의 생각에 어긋나기 때문에 떳떳치 못했던 일을 고백하는 심정에서 말하려고 한다.

53년 초였던 것 같다. 어느 날 30세 가까이 되어 보이는 젊은 부인이 술통 수리할 것을 갖고 왔다. 수리비를 안 받아도 될 만큼 작은 일이었다. 돈이 너무 아쉬워 최소 단위의 수리비를 받았지만 그것도 너무 과하다고 생각했다. 얼마 후 그 부인이 또 다른 것을 갖고 왔다. 역시 작은 것이었다. 먼저의 일을 솔직히 말하고 이번에는 수리비를 받지 않았다. 그런데 그 부인의 몸가짐이 아무래도 격이 좀 높아 보였다. 젊은 부인이 용모는 별로인데 어딘가 품위가 있어 보이는구나 생각했다.

앞서 포로의 시체에서 옷을 벗겨 갔다는 말을 할 때 50대 초의 부인 두 분의 말을 했다. 날씨가 풀리면서 그 부인들이 자주 들르는 편이었다. 국군을 따라 남하했다는 아들 생각이 날 때면 나와 남조선 이야기를 하려고 찾아오는 것 같았다. 한번은 그 노부인들이 와 있을 때 그 젊은 부인이 지나가다 보고 같이 앉아 이야기를 나누다 간 일이 있었다. 그 후 언젠가 그 젊은 부인이 혼자 들른 일도 있었다.

1953년 봄 언제부터인지 기억이 확실하지 않다. 자취를 그만두고 하숙을 하고 있었다. 친구가 "정말 밥해먹기가 거북하다. 내가 일을 그만큼 더 할게. 하숙을 하자"고 하며 아들이 국군을 따라 남하했다는 그 아줌마에게 말했더니 밥을 해주겠다고 한다. 잠은 여기서 그대로 자고 밥만 가서 먹는다면 해주겠다고 하여 그렇게 하기로 했다.

또 그 얼마 후 방공호를 마련하고 승호리 시내를 벗어나 있었다. 폭격으로 한시도 마음을 못 놓고 있었는데 멀지 않은 곳에 있던 일제시 금융조합 건물이 폭격을 받았다. 주위는 다 파괴되고 연와조인 그 건물이 외롭게 남아 있었는데 평양 대폭격 얼마 전 폭격을 했다. 그 건물에 중공군이 밀가루를 가득 보관해두고 있었는데 폭격에 홀랑 흩어져 주위가 온통 눈이 내린 것 같았다. 주민들이 흙모래가 반이 더 되는 그 밀가루를 쓸어가고 있었다.

한번은 폭격을 할 때 도로 양쪽에 빗물이 흘러가도록 콘크리트 수로를 만들어 놓은 곳에 들어가 엎드려 있었는데 땡그렁 소리가 나며 손등이 뜨거워서 보니까, 전폭기 기총탄 탄피가 떨어지며 튀어 내 손등에 떨어져 있었다.

이렇게 폭격에 거의 완전 노출상태에서 지내면서도 방공호를 팔 기력도 없고 장소도 마땅치 않아 엄두를 못 내고 있었는데 어디에 빈 방공호가 하나 있다고 하며 자재대는 그만두고 몇 품 품삯만 주면된다고 해서 그리로 옮겨갔었다.

이 때 그 아줌마가 같이 가 밥을 해주고 있으면 안 되겠느냐는 말을 하는 것이었다. 그 아줌마는 사고무친이었다. 같이 있는 젊은이 부부가 인척관계라도 되는 줄 알았는데 아무 관계도 없으면서 어떻게 같이 있게 되어 한 식구로 살아오고 있었다고 했다. 생활비가 더 들 것도 없고 하숙비면 충분할 것이라고 해서 그렇게 하기로 했다.

이렇게 되어 허물없이 대할 수 있는 노부인이 있으니까 그 젊은 부인이 가끔 들러서 이야기를 나누다 가곤 했다. 그 후 그 젊은 부인이 들르는 빈도가 차차 잦아졌다. 이삼일에 한 번씩 오는가 하면 매일 올 때도 있었다. 때로는 밤이 깊도록 앉아 있다 가기도 했다.

알고 보니 그 부인은 부인이 아니고 처녀였다. 노처녀가 노처녀의 티를 내기 싫어 쪽을 지고 있었던 것이다. 노처녀라고 하지만 실은 지금 우리 사회에서 보면 결혼 적령기를 넘겼다고 볼 수 없는 나이였다. 나보다 두 살 적은 나이였다.

차츰 신상 이야기도 하게 되었다. 승호리 인근이 고향이고 성씨가 황씨라고 했다. 가족은 아버지는 없고 모친과 동생 남매와 4인 가족이라고 했다. 학교는 황해도 해주 제일여중(당시 여자중학은 4년제로 현 여중고에 해당하겠다)을 일제시에 나왔고 8·15 당시에는 서울에 있었고 48년엔가 한번 다녀오려고 갔다 다시 나오지 못했다고 했다. 서울에는 고모님이 계신다고도 했다.

지적 수준이 여고 출신 이상인 것 같았다. 해주 제일여중은 일본인 학교였기에 일본어는 일본인으로 오인할 만큼 잘한다고도 했다. 가끔 어려운 한문을 곧잘 인용하기에 한문을 어디서 배웠냐고 했더니 조부가 한학에 조예가 깊어서 어렸을 때부터 가르쳐 주셨다고 했다. 두보나 이백의 시도 가르쳐주셨다고 했다.

어린 손녀에게 두보의 시를 가르친다? 그녀의 성장 분위기를 알 만하겠다. 참 유복한 소녀시절이었구나 생각했다. 나는 몇 사람 그런 시인의 이름을 알고는 있었으나 시를 원문 그대로 접해볼 기회는 별로 없었다.

서울에서의 생활을 말하지 않았으나 의과 대학생인가 했었는데 그렇지는 않고 간호학교를 나오고 간호사로 있었지 않았나 하는 생각이다. 의료계에 있었던 것은 틀림없는 듯했다.

서울에서 여러 해를 살았기에 서울 소식이 궁금하기도 하고 전쟁은 그대로 답보상태인데 전투는 계속 치열해지는 것 같으니까 전쟁이 어떻게 될지의 말을 들어볼 곳이 없다가 그런 말상대가 될 것 같아 자주 들르는 것으로도 보였다.

어쨌든 그녀는 나를 자주 찾아왔다. 또 53년도는 내가 많이 앓고 있었고 의지할 곳 없는 사람이 너무 많이 앓으니까 동정심에서 자주 찾아오는 것으로도 생각되었다. 1953년도 말께부터는 그리 심하게 앓지 않는 것을 보고 나의 건강이 회복되고 있는 것을 나보다도 먼저 알았던 것 같다. 혈색이 조금씩 달라지는 것을 느낄 수 있었다고 했다. "보통 분들은 몰랐겠지만" 하는 것으로 보아 많은 환자를 접해본 경험에서의 직감이었을 것이다.

1954년도 봄이었다. 그녀가 책을 한 권 갖고 왔다 잊어버리고 놓고 갔다. 문학서적이었다. 그 다음 왔을 때 책을 놓고 갔다고 하며 갖고 가라고 했더니 어디 가는 길이라고 하며 며칠 두고 보겠으면 보라고 한다. 전에도 한 번 그런 일이 있었기에 그저 그러려니만 생각했다.

책 표지를 넘겼을 때 나는 착잡한 심경에 빠져들었다. 표지 이면에 '이화(梨花)와도 같이 청순하고 우아한 나의 인생관' 이라고 일본어로 써놓고 밑에다 보영(寶英)이라고 싸인까지 해놓았다. 어제는 없었는데 어느새 써놓았던 것이다.

그 문구를 보는 순간 '이 여자가 나를 이성으로 대하며 접근하고 있었구나' 생각하니 심경이 착잡해지지 않을 수 없었다. 사실 나는 이성으로서의 여자는 생각지 않고 있었다. 나는 언제든지 훌쩍 떠나갈 몸, 뒤끝이 남을 일은 하지 않겠다는 생각이었다.

그 동안 나는 북한에서는 살 수 없는 사람이라는 것을 여러 차례 말했는데도 나를 애정의 끈으로 묶어두려는 것으로 생각되어 분명히 해야겠다는 생각에서 옆에다 다음과 같이 써놓았다.

'광란의 소용돌이 속입니다. 이 소용돌이를 벗어나지 않고는 꽃을 피울 수도 없고 피워도 보존이 어려울 것입니다.' (이 문구를 쓰려고 하는데 나는 내가 글씨를 쓸 수 없이 되어 있다는 것을 처음 발견했다. 그 문구를 겨우 써놓았던 것이다.)

대한민국에서라면 결혼을 할 수도 있겠지만 여기서는 그럴 수 없다는 뜻에서 한 말이었다. 사실 나는 그녀를 한 가정을 잘 꾸려갈 여인으로 보고 있었다. 결혼을 전제로 그녀와 나를 공정하게 따져본다면 그녀에 비해 나는 점수가 많이 부족하다고도 생각했다.

그 후에도 나는 그녀와 한동안 그런 식으로 메시지를 주고받았다. 그녀는 주로 우회적으로 애정표시를 해왔고 나는 그것은 북한에서는 이루어질 수 없다는 부정적인 말이었다. 심지어 나는 북한에서 멸시받는 천민 중에서도 가장 천한 사람 중의 한 사람으로 생존권을 인정받지 못하고 있는 사람이라는 말까지 했었다.

나는 언젠가 동료들과 같이 있는 자리에서 "사람은 누구나 이 세상에 태어날 때 사람으로 태어났기 때문에 사람으로서의 권리가 있다. 하지만 우리가 이 땅에 나타날 때 우리는 포로병으로 나타났다. 그러니까 우리는 사람이기 이전에 포로병인 것이다. 적어도 이 땅에서는 그렇다. 그래서 우리는 사람으로 살아가기는 어려울 것이다. 포로병으로 살아갈 수밖에 없다…… 누가 우리를 죽였다고 하자. 우리를 죽인 자를 살인자라고 할 것 같은가? 그것은 사람을 죽인 것이 아니고 포로병을 죽인 것이다. 포로병. 그것은 이 사회에서는 사람과는 거리가 있는 존재다. 이곳에서 우리는 그런 존재일 뿐이다"라는 말을 했던 적이 있다.

　이 생존권을 인정받지 못하는 천민이란 것이 후에 문서에 표시된 것을 발견했을 때 나는 몹시도 놀라고 당황해했다. 그것이 나 혼자 내심으로만 생각하고 있던 것인데 정말 그렇게 표면에 노출되는 문서에까지 공개적으로 표시되어 있으리라고는 생각하지 못하고 있었던 것이다. 나의 예상이 적중했다고 생각하니 그 동안 내가 얼마나 신경이 곤두선 속에 살아왔나 하는 생각에 치가 떨릴 지경이었다. 이런데도 그녀는 내 말을 믿으려 하지 않는 것 같았다. 천대받는 계층인 것은 사실이지만 그것은 그녀 자신도 한가지이고 생존문제도 가만있으면 죽이기야 하겠냐, 그저 "나 죽었소"하고 가만있지 하는 생각인 듯했다. 가만있으면 직접 죽이지는 않더라도 그 천대를 어떻게 감당해낼지를 생각하지 않는 것 같았다.

　그리고 내가 입버릇같이 말하는 탈출이란 말에도 그렇게 심각하게 생각하지 않는 것 같았다. 탈출이 그렇게 쉬운 일인가. '탈출, 탈출.' 말말 그러지 하지도 못할 것을 그런다는 정도로 생각하는 듯도 하고, 또 정말 탈출을 하려면 같이 동반 탈출을 했으면 하는 욕심도 있는 것 같았다.

　나는 그녀와 이성으로서가 아니고 서로 위로하며 지내다 나의 건강이 어느 정도 회복되어 탈출의 길에 나설 때 부디 성공하라고 격려해주며 석별의 정을 나눌 수 있기를 기대했는데 그녀는 나와는 달리 한차원 더 가까워지기를 원하며 접근해 오는 것으로 느껴졌다.

　이래서는 안 되겠다는 생각이 들었다. 나에 대한 그녀의 관심을 좀 멀리 해보려는 생각에서 "나는 겨우 초등교육을 받았을 뿐이고 별달리 능력도 없다"고 했더니 그녀는 "왜 이제 나에게 그런 말을 하느냐"고 오히려 역정에 가까운 반응이었다.

　이러던 그녀는 끝내 돌출 행위로 나를 크게 당황하게 만들었다. 1954년 8월 초 어느 날 저녁 무렵이었다. 큰 냄비를 보자기에 싸들고 왔다. "그게 뭐요?" 하는 내 말에 "닭입니다" 한다. "닭? 웬 닭이요?" "오늘이 선생님 생일이잖아요. 그냥 지나기 서운해서요." 한다.

나는 깜짝 놀랐다. 어떻게 내 생일을 알았을까. 나는 포로가 된 후 생일을 기억하고 지낸 일이 한 번도 없다. 그런데 어떻게 내 생일을 알았을까? 사실 이 날도 나는 생일인 것을 까맣게 잊고 있었다. '그녀가 이렇게까지 가까이에 다가와 있었구나. 돌이킬 수 없는 데까지 와 있었구나. 이 일을 어쩐담? 그녀가 왜 나에게 부담이 되려고 할까?' 사실 이때 나는 부담감을 크게 느꼈다. 만일에라도 '나와의 관계가 그녀에게 상처로 남아서는 안 되는데' 하는 생각에서였다.

이때 나는 그곳 주민 몇 분과는 매우 친하게 지내고 있었다. 그만큼 조심도 하고 있었다. 특히 재일교포 출신 박 선생과는 길어야 10여분 정도지 그 이상 긴 시간을 같이한 기억이 별로 없다. 그분도 재일교포 출신이기에 나와의 접촉을 조심이하는 것 같았다. 내가 이렇게 대인관계에서 조심한 것은 나로 인하여 그분들에게 피해가 갈지도 모른다는 우려에서였다. 그런데 그녀가 닭을 갖고 와 "선생님 생일을 그냥 지나기 서운해서……"라고 태연히 말하니 내가 놀라고 '이 일을 어쩐담' 하는 생각이 들었던 것이다. 이때 북한에서 통닭 한 마리면 최고의 진수성찬이었다.

그런데 그녀는 왜 나같이 보잘 것 없는 포로병에게 그렇게도 마음이 쏠리고 있었을까? 나는 그녀에게 추파를 보내거나 한 일이 없다. 젊은 남녀간이기에 지켜야 할 예의를 지키고 있었다. 그뿐이었다. 그런데 그녀가 나에게 필요 이상으로 접근해 오기에 왜 그럴까도 생각해보았다. 어린 손녀에게 두보의 시를 가르치는 분위기에서 성장했고 일제시 일본인 학교를 다녔다. 이것만으로도 김일성 도당의 눈에는 귀족으로 비쳤을 것이다. 거기에 8·15를 서울에서 맞이했고 3년이나 서울에서 생활하다 북한으로 가서는 생소한, 즉 개인을 거의 버려야 하는 그 사회에 적응하지 못하고 소외 상태에서 지내다 의식구조가 같은 사람을 만나 동질감에서 가까워지려는 것으로 생각되었다. 그러면서 점차 뜻을 같이하며 살아갈 수 있을 사람으로 보고 연모의 정이 싹텄고 점점 정이 깊어지고 있었던 것이 아닌가 생각되었다.

이렇게 말하는 나는 사리를 분명히 말하고 그녀를 돌려세울 수 있도록 냉철했는가? 그랬으면 좋았으련만 그렇지 못한데 문제가 있었다.

나 역시 황야에 버려진 한 마리 병든 양과도 같이 항상 불안에 초조해하며 외롭고 긴장된 속에 무엇엔가 의지하고 싶은 생각이 없었던 것이 아니다. 병약한 몸으로 아무런 보호막 없이 혼자 버티어 가는 너무도 힘겨운 삶을 이어가고 있었다. 그저 목숨이 끊어지지 않았으니까 우물우물 움직인다는 그런 정도의 삶이었던 것이다.

이런 때에 그녀가 나타났고 서로 위로하며 지내는 동안 차차 정이 들지 않을 수 없었다. 분명한 것은 나는 언제고 떠나야 한다는 전제가 깔려 있었기에 순수한 친구의 정으로 싹텄다가 그녀의 거듭되는 애정 표시로 나의 감정도 조금씩 남녀의 애정 방향으로 바뀌어 가고 있었던 것이다. '이래서는 안 되는데' 하면서도 어쩔 수가 없었다. 그러면서 정이 깊어지고 며칠 못 보면 보고 싶어지고 그리워하게까지 되었던 것이다.

이렇게 감정이 남녀의 애정 쪽으로 기울어지고 있을 때 대한민국에서라면 서로 의지하고 평생을 살아갈 수 있을 것이라고 한 말이 그녀를 자극한 것 같았다. 대한민국에서 서로 의지하고 살아갈 수 있는 사람이면 여기서도 서로 의지하고 살아갈 수 있지 않겠냐고 생각한 것 같았다.

언젠가 이런저런 이야기를 나누다 그녀가 "사람의 어떤 삶을 행복한 삶이라고 할 수 있겠냐"는 말을 하기에 "우리네 같은 사람은 어렵더라도 마음 맞는 사람끼리 서로 위로하며 오순도순 살아간다면 그것이 행복한 삶이 아니겠냐"고 한 것이 그녀의 마음에 적지 아니 끌렸던 것이 아닌가도 생각된다.

"어렵더라도 마음 맞는 사람끼리 서로 위로하며 오순도순 살아가는 행복" 하며 공감하는 듯 가만히 고개를 끄덕이다 "아직 20대이신데 어떻게 산전수전 다 겪은 듯한 말씀을 하세요?"라고 한다.

"나는 산전수전 다 겪었다고도 할 수 있겠지요" 하며 포로수용소에서부터 가슴 깊이 간직하고 있던 일을 말해주었다. 그것은 그런 극한상황에 처한 사람들에게서가 아니고는 볼 수 없는 일이었다고 생각한다.

수용소에서의 일

　여기서 잠깐 포로수용소에서의 일을 돌아보자. 당시는 지금에 비해 조혼시기였다. 일반적으로 결혼연령이 많이 낮았다. 나이가 많은 사람은 말할 것 없고 나이가 그리 많지 않은 사람도 기혼자가 적지 않았다. 여기서 나는 기혼자와 미혼자의 생각하는 상이점이 너무 큰 것을 발견하고 놀랐다.

　미혼자는 제일 많이 생각하는 사람이 어머니이고 다음이 아버지와 동기간인데, 기혼자는 결혼한 지가 오래 되었거나 일천하거나를 막론하고 배우자만을 생각하는 것 같았다. 부모, 동기는 배우자의 10분의 1도 생각하지 않는 것 같았다.

　그들의 아내들 모두가 요조숙녀요 현모양처였다고도 할 수 없을 것 같은데 그들이 말하는 아내들은 모두가 그런 유형의 아내들이었던 것 같이 말하고 있었다. 그들의 아내 중에도 악처도 있었을 것이고, 그들도 부부싸움도 했을 법한데 그런 것을 생각하는 사람은 한 사람도 없는 듯했다. 그들의 눈앞에는 항상 아름답고 현명했던 아내의 환상이 맴돌고 있는 것 같았다. 그들은 죽는 순간까지도 아내의 환상을 바라보며 아내만을 그리워하며 아내만을 생각하며 죽어 갔을 것이다. 정말 다른 사람은 하나도 안중에 없는 것 같았다.

　내가 정신연령이 미숙했던지 나이는 그런 그들의 심정을 충분히 이해할 연령인데도 그들의 생각을 충분히 이해하기 어려웠다. 20여 년을 키워주신 부모보다 결혼한 지 얼마 안 된 아내를 몇 배도 더 생각한다는 것은 미혼인 나는 이해하기 어려웠다. 거의 대등하게 생각할 것으로 생각했는데 그들의 생각이 아내 쪽으로 지나치게 기울어져 있고 그것이 거의 모든 기혼자의 공통된 점이라는데, 왜 이렇게까지 그럴까하는 회의를 느꼈던 것이다.

그때는 몸이 너무 아프고 괴로워 더 이상 생각할 여념이 없었는데 강동군 인민위원회에서 노동을 할 때 그 문제에 다시 부딪히게 되었다. 강동군 인민위원회에서는 우연히 나이가 많은 사람이 많아 기혼자가 많은 편이었다. 이때는 이제 가만있기만 하면 죽지는 않는다는 조금은 안도하는 상황인데도 기혼자들의 생각하는 비중이 열의 아홉도 더 아내 쪽으로 기울어져 있는 듯했다. 포로수용소에서는 죽음이 몸의 반도 더 점령하고 있는 듯 급박한 상황이 이어지고 있었으니까 생각이 외곬으로만 흐르고 있었다고 하겠는데, 지금은 생각의 폭이 조금은 넓어질 것도 같은데 여전히 외곬의 범위를 벗어나지 못하는 듯했다.

그 중에서도 충북 청원군 출신 김점성이라는 사람이 가장 표면에 나타나도록 부인의 말을 많이 하고 있었다. 나이는 30세 정도였다.

나는 처음 김정성 씨를 아주 몹쓸 사람으로 보고 있었다. 포로수용소에서 예방주사라는 것을 맞고 죽어가며 지상 건물로 옮긴 후 같은 방에서 매일 한 사람식 죽는 것을 보고 방 안 사람들의 목을 축여주어야겠다는 생각에 물을 받으로 나갔을 때 물을 나누어주는 사람이 김점성 씨였다.

이때 물을 한 모금 얻어 마시려는 환자와 대판 싸움이 벌어졌다. 환자가 물 1인분을 주었는데 그 자리에서 홀짝 다 마시고 더 달라고 했고 김점성 씨는 "다 같이 나누어 마셔야지 너만 많이 먹겠냐"며 더 주지 않은 것이 싸움의 발단이었다.

"환자들 덕분에 배불리 먹고 있으면서 한 번 더 떠오면 되지 왜 안 주느냐"는 환자의 말에 김점성 씨가 화를 벌컥 내며 "이노무 새끼들, 다 뒈질 놈의 새끼들, 밥 갖다 주고 물 갖다 주니까 뭐가 어째? 이 노무 새끼 죽여 버릴라" 하며 주먹을 불끈 쥐고 눈을 부라리며 당장 쳐 죽일 듯이 덤빈다. 김점성 씨는 인상도 그리 좋은 편이 아니었다.

그렇지 않아도 목숨이 간들거리는 환자들이다. 그 주먹을 한 대 맞으면 다시는 일어날 수 없었을 것이다. 주먹이 막 내려가는데 "왜 그러나?" 하는 소리가 들려왔다. 수용소 의무장교가 지나가다 보고 제동을 걸은 것이다. 그 장교의 타이르는 말로 소동은 가라앉았다.

그때 김점성 씨를 보고 나는 '참 불량한 사람이다' 라고 생각했었다. 강동군 인민위원회로 같이 가게 되었을 때 나는 '저 불량한 사람과 어떻게 같이 있나' 하고 많이 불안해했다. 그러나 그것은 나의 공연한 기우였다. 그에게도 인간으로서의 따스함도 있고 인정도 있었다. 그는 작업반에서 배불리 먹고 있었고 전염병도 앓지 않았기에 건강이 그대로 좋았다.

그는 근면성을 천부적으로 타고난 사람 같았다. 일을 하지 않고는 좀이 쑤셔 못 견디는 것 같았다. 그 일이 누구의 어떤 일인지는 알 바 아니라는 것 같았다. 그저 살아 있는 사람이니까 먹어야 하고 먹었으면 일을 해야 한다는 단순심리인 것도 같았다. 그는 오랫동안 남의 머슴을 살았다고도 했는데 그때의 습관이었는지도 모른다.

강동군 인민위원회에서 초기 두 달 가량은 김점성 씨를 비롯한 몇 사람이 15명의 작업량을 말감당이라도 할만큼 했다고 해도 과언이 아닐 것이다. 그리고 다른 사람보다 일을 많이 했다고 불평하는 일도 없었다. 다른 사람들은 몸이 너무 약해 일을 못하니까 나라도 말감당을 할 만큼은 해야지 하는 생각인 것 같았다. 그는 이렇게 남보다 일을 더

하는 것으로 동료들에게 많은 도움을 주었다.

이러한 김정성 씨가 그 누구보다도 부인의 말을 많이 하고 있었다. 어린 자녀들도 있었다는데 자녀들의 말은 별로 없고 부인의 말만 하고 있었다. 부인이 보고 싶어 못 견딜 정도로 답답하다고도 했다.

그의 고향집은 좀 외진 곳에 있었던 것 같다. 어느 날 아침 담배가 떨어져 급히 담배를 사러 가려는데 부인이 "담배 여기 있어요" 하며 내놓은 것이 궐련이었단다. 주로 풍년초를 피우고 있었는데 궐련을 보고 의아해하는 눈길로 "웬 궐련이야?" 하는 말에 "담배 떨어지면 드리려고 접때 장에 갔을 때 몇 갑 사왔어요" 하더란다.

김점성 씨는 "담배 떨어지면 주려고 궐련을 사다 두었다 내놓던 사람인데" 하며 부인의 말을 하고 있었다. 듣는 사람이 민망할 정도로 자주 하고 있었다. 어린 자녀들의 생각도 할 것 같은데 자녀들의 말은 별로 없고 부인의 말만 하고 있었다. 기혼자들 거의 모두가 김점성 씨와 같이 자녀들보다 부인을 더 많이 생각하는 듯했다.

왜 그럴까? 내 능력으로는 깊이 있는 분석은 불가능했고 나름대로 생각한 것이 '가정은 국가, 사회라는 공동체의 기본이고 부부는 그 가정의 핵심이다. 내리 사랑이라고 자녀에 대한 사랑이 지극해도 역시 부부애가 부성애를 능가하는구나. 어쩌면 이것이 인간의 가식 없는 본연의 모습일지도 모른다. 이러한 부부애는 어느 면에서 인간 근본이라고 할 수 있지 않을까. 그리고 그 근본이 자녀에게로 이어지며 인류의 유구한 역사가 이루어지는 것으로 보아도 무방하지 않을까' 하는 생각을 했던 것이다.

나는 일제시 청소년 시설부터 일본군 군사훈련을 받아야 했다. 일제의 한국민 우민화 정책으로 교육을 시키지 않아 청년들 중에도 문맹자가 많았다. 말도 모르는 문맹자를 징집하여 훈련을 시키려니 기초 훈련에 시간이 너무 걸린다고 징집 해당자 전원을 일주일에 하루나 이틀씩 각 지역에서 예비 소집하여 군사훈련을 시켰다. 훈련의 강도도 매우 높았다. 일본군 하사관 출신인 초등학교 교장이 훈련을 시키고 봄 가을 평양사단에서 현역 육군 중위가 나와 검열을 했다.

8·15 후 북한에서는 한 달도 안 되어 공산당의 전 국민 세뇌교육이 시작되었고 뒤이어 토지개혁과 지주숙청으로 혼란이 전 북한을 휩쓸었다. 그 후에 나는 삼팔선을 넘었다. 남한 역시 혼란의 도가니에서 헤어나지 못하고 있었다. 각지에서 매일같이 공산 게릴라가 출몰하는 혼란 속에 영일이 없었고 뒤이어 전쟁이 터졌다.

나는 이렇듯 옥죄이는 듯한 탄압과 뒤이은 혼란으로 꿈 많은 청소년 시절을 꿈을 가져보지 못하고 허송했다. 꿈을 가진다고 해도 토막토막 잘라지는 토막 꿈에 불과했다.

청소년 시절부터 평생을 살아갈 미래를 설계하며 꿈을 키운다는데 그런 꿈을 가져볼 기회를 박탈당하고 청년기를 포로병의 신세로 보내고 있던 나는 임종 순간까지도 아내만을 생각하는 듯한 사람들을 보고 가정의 중요성과 행복을 새삼 깨달은 듯했다. 그래서 내가 만일 살아서 이곳을 빠져나가 자유롭게 살아갈 수 있게 된다면 직업을 어떤 직업을 가지던 다른 생각 말고 기본이고 근본이라고 할 가정생활에 충실해야 할 것이다. 가정이야말로 행복의 근원이다. 단란한 가정의 행복이야말로 이 세상 그 무엇과도 바꿀 수 없는 큰 행복일 것이다.

그리고 그 건전한 가정이야말로 그 사회가 건전하게 발전할 수 있는 원동력일 것이다. 그래서 옛 선현들도 '수신제가'를 우선으로 말한 것이 아닐까 하는 생각을 했던 것이다.

나는 별 생각 없이 내가 생각하고 있던 것을 말했는데 듣는 여자의 위치에서는 마음이 끌리도록 호감이 가는 말이었는지는 모르겠다.

미스 황은 왜
나같은 사람에게

그녀가 냄비에 닭을 싸들고 왔을 때 친구도 있었고 그곳 주민 두 사람도 같이 있었다. 친구는 '너도 별 수 없구나' 하는 것 같았고 주민 한 사람은 나이가 나와 거의 같은 사람으로 서로 말을 놓고 지내는 사이였다.

그는 그녀가 나를 찾아오는 것을 몇 번 본 사람이었다. 그는 이웃에서 그녀를 지켜보았다고 하며 "그 처녀가 너를 좋아하는 것 같은데 인품이 그만한 여자가 쉽지 않을 거다. 웬만하면 그 처녀와 결혼을 하고 여기서 사는 것도 괜찮을 거야" 하며 그녀와 결혼을 하고 그곳에서 안정할 것을 권고했던 사람이다.

이런 그가 "선생님 생일을 그냥 지나기 서운해서" 라는 말을 듣고는 "다 됐구나. 빨리 국수 먹자야" 하고 일이 예상외로 깊이 진전되어 있다는 듯 농담의 말을 하고 돌아갔다.

소문이 나 가던 그녀와의 일이 이 일로 급속히 확산되었다. 나는 북한에서 살 수 없는 사람이라는 것을 그토록 말했는데 왜 그러는지 정말 이해가 가지 않았다. 사포의 좋은 사회적 신분은 비천해도 건강하고 남성다운 체격의 소유자였던 것 같은데 그녀는 왜 나같이 질병에 찌들고 보잘것없는 양철 땜쟁이 포로병에게 이토록 온갖 정성을 다 쏟아 부을까? 정말 이해가 가지 않았다.

그녀가 닭을 싸들고 온 것이 돌출행동이 아니었다. 여러 달 전부터 마음속에 간직하고 준비한 행위로 생각되었다.

아마도 삼사 개월 전이었을 것이다. 어디엔가 점을 잘 보는 점술인이 있다고 점을 보아다주겠다며 생년월일을 묻는다. 그 말에 나는 깊이 생각 않고 생년월일을 말해주었다. 그런데 점을 보아다 준다는 것이 내 생일을 알기 위한 구실이었던 것 같이 생각되었다. 점을 보러 갔더니 점술인이 출타중이어서 점을 못 보았다는 것이다. 점 같은 것을 대수롭지 않게 생각하던 나는 점을 보았건 못 보았건 그럴 수도 있겠지 했을 뿐 곧 잊어버렸다.

그리고 그녀는 점술인을 찾아다닐 사람이 아니었다. 그런 것을 내가 깜박했던 것이다. 그녀는 가톨릭신자로 '마리아'라는 세례명을 갖고 있었다. "이 난리에……" 하며 신앙을 포기했다고 했지만 세례명까지 갖고 있으면서 무속인을 찾아 다녔을 것으로는 생각되지 않았다. '어떻게 저 사람의 생일을 알 수 있을까' 하는 궁리 끝에 찾은 구실일 것으로 생각되었다.

그녀의 그런 행위로 나는 다소 난처한 생각도 들었으나 그렇다고 다시 오지 말라고 할 수도 없고 '그저 이렇게 있다 내 몸이 조금 더 나으면 행동에 나서지' 하는 생각이었다. 그러나 나의 이토록 소극적인 태도가 그녀로 하여금 너무도 당돌하다고 할 만큼 적극성을 갖도록 자극한 것이 아닌가 생각된다.

1954년 10월 중순이었는지 하순이었는지 기억이 확실치 않다. 이때 며칠 나는 혼자 있었다.

어느 날 저녁 그녀가 와서 이런저런 이야기를 나누다 밤이 깊었는데도 일어설 생각을 않는다. 시계가 없어 시간은 알 수 없으나 밤이 깊었을 시간이었다. 일어서기를 기다렸으나 그녀는 일어설 생각을 않고 피로하여 쉬어야겠는데 혼자 자리에 누울 수도 없고 해서 그녀가 일어서기를 기대하며 "아이, 피로하다" 했더니 "피로한데 누우세요"하며 누울 것을 권한다. 그렇다고 혼자 눕기도 무엇하여 그대로 앉아 있는데 또다시 누우라는 재촉의 말이다. 그래서 내가 누우면 일어서 갈 것인가 생각하며 혼자 자리에 누웠다. 자리라야 맨땅 그대로였다. 그런데 등을 끄고 갈 생각을 않고 옆에 와 눕는다. 서로의 몸이 닿을 정도로 가까이에 나란히 눕는다.

이제 그녀와 나와의 공간거리는 사라졌다. 서로 좋아하는 젊은 남녀가 어둡고 비좁은 공간에 나란히 누워서 무슨 거리를 말하겠는가. 그녀에게는 이미 마음의 거리도 사라졌다. "돌이킬 수 없는 데까지 와 있었구나" 하고 생각할 때 나는 그녀의 심중을 읽었던 것이다. 이러니 이미 사리를 가려 말한 단계도 지났다.

그렇다고 나마저 마음의 거리까지 사라질 수는 없었다. 나는 그녀의 곁에 오래도록 머물러 있을 수 없는 사람이다. 내가 그녀에게 상처를 남겨서는 안 된다. 나는 그녀를 아껴야 한다. 그녀를 아끼기 위해 나는 이 한 밤을 돌부처가 되어 있어야 한다. '돌부처가 돼야 해' 하며 마음을 다졌다.

본능의 유혹을 억제하기 어려웠지만 나는 마음의 거리를 잘 유지하며 그 밤을 보냈다. 괴롭고 어려운 밤이었다. 아침에 그녀가 돌아갈 때 밤을 무사히 보낸 것을 다시 한 번 다행으로 생각하며 "저녁에는 오지 마세요" 했다. 내 말을 들었는지 못 들었는지 그녀는 나를 한 번 힐끗 보고 그대로 돌아갔다.

그 날 저녁 나는 '오지 말라고 했으니까 오늘은 오지 않겠지?' 생각하며 일찍이 자리에 누었다. 많이 피로했다. 막 잠이 들려는데 누가 문을 두들긴다.

"누구요?"

"저예요."

그녀의 목소리다. '오지 말라고 했는데 또 왔구나. 오늘밤을 또 괴롭게 보내야겠구나' 하면서도 반가운 생각이 드는 것은 어쩐 일인가.

그만큼 나도 그녀를 좋아하고 있었다. 좋아하면서도 표면에 드러나지 않도록 자제하고 있었던 것이다. 나는 언제고 떠나야 할 몸이기에 내색을 않고 있었을 뿐이다.

이날 밤 그녀가 조금만 부정적이었어도 나는 자제력을 잃지 않았을 것이다. 밤이 깊어올 무렵 다가 누워 팔까지 당겨 베는 그녀를 그대로 돌려세우기에는 내 의지가 너무 약했고 내 나이가 너무 젊은 나이였다.

다음날 아침 나는 '이제 이 책임을 어떻게 다 할 것인가' 하는 책임감에 마음이 몹시 무거웠다. 사람의 모든 행위에는 책임이 따른다. 사안의 경중에 따라 그대로 넘어가도 별일 없을 가벼운 일도 있겠지만 꼭 책임을 다 해야 할 중요한 일이 더 많은 것이다. 하물며 한 여성의 순결을 유린한 책임이야 다시 말할 필요가 없을 것이다.

사실 나는 그 책임을 다하지 못할 것이 두려워 그녀가 '이화와도 같이 청순하고 우아한……' 이란 말로 사랑을 고백해온 지 반 년이 다 가도록 그녀의 손가락 끝 한 번 건들이지 않고 지내왔던 것이다. '이화와도 같이 청순하고 우아한' 그 아름다운 사랑은 아껴서 그녀에게 그대로 남겨두려고 했는데 이제 그 노력이 수포로 돌아갔다. 그것은 오직 나의 나약한 의지의 탓이다. '의지가 이렇게 약한 내가 무엇을 하겠다고 하나' 하는 자책 속에 돌아보는 자신이 한심하기만 했다.

내가 그 책임을 다 할 수 있는 길은 둘로 볼 수 있다. 첫째는 내가 탈출을 단념하고 그녀와 살림을 차리고 안정하는 길이고 다른 하나는 같이 동반 탈출을 시도하는 길이다.

그 어느 하나도 가능성이 있는 길이 아니다. 첫째는 그녀가 원하는 길이겠지만 북한 출신으로 변성명을 하고 말씨까지 바꾸어 숨기고 있는 나로서는 생각조차 할 수 있는 길이 아니다. 다음은 나 혼자 단독 탈출하는 것도 지난한 일인데 아무 경험도 없는 여자를 동반하고 군사 분계선을 돌파한다는 것 역시 밤나방이 불길로 날아드는 격이다.

‘어떻게 해야 하나’ 하며 쥐어짜도 별달리 생각이 떠오를 리 없었다. 앞서 말한 길의 종착은 모두가 죽음이다. 어떻게 해야 하나 막연한 고민으로 며칠을 보냈다.

여자가 설치고 따라다니며 남자의 잠자리에까지 파고들었는데 뭐 그렇게 책임을 무겁게 생각하느냐고 할지도 모르겠으나 나는 그렇게만 생각하지 않는다. 그녀도 양가집 규수였고 결코 경솔한 여자도 아니었다.

“오죽하면 보잘것없는 포로병에게 희망을 걸었겠느냐” 하는 말로 그녀의 그때의 처지를 말할 수 있을 것이다. 사면초가라는 말을 할 때가 있다. 그때의 그녀야말로 말 그대로 사면초가 속에 있었다고 하겠다. 자신의 주위 어디를 보아도 실낱같은 틈도 보이지 않는 암흑이다. 그 암흑의 절망 속에서 반딧불만도 못한 빛 같은 것을 보고 거기에 희망을 걸었던 것이다. 결코 희망이 될 수 없는 허깨비 빛을 보고 그것이라도 붙들려고 했던 것이다.

이렇게 그녀의 처지와 심경을 잘 알고 있는 내가 조금이라도 도움은 주지 못하고 순결을 유린했으니 결코 책임이 가볍다고 볼 수 없는 것이다.

그러나 책임만을 생각하고 있을 수도 없었다. 사태가 심각해지고 있음을 감지했던 것이다.

공민증

1954년 가을에 공민증이 교부되었다. 북한에 거주하는 사람은 누구나 공민증이 있어야 한다며 공민증 교부 신청을 하라고 해서 우리들 포로병들도 다 신청을 했다.

그런데 정작 그 공민증이라는 것을 내어주었을 때 나는 기재 내용에서 이상한 것을 발견했다. 그 공민증이라는 것이 크기도 그렇고 우리의 여권과 흡사한데 교부근거란에 '기타' 라고 커다랗게 스탬프 인이 찍혀 있었다. 이때도 친구와 같이 갔었는데 친구의 것에는 '무엇에 의하여 교부' 라고 되어 있는데 내 것만 그렇게 되어 있었다.

공민증을 내어주는 내무서원에게 이 '기타' 라는 것이 무엇을 뜻하냐고 물었더니 모른다고 한다. 공민증은 신분증인데 자신의 신분증의 기재내용이 무슨 뜻인지도 모르고야 어떻게 갖고 다니겠냐고 하며 캐물었지만 계속 모른단다. 귀찮다는 듯 싫으면 그만두라고 한다.

그렇다고 공민증을 거부할 수도 없었다. 이때까지 신분증이 없어서 행동이 자유롭지 못할 때가 많았는데 그 기타 공민증이라도 있어야 북한에 거주하는 자라는 것이 증명되어 나다닐 수 있을 것 같아 받아 갖고 나왔다.

공민증을 받아 갖고 나와서 나는 이 '기타' 가 무엇을 뜻할까 꼼꼼생각해보았다. 시원한 답을 찾을 수가 없었다. 한 달도 더 되는 오랜 시간이 걸러 내린 결론은 '악질분자' 라는 뜻이 아닐까 생각했다. 즉 우리네 용어로는 '반사회적', '반국민적' 이라는 뜻이 아닐까 생각했다. 그렇다면 '기타' 라는 이 표시는 사회에 그대로 방치해둘 수 없는 불량분자, 사회에서 격리시켰다 적당한 때에 저승으로 보낼 자라는 뜻으로 생각되었다.

그러면 왜 나에게 악질분자라는 낙인이 찍혔을까 생각해보았다. 찍으려고 하면 그 이유야 얼마든지 있겠지만, 무엇보다도 지난해 11월 실향사민 송환문제를 협의하기 위해 판문점에서 회담이 열린다고 했을 때 내무서 민원계장에게 송환 신청을 받아달라고 했을 때의 일이 떠올랐다. "요놈, 남조선엘 가겠다고?" 하고 점을 찍어도 크게 찍었을 것으로 생각되었다. 또 강동군 인민위원회 재정과 세무직원과 대판 싸움을 한 일이 있었다. 1953년 4월 하순 세금고지서가 나왔다. 5월 말까지 납부하라는 소득세 고지서였다. 금액이 감당할 수 없는 금액이었다. 수입금 중 한푼도 쓰지 않고 모아야 할 금액이었다. '이놈들이 이제는 나를 세금으로 괴롭히려고 하는구나' 생각하며 '아무래도 못 낼 세금 생각도 하지 말자' 하고 별로 생각 않고 있었다.

5월 20일경이었을 것이다. 세금 납부하라는 기일이 10일이나 남았는데 세무직원 두 녀석이 와서 세금을 냈냐고 한다. 못 냈다니까 대뜸 "이 새끼야, 왜 안 냈어?" 하고 폭언의 욕설이다. 순간 약이 바짝 올랐다. 이것저것 생각할 여유 없이 "이 새끼야, 돈 없어 못 냈다" 하고 맞고함으로 대들고는 "이 새끼야, 내가 포로병이라고 깔보고 그러는 모양인데 포로병이 어떤 사람인지 알아? 이 새끼야, 맨날 평등한 대우 한다더니 이게 평등한 대우야? 이 새끼야, 너 같은 새끼 한둘 죽이고 죽어도 그만인 사람이 포로병이야. 이 새끼야." 하고는 "한번 죽여줄까?" 하며 옆에 있는 쇠망치를 들고 까죽이겠다고 덤벼들었다.

마침 새로 옮겨간 방공호 앞 도로가 사도지만 사람의 내왕이 많은 편이었다. 그 사이 지나가던 사람이 5, 6명이나 되었고 이웃 사람까지 모여 서서보고 있었다. 그 중 누군가가 "야, 그 포로병 배짱 좋다" 하는 말이 들려온다.

한바탕 소동을 피우고 생각하니 아무래도 내가 그들에게 말려들은 것 같았다. 별 것 아닌데 대뜸 폭언의 욕설을 한 것도 이상했고, 일이 크게 벌어질 것 같아 염려했는데 아무 말 없이 조용한 것도 이상했다. 아무래도 나는 저항심이 강한 자로 크게 찍혔을 것 같았다.

처음 오리농장으로 갔을 때 전내구라는 자가 있었다. 초산전투에서 포로가 되었다고 했다. 그는 전염병을 앓지 않았는지 그런 대로 건강이 좋았다. 무엇에나 앞장서며 잘난 척하고 있었다.

힘이 들어 죽을 지경인데 저녁마다 오락회를 하자고 모이라고 했다. 하루는 또 모이라고 할 때 "정말 힘이 들어 죽겠다. 오락회할 기력이 없다. 오락회라야 김일성 장군의 노래 한 번, 인민군 노래 두어 번 부르는데 너는 그 노래가 그렇게도 부르고 싶으냐?" 했더니 모두들 "정말 힘들어 못하겠다. 그렇게 하고 싶으면 너 혼자 해라"하고 비아냥댔기 때문에 오락회는 그것으로 끝이었다. 김일성의 노래를 두고 "그 노래가 그렇게도 부르고 싶으냐" 했으니 점을 찍으려면 그것도 크게 찍을 거리였을 것이다.

이 일이 군인민위원회에 보고가 되었던지 군인민위원회로 간 지 이삼일 후부터 나는 부위원장의 미움을 받기 시작했다.

또 잔류 포로병이 이동해 갈 때 호송대열에 뛰어들어 말을 하려고 했던 것도 김일성 도당의 눈에는 몹시 거슬렸을 것이다. 그때 본 사람이 없는 것 같았는데 내가 호송관에게 끌려가는 것을 본 사람이 있었던 것 같다. 주민들간에 내가 호송 대열에 뛰어들어 행패를 부리다 잡혀갔다고 소문이 나 있었다.

모든 것을 거짓말이라는 보자기로 덮어두려고 하는 김일성 도당의 치부를 건드렸다고 하겠으니 점을 안 찍었을 리가 없을 것으로 생각되었다. 이렇게 무엇이든 직접 몸으로 부딪쳐 사실을 확인하려는 나의 행위가 눈에 가시보다도 더 미웠을 것이니 말이다.

나는 공민증 교부근거란의 표시가 그 사람의 성분표시일 것으로 보고 그것이 몇 가지로 분류되어 있는지 조사를 해야겠다는 생각이 들었다. 그래서 만나는 사람마다 안면이 있는 사람이면 "공민증 받으셨습니까?" 하고 묻고는 받았다고 하면 내 공민증을 펼쳐 보이며 "하, 내 공민증엔 이런 것이 있어" 하며 '기타' 라는 표시가 자랑거리라도 되는 듯이 내보이면 그 사람은 그때에야 자기 공민증의 기재내용을 확인하느라고 펼쳐보는 사람이 대부분이었다.

이렇게 사람들이 자기 공민증의 기재내용을 확인할 때 같이 들여다보는 방법으로 30여 명의 공민증을 확인했다. 결과 내 공민증에 표시되어 있는 '기타' 까지 다섯 가지로 분류되어 있었다. 오랜 시간을 두고 전 국민의 성분을 면밀히 분석하여 분류했을 것으로 생각되었다.

이처럼 김일성은 전 국민을 다섯 가지로 구분해놓고 감시하고 있었다. 지금은 다 잊어버리고 신규교부와 일등국민의 표시로 볼 '구 공민증과 교환교부' 라는 표시와 내 공민증에 표시된 '기타' 만이 기억에 남아 있다.

또 하나 확인하지 못한 것이 있다. 신규교부자 중 소위 반동분자의 가족에게는 어떻게 표시되어 있는지 아는 사람이 없어 확인하지 못했다. 구 공민증은 6 · 25 전에 교부되었던 말 그대로 낡은 공민증을 말하는 것이다. 공민증을 국군 북진 시에도 폐기하지 않고 숨겨두었던 사람이니 일등국민으로 볼 것은 당연했다. 그리고 삼등국민이라고 할 사람들에게는 지금 문구는 생각나지 않고 가로쓰기 3행으로 길게 기재

되어 있었다. 글씨도 매우 작았다. 대개 월남자 가족과 포로병이 같은 류에 속해 있는 듯했다. '기타' 라는 표시는 나 하나뿐이었다.

그 '기타' 라는 표시가 '악질분자' 또는 제거할 자일 것으로 보고 곧 행동에 나서야겠다고 생각했다. 이때까지 방치한 채 감시만 하고 있었던 것으로 보아 당장 체포하지는 않겠지만 그 시기가 언제일지를 알 수 없고 건강도 조금 나아졌으니 그대로 더 있을 필요도 없었던 것이다.

'탈출방향을 어디로 잡아야 하나' 생각하고 있는데 또다시 나의 행동에 제약을 가하는 브레이크가 걸렸다. 왠지 나는 행동을 하려고만 하면 이렇게 브레이크가 잘 걸렸다. 참으로 딱한 일이었다.

포로수용소에서 오리농장으로 끌려갈 때 45명 중 가장 나이 어리던 이윤재 군이 거의 40도나 될 고열에 숨을 헐떡이며 나를 찾아왔다. 금 방이라도 일이 날 것 같았다.

내가 그대로 앉아 있을 수 없는 불안한 상황에 있었지만 아무도 돌봐줄 사람 없는 죽어가는 사람을 두고 나 몰라라 할 수 있겠는가. '할 수 없다' 하고 행동의 시기를 미룰 수밖에 없었다.

'길어도 10여 일이면 회복기에 들겠지' 생각했던 이윤재 군의 병환은 40여 일이 지나서야 겨우 가벼운 운동을 할 수 있을 정도로 회복되었다. 그 동안 불안과 초조는 말할 수 없을 정도였지만 어쩔 수 없는 일이었다.

부록 2

김일성의 농업정책

전 북한의 대혼란

1954년도 연말이 다가오고 있었다. 이때 북한 전역이 대혼란에 빠져들고 있었다. 1·4 후퇴 당시 모두가 남부여대하고 피난을 떠날 때와도 같은 대혼란이었다. 시간만 그렇게 다급하지 않았을 뿐이지 정말 피난 시절과 흡사했다.

이 혼란이 시작된 것은 11월부터였다. 9월 하순부터 현물세가 부과되고 빨리 현물세를 납부하라고 독촉이 불같으더니 10월에는 여유 양곡을 국가 수매소에 수매하라는 수매령이 내리고 수매를 완료하라는 독촉이 이만저만이 아니었다. 이 양곡수매는 1954년도에 처음 실시되는 제도였다.

이렇게 현물세를 조기 납부하라고 하고 양곡수매를 서두른 것은 두 가지 이유에서였다고 본다. 첫째는 이 해 농작물이 냉해로 대흉작이었다. 특히 동해안 함경도 일대가 더욱 심했다는데 벼이삭이 나오기 시작한 지 18일 만에 된서리가 내려 지상 작물은 낫을 대본 작물이 없었다고 했다. 이런 실정이니 동해안 지방 주민은 가장 풍요로울 가을철에 아사에 직면하게 되었다. 동해안 지방으로 양곡 수송을 서두르지 않을 수 없었다.

다음은 모든 농지를 공동 경작하도록 집단화하기 위해서였다. 이것은 스탈린의 꼴호즈(집단영농)제도를 그대로 본받으려는 공산화 정책의 강화로 보는 것이 옳을 듯하다. 이때까지는 농민들 각자가 경작하는 농지의 경작권을 갖고 경작해오고 있었는데 그 경작권을 협동조합에 반납하고 모든 농민은 협동조합에 소속된 농민이 되어 공동경작을 하라는 것이다. 한 마디로 개인 경작권 박탈이다.

여기에 농민의 반발이 없을 수 없었다. 더욱이 협동조합 가입을 자유가입이라고 했다. 말은 협동조합에 들어오고 싶으면 들어오고 싫으면 그만두어도 좋다고 했다.

그러면 협동조합 가입 여부를 농민들 의사에 맡겨두어야 하겠는데 그렇지 않고 전 농민을 집단화하려니까 강제수단이 동원되었다. 그 강제수단이 양곡수매라는 방법으로 거의 전 농민의 수중에는 양곡을 조금도 남겨두지 않고 전량을 몰수나 다름없는 가격으로 강제 수매했다. 그것은 수매라기보다는 강탈이라는 말이 사실에 더욱 근접한 표현일 것이다. 이때의 그 참상을 말하기 전에 김일성의 이 일을 위한 사전준비가 얼마나 주도면밀했던가를 먼저 말해야 할 것 같다.

10월에 들어서며 각 가정에서 키우는 개를 전부 도살하라는 명령이었다. 한 달 내에 도살하지 않으면 주인 없는 개로 간주하고 아무나 눈에 뜨이는 대로 포획하도록 하겠다는 으름장이었다.

개 도살령이 내리고 2주 가량 지났을 때는 개는 완전히 자취를 감추었다. 전부 도살된 것이다. 참말로 무서운 곳이다. 국민이 개 한 마리 키우는 것도 정부에서 허용하면 키우고 죽이라면 죽여야 하는 이런 나라가 지구상 어디에 또 있을까. 정말 무서운 곳이다.

승호리 주민들은 "6 · 25 직전에 평양에서 개를 다 잡아 죽이라고 한 다음 전쟁이 났는데 또 무슨 변괴가 생기려고 이러나" 하고 수군거리며 겁에 질린 상태에서 개를 다 잡아 죽였다. 개를 이렇게 다 잡아 죽인 것은 국민을 보다 철저히 감시하기 위해서였다. 이때까지도 대부분 폭격을 피해 나가 있던 방공호 생활이었는데 여기저기 널려 있는 방공호를 하나하나 철저히 감시하려고 개부터 제거했던 것이다.

방공호는 토굴이기 때문에 채광을 겸한 환기통이 아니고는 들여다 볼 수도 없고 떠들어도 소리가 새어나오지 않아 그 환기통까지 접근하지 않고는 안에서 무엇을 하는지 알 수 없으니까 근접 감시를 해야겠는데 개가 있어 짖어대면 방해가 되겠으니까 개를 전부 도살하라고 했던 것이다.

이렇게 개가 먼저 숙청대상이 된 것은 농업 집단화 정책에 반대모의라도 있을지 모른다는 염려에서였을 것이다.

나는 60이 넘으신 할머니 한 분을 잘 알고 있었다. 어느 날 저녁 무렵 그 할머니댁 근처를 지나는데 집 주위를 쓸고 있다 나를 보시고 빗자루를 든 채 다가오셔서 "어디 가는 거야?" 하시고는 "지난밤에 누가 우리 집엘 왔대서 내가 여길 다 쓸어놓았는데 저기를 두 바퀴나 돈 자국이 나 있어" 하시며 환기통을 손가락질하신다. 그래서 그날 밤 또 오나 보려고 주위를 쓸고 계셨단다.

개를 다 잡아 죽이라고 하고 양곡수매량을 감당할 수 없도록 과다 책정해 놓고 독촉이 서릿발 같으니 민심이 흉흉해지지 않을 수 없었다. 그 중에서도 일제시 자작농이었던가 농토의 일부는 소작을 주고 일부는 자가 경작을 했던가 하여 비교적 경작면적이 많았던 농가에는 수매 할당량이 더욱 과다하지 않았나 생각되었다.

그 실례를 하나 보자. 승호리 바로 강 남쪽에 하단리라는 곳이 있다. 그곳에 김문석이라는 분이 있었다. 60대 초였다. 들리는 말로는 자수성가한 입지전적인 인물이라고 했다.

일본 입교대학을 나왔다는 아들은 별거하고 두 딸과 노부부가 살고 있었다. 일제 말기까지 시골 시장을 다니며 포목상을 했다고 했다.

이렇게 장사를 하려니까 농토의 일부는 소작을 주고 자신이 직접 경작한 것은 일부 수답뿐이었다고 했다. 그래도 이렇게 일부라도 직접 경작을 했기에 토지개혁 당시 숙청을 면하고 자신이 경작하던 일부 농지나마 경작권을 갖고 경작을 해오고 있었다.

이분의 경작면적은 알 수 없으나 평년작일 때 벼로 63가마 가량의 생산량이었다고 했다. 그런데 이 해에는 대흉작으로 생산량이 20가마나 감소하여 43가마라고 했다. 그런데 현물세가 18가마가 부과되었고 할당된 수매 책임량이 30가마가 더 되었다. 자가식량은 고사하고 수매 책임량에도 열 가마 가까이 부족하였다. 또 그 사이 딸의 결혼으로 다소 소비도 했다.

이렇게 많은 양의 양곡이 부족하니 양곡수매를 완료할 생각을 못하고 그렇다고 굶고 있을 수도 없어서 벼를 3가마를 남겨놓고 다 수매소에 갖다주었다. 그렇다고 여기서 잠잠해질 일도 아니었다. 잔여량마저 빨리 수매하라고 불려가서 5일 내로 하라, 3일 내로 하라 하는 다그침에 시달려야 했다. 견디다 못해 집안에 조금이라도 화폐가치가 있는 것은 모두 내다 팔아 양곡을 시장에서 사서 수매를 하고 있었다. 주거용 건물 한 동이 양철지붕이었는데 그것까지 뜯어 팔았다.

또 그런 물건이 수요가 많을 수가 없었다. 원매자가 없으니 팔 물건은 평상시의 몇 분의 1 가격이고 사야 할 양곡은 천정부지로 치솟았다. 가을에 소두 한 말에 800원 정도였던 옥수수가 다음해 1월에는 3,600원까지 치솟았다.

그러면 양곡을 어떤 사람이 내다 팔고 있었나. 11월까지는 그래도 농민들 중 조금씩이나마 시장에 양곡을 들고 나오는 사람이 있었다. 그 후에는 농민에게서는 한 톨의 양곡도 나오는 것이 없었다. 그런데도 시장에는 양곡이 있었다. 도대체 누가 양곡을 내다 파나? 농민에게는 한 톨의 양곡도 없는데 누가 여유 양곡이 있어서 내다 판단 말인가?

시장에 양곡을 내다 판 것은 김일성의 짓이었다. 평양 변두리 소비조합에서 무제한 판매하고 있었다. 시중 가격이 오르면 따라 올리고 또 따라 올리고 하여 옥수수 소두 한 말에 노동자의 4개월 반 봉급에까지 치솟았다.

이렇게 김일성은 수매라는 이름으로 헐값에 강제 매입한 양곡을 금값으로 되팔아 수매대금으로 지불된 몇 푼 안 되는 돈마저 모두 긁어들이고 있었다.

김일성의 이 짓은 양곡수매 외에 목적이 또 달리 있었다. 김일성도 농민의 수중에 양곡이 없는 것을 모를 리가 없다. 농민의 수중에 양곡이 없는 것을 알면서도 수매 책임량을 과다책정하고 빨리 수매를 완료하라고 다그친 것은 양곡 외에 무엇이든 조금이라도 화폐와 교환할 수 있는 물건이 있으면 그것까지 남김없이 빼앗기 위한 목적에서였다. 국민은 무엇이든 조금이라도 재(財)의 가치가 있는 것은 소유할 수 없다는 것 같았다.

내가 예로 든 김문석 씨는 과거에 잘 살았고 당시에도 부농인 편이었다. 이런 농가를 예로 든 것은 김문석 씨를 나도 잘 알고 있었고 그때의 현황을 자세히 들었기 때문일 뿐이다. 자칫 부농에만 그런 철퇴가 내려졌던 것으로 비칠 것 같아 하는 말이다. 거의 전 농민이 같은 상황에 있었다.

내가 김문석 씨를 알게 된 것은 포로로 끌려갈 때 포로수용소에 입소하기 전날 그 하단리에서 1박했다. 그때 내가 들어갔던 집이 김문석 씨 댁이었다. 김문석 씨 부인이 너무도 인자해 보이기에 인상에 남아 있었고 강동군 인민위원회에 나와 있을 때 그곳에 얼마나 오래 있게 될지는 알 수 없으나 인품 좋은 분을 잘 알아두는 것도 해롭지 않을 것 같아 찾아보았고 가끔 들러 인사를 드렸고 가깝게 지내게 되었다.

또 그 하단리가 강동군 인민위원회에서 오리농장으로 가는 도중에 있었고 오리농장으로 심부름을 몇 차례 갔었는데 그때 찾아보았던 것이다.

그러면 생산량의 25퍼센트라는 현물세가 총 생산량 43가마에 어떻게 18가마가 부과되고, 가족의 1년분 식량을 내어놓고 할당했다는 수매 책임량이 30가마가 더 되었는지를 알아보자.

현물세의 부과기준 평뜨기

강동군 인민위원회에 있을 때 나는 몸이 약해 일을 못하기 때문에 잔심부름이나 할 때가 많았다. 이때 강동군 인민위원회에는 웬 회의가 이렇게도 많은가 할 정도로 대소 회의가 많았다. 참석 인원이 많을 때는 수백 명, 적을 때도 몇십명은 되었다. 소규모일 때는 몇 번 안 되었고 몇백명인 때가 대부분이었다. 폭격이 위험하다고 시멘트공장 채석장 터널 깊숙한 곳이 회의장으로 이용되었다. 강동군 인민위원회에서 1킬로가 안 되는 거리였다. 회의가 있을 때마다 나는 점심식사를 지고 다녔다.

그 터널은 깊이가 거의 2백 미터는 될 것 같았다. 폭이 철도 터널보다는 많이 넓은 것 같았다. 맨 끝쪽 가까이에는 천장에 구멍을 뚫고 물건을 떨어뜨리게 되어 있었다. 밑에다 화차를 대고 채석한 돌을 떨어뜨려 운반했던 것이다.

그 터널에는 평양 조차장이 폭격을 피해 들어가 있었다. 폭격에 파손된 기관차를 입구 쪽에 세워놓고 수리를 하고 안으로 들어가며 좌우에는 공작기계가 들어갈 정도로 돌벽을 깨내고 선반 등 기계를 설치하고 부품을 생산하고 있었다. 그 조차장의 규모는 여러 번 들어가 보고도 알 수 없었으나 1952년 7월 15일 폭격시 단 한 개의 폭탄에 3백 몇십명이 죽었다는 말을 듣고서야 그 규모를 짐작할 수 있었다. 터널 맨 깊은 곳이 종업원들의 숙소였고 그곳을 회의장으로 사용하고 있었다.

한번은 점심식사가 도착했는데도 회의가 거의 한 시간이나 계속되어 기다리며 토의 내용을 자세히 들을 수 있었다. 마침 그때의 토의 내용이 현물세의 부과기준이 되는 평뜨기에 관해서였다.

평뜨기란 농지의 각 필지의 작황 평가를 위해 한 평 또는 두 평씩 추수 전에 베어다가 탈곡 계량하여 총 예상 수확량을 산출 평가하는 방법이다.

회의에 참석한 인원은 3백 명도 더 되는 것 같았다. 각 리에서 리위원장, 당위원장(세포위원장), 농민위원장 이렇게 최소 세 사람씩은 온 것 같았다. 폭격이 위험하고 도보 외에는 교통수단도 없는데 용하게도 많이 모였구나 생각했다. 회의는 각 리에서 평뜨기한 결과를 보고하고 있었다. 내가 그때 들은 것은 수수의 평뜨기 결과였다. 그 지방 농작물은 주로 잡곡이었다. 조, 수수, 콩, 옥수수 등 잡곡이 주작물이었다.

여러 사람의 말이 거의 대동소이했다. 평뜨기를 해서 계량을 했는데 시기가 너무 일러 완전 물통이어서 중량이 많이 나간다. 실지 수확량은 그런 양이 나올 수 없다.   그래서 10퍼센트 감량을 해서 예상 수확량을 산출했다는 보고였다.

이때 군당위원장이라는 자가 노기등등해서 앞으로 나서며 농민대표들의 말을 중단시키고 "동무들 어떻게 그따위 계산을 합니까? 10퍼센트 감량을 했다고요? 제 정신을 갖고 하는 말이오? 잘 영글은 곡식이 중량이 더 나갑니까, 잘 영글지 않은 곡식이 중량이 더 나갑니까? 잘 영글은 곡식이 더 무겁다는 것은 어린아이들도 다 알 것이오. 실지 한 말씩 달아보세요. 10퍼센트가 아니라 15퍼센트는 차이가 날 것이오. 그런데도 10퍼센트 감량을 해요? 10~15퍼센트 증량을 해야 해요, 알았어요? 증량을 해야 합니다" 라고 한다.

농민대표들에게서 반론이 나옴직도 한데 반론을 펴보았자 소용없다는 체념에서인지 농민대표들 모두가 당원이어서 군당위원장의 말에 반론을 제기할 수 없어서인지 반론은 제기되지 않았다.

물이 툭툭 튀어나오는 물퉁이 곡물일 때와 그 물퉁이 곡물이 완숙했을 때의 중량차가 어떻게 될지는 알 수 없으나 아무래도 수분이 많을 때의 중량이 더 무겁지 않을까? 한데 거기에 10~15퍼센트를 가산한다면 그 중량차가 너무 커지는 것이 아닐까?

어쨌든 나는 그 회의를 보고 현물세의 부과기준이 어떻게 결정되는지를 알았다. 물이 툭툭 튀어나오는 물퉁이 곡식 때보다 다 영글어 물기가 없는 곡물의 중량이 10~15퍼센트는 더 나갈 것이라는 군당위원장의 말에 묵묵히 따라야 하는 농민대표들의 모습도 보았다. 더욱이 평뜨기는 그 필지에서 작황이 가장 좋아 보이는 곳을 택해서 한다는 것도 알았다.

이때의 현물세 부과기준은 평상시 일반 연도의 부과기준이다. 54년도에는 현물세의 부과 시기가 너무 빨랐고 작황평가 과정이 있었던 것 같지도 않았다. 그저 평년 작황을 기준으로 어물쩍 넘어갔을 것으로 생각된다. 시기가 너무 일러서 예년과 같은 작황평가는 불가능했을 것으로 보기 때문이다.

이렇게 작황평가도 없이 현물세를 부과했으니 총수확량이 43가마인데 그것의 25퍼센트라는 현물세가 18가마가 부과되고 가족의 1년분 식량을 산출해 내어놓고 할당했다는 수매 책임량이 30여 가마가 되었던 것이다. 이러고도 김일성 도당은 공정하다고 하고 있었다.

이런 수단으로 농민에게서 모든 것을 빼앗은 이유는 새해 영농기까지 한 사람의 낙오도 없이 전 농민을 집단농장에 몰아넣어 조직화하기 위해서였을 것이다.

양곡수매가로라도 받은 돈이 있고 집안에 조금이라도 화폐와 교환할 수 있는 물건이 있어서 돈을 만들 수 있으면 그 돈으로 식량을 구해

연명을 하며 개인영농을 하려는 농민이 있을 것 같아 그런 것을 미연에 방지하기 위해서였을 것이다.

아사 직전의 상황에까지 몰아가기 전에는 집단농장 조직이 불가능하다고 보고 전 농민을 아사 직전의 상황에까지 몰아가기 위해 그토록 가혹한 양곡정책을 실시했다고 보아야 할 것이다.

김일성이 이런 계산에서 양곡수매를 했으니 농민의 수중에는 무엇 하나 남아 있는 것이 있을 수 없었다. 정말 전 농민이 무엇 두 쪽만 남은 알거지가 되었다.

농업 집단화 그것은 정말 전 농민 거지화 정책이었다. 아니 전 국민 거지화 정책이었다.

급료 생활자는 이미 거지가 된 지 오래다. 나는 포로수용소에서 수용소 장교가 포로의 시체에서 옷을 벗겨 가는 것을 보고 "거지혼이 들었나"라는 말을 했다. 군 장교건 누구건 하위급 급료 생활자는 거의 모두가 그렇게 물질에 쪼들리고 있었다. 급료 생활자에 비해 농민의 생활은 안정되어 있었다. 나는 여러 곳에서 그것을 확인했다. 절량농가가 거의 없었다.

공산당에게는 이렇게 농민의 생활이 안정되어 있는 것이 문제였던 것이다. 그것이 어째서 문제였는지를 내가 말하기보다 어느 회의의 장면을 말하는 것이 좋을 것 같다.

그 많은 회의 중에서 가장 규모가 작은 회의였다. 이렇게 규모가 작은 회의일수록 당원 중에서도 가장 열성적인 핵심요원들만이 모이는 비밀회의라고 들었다. 심부름을 하는 소년이 당원들 중에서도 아주 열성적인 당원만이 오는 회의라고 했다. 소년은 직원들 간에 오가는 말을 듣고 하는 말이었다.

1951년 11월 말경이었는지 12월이었는지는 기억이 확실하지 않다.

어느 날 그 날도 회의가 있다고 점심식사를 갖고 가라고 해서 식당엘 갔더니 식사분량이 많지 않다고 혼자 가라고 한다. 내 힘에도 그리 무겁지 않을 분량이었다.

회의장에 도착했을 때 회의는 진행 중이었다. 질문이 이어지고 있었다. 질문에 답하는 군당위원장의 말은 무슨 뜻의 말인지 알아듣기 어려웠다. 어려운 말도 아닌데 이 말을 하다 저 말을 하는가 하면 또 다른 말을 하는 것 같은 종잡을 수 없이 말을 하고 있었다. 이러니까 여기저기서 질문을 어지럽도록 난발하고, 한 사람의 질문에 장황화게 늘어놓으며 시간이 오래 가고 있었다. 회의 참석인원은 30여 명 정도인 것 같은데 질문을 했던 사람이 또 하고 하며 점심시간이 한 시간도 더 지나가고 있었다.

나는 한참 동안 그런 말을 듣고 있었다. '저 사람이 왜 저러나. 꼭 정신 미숙아의 동문서답식이구나' 생각했다. 무심 속에 한 귀로 흘리고 들으며 있던 나는 '죽일 놈들 같으니' 하는 말이 하마터면 입 밖으로 튀어나올 뻔했다. 군당위원장의 말은 언중유골이었다. 무서운 독을 품은 말이었다. 어느 한순간 나는 '이 말이었구나' 하고 군당위원장의 말의 진의를 포착했다.

간단하고 쉬운 한 마디로 할 수 있는 말을 차마 그대로 단도직입적으로는 말하지 못하고 수십 마디의 말로 이리 돌리고 저리 굴리고 하여 듣기에 거슬리지 않는 말을 찾아 하느라고 말을 그렇게 하는 것 같았다.

군당위원장의 말은 한마디로 "노동자의 주머니에 돈의 여유가 있으면 노동자는 말을 듣지 않는다." "농민의 쌀독에 쌀의 여유가 있으면 농민은 말을 듣지 않는다."

"노동자, 농민에게 시간의 여유를 주면 노동자, 농민은 쓸데없는 생각을 한다."

이 세 마디의 말을 차마 그대로 표현해 말하지는 못하고 그렇게 종잡을 수 없는 말을 늘어놓고 있었다.

굳이 내가 풀이를 하지 않아도 이 말이 무엇을 뜻하는지는 누구나 다 알 것이다. 그렇더라도 한 마디 덧붙인다면 노동자, 농민은 항상 허기진 상태에 있어야 지배하기가 용이하다는 말이다. 노동자, 농민을 쉽게 부려먹기 위해서는 항상 주림에서 헤어나지 못하도록 해두어야 한다는 말이다. 주먹밥 한 덩어리에 눈길을 떼지 못하고 끌려 다니도록 해두어야 임의대로 지배할 수 있다는 말이다.

대다수 국민을 주림에서 헤어나지 못하도록 묶어두어야 한다는 것이 김일성의 기본정책의 일부가 아닌가 생각되었다.

"시간의 여유를 주면 쓸데없는 생각을 한다." 공산주의 노선에 벗어나는 생각을 하지 못하도록 눈코 뜰 새 없이 다그쳐야 한다는 말이다. 농업 집단화, 그것은 안정되어 있는 농민의 생활을 끌어내려 급료 생활자의 수준으로 맞추어놓기 위한 정책이었다. 다시 말해 전 국민 거지화 정책이었다.

이 거지화 정책의 말을 하다 문득 생각 난 것이 있다. 전두환 정권시절 경제 3인방이라고 했다던 경제 전문가 세분의 말이다.

전두환 정권이 한창 태동하기 시작했을 때, "지금 이 시점에서 군부의 집권을 막을 길은 없다. 단, 어떻게 하든 또 다시 군부 집권의 장기화를 허용해서는 안 된다. 그것만은 막아야 한다. 그것을 막기 위해서는 경제를 군부에 맡겨서는 안 된다. 경제를 우리(민간)가 장악하여 안정시키고 발전 시켜야 한다. 경제가 발전되고 국민생활이 안정되면 군부 정권은 오래지 않아 국민의 거센 저항을 받게 될 것이다. 어떤 힘으로도 막을 수 없는 국민의 저항 앞에 군부정권은 무너지지 않을 수 없을 것이다. 그러니 우리 3인이 이 정권에 참여하여 경제를 장악하자……." 라고 했다는 말……. 그 경제 전문가 세분은 아웅산에서 모두 타계하셨다.

김일성은 사람이 배부르고 등 따스하면 그 이상의 것을 요구하게 된다는 것을 잘 알고 있는 듯했다.

배부르고 등 따스한 것 이상의 것은 김일성으로서는 절대 허용할 수 없는 그런 것이다. 김일성은 만일 그것을 조금이라도 허용하는 듯 한 틈을 보였다가는 요원의 불길과도 같이 번져 민중혁명으로 이어질 수 도 있다는 두려움에 사로잡혀 있었는지도 모른다. 그래서 김일성은 그 런 것은 싹도 터보지 못하게 하려고 씨앗속의 배아에서부터 죽여 버리 려고 하는 것 같았다. 농민에게서 경작권을 박탈하여 공동경작체제로 조직하여 농민에게 조차 식량의 여유를 조금도 주지 않으려고 하고 농 민 개인의 시간도 할 수 있는데 까지 최소한으로 제한하려고 하는 것 같았다.

군 장교는 북한에서 대우가 제일 좋다는 계층이다. 그런데도 물질의 궁핍에 그렇게 쪼들리고 있었으니 일반 노동자야 어떠했는지는 듣지 않아도 상상이 갈 것이다.

내가 북한에서 노동자를 노동현장에서 접해본 것은 강동군 인민위 원회에서 대규모 회의가 있을 때 점심식사를 지고 갔을 때였다. 시멘 트공장 채석장 터널 안에 들어섰을 때 그 안에서 작업을 하고 있는 평 양 조차장 노동자들이었다. 터널 안은 좌우 쪽에 벽을 꺼내고 공작기 계를 설치한 곳에만 하나씩 드문드문 불빛이 있어서 많이 어두웠다.

바닥에는 레일이 깔려 있고 쇠붙이가 아무렇게나 널려 있어서 위험 하기도 했다.

군인민위원회 식당 아줌마와 둘이서 주먹밥 광주리를 이고 지고 갔 는데 식당 아줌마는 여러 번 다녀서인지 잘 가는데 나는 발길에 차이는 것이 많아 따라가기가 어려웠다. 또 주먹밥 광주리가 내 힘에는 너무 벅찼다. 뒤쳐질 수밖에 없었다. 힘이 들어 중간에서 지게를 놓고 잠시 쉬고 있는데 작업 중이던 조차장 노동자 한 사람이 구수한 밥 냄새에 광주리에서 눈을 떼지 못하는 것을 보고 선심을 쓰자는 생각에서 "동무들도 배고프지?"하고 말을 걸었다.

소음 속에 알아듣지 못한 그가 눈을 크게 뜨며 뭐라고 했냐는 눈치이기에 밥을 한 덩이 꺼내주었다. 그것을 보고 가까이에 있던 6~7명이 우르르 몰려왔다. 모두들 기름 먼지 묻은 손으로 받아들고 게걸스럽게 먹고 있었다.

시멘트공장 경내에 들어서기 전에 내가 두 개를 먹었다. 몇 십 개 여유 있게 준비를 했겠지만 그래도 모자라면 큰일이라는 생각에 서둘러 그 자리를 떠야 했다. 다른 사람들이 또 와서 달라고 할 것 같은 염려에서였다.

다음에 또 점심을 갖고 갔을 때는 먼저 밥을 얻어먹었던 사람이 걸레조각으로 기름 방망이를 만들어 불을 붙여 들고 길 안내를 해주었다. 길을 안내해주던 그는 "어째 지게질이 틀렸소. 내가져다 드리리다" 하며 지게를 대신 져다주었다. 나는 갈 때마다 여남은 개씩 선심을 썼다.

그 다음부터는 회의가 있을 때마다 점심식사 시간이 되어올 때쯤이면 터널 입구에서 내다보고 있다 뛰어나와 받아가곤 했다. 터널 앞은 시계가 거의 2백 미터는 됨직한 원형 광장이었다.

이때 나는 밝은 곳에서 그들의 작업복 차림을 처음 보았다. 그들의 모습은 말 그대로 해괴망측했다. 몇 갈래로 찢어진 기름투성이의 작업복은 허벅지와 엉덩이 일부를 드러내고 있었다. 아무리 남자들만 있고 삼면이 석벽으로 막혀 있는 작업현장이라지만 그들의 작업복을 옷으로 보기에는 너무 낡은 걸레였다. 이때 노동자에게 작업복도 지급되지 않아 각자 집에서 낡은 옷을 갖고 가 작업복을 대신해 사용하고 있었기에 작업복이 그 지경이었던 것이다.

조차장 노동자는 중요 기능 인력이다. 전시지만 징집이 보류되는 특수 산업요원이다. 그들은 일반 노동자들보다 한 급 높은 대우를 받는 산업요원이라는 말을 들었다. 그런데도 그들의 작업복이 그 모양이었다. 물질에 얼마나 쪼들리고 있는가를 한눈에 알아볼 수 있었다.

위신 말라죽은 비누

1952년 여름 장마 뒤끝이었다. 몸이 너무 아파 여름내 목욕을 하지 못해 땀과 때가 엉겨 붙어 너무 더러워 못 견디겠기에 기분이 좀 나은 틈을 타 강가로 목욕을 나갔다. 강가에는 먼저 온 욕객이 두 사람 있었다. 그들 가까이에서 목욕을 하는데 두 사람이 주고받는 말.

"온 몸이 기름때가 돼서 지질 않아. 때가져야지, 쯧."

"어이구 우리들 깜둥이한테는 비누 배급이나 좀 주지."

"비누? 비누가 뭐 말라죽은 거지?"

"비누? 위신 말라죽은 거지. 것두 몰라?"

비누는 위신 있는 사람들이나 사용하는 것인데 노동자 주제에 웬 비누 타령이냐는 말이 자조를 지나 자학의 말로 들려왔다.

전시여서 모든 물자가 귀한 탓이라고도 하겠지만 그렇지만도 않은 면이 있었다.

전쟁 기간 중 북한에도 공산권에서 적지 않은 구호물자가 들어간 것으로 알고 있다. 중국에서는 주로 식료품류, 동구 공산권에서는 의류나 작업화 등이고 정부 차원의 원조로는 의류 원단, 의약품 등이었던 것으로 알고 있다.

어느 날 저녁 무렵 나는 소비조합 상점에 들러보았다. 건물이 폭격에 거의 다 무너지고 없어 외진 곳 이면 상가였던 한옥 건물에 소비조합 상점이 들어가 있었다. 매장이 꽤나 길었다. 컴컴한 매장 한쪽 구석 등그런 멍석 용기에 마른 풀잎 같은 것이 가득 담겨 있다. 무엇인가 하여 직원에게 물었더니 "산채 말린 것입니다. 그 옆에는 무말랭이구요. 중국에서 온 것입니다" 한다.

나는 속으로 '무말랭이와 산채 말린 것이 중국에서 왔다? 이것을 수입했을 리는 만무고 구호품으로 들어왔을 터인데 소비조합 상점에서 시민에게 판다? 노동자의 아낙네들이 초근목피 채취를 위해 산야를 헤매고 있는데 구호품으로 들어온 무말래이까지 팔아먹는다. 김일성이 언제부터 이렇게 재리에 밝았던가' 하여 씁쓸한 생각이 들었다.

체코에서는 남방셔츠와 피혁제 작업화가 들어왔다. 남방셔츠와 작업화가 모두 조잡했다. 특히 작업화가 더욱 그러했다. 하지만 당시 북한에서는 눈이 둥글해질 정도로 귀한 물건들이었다.
'

한데 노동자들이 그렇게도 헐벗고 있는데 그 구호품 의류나 신발을 한 번도 무료로 나누어준 일이 없다. 전부 급료에서 공제하는 유료 배급이었다. 남방셔츠 한 장에 130원, 작업화는 한 켤레에 250원이라고 했던 것으로 기억한다. 노동자의 한 달 급료가 보통 800원이었으니까 130원, 250원이면 가격도 호되게 비싼 금액이었다.

이렇게 생각하면 이해하기 쉬울 것이다. 지금 우리의 화폐로 월 80만 원 수입자가 남방셔츠 한 장에 13만 원, 작업화 한 켤레에 25만 원이라면 그 남방셔츠와 작업화를 사 입고 사 신을 수 있는 사람이 있겠는가. 그것을 사 입고 사 신을 수 있는 사람은 거의 없다고 해야 할 것이다.

그렇다고 그 유료 구호품이 노동자의 살림에 조금도 보탬이 안 된 것은 아니다. 그 남방셔츠와 작업화를 갖고 시장 상인에게 가면 원가의 열 배인 1,300원, 2,500원을 받을 수 있었으니 말이다.

시장 상인들은 그렇게 사서 남방셔츠는 1,800원, 작업화는 중공군과 그들의 군화인 농구화 두 켤레와 교환하는 것이 전부였다. 중공 군인들은 그 조잡한 작업화도 "피쉐 띵호"하며 잘도 교환해 가고 있었다. 상인들은 그렇게 교환한 농구화 한 켤레를 2,200~2,300원씩에 판매하고 있었다.

노동자들에게 유료로 배급된 구호품은 거의 전량이 이렇게 시장으로 흘러나오고 있었다.

노동자들에게 유료 배급된 가격과 시장 상인에게 판매한 가격과는 차이가 컸지만 시장에서 생필품을 구입하려다 보면 생각처럼 큰 금액도 아니었다.

1,300원이면 시장 곡가가 싼 가을철에는 쌀 소두 한 말 정도였고, 양곡 출하량이 감소하는 봄철에는 반 말 조금 더 될 정도였다.

이때 북한에는 시장경제와 배급경제가 병존해 있었기에 물가에 이런 양면이 있었고 식량배급과 의료비 외에는 생필품 거의 전부를 시장에 의존하고 있었기에 급료 생활자의 생활고가 더욱 가중되고 있었다. 급료 생활자의 생활고가 그 지경인데도 김일성은 전비조달에만 혈안이 되어 구호물자까지 그런 비싼 값에 팔았던 것이다.

여기서 당시 북한 근로자의 하루를 살펴보고 이 장을 마감 해야겠다. 모든 근로자는 작업개시 30분전 까지는 직장에 도착해 있어야 한다. 작업 개시 전 30분이 독보회 시간이기 때문이다. 독보회는 대부분 신문기사를 해설하며 공산주의 이념을 주입하는 의식화 교육이다. 이 독보회는 사무직이나 생산직이나 가리지 않고 다 한다. 신문은 주로 노동신문과 그들의 정부기관지인 민주조선을 이용하는데 해 묵은 신문도 가리지 않는다. 정규근무 시간인 오후 다섯 시 후에는 '돌격주간'이니 '애국노동'이니 하여 두 시간 정도의 과외 근무를 해야 한다. 이

근무는 봉사근무라고 해야 할 것이다. 연장 근무 수당은 고사하고 아주 무임 근무인 것이다.

이 근무가 필하면 여러 회의가 기다리고 있다. 뿌리가다반 회의니 민청회의니 직맹회의니 여성은 여맹회의등 여러 종류의 회의가 거의 매일 있다.

'뿌리가다'라는 말은 노어인 것 같은데 생산현장의 말단 소조(小組)를 말한다. 한 조가 보통 4명인 것 같았다. 이들은 작업을 마감하고 그날의 작업성과를 검토하고 평가한다. 시간은 그리 길지 않은 것 같았다. 각 뿌리가다 반 간 경쟁을 유발하여 생산능률 향상을 위한 것으로 보였다. 성과가 좋으면 더욱 잘 할 것을 다짐하고 서로를 격려 하지만 성과가 안 좋으면 그 원인을 분석하고 반원 중에 게으름을 피웠던가 한 것이 밝혀지면 비판하고 추궁도 하는 것 같았다. 이 제도는 근로자들의 게으름 방지책으로도 보였다.

뿌리가다반 회의 외의 모든 회의는 시간 제한이 없었다. 보통 한 시간이상 두 시간 가량일 때가 많았다.

이렇게 해서 근로자가 직장에 머물러 있는 시간이 하루 12~13시간이나 되는 것 같았다. 거의 매일 그랬다. 피로가 쌓이지 않을 수가 없다. 북한 근로자에게는 '충분한 휴식'이니 '재충전'이니 하는 말은 꿈만 같은 사치스런 말에 불과하다. 이렇게 시달리다 퇴근하여 종종 걸음으로 집에 돌아가면 멀뚱한 죽 한 그릇일 때가 많다. 퍼 먹었는지 훌쩍 마셔 버렸는지 그 죽 한 그릇을 죽이고 나면 피로하여 그 자리에서 곯아 떨어진다. 이것이 북한 근로자의 하루였다.

농민들 나락으로
떨어지다

급료 생활자에 비해 농민의 생활은 많이 안정되어 있었다고 하겠다. 농민은 가을철 추수 후 부과된 현물세만 납부하면 달리 농산물에 대한 간섭은 없었다. 적어도 1953년도까지는 그러했다. 현물세가 25퍼센트라지만 실지는 35퍼센트 내외였다. 그래도 일제시 소작농을 할 때와는 비할 바가 아니었다. 그만큼 소득이 증대해 있었다고 했다.

내가 윤재원 중위를 찾아 어느 농촌에 갔을 때가 1952년 파종시기였다. 파종하는 농민에게서 점심을 얻어먹으며 이런저런 이야기를 나누다 식량사정을 물었을 때 절량농가는 별로 없다는 말이었다.

포로수용소에서 황해도 신막 출신이 한 사람 있었다. 그 사람의 말이 일제시에 비해 식량사정은 많이 좋아져 있었고 특히 황해도 재령지역 일대의 농민은 거의가 부농의 수준이었다고 했다. 토지개혁의 혜택이 그만큼 컸던 것이다. 그는 고등학교를 황해도 사리원에서 다녔기 때문에 재령, 은파지역의 사정도 알고 있는 편이라고 했다.

그런데도 절대다수의 농민이 김일성에게 등을 돌리고 있었다. 토지개혁이라고 하며 농토를 분배해주었을 때 몇 대를 두고 소작농으로 연명해오며 맺혔던 한을 풀어주려고 내려온 천신인 양 떠받들었던 농심이 얼마 지나지 않아 김일성에게 등을 돌리기 시작했다.

고된 농사일에 지친 농민에게 쉴 틈을 주지 않는 공산주의 이념 교육과 과다한 노력동원이 농심을 돌려놓았던 것이다.

이념 교육이 얼마나 철저했던가는 학교 교육을 도무지 받지 못한 사람이 짜르시대에 농민전쟁이 어땠느니 하는 말을 곧잘 하는 것으로 짐작할 수 있었다.

또 농민은 아니지만 1951년 가을 강동군 인민위원회에서 어느 날 여직원이 나에게 "남조선에서도 당사를 배웁니까?" 하고 묻는다. 당사는 소련공산당사를 말하는 것이다. "안 배웁니다"하는 한 마디로 부인했더니 "당사 안 배우면 뭘 배웁니까?" 하고 재차 묻는다.

"당사 아니라도 배울 것이 얼마든지 있지요. 그까짓 당사가 뭐기에 당사 아니면 배울 것이 없는 것 같이 말합니까?" 했더니 고개를 갸우뚱 하며 "당사 안 배우면 뭘 배우나?" 하고 혼잣말을 하며 돌아서고 있었다.

그 여직원을 보고 '나는 공산주의 6년에 이 지경이 되었구나. 이념 교육이 얼마나 철저했기에 불과 6년에 이렇게까지 되었나' 하는 생각을 금할 길이 없었다.

노력동원이 얼마나 자심했던가는 다음의 한 마디로 짐작할 수 있을 것이다. 내가 47년 여름 고향에 잠깐 들렀을 때 들은 말이다. 나이가 30세가 넘은 문맹자가 말했다.

"일정 때는 '성전, 성전' 하며 못살게 그러더니 해방이 되니까 '건국, 건국' 하며 달달 볶누만. 이거야 사람이 살겠나" 하며 짜증을 내고 있었다.

승호리의 한 농민은 현물세가 25퍼센트라지만 실은 35퍼센트가 더 될 때도 있다. 노력동원의 노력봉사까지 하면 세금이 50퍼센트는 된다.

많은 소지주가 갖고 있던 토지가 김일성이라는 거대 지주에게 집중된 단일지주라는 말이 옳을 것이다. 땅을 독점한 지주의 횡포가 더욱 사나워질 것은 보나마나다. 노력동원으로 농한기가 없어졌다는 말이다. 포로수용소에서 북강원도 양구 출신이 한 사람 있었다. 그는 6·25 전 김일성 치하에서 양구군 인민위원회 공무원이었다고 했다. 6·25 전에는 공무원 중에도 비당원이 적지 아니 있었다고 했다. 그는 이런 말을 했다.

"현물세가 실지는 얼마가 되었던 공식으로는 25퍼센트다. 그 25퍼센트는 농사를 지은 땅의 세금이니까 농지세로 보아야 할 것이다. 이 지구상 어디에 농지세로 총수확량의 25퍼센트를 부과하는 국가가 있나? 공산주의 국가가 아니고는 없을 것이다.

그런데 실지 현물세는 35퍼센트가 되고 노력동원 봉사까지 계산하면 세금이 50퍼센트가 충분히 될 것이다. 공산주의 농업제도는 악덕지주 중에서도 가장 가혹한 악덕지주일 것이다."

어쨌든 농민의 생활은 그런 대로 안정되어 있는 편이었다. 1954년도에 냉해로 대흉작이 들었고 그것을 구실로 가혹한 양곡 정책으로 농민의 생활은 급전직하 천 길 나락으로 떨어지게 되었던 것이다.

흉년이어서 양곡을 수매한다는 것은 구실이었고 실은 농업 집단화를 위해 농민에게서 모든 것을 뺏어내기 위해서였다. 모든 것을 빼앗기고 아사에 직면하여 주린 배를 움켜쥐고 헤매고 있을 때 주먹밥 한 덩어리로 유인하여 집단농장 조직으로 몰아가기 위한 김일성의 가혹한 수단이었다.

그러면 집단농장 제도가 어떤 것인가 알아보자. 집단농장이란 말 그대로 한 부락 전체 농민이 '내 것 네 것' 없이 집단으로 공동 경작하여 현물세를 납부하고 남은 수확물을 각자 노력 일수를 따져 노력한 만큼 소득분배를 하는 것이다.

예를 들어 어느 곳에 30가구의 농촌이 있다고 하자. 30가구가 네 것 내 것 없이 공동영농을 한다. 그 30 가구의 총 노력인구가 80명이라고 하자. 그 80명 중에서 1년 영농기간 중 102일을 출근한 사람도 있을 것이고 112일을 출근한 사람도 있을 것이고 120일 등 여러 층으로 각양각색일 것이다. 노력인구 80명의 총 출근일수가 9,300일이라고 하자.

가을에 추수하여 현물세를 납부하고 남은 양곡을 9,300등분하여 각자 노력일수만큼, 즉 102일을 출근한 사람은 9,300분의 102, 120일을 출근한 사람은 9,300분의 120 등 이렇게 계산해서 배당하고 그 배당 양곡 중 가족의 1년분 식량을 산출해내어 놓고(노력자는 700그램, 부양가족은 400그램) 여분의 양곡은 국가 수매소에 수매하라면 수매소에 팔아야 하는 것이다.

1953~1954년도에 각 군에서 여기저기 시범지역으로 선정한 곳에 6~7호 단위로 집단영농을 했다는 말을 들었다. 나는 직접 보지는 못했고 자세한 말만 들었다. 53년도에는 주로 동해안 지방, 54년도에는 서해안 지방으로 확대 실시했다는 말이었다.

집단영농 농가로 선정된 농가의 노력인구는 새벽 일찍 종을 치면 전원이 동시에 출근해 배치된 작업장으로 향하여 작업에 들어가고 저녁 늦은 시간에야 다 같이 작업을 마치고 각기 집으로 돌아간다는 것이다. 남자고 여자고 똑같이 한다고 했다.

어떤 사람이 이런 말을 했다. "그것은 70이 넘으신 할머니들을 다시 부엌으로 내모는 제도다."

젊은이들이 늦은 시간에 일을 마치고 돌아와서 저녁을 지어줄 때를 기다리고만 있을 수가 없어서 늙으신 할머니들이 저녁 준비를 해놓고 젊은이들이 들일에서 돌아오기를 기다린다고 한 말이었다.

시범영농은 그 영농방법이 매우 유익하다는 것을 농민에게 보여주고 그 영농방법이 해볼 만한 영농방법이라고 농민 스스로가 깨닫고 따르도록 하기 위해서였을 터인데 오히려 70이 넘으신 할머니들을 다시 부엌으로 내모는 제도라는 비웃음의 대상이 되었던 것이다.

다만 현물세가 30퍼센트 이하로 다소 감소하여 개인 영농을 한 농민보다 적지 않은 세금의 혜택이 있었다고 들었다. 그러나 농민들은 "그래, 현물세를 좀더 내는 게 낫지. 그걸 일이라고 하겠냐"고 하며 코웃음을 쳤다.

집단농장을 소규모로 시범 실시하여 농민의 반응을 살펴보고 있던 김일성이 농민의 반응이 너무도 냉랭하자 이를 악물고 집단농장 조직을 강행하려는 것으로 보였다.

모든 것을 빼앗긴 농민들은 집단농장 조직 강행에 '속았구나. 김일성에게 완전히 속았구나' 하고 김일성에게 속은 것을 깨닫게 되었다.

'경작자유기전'의 구호 밑에 농토를 분배해주었을 때 기뻐했던 농민들은 그 과다한 노력동원과 이념 교육에 시달리면서도 내 농토에 내 농사를 짓는다는 위로에 참고 있었는데 10년도 안 되어 토지의 경작권을 내어놓고 협동조합에 소속된 농민이 되라는 강요에 크게 실망하여 이때까지 살아온 삶의 터전을 버리고 유랑의 길을 떠나는 농민이 많았다.

처음에는 막연하게 도시로 나가 직업을 구해보려고 떠나는 사람이 많았는데 차차 실정이 알려지며 황해도 연백지방과 개성지역으로 목적지를 정하고 떠나는 사람이 많아져 가고 있었다. 나날이 증가하는 그 수는 가히 기하급수적이라는 말이 무색할 정도로 증가하고 있었다.

이때 개성, 연백지방은 과거 38선 이남이었고 남조선에서도 농지개혁으로 농토는 농민에게 귀속되어 있었고 군사분계선에 접해 있는 접적지역이어서 섣불리 집단농장을 조직하려다가는 어떤 불상사가 발생할지도 모른다는 염려에서인지 과거 38선 이남이었던 소위 '해방지역'은 집단농장 조직을 유보한다는 말이 돌고 있었다.

이런 사실이 확산되면서 개성, 연백지방은 살기 좋은 곳이라고 많은 유랑 농민이 몰려가고 있었다. 더욱이 평양에서 2박 3일 이상 체류하는 자에게는 1인 1일 3천 원의 벌금을 물리면서 평양에 머물고 있던 유랑 농민들마저 개성, 연백지방으로 몰려들었다.

 평양에서는 상시 거주자가 아닌 사람이 유숙하려면 누구나 숙박계를 작성하여 지서에 신고를 해야 하고 신고를 하지 않으면 처벌을 받아야 했다.

일월이 무색하고 산야가 쓸쓸하다

1954년 12월 초부터 농민들이 집을 버리고 떠나기 시작했는데 한 달 남짓 지난 다음해 1월 중순경에는 얼마나 많은 농민이 떠나갔는지 마을마다 텅 비어 있는 듯했다. 분위기 탓인지 남아 있는 사람도 별로 나다니지 않고 취사도 남이 보지 못하는 밤중에 하는 듯했다.

나는 어렸을 때 고전을 읽으며 전쟁이 휩쓸고 간 참상을 표현한 말에 '일월이 무색하고 산야가 쓸쓸하다'는 구절을 보고 어떤 광경을 이렇게 표현했나 했었다. 한데 이때의 북한의 농촌을 보고 나는 이야말로 '일월이 무색하고 산야가 쓸쓸하구나. 농촌이 완전히 죽었구나' 하는 생각을 금할 길이 없었다.

농촌의 아침저녁 땟거리 차리는 연기가 모락모락 피어오르는 평화스런 정경을 볼 수 없고 개 짖는 소리 하나, 닭의 소리 하나 들리지 않고 엄동설한인데 많은 농가의 문짝이 그대로 열려져 바람에 덜렁거리고 있었다. 말 그대로 나간 놈의 집이었고 나간 놈들의 마을이었다. 썰렁한 겨울 바람만이 주인 잃은 마을을 스산하게 핥고 있었다.

이런 실정인데도 김일성은 양곡수매 독려를 계속하고 있었다. 이때는 농민도 독이 올라 있었다. 양곡수매 독려반이 찾아와 양곡수매를 완료하라고 하면 "다 뺏어가고 무엇이 남았다고 더 내라고 하나? 다 굶어 죽겠다"고 악에 바친 소리로 대드는 사람이 많았다.

다 굶어죽는다는 말이 나오기 시작한 지 얼마가 지나면서부터는 "굶어죽기는 왜 굶어죽느냐. 정말 그렇게 식량이 부족하면 협동조합에 가입하라. 협동조합에 가입하면 실정을 확인하고 정말 식량이 떨어졌으면 배급을 줄 것이다"라고 식량배급을 준다는 말로 협동조합에 들어가도록 유인하고 있었다.

'네놈들이 굶어죽을 지경인데도 협동조합엘 안 들어오겠냐. 굶어죽을 지경이 되면 안 들어오고 못 배기겠지' 하는 김일성의 잔인한 본성이 드러나기 시작했던 것이다.

나는 이를 보며 농민에게 그토록 가혹한 고통을 주어가면서까지 농업 집단화를 해야 하나, 안정되어 있는 농촌을 깡그리 파괴하면서까지 농업 집단화를 해야 하나, 얻는 것보다 잃는 것이 너무 클 것 같은데 무엇 하러 농업 집단화를 하려고 하나 하고 매우 의아하게 생각했다.

김일성이 농업 집단화를 강행한 것은 그 누구에게보다도 농민에게 뿌리 깊이 내려 있는 소유의식 말살이 목적이 아닌가 생각했다.

처음 나는 농민의 생활을 급료 생활자의 수준으로 끌어내리려는 것으로만 생각했었는데 그것을 지나 물질을 소유하려는 소유의식마저 말살하기 위한 것이 아닌가 생각되었다.

장구한 세월을 토지 재산 중심의 경제하에서 살아온 우리 사회에서 급료 생활자에 비해 농민의 소유의식이 크게 강하다는 것을 부인할 사람은 없을 것이다. '내 것 네 것' 하는 소유의식 말이다. 이 소유의식을 말살하기 위한 것이 농업 집단화의 여러 이유 중의 하나이겠지만 그 비중이 가장 크지 않을까 생각되었다. '내 것 네 것' 하는 소유의식이 공산주의 이념에 배치되는지는 모르겠으나 사람이 살아가는데 '내 것'은 매우 중요하다고 생각한다.

'내 것' 힘들여 노력한 대가로 얻어지는 것이 내 것이다. 사람의 모든 노력이 내 것을 위한 것이라고 해도 과언이 아닐 것이다.

뼈가 빠지게 노력을 한 다는 것, 그것은 보다 질 좋은 내 것을 보다 많이 얻기 위해서일 것이다. 노력을 아무리 해도 얻어지는 '내 것'이 없던가 너무 적으면 사람은 노력하지 않던가 매우 게을러질 것이다.

사람이 노력을 하지 않던가 게을러지면 그 사회는 자연 활기를 잃고 침체될 것이고 그것은 쇠퇴의 길이며 쇠퇴의 뒤에 소멸이 따르는 것은 필연일 것이다.

개인의 소유욕을 자극하여 왕성한 경제활동을 하게 함으로써 번영을 누리는 제도가 미국식 자본주의라면 개인의 소유욕을 최소한으로 제한하여 쇠퇴, 소멸의 길을 걸은 제도가 소련 공산주의일 것이다.

이렇게 볼 때 현재 북한경제가 파탄에 이른 것은 1954년 김일성이 농업 집단화를 할 때 이미 예고되었던 결과라고 하겠다.

이런 말을 한 학자가 있다. "8·15 후 5년 연속 풍년이 들어 비축 양곡이 충분했던 것도 김일성의 개전 의욕을 부채질했을 것이다. 그만큼 식량이 비축되어 있어 전쟁을 하더라도 식량문제는 안심해도 된다는 데에 고무되었을 것이다"라는 말일 것이다.

그렇게 5년 연속 풍년이 든 것이 우순풍조(雨順風調)한 기후 덕이었을까. 아니다. 그것은 무엇보다도 농민이 열심히 일하며 흘린 땀의 대가였다.

지금도 그렇지만 당시의 우리나라 농민은 세계에서 가장 근면한 사람들이었다고 나는 믿고 있다. 그렇게 부지런한 사람들이 토지개혁으로 농토를 분배해주었을 때 몇 대를 두고도 가져보지 못했던 내 땅 내 농토가 생겼다는 기쁨에 신들린 사람같이 더욱 열심히 노력을 했다. 속된 말로 죽을 지 살지 모르도록 노력을 했던 것이다. 그 결과가 5년 연속 풍년이라는 보답으로 나타났던 것이다.

이렇게 연속 풍년으로 김일성에게 전쟁 의욕까지 고무했다던 북한의 농업이 어디로 가고 지금 몇 백만이 굶어죽는다는 뉴스가 전 세계로 보도되고 또 실지 그렇게 죽어 나가는 것이 사실이란다. 왜 이 지경이 되었는가. 무엇 때문에 이 지경이 되었는가. 누가 북한의 농업을 이 꼴로 만들어놓았는가.

슈퍼옥수수 박사가 북한에 간다는 보도를 보고 나는 코웃음 쳤다. 그것은 농학자가 해결할 수 있는 문제가 아니기 때문이다. 그것은 품종문제도 아니고 재배기술 문제도 아니다. 그것은 북한의 최고 책임자만이 해결할 수 있는 문제다.

일제 말기부터 대동강 중류지역을 중심으로 한 일대에는 슈퍼옥수수 단지가 조성되고 있었다.

그 지역이 원래부터 옥수수를 대량 재배했던 곳은 아니다. 그 지역이 옥수수의 명산지로 등장하기 시작한 것이 1940년대 초부터였다, 일제 말기 약 2년 간 나는 미곡창고주식회사 창고관리계에 적을 두고 있었기에 조금을 알고 있다.

일제 말기 양곡공출이 심해지고 옥수수가 정곡으로 인정되면서 옥수수 재배가 급속히 확산되었던 것이다. 불과 2~3년 사이에 옥수수의 대단위 재배단지가 자연스럽게 조성되어 가고 있었다. 시일이 일천하고 국토가 분단되어 알려지지 않았을 뿐이다. 그리고 그 지역은 용수 부족으로 수답은 많지 않고 밭이 많다. 따라서 각종 잡곡이 주작물이다. 재배 종목은 농민들 의사에 맡겨져 있었기에 불과 2~3년 사이에 수확량이 많은 옥수수의 대량 재배로의 전환이 자연스럽게 이루어졌었다.

대동강변 퇴적토 비옥한 땅에는 옥수숫대의 경이 거의 5센티미터가 될 만큼 굵고 길이가 3미터 이상이나 자란다. 거기에 어른 팔둑 같은 옥수수가 보통 두 개가 달리고 세 개가 달리는 경우도 적지 않았다. 그 옥수수 한 통의 알 수가 1,000 알이 더 되었다.

내가 옥수수 알을 세어본 것은 승호리에 있을 때였다. 포로수용소에서 한 때에 옥수수 3백 알씩 ― 밀이나 수수를 줄 때에는 옥수수의 반 정도로 보아야 할 것이다 ― 먹고 있었는데 옥수수 한 통이 몇 알이나 되나 하는 생각에서 세어보았다. 아주 큰 것은 아니고 좀 커 보이는 것이 1천 알가량 되었다.

이것은 찰옥수수라는 재래종의 경우이고 옥수수 알 모양이 말 이빨과 흡사하게 생겼다고 말이빨옥수수라고 하던 개량종 옥수수는 한 통 뜯으면 거의 소두 한 되가 될 정도였다. 또 그런 천혜의 비옥한 땅이 아니더라도 현재 남한의 강원도 옥수수 단지보다도 작황이 좋았다. 그런데 요즈음 가끔 화면에서 보면 북한 옥수수는 키가 사람키만도 못하고 줄기가 손가락같이 가늘다. 그 작황에서 무슨 수확을 기대할 수 있겠는가. 그렇게 잘되던 옥수수가 어쩌다 저 모양 저 꼴이 되었나 하는 생각에 한숨이 절로 나온다.

옥수수 작황이 그렇게 빈약해진 것은 농민이 게을러졌기 때문이다. 세계에서 가장 부지런하던 농민이 세계에서 가장 게으른 농민이 된 것이다.

왜 그렇게 되었는가. 농민의 '내 것'이 없어졌기 때문이다. 농민의 몫을 다 빼앗아갔기 때문이다. 먹는 것은 아주 조금만 먹고 일은 소같이 하기를 강요하는 포악한 독재자 김일성이 다 빼앗아갔기 때문이다. 대를 이어 김정일이 계속 빼앗아가고 있기 때문이다.

농민은 최소한 됫박밥을 먹어야지 600그램이니, 700그램이니 하는 '그램'밥을 먹고는 그 고된 일을 해낼 수가 없다. 그런데도 부양가족은 고등학생까지도 400그램이다. 고등학생이면 식욕이 왕성한 성장기다. 그러니 그 700그램마저 일을 한다고 혼자 먹을 수 있겠는가. 농민이 항상 허기지고 지쳐 있으니 게을러질 수밖에 없다. 게을러지지 않을 수 없도록 만들어놓은 것이다.

이렇게 허기지고 지쳐 있는 사람들에게 시간의 여유를 주면 쓸데없는 생각(공산주의 노선에 벗어나는 생각)을 한다고 쉴 틈을 주지 않고 이념 교육이다, 노력동원이다 끌려 다니니 노동자, 농민은 항상 파김치 상태다. 매사에 능률이 감소하는 것은 자명한 일이다. 그 능률 감소가 쌓여서 오늘의 북한경계가 저 꼴이 된 것이다. 미국의 압살정책이니 하는 것은 국민을 속이기 위한 상투적인 거짓 수작이다.

농작물은 거름을 충분히 주어야 한다. 금비든 퇴비든 주어야 한다. 그 중에서도 옥수수는 유난히 거름을 많이 탄다. 줄기가 크고 열매가 많이 달리기 때문일 것이다.

그런데 현재 북한의 옥수수 줄기가 사람 키만도 못하고 손가락같이 가늘다. 거름을 제대로 주지 않았기 때문이다. 오랜 세월 거름을 제대로 하지 않아 땅이 척박해질 대로 척박해졌기 때문이다.

농민은 허기져 지칠 대로 지쳐 있고 땅은 척박해질 대로 척박해졌는데 그것이 옥수수박사 한 사람 갔다고 해결될 수 있겠는가. "변해라, 뚝닥!" 도깨비방망이를 갖고 갔어도 해결할 수 없는 문제다.

그것은 북한 최고책임자의 결단만이 해결할 수 있는 문제다. 농민의 것을 농민에게 돌려주는 특단의 결단만이 북한의 농업문제를 해결할 수 있는 유일한 길이다. 농민의 것을 농민에게 돌려주는 것, 그것은 개인영농 제도로 돌아가는 것이다.

농민의 것을 농민에게 돌려주고 농민이 과거와 같이 노력을 한다면 북한의 인구, 경작면적, 소비수준으로 볼 때 자급자족이 가능할 것으로 본다.

이 자급자족은 막연한 것을 그냥 해보는 말이 아니다. 1952년도 파종 시기에 윤재원 중위를 찾아 어느 농촌에 갔을 때 그곳은 번듯한 경작지가 한 필지도 없는 척박한 지역이었다. 그런데도 절량농가는 없다고 했다.

1953년 9월 개성지구 사회안전부 영창에서 만났던 황해도 재령군 소비조합 경리 보조원으로 있었다는 부산 출신 김영길 군의 말은 황해도 은율지역에서는 하루 종일 길을 가면서 주민을 한 사람도 만나지 못했다고 했다. 김군이 있었다는 재령지역과 그 주변 일대의 농장에 많은 포로병이 배치되어 있다는 말을 들었다고도 했다.

1953년 9월 하순 개성 장날 옥시미에 거주한다는 부인들의 말이 다음해에는 토질 좋은 농토를 가려서 농사를 지을 것이라고 한 말들을 종합해볼 때 북한 곡창지대인 황해도가 반폐농 상태였다는 것을 알 수 있다.

1951년도의 영농실정이 이런데도 1952년도 여름 어느 때고 시장에 가면 원하는 양곡을 원하는 만큼 구입할 수 있었다. 황해도가 반폐농 상태인데 타지역은 영농이 정상이었겠는가. 지역에 따라 차이가 있었겠지만 거의 전 북한이 영농에 큰 타격을 받았을 것이다. 더욱이 전쟁으로 많은 인력이 농촌을 떠났고 국군후퇴시 남하한 인력이 엄청났는데도 시장에 양곡출하가 단절되지 않고 공급되고 있었다. 경작면적도 그만큼 광대했다는 말이다.

이러한 근거에서 나는 북한의 식량 자급자족이 가능할 것으로 보는 것이다. 당시와 현재 인구차이를 말할 수도 있겠으나 품종개량 등 농업기술의 발전으로 충분히 커버될 것으로 본다.

언젠가 탈북한 북한농업 전문가의 글을 읽은 기억이 난다. "나는 농업 전문가로 북한의 방방곡곡을 다 다녀보았다. 농민의 텃밭 수확은 협동조합 농장의 3배가 되었다"는 구절로 북한농민의 근면성은 그대로 살아 있다고 본다. 노력한 만큼의 '내 것'만 보장하면 북한의 농업은 급속히 회복될 것이다.

현재 북한의 식량사정은 수요의 거의 30퍼센트 가까운, 때로는 그 이상의 양곡을 외부의 지원에 의존하고 있는 것으로 보도되고 있다.

외부의 지원이 얼마가 되었던 어느 국가 어느 단체에서 지원하던 그저 지원만 하는 것으로는 일시 작은 도움은 될지언정 근본적인 해결책은 되지 못한다. 근본적인 해결은 농민이 희망을 갖고 의욕적으로 노력할 수 있는 여건이 전제되어야 한다고 생각한다.

그런 여건 조성의 노력이 전제되지 않은 지원은 북한 농업발전에는 아무런 도움도 되지 않는 소모성 지원에 그칠 것이다. 그런 소모성 지원이 계속되면 북한정권에는 도움이 될지언정 북한국민에게는 희망 없는 고통의 삶을 조금 더 연장하는데 불과할 것 같아 염려가 앞선다. 북한에 식량을 지원하는 것은 북한국민을 도우려는 것이지 북한정권을 도우려는 것이 아닐 것이다.

북한에 식량을 지원하는 국가나 단체는 하나같이 인도주의를 말한다. 인도주의 정신에서 지원하는 식량이 인도주의 정신을 외면한 상황에서 소비된다면 불행한 일이 아닐 수 없다.

인도주의가 싹도 틔워보지 못하고 말라죽은 곳이 북한이다. 국민을 몇 계층으로 나누어 놓고 차등 대우를 하는 곳이 북한이다. 이런 곳에서 인도주의 정신에서 소비가 이루어지기를 기대하는 것은 뭔가 잘못된 사람이다.

북한에 식량을 지원하는 국가나 단체는 어떠한 일이 있어도 북한당국을 설득하여 북한의 농업구조를 개선하도록 노력하고 그런 노력이 효과가 없으면 비정하다고 하겠으나 식량지원을 전면 중단하는 압박을 가해서라도 농업구조 개선을 하도록 해야 할 것이다.

식량지원이 중단되면 북한국민에게 고통이 가중되고 희생이 따르겠지만 그래도 그렇게 해서라도 농업구조가 개선되고 식량문제가 해결된다면 그것이 오히려 인도주의 정신에 부합하는 일일 것이다. 북한농민에게 희망을 주어야 한다. 그것이 북한의 식량문제 해결의 지름길이고 유일한 길이다.

또 북한 집권층에서도 농민에게 희망을 주는 방향으로 농업구조를 개선하면 식량문제를 해결할 수 있으리라는 것을 모르지 않을 것이다. 알면서도 통치력 약화 우려에서 결단을 못 내리고 있다고 보아야 한다. 그 결단을 내리도록 해야 한다.

원자폭탄보다 무서운
공산정권

나는 여기서 어느 한 북한사람에게서 들은 끔찍한 말을 전하겠다. 나는 그런 말을 네댓 사람에게서 들은 것으로 기억한다. 전쟁 중이어서 폭격이 계속되고 있을 때였다. 주민 한 사람과 이런 저런 이야기를 나누던 중,

주민 "원자탄을 사용해서라도 이 정권은 무너뜨려야 합니다."

본인 "원자탄을 사용하면 다 죽게요."

주민 "다야 죽겠습니까? 많이 죽겠지요. 북조선 사람 반이 죽는다고 가정합시다. 나와 내 가족이 다 죽을지도 모릅니다. 그래도 이 정권은 무너뜨려야 합니다. 남은 사람은 편안히 살 수 있지 않겠습니까? 원자탄보다도 더 무서운 것이 공산정권입니다."

사람도 동물이다. 생명을 유지하고 활동을 하기 위해서는 물질을 소비해야 한다. 소비할 물질이 지나치게 부족하면 고통을 받게 되고 그런 상황이 장기간 계속되고 심해지면 생명을 잃기까지도 한다. 고통을 받지 않고 생명을 유지하기 위해서 '내 것'이 필요하다. 그런데 그 중요한 내 것이 북한사람들에게는 너무 많이 부족하다.

화폐의 가치로는 한 푼의 가치도 없는 누더기 옷 한 벌 걸치고 항상 허기진 속에 혹사당하며 밥을 한 번 배불리 먹으면 한이 없겠다는 삶,

그 삶이 어떤 삶이겠는가 한번 생각해보자.

즐거움에도 슬픔에도 감정이 무디어 있는 듯하고 그저 허기진 배를 한 번 채워봤으면 하는 생각만이 절실한 삶, 그것이 북한 하층계급 사람들의 삶이다.

그러면 북한 상류층의 삶은 어떠했을까. 당시 북한에는 봉건시대의 신분제도와도 흡사한 계급제도가 존재하고 있었다. '중앙공급대상자와 일반공급대상자'가 그것이다. 중앙공급대상자는 공산귀족이다.

내가 중앙공급대상자라는 말을 처음 들은 것은 강동군 인민위원회에서 심부름을 하는 16세의 소년에게서였다.

어느 날 소년이 땀을 뻘뻘 흘리며 뛰어오는 것을 보고 "애, 무슨 일로 그렇게 땀을 흘리며 뛰어다니느냐? 했더니 군위원장 댁에 쌀을 갖다드리고 부위원장 댁에까지 두 군데를 바삐 다니느라 힘이 들어 그렇다고 한다.

나는 약간 장난기 섞인 생각에서 "위원장 댁에도 잡곡을 갖다 드리냐?"했더니 소년은 무엇을 몰라도 너무 모른다는 표정으로 "동무두, 군위원장은 중앙공급대상잔데 잡곡을 어떻게 갖다드려요?" 라는 말이었다.

중앙공급대상자라는 처음 듣는 용어에 이상하게 생각되어 이것저것 물어보았으나 소년은 그 이상은 아는 것이 별로 없고 군위원장은 군에서 제일 높은 사람이니까 중앙공급대상자이고 밑의 직원들은 직위가 낮으니까 일반공급대상자라는 정도로만 말할 뿐이었다.

중앙공급대상자와 일반공급대상자? 그것이 신분제도와 흡사한 것 같아 의아해하면서도 지금 그런 제도는 있을 수 없는 시대인데 이상하다고만 생각했다. 그러면서도 군위원장의 생활에는 주의를 기울이며 살펴보게 되었다.

군인민위원장의 생활은 일반 직원들의 생활과는 확실히 달랐다. 첫째, 식량은 백미만 공급되고 그만한 지위에 있으면서 양권을 갖고 다닐 수는 없다고 양권제도의 구속을 받지 않고 그렇기에 손님 접대용으로 백미가 별도로 공급되고, 전시여서 부식 공급이 여의치 않다고 부식용으로 콩이 월 소두 2두 가량 공급되고, 심지어 참기름, 고춧가루까지 무료로 공급된다고 들었다.

그리고 피복용으로 각종 직물(면직물, 모직물 기타 직물 등)도 모두 무료로 공급된다고 들었다. 특히 모직물은 동독제라는데 수박색과 약간 엷은 회색 직물이 많은 것 같았다.

수박색 직물로는 주로 바지를 지어 입는데 장화를 신기 때문에 무릎 밑은 착 달라붙게 만들고 그 위는 갑자기 풍성하게 퍼지며 늘어져 보이도록 넓게 만들어 입고 가죽장화 신고 엷은 회색 직물로는 인민복 윗도리를 만들어 입고 레닌 모자를 쓰고 으스대고들 있었다.

승호리에 나와 있으면서 철도공무원 두 사람을 알게 되었는데 그 중 한 사람이 노영택이라고 했던 것 같다.

이 사람들에게서 중앙공급대상자에 관하여 자세히 들었다. 중앙공급 대상자는 1급에서 4급까지로 나뉘는데 상급(장관급)이 1급이고 군위원장이 4급, 군위원장에 준하는 각 기관장 2급 기업소 지배인(승호리 시멘트 공장이 2급 기업소라고 들었다) · 군의 대좌(대령) 등이 중앙공급 4급 대상자라고 했던 것으로 기억한다.

나는 그들에게서 자세한 말을 듣고 중앙공급대상자는 정말 공산주의 사회의 귀족계급이구나 생각했다. 더욱 놀라운 것은 평양에 중앙공급대상자 전용의 국영 백화점이 별도로 개점되어 있고 일반공급대상자는 그 백화점 내부를 구경조차 하기 어렵다는 말이었다.

정말 놀라운 일이었다. 20세기 후반에 접어든 시대에 사회 신분에 따라 출입이 제한되는 특수 백화점이 별도로 개점되어 있다는 놀라운 일이었다. 계급을 타파했다는 공산주의 사회에서 공산귀족의 전용 백화점이 별도로 개점되어 있다는 모순 앞에서 놀라지 않을 사람이 있을까.

확실히 중앙공급대상자와 일반공급대상자의 생활에는 천양의 차가 있었다. 그렇기 때문에 조금 똑똑한 처녀들은 남자를 사귈 때 중앙공급대상자인가 아닌가를 따지고 현재 아니더라도 앞으로 중앙공급대상자의 서열에 오를 가능성이 충분한가를 먼저 따진다는 것이다.

그런데 이런 중앙공급대상자 제도에 문제가 생겼다. 휴전이 되고 많은 군인들이 휴가를 오가며 알려져 군인들간에 중앙공급대상자 제도에 대해 불평이 팽배해져 부대 내에서 집회 시간에 공식으로 문제를 제기 했다는 것이다. 불평이 이렇게까지 표출되니 문제가 보통이 아니었을 것이다. 이런 일이 많았고 우려할 만한 수준에까지 갔기에 내 귀에까지 들어왔을 것이다.

이런 말은 들은 지 얼마 지나지 않아 나는 북한을 떠났기에 그 후의 일은 알지 못한다. 그러나 미루어 생각은 해볼 수 있다. 또 그렇게 생각해보는 것이 사실과 많이 어긋나지 않을 것 같아 여기에 기록을 해본다.

'중앙공급대상자, 일반공급대상자' 라는 용어는 점차 사라져 지금은 폐어가 되었을 것이다. 그렇다고 그 공산귀족의 실체가 사라질 수는 없는 것이다.

일반인의 귀에 너무 거슬리지 않는 변형된 용어 뒤에 가려져 숨어 있을 것이다. 그 전용백화점도 낮으로 눈 가리는 식의 위장 속에 뻔뻔스럽게도 그대로 버티고 있을 것이다.

보도에 의하면 현재 북한에는 외화벌이 상점이 있고 화폐도 외화벌이용 화폐와 일반 화폐로 분류되어 통용되고 있다고 한다.

나는 이 외화벌이라는 용어가 무엇을 숨기기 위한 가면으로만 생각된다. 마치 그 가면이 스탈린의 용모만큼이나 능글맞고 음흉스럽게 생각된다.

왜냐하면 그렇게 생활에 불편함이 없도록 물질을 풍부하게 공급함으로써 그들 스스로가 일반 서민과는 다르다는 선민의식에 빠져 우쭐해지도록 분위기를 조성하고, 또 그 서열에서 빠져 떨어져 나오면 일반공급대상자가 되어 생활고에 한없이 시달려야 한다는 공포심을 갖도록 무언의 협박으로 작용하여, 있는 정성 없는 정성 다하여 충성을 하도록 유도하는 것이 공산당의 통치수단이기 때문이다.

일반 서민은 외화벌이용 화폐는 구경도 하기 어려울 것이다. 반면 일부 특수 계층의 사람들은 외화벌이용 화폐와 일반 화폐를 모두 사용할 수 있을 것이다. 외화벌이용 화폐를 갖고 외화벌이 상점에도 임의 출입하며 물품을 구입할 수 있을 것이다. 또 명색이 외화벌이 상점이니까 거기는 북한주재 외국 공관원들의 전용상점이기도 할 것이다. 그러니까 공산 특수층이 외화벌이 상점에 출입할 때는 외교관 대우를 하는 것으로 보아야 할 것이다.

즉 외화벌이용 화폐를 사용할 수 있는 사람은 거의가 과거 중앙공급대상자에 해당하는 귀족들일 것이고 외화벌이 상점은 지난날의 국영 특별 백화점일 것이다. 다시 말해 외화벌이용 화폐는 귀족용 화폐이고 일반 화폐는 사회 밑바닥 하층계급 전용의 거지깡통 같은 화폐로 보면 거의 틀림없지 않을까 하는 생각이다.

환자 미음 쌀 마저 수매당하다

이윤재 군이 속히 회복되기를 눈이 빠지도록 고대하고 있던 나는 막상 이윤재 군이 병석에서 일어난 1954년도 말경 너무도 험악해진 사회 분위기에 압도되어 행동할 엄두를 못 내고 엉거주춤한 상태로 10여 일을 허송했다.

오늘 저녁 당장 폭동이라도 터질 것만 같은 무겁고 무서운 분위기였다. 수십만의 농민이 유랑의 길을 헤매며 밀려다니게 될 것은 김일성도 예상하지 못했던 것 같다.

양곡수매 독려반이 수매독려를 할 때 "다 굶어죽겠다"고 대들기 시작할 무렵부터는 수매독려의 강도가 약해지고 태도도 다소 공손해진 것 같았다. 다만 감시활동은 매우 강화된 것 같았다. 내가 빗자루를 들고 주위를 쓸고 있는 할머니와 대화를 나눈 것도 이 무렵이었다.

이런 분위기에서 나 같은 '기타 공민'이 여행을 할 수 있을까. 여행 길에 나섰다가 그대로 끌려가지나 않을까 하는 의구심이 나를 주춤거리게 만들었다. 더욱이 11월 하순에 있었던 일이 악몽처럼 나를 따라다니며 겁먹게 하고 있었다.

그러니까 1954년 11월 하순 어느 날 승호리 장날이었다. 이때만 해도 꼬박 5일장이 서고 있었다. 이윤재 군이 식음을 전폐하나 다름없었고 미음쌀이 떨어져 미음쌀을 사려고 시장엘 나갔다. 이때 나는 주로 값이 싼 고량미를 쌀과 1 대 1 정도로 섞어 먹고 있었는데 밥해주는 아줌마가 세 가지 쌀로 식사해 주는 것이 귀찮다고 "뭐 얼마나 절약된다고 끼니때마다 세 가지 쌀을 씻어갖고 그러겠나. 윤재 나을 때까지 잡곡은 좁쌀 한 가지만 섞어먹자"고 해서 좁쌀을 한 말 사려고 시장엘 갔다.

시장에는 평소보다는 많이 적었지만 그래도 20여 명의 농촌 부인들이 각종 곡물 주머니를 나란히 펼쳐놓고 손님을 기다리고 있었다. 나는 그 중에서 알이 굵고 좋아 보이는 좁쌀 수두 한 말을 샀다. 2천 원에서 조금 빠지는 금액이었던 것 같다.

쌀자루를 한쪽 어깨에 둘러메고 시장을 빠져나오는데 뒤에서 "동무, 거 뭐요?" 하는 말이 들려온다. '나에게 하는 말은 아니겠지' 생각하며 그대로 나오는데 또다시 같은 말이 들려온다. 돌아보니 내무서원 둘이 나를 따라오고 있었다.

"나 말입니까"

"그렇소. 한데 그게 뭐요?"

"좁쌀입니다."

"좁쌀? 웬 좁쌀을 그렇게 많이 갖고 다니오?"

"환자가 있어서 미음쌀로 산 것입니다."

"미음쌀? 웬 미음 쌀이 한 말씩이나 돼?"

"둘이 있는데 밥도 지어먹고 하려구요."

"지금이 어느 땐데 쌀을 그렇게 많이 갖고 다녀? 아무리 노동자라도 묵과할 수 없소. 수매소에 가 수매하오."

"예? 미음 쌀을 수매하라구요?"

순간 내 머리를 스치는 것이 있었다. '나는 표적이 되어 있다.' 절대로 이들의 비위를 건드려서는 안 된다. 쌀을 빼앗기더라도 고분고분해야 한다. 거칠게 항의를 하든가 했다가는 이 자리에서 그대로 끌려갈

지도 모른다.

중환자 미음 쌀이라고 몇 차례 사정을 해보다 그들의 태도가 심상치 않다고 생각했다. 수매하라는 그들의 언성이 높아지는 듯하기에 "저엉 그러면 할 수 없지요" 하고 수매소로 끌려갔다.

수매가로 받은 돈에 많이 보태어 소두 두 되를 다시 사 가지고 돌아오며 나는 꼼꼼 생각했다.

시장에는 20여 명의 농촌 아줌마들이 각종 곡물 주머니를 펼쳐놓고 있었고 다른 사람도 곡물을 사가는 사람이 있는데 다 그대로 두면서 나만 따라와 환자의 미음쌀이라는데도 기어이 빼앗을까? 수매는 농민의 생산 양곡을 하는 것인데 왜 일반 소비자의 실소비용까지 빼앗을까? 그런데 그것도 나만? 단순히 '저 포로병놈의 새끼' 하는 짓궂은 생각에서일까? 본보기로라도 양곡과 관련하여 한둘쯤 체포하라는 체포령이라도 내린 걸까? 어쨌든 대단한 까닭이 있어 보인다. 앞으로는 하나도 조심, 둘도 조심해야 한다. 그것만이 내 몸을 보호할 수 있는 최대의 방어수단이다. 자칫하면 나의 종말을 재촉할지도 모른다.

이윤재 군의 회복 후에도 10여 일이나 허송하며 생각하던 끝에 나는 개성으로의 여행은 어려울 것 같아 황해도 해주로 나가 상황을 살펴보기로 했다. 개성은 군사분계선에 접해 있어서 단속도 심할 것 같고 지난해 개성지구 사회안전부 영창에 들어갔던 일로 그 안전부원 몇 사람과 판문군 내무서원 몇 사람에게는 내 얼굴이 알려져 있어 재수 없으면 또 그들과 마주치게 될지도 모른다. 그들의 눈에 띄었다가는 그 자리에서 체포될 것이 분명하기에 군사분계선과는 거리가 먼 해주를 택했던 것이다.

단순히 나와 같은 기타 공민증 소지자도 여행을 무난히 할 수 있겠는지를 확인하는 것이 목적이었기에 해주 여행으로도 충분할 것으로 생각했다. 또 해주에 가보고 별일 없으면 도보로 연백을 거쳐 개성 바로 전역인 토성역에서 열차로 돌아갈 생각이었다.

이때 해주에 가려면 사리원역에서 열차를 환승해야 하는데 환승 승인의 도장을 받아야 한다고 했다. 그 도장 받는 것을 특인 받는다고 했다. 특인 받는 것이 열차 승차권 구입하는 것이나 똑같이 어렵다고 했다.

나는 잘 알고 있는 철도공무원 노영택 씨에게 열차 승차권을 부탁하며 사리원역에서 특인을 받아야 한다는데 하며 걱정을 했더니 사리원역 특인 계장이 자기 친구라고 하며 가서 자기 말을 하면 무난할 것이라고 했다.

1955년 1월 중순 어느 날 아침 나는 평양행 열차에 올랐다. 열차에는 승객이 꽤나 많았다. 평양 대동강 역에서 개성행 열차로 환승했을 때 열차는 문자 그대로 입추의 여지도 없는 초만원이었다. 푸시맨이 밀어 넣는 서울의 러시아워의 지하철과 흡사했다.

과반수가 집을 버리고 살기 좋은 곳을 찾아 떠돌고 있는 유랑 농민들 같았다. 그들은 하나같이 표정을 잃은 사람 같았다. 모든 것을 빼앗기고 허탈상태에서 넋이 나간 사람 같았다. 그저 멍청히 서서 초점 잃은 시선을 허공에 던지고 있었다.

사리원역에 도착했을 때 사리원시는 인공구조물이라고는 하나도 없는 허허벌판이었다. 휴전 후 정리를 했는지 폐허의 잔해조차 보이지 않는 초토의 황야에 눈이 덮여 있고 그 한가운데 그리 크지 않은 판잣집 임시 역사가 댕그라니 혼자 서 있었다.

열차에서 내렸을 때 대합실은 사람으로 가득했고 역사 밖에서 떨고 있는 사람도 많았다. '해주 방향 여객이 이렇게도 많은가' 생각했다. 비좁은 틈을 헤집고 노영택 씨의 친구를 찾았을 때 한 평 정도의 방에 혼자 있었다. 몇 마디 이야기를 나누다 특인 문제를 말했더니 "염려 마세요. 오늘은 다 찍어 드릴랍니다. 특인을 받지 못해 차를 못 탄 사람들의 고생이 너무 커요. 이 추위에 대합실에서 밤을 새우는 사람들이 너무 많았어요."하며 그 날은 다 찍어줄 예정이라고 하며 차표를 달래서 그 자리에서 찍어주었다.

'승차권을 팔았으면 다 태워줄 것이지 특인제도를 두어 해주행 여객만 조절할 이유가 뭔가' 하는 생각이 들었다. 특인제도가 사리원역만의 재량이 아닌 듯했다.

해주에 도착했을 때는 땅거미가 깔리기 시작하고 있었다. 해주역을 나올 때 공민증을 들고 있으면 그대로 통과시켰다. 내심 안도하며 '이렇다면 여행하기가 어렵지 않겠구나. 공연히 지레 겁을 먹고 있었구나' 생각했다. 공민증을 교부한 시일이 일천하니까 공민증을 소지하고 있으면 북한 거주자라는 것이 틀림없는 것으로 보는 듯했다.

해주에는 휴전 후 급조된 주거건물이 대부분으로 보였지만 그래도 구 건물도 적지 아니 남아 있는 편이었다.

여기저기 여인숙의 조그만 판자 간판이 눈에 뜨인다. 주거건물 셋의 하나는 여인숙인 듯했다. 아무 곳에서나 하룻밤 쉬고 연백으로 나가야 겠다고 생각했다.

여인숙마다 만원이었다. 작은 방 하나에서 세 사람씩 쉬었다. 담요 한 장도 없었다. 누비솜 옷을 입은 채여서 춥지는 않았다.

다음날 아침 연백으로 향했다. 어디인지 지명은 알 수 없으나 여름에나 물이 흐름직한 작은 수로를 사이에 두고 지뢰를 매설하려고 얼어붙은 논바닥을 파는 북한군을 보았다. 약 5미터 간격으로 어떻게 보아도 삼각형으로 보이도록 파고 있었다. 지뢰 연계선 연결까지 보고 싶었으나 그럴 수가 없었다.

연백지역에서 이틀 밤을 보냈다. 토성역 열차시간이 이른 아침이어서 그 시간에 맞추느라 서두르지를 않았다. 백천 근처에서도 여인숙은 초만원이었다. 해주에서 보다 더해서 한 방에서 넷이 쉬었다. 나는 여인숙 주인에게 "웬 사람이 이렇게도 많으냐."고 하며 "여기는 협동조합을 하지 않느냐"고 물어보았다. 주인은 "여기는 아직 협동조합을 한다는 말은 없고요. 사람들은 농촌에서 농사일을 도와주며 살아갈 수 있는 곳을 찾는 사람이 많아요." 한다.

예성강을 철교로 건넜다. 해주 토성간 협궤열차는 아직 통하지 않고 있었다. 예성강에는 크고 작은 빙괴가 꽉 차 있었다. 마침 썰물이었다. 유속이 매우 빨랐다. 그 유속이면 얼마 안 하여 바다로 나갈 것 같았다. 유속이 어찌나 빠른지 유빙이 서로 부딪치는 소리에 철교 위에서 옆 사람과의 대화가 어려울 정도였다.

나는 그 빠른 예성강의 흐름을 내려다보며 '이 수로를 이용할 수는 없을까? 해동이 되어 유빙만 사라지면 예성강의 수로 이용이 가능할 것 같아 수로 이용도 생각해보아야겠다' 고 생각했다. 좋기야 육로가 제일이지만 육로가 어려우면 수로 이용도 생각해보아야겠다는 생각이었다.

개성발 북상열차는 시발역에서부터 좌석은 만원이었다. 입석 승객도 몇 사람씩 있었다. 남행 때와는 달리 떠돌고 있는 농민으로 보이는 승객은 보이지 않는 듯했다. 승객이 적으니까 열차 안이 비교적 조용했다. 이런 열차 내 분위기에서 나는 남행 때의 일을 하나하나 다시 생각하고 있었다.

평양 대동강 역에서부터 입추의 여지도 없는 초만원의 승객, 그들 대부분이 집을 버리고 조금이라도 살기가 나은 곳이 어디일까를 찾아 떠돌고 있는 농민들이었다. 사리원역에서 특인을 받지 못해 엷은 판자쪽 한 장이 벽인 대합실에서 혹한의 밤을 지새운 사람들, 연안지역 어디에선가 지뢰 매설을 위해 병아리가 대지를 쪼듯 얼어붙은 논바닥을 쪼아 파고 있던 북한군인들, 유빙이 꽉 찬 흐름이 빠른 예성강, '그 흐름이 빠른 예성강 수로를 이용할 수는 없을까' 생각하며 '몸을 의지하고 떠내려 갈 도구가 있어야 할 터인데 자전거 튜브 세 개면 될까, 다섯 개는 있어야 하지 않을까? 자전거 튜브에 공기를 입으로 불어넣을 수 있을까? 그런데 자전거 튜브를 어떻게 구하지? 자전거를 갖고 있는 절친한 사람이 있기는 한데 그 사람이면 구할 수 있을까?'

이런 생각에 잠겨 몇 정거장 지나는 사이 몇 사람씩 올라오는 승객으로 열차 안이 꽤나 복잡해졌다. 새로 올라온 한 승객이 내 옆에 와 끼어 선다. 그는 무명 자루에다 손바늘로 투박스레 끈을 꿰맨 륙색을 지고 있었다. 그 륙색에는 신문지로 싼 납작한 것이 길게 올라와 있었다.

그는 직업이 목수라고 했다. 직장에서 예고 없이 해고되었고 거주지 군인민위원회 노동과에서 신포어업조합으로 가라고 해서 함경도 신포로 가는 길이라고 했다. 그의 륙색에 삐죽이 길게 나와 있는 납작한 것이 목수의 양날톱이었다. 그는 그 톱이 혹시나 상하지 않을가 하여 많이 조심하고 있었다.

어떻게 신포까지 가게 되었냐니까 "지금 이 시국에 굶어 죽지 않으려면 식량배급을 받아야겠는데 식량배급을 받으려면 가라는 곳으로 가야지 별 수 있느냐 '는 것이 그의 말이었다. 식량배급, 그것은 인력통제의 절대수단이었다.

그의 말에 나는 '일개 군인민위원회에서 함경도 신포까지 인력을 전출한다. 이것은 중앙의 지시에 의하지 않고는 있을 수 없는 일이다. 그렇다면 이것은 어느 한 군에 국한된 문제가 아니고 황해도 전 도의 문제일 것이다.

가장 인력이 부족하다는 황해도에서 타도로 인력을 전출한다. 그러면 혹시 동서지역 주민 교체의 일환으로 진행되고 있는 것은 아닐까?

우리 민족은 유구한 세월을 농경사회로 내려오며 정착생활을 해왔다. 더욱 국토 대부분이 산악지역이어서 활동 범위가 협소했다. 이런 관계로 협소한 지역 내에 혈연, 지연, 학연 등 여러 연으로 얽혀 있다. 이런 여러 연이 뿌리 깊이 얽혀 있는 것이 공산주의 건설에 장애가 된다고 보고 그 여러 연의 뿌리를 파괴하기 위해 주민 교체를 하려는 것이 아닌가 하는 생각이 들었다.

그런 여러 연의 고리를 파괴하기 위해 동서 해안지대의 주민을 교체하려는 것으로 심증은 가지만 그것을 확인할 시간이 없었다. 어떤 정책이나 은밀히 진행하는 북한에서 그것이 정책의 의지인지를 확인하려면 조용히 두고 살펴볼 시간이 필요한데 그럴 시간이 없었다. 동해안 지방에서 서해안 지방으로 많은 주민이 몰려오고 있다는 말을 듣기는 했지만 흉년의 탓이라고만 들었을 뿐 주민 교체를 위한 정책 차원에서 인지는 확인할 시간이 없었다. 흉년을 빙자하여 주민을 뒤섞어놓으려는 것인지도 알 수 없었다.

북상하는 열차에는 그래도 매점이라고 있어서 매점원이 흘레브빵을 들고 다니며 팔고 있었다. 흘레브는 소련의 서민용 식빵으로 소련 군인들의 주식이기도 했다. 흘레브는 여러 가지 잡곡을 껍질까지 그대로 분쇄해 만든 식빵으로 돌같이 굳어서 그대로는 먹을 수 없는 돼지 사료와도 같은 조악한 빵이다. 매점에서는 그 흘레브를 찌기는 했는데 찌는 시늉만 해서 먹기가 여전히 어려웠다.

나도 그 흘레브를 한 조각 사서 입에 넣고 불려서 먹으며 점심을 대신했다. 나는 그 흘레브를 입에 넣고 우물거리며 먹다가 문득 전쟁 전에 한 권의 책을 읽은 기억이 떠올랐다. 2차대전 중 주미 소련대사관 상무관으로 재직 중 미국으로 망명한 안드레이 그라브첸코의 수기 《나는 자유를 선택했다》였다.

그 수기에 1930년대 스탈린의 농업 집단화 과정을 비롯해 당시 소련 사회변혁의 여러 과정이 비교적 상세히 기록되어 있었다. 나는 그 수기의 여러 장면을 떠올리며 지금 김일성의 농업 집단화 정책이 스탈린의 꼴호즈 정책을 그대로 답습하고 있는 것이구나 생각했다.

스탈린이 농업을 공동경작 체제로 조직하면서 농민에게서 식량을 깡그리 다 뺏어 갔었다. 그 과정이 현재 김일성에 의하여 북한에서 재현되고 있구나 생각했다. 또 거기에 이런 구절이 있었다.

어느 지방에서 식량을 홀랑 다 빼앗긴 농민들이 굶어죽는다고 아우성치며 그 지방 인민위원회에 찾아갔다. 식량배급을 달라고 아우성치는 농민들에게 지방 관리가 양곡창고 문을 활짝 열고 양곡이 가득 쌓여 있는 것을 가리키며 "양곡이 없어서 배급을 못하는 것이 아니다. 양곡은 이렇게 많이 있다. 아직 배급을 할 때가 아니어서 안 하고 있다. 좀더 기다려라"라는 말로 아우성치는 농민들을 쫓아버리고는 "저것들은 좀더 굶주려야 돼"라고 했다는 것이다.

농업 집단화에 뒤이어 공포의 대숙청이 시작되었고 그 숙청은 장기간 계속되었다. 숙청기간 중 차창 없는 검은 차에 실려 가면 그것이 그 사람의 종말이었단다. 어쩌다 풀려난 사람이 있어도 모진 고문으로 불구가 되어 있었단다. 한 사람은 풀려나기는 했는데 가죽벨트로 남자의 그 부위를 너무 맞아 "아내에게는 불구가 돼 있어"라고 했단다.

이런 구절도 있었다. "터무니없는 거짓말도 끊임없이 되풀이함으로써 대중의 가슴에 뿌리를 내린다."

이 말은 소련공산당사를 두고 한 말이었다. 스탈린이 공산당 당사를 편찬했는데 순전히 허구에 차 있었다는 것이다. 조금이라도 지각 있는 사람이면 그것이 거짓으로 가득 차 있다는 것을 알 수 있었단다. 스탈린은 이렇게 거짓으로 가득 찬 공산당사를 편찬해놓고 그것이 사실인 양 오랜 시간을 두고 소련 국민들에게 학습을 시킴으로써 대중은 그것을 사실로 믿게 되었다고 한 말이었다.

또 거기에는 어느 탄광 노동자 한 사람이 하루에 석탄을 백 톤도 더 채탄했다는 기록이 있다. 그러나 그것은 그 엄청난 노동성과를 올렸다는 노동자의 이름을 빌려 ○○○운동을 한다는 구실로 전 소련의 모든 노동자를 다그치기 위해 꾸며놓은 거짓이었다는 것이다.

나는 이렇게 스탈린이 편찬해놓은 공산당 당사가 허구에 차 있다는 것을 알고 있었기에 1951년 가을 강동군 인민위원회 한 여직원이 남조선에서도 당사(소련공산당사)를 배우느냐고 하며 "당사 안 배우면 뭘 배우나?"하고 고개를 갸우뚱할 때 "당사 아니라도 배울 것이 얼마든지 있지요. 그까짓 당사가 뭐기에 당사 아니면 배울 것이 없는 것같이 말합니까?"라는 말을 했던 것이다.

공산당사는 공산당의 성서다. 공산당의 모든 지침이 거기에서 나온다고 들었다. 때문에 모든 당원들은 그 당사를 끊임없이 학습하고 또 하고 밤을 새워가며 정독을 되풀이한다고 들었다. 그렇게 해서 목사가 성서를 달달 외우듯 당원들은 그 당사를 달달 외워야 출세를 할 수 있다는 것이다. 중앙공급대상자 서열에 오르려면 당사를 최소한 500회 이상 정독을 했어야 가능할 것이고 중앙공급대상자 2급 이상의 서열에 오르려면 당사 정독을 천 번 이상 했어야 될 것이라는 말도 들었다.

나는 그 수기의 기록들의 장면을 생각하다 '지금 김일성의 농업정책이 당시 스탈린의 농업정책을 그대로 답습하고 있는 것이구나' 생각했다. 그렇다면 미구에 숙청도 있을 것이다. 만일 숙청이 시작되면 그 규모나 강도가 보통이 아닐 것이다. 어쩌면 공산당에 조금이라도 밉보인 사람은 살아남기 어려울지도 모른다.

숙청이 언제 시작될지는 알 수 없으나 숙청은 반드시 있을 것이다. 숙청이 시작되면 '기타 공민' 인 나는 승호리 지역에서 대상 제 1호가 될지도 모른다. 내가 끌려가면 "살아서는 다시 못 나온다"는 곳으로 끌려 갈 것이다……

생각이 여기에까지 이르자 온몸의 솜털까지 곤두서는 전율을 느끼도록 긴장하며 그런 일을 당하기 전에 죽든 살든 행동을 해야겠다고 속으로 다짐을 했다.

승호리로 돌아간 나는 일이 어찌될지 모르니까 할 수 있는 준비는 해야겠다고 생각했다.

우선 자전거를 갖고 있는 분에게 솔직히 말하고 공기가 새지 않을 정도의 낡은 자전거 튜브 세 개 내지 다섯 개를 구해줄 것을 부탁했다.

자전거를 갖고 있는 그 분은 나보다 2년 연상이었다. 지금도 생존해 있을 가능성이 있고 그분의 가족이 있을 것이니 여기서 실명은 밝히지 않겠다. 그저 '서울의 김서방' 이라는 식으로 김 선생 이라고만 해두겠다.

김 선생은 내 말을 듣고 가타부타 말없이 묵묵부답이었다. 무엇을 신중히 생각하는 듯도 하고 난처해하는 듯도 했다. 괜한 말을 했나도 생각되었으나 '이미 말을 했으니 할 수 없지. 구할 수 있는 곳을 알려라도 달라' 고 했다. 그래도 김 선생은 말이 없었다. 그런 말을 한 것이 민망하여 화제를 돌려 몇 마디 나누다 나왔다,

며칠 후 다시 김 선생을 찾았다. 김 선생은 "자전거 튜브 몇 개에 몸을 맡기고 바다로 뛰어드는 것은 자살행위로밖에 생각되지 않는다. 내 생각으로는 성공확률 제로다. 왜 그런 짓을 하려고 하느냐"며 "고생스럽더라도 안정하고 살아가지"라고 한다.

김 선생의 말에 나는 약간 섭한 생각이 들었다. '고생스럽더라도 안정하고 살아가라고' 이때까지 나를 그렇게만 보고 있었나 해서였다. "자살을 하지 못해 그럽니다. 금년 봄까지 탈출을 하지 못하면 정말 자살이라도 하고 말 것입니다. 해마다 여름이면 건강이 악화돼 꼼짝 못했는데 만일 또 그렇게 되었다가는 이번에는 정말 끝장입니다. 멍청히

앉아서 죽기만을 기다리고 있을 수는 없지 않습니까?” 하며 자실이라도 할 생각이라고 했다.

자살. 말이 났으니 말이지 아마도 포로병 중에서 자살을 생각해보지 않은 사람은 별로 없을 것이다. 너무도 고통스러우니까 ‘차라리 죽는 것이 낫지’ 하는 생각에서 자살을 생각하게까지 되었던 것이다. 나도 자살을 심각하게 생각해 본 일이 있었다. 또 이 해 벽두에 친구 몇이 있는 자리에서 “나는 금년에 탈출을 하지 못하면 자살을 하고 말겠다” 는 말을 했다. 딱히 자살을 하겠다는 것보다 그만큼 자신의 마음을 다지기 위한 생각에서 한 말이었다.

다시 며칠 지났을 때 김 선생은 “먼저 연백에 갔을 때 왜 개성에는 안 갔었느냐” 고 하며 개성에는 가볼 생각이 없느냐는 말이다.

김 선생의 말에 나는 “왜 없어요? 좋은 일이면 당장에라도 가지요. 먼저는 개성 사회안전부원과 내무서원 몇 놈에게 내 얼굴이 알려져 있어서 혹시라도 그놈들을 만날까봐 일부러 피했던 거죠.” 하였더니 “좋은 일인지 아닌지는 가보고 자신이 판단해야지. 남이 좋다, 안 좋다 할 수 있나?”라고 한다.

나는 ‘뭐가 있구나’ 직감하고 “내일 아침에라도 나가겠다”고 했다. 김 선생은 “급하기는. 몇 년을 이렇게 살았으면서 왜 그리 급하게 그래? 며칠만 기다려. 만날 사람을 알려줄게. 절대 혼자만 알고 있어야 해” 한다.

이리하여 나는 다시 개성으로 나가게 되었다. 일이 어찌되었든 나는 ‘이번에는 끝장을 내고 말겠다’ 는 결심을 했다. 만날 왔다갔다만 하겠나? 나가보고 여의치 않으면 휴전 직후인 1953년 9월 자위대에게 체포되어 개성지구 사회안전부로 끌려갔던 ‘옥시미’ 로 나가 행동할 생각이었다. 옥시미는 주민 대부분이 내 얼굴을 알고 있어서 너무 불안했지만 어느 길이든 죽음의 덫이 백 개 천 개 놓여 있는 길이다. 그 죽음의 덫의 길을 통과해야 한다. 모든 것을 운명에 맡기고 행동해야겠다는 생각이었다.

그런데 이 때 나는 내 마음을 붙잡고 있는 한 가지 문제를 정리하지 못하고 있었다. 미스 황과의 문제였다.

미스 황. 나에게 자신의 모든 것을 아낌없이 던져준 여인이다. 집성촌의 엄격한 울타리 안에서 자라 범할 수 없는 대상으로 만 알고 있던 나에게 여인의 아름다움을 일깨워준 첫 여인이다. 그렇기에 이때의 나에게는 그 누구보다도 소중한 사람이었다. 이 소중한 사람을 어떻게 해야 하나 자나깨나 고민이 아닐 수 없었다.

탈출! 군사분계선을 돌파하여 북한 탈출에 성공한다는 것은 어디까지나 희망사항이지 성공확률은 1퍼센트로 보장할 수 없다. 인간 활동 중 최후의 길이 아닐까. 그저 죽음의 길이라는 것이 옳은 말일 것이다. 이런 길로 미스 황과 동행한다는 것은 미스 황을 죽음의 길로 끌고 가는 것이다. 물론 미스 황은 죽음도 불사한다고 하며 따라나서려고 하겠지만 내가 어떻게 미스 황을 죽음의 길로 끌고 간단 말인가. 아무리 되풀이 생각해도 그것은 안 될 일이다. 더욱이 내가 옆에 있지 않으면 미스 황에게서 위험의 70퍼센트는 사라진다고 보아도 될 것이다. 나만 없으면 살아남을 수 있는 사람이다. 나만 없으면 살아남을 수 있는 사람을 죽음으로 끌고 갈 수는 없지 않은가.

이런 생각으로 결론을 내리지 못하고 있다가 연백 여행길에 예성강의 빠른 흐름을 이용할 수는 없을까 생각하며 승호리로 돌아가서는 미스 황을 살리는 길은 내가 미스 황의 곁에서 조용히 사라지는 길밖에 없다고 생각하게 되었다.

사실 자전거 튜브 몇 개에 몸을 맡기고 바다로 뛰어드는 것은 탈출의 희망을 안고 행동을 하다 죽겠다는 것이지 천우신조의 힘을 얻는다고 해도 성공확률은 전무일 것으로 생각되었다. '죽더라도 기왕 내친 목숨 나 하나나 죽을 것이지 왜 미스 황까지 죽음으로 끌고 간단 말인가' 하는 자책의 소리가 자꾸만 내 가슴속에서 올라오고 있었다.

숙고 끝에 결국 '아서라, 사랑은 남겨두고 어차피 죽을 너나 나가 죽어라.'

이것이 내가 내린 결론이었다.

부록 3

교육만이 살길이다

일제의 교육탄압

이 수기를 써가며 생각하니 내가 어렸을 당시의 일제의 탄압에 관해서도 말을 좀 해두는 것이 좋을 것 같다.

나의 고향은 일제의 탄압이 유난히 가혹했던 것이 아닌가 생각된다. 특히 교육면에서 더욱 그러했던 것 같다. 내가 태어난 강동군은 평안남도에서 제일 작은 군이었다. 6개 면(1읍 5면)이었다. 6개 면 중 5개면에는 초등학교가 있고 나의 고향인 봉진면에는 초등학교가 없었다. 그러니 교육이라야 서당에서 천자문이나 가르치는 것이 고작이었다.

일제는 이 서당도 그대로 두지 않았다. 내가 서당에 갈 나이가 되어오는데 어머니가 나는 서당엘 못 가게 될 것 같다고 하신다. "순사가 와서 서당을 못하게 한다는구나" 하는 말씀이었다. 나의 작은 형님이 겨우 1년을 다니고 서당은 폐쇄되었다. 당시 나는 너무 어려서 모르고 있었는데 이 서당 폐쇄는 두 번째였다.

나의 큰형님은 1919년생이시고 나는 25년생이다. 큰형님이 서당에 다니기 시작하여 얼마 안 되었을 때 긴 칼을 찬 순사가 구두를 신은 채 서당에 들어와 연세가 높으신 훈장에게 반말질로 딱딱거리며 서당을 하지 말라고 했다는 것이다. 이런 관계로 큰형님은 서당에 조금 다니다 말고 40리나 되는 친척댁에 하숙을 하고 거기서 또 10리 거리인 순천군 사인면 초등학교에 통학하여 초등학교를 졸업하셨다.

이런 형편이니 갓 초등학교에 들어가는 어린아이들을 모두 외지로 보내 하숙을 시키며 학교에 보낼 수도 없어서 학교엘 못 보내고 있다가 아이들을 제 이름도 못 쓰는 까막눈으로 키울 수는 없다고 다시 서당을 개설하여 천자문이라도 가르치려고 서당을 재개했다.

한 번 폐쇄했던 서당의 재개를 보고만 있을 일제가 아니었다. 곧 폐쇄령이 다시 내렸다. 주민들은 교육기관이 전무한데 왜 서당을 못하게 하느냐며 버티다 겨우 1년이 되어올 무렵 서당은 다시 폐쇄되었다.

이때는 나도 서당에 갈 나이였기에 그때 들은 것이 적지 아니 기억에 남아 있다. 숙부님이 조부님에게 드리는 말씀이었다. "서당을 저렇게 못하게 하니 할 수 없습니다. 서당은 그만두고 사립학교를 세워 아이들에게 언문(한글)이라도 가르쳐야 할 것 같습니다. 누구누구와는 다 말이 되어 있습니다." 하고 동리 여러 어른들과 상의하여 합의를 본 것으로 말씀드리는 것을 들은 기억이 난다.

사립학교라고 해서 공인된 사립학교가 아니고 동리에서 임의로 만든 사설학원이라고 할까. 한글과 더하기 빼기 정도의 극히 초보 산수를 가르칠 정도였다. 마침 면사무소였던 건물이 비어 있어서 그 건물을 사용했다.

면사무소였던 건물이 비어 있었던 것은 면이 이웃면에 통폐합되었기 때문이었다. 대동강을 사이에 두고 강 동쪽과 강 서쪽이 각기 다른 면이었다. 나의 고향은 강 동쪽 면이었는데 강 서쪽 면에 통폐합되었던 것이다.

그 사립학교는 4학년까지 학생이 거의 40명 가까이 되었던 것으로 기억한다. 한 교실에서 선생님 한 분이 다 가르치셨다.

1학년 중에서 나는 제일 어리고 작았다. 4학년 큰 학생이 나를 꼭 안고 다니며 놀려대는 것이 죽기만큼이나 싫었지만 힘이 약해 빠져 나올 수가 없어 어쩔 수 없었던 일이 지금도 기억난다. 그 4학년 학생은 내 나이의 거의 갑절이나 되었다.

　서당을 폐쇄시킨 일제가 한글을 주로 가르치는 사설학원을 그대로 둘 리가 없었다. 이 사립학교에 또 폐쇄령이 내렸다. 일제는 우리의 자라나는 세대는 한자고 한글이고 문자를 해독해서는 안 된다는 취지였던 것 같다.

　이때 숙부님이 나서셨다. 숙부님은 순(淳)자 응(膺)자 쓰시는 분으로 사리가 분명하신 분이었다. 한학자라고까지는 할 수 없어도 한학에도 조예가 깊으신 분이었다. 사설학원은 안 된다는 폐쇄령에 학교를 세워주기 전에는 절대로 폐쇄하지 못한다고 정면으로 거부하고 나섰다. "학교를 세워달라는 민원을 10년이 더 되도록 묵살하면서 왜 서당도 못하게 하고 언문이나 가르치려는 사립학교도 못하게 하느냐 우리 자손들은 하늘 텬(천, 天)자 왼다리 그을 줄도 몰라야 하느냐"고 군수에게 따지셨던 것이다. 학교문제로 30리나 되는 군청엘 몇 십번을 가셨던 것으로 알고 있다. 군청에 다녀오실 때마다 조부님에게 말씀드리는 것을 나는 들었다.

　하늘 천(天)자 왼다리 긋는다는 것은 天자가 二에 사람 인(人)자를 더한 것인데 문맹자를 두고 하는 말이었다. "그 사람 하늘 천자 왼다리 그을 줄도 모르는 사람이야" 하면 "그 사람 문맹자야" 하는 말인데 약간 비하하는 듯 한 말이다. 요즘 말로 "낫 놓고 기역자도 모른다"는 말과 같은 뜻의 말이다.

　군수는 숙부님을 만날 때마다 자기는 아무런 결정권도 없고 이런 중요한 민원은 도에 상신을 하고 예산 배정도 요구하지만 그때마다 묵살되니 어쩔 수가 없다는 말이었던 듯했다.

　군수의 이런 말에 군수와는 아무런 해결도 볼 수 없겠다고 생각하시고 군수에게 도지사를 만나도록 주선해줄 것을 부탁하고 평남도청엘 가셨다. 학교문제로 도청에 네다섯 번을 가셨던 것으로 기억한다. 도청에 가실 때마다 집에 오셔서 조부님에게 "도청에 다녀오겠습니다" 하고 말씀드리는 것을 나는 들었다.

숙부님이 도에 가시기는 하셨지만 도지사와의 면담은 어려웠을 것으로 생각한다. 면담은 담당 부서의 책임자인 학무과장 정도가 아니었을까 생각한다.

숙부님이 도에 가서서 학교 건립을 요구했을 때 도 당국에서는 예산이 없어서 학교 인가를 못 내준다는 구실이었던 듯했다. 총독부 예산이 내려와야 하는데 총독부 예산이 안 내려온다는 핑계였다.

그러면 학교를 언제 인가 건립해주겠느냐는 말에는 총독부 예산이 내려와야 한다는 막연한 말만 되풀이했던 것 같다.

도에 두 번째 갔을 때도 똑같은 말만 되풀이하니까 "당신들 일본에서는 의무교육 아니냐? 일본은 전 국민을 다 교육을 시키면서 우리 자손들은 왜 언문도 못 가르치게 하느냐?"고 다그치듯 따지셨던 것 같다. 사설학원은 불법이라는 말에는 "학교를 안 세워주니까 불법으로라도 가르치려고 한 것이 아니냐 교육은 성장기에 시켜야 하는 것을 몰라서 그런 말을 하느냐? 다른 면에는 다 학교를 세워주고 10년이 더 지나도록 우리 면에만 학교를 안 세워주는 이유가 뭐냐?"고 집요하게 따지셨던 듯했다.

도에 세 번째 가셨을 때도 예산타령만 하는 학무과장에게 "그러면 내년에는 세워주겠느냐"는 말에 내년에도 총독부 예산 배정이 있어야 한다니까 숙부님은 '끝가지 학교를 안 세워주려고 하는구나' 생각하시고 "그러면 우리가 모금을 해서 부지도 마련하고 건물도 지어놓겠습니다. 선생님만 보내주십시오" 하고 선생님만 보내줄 것을 요청하셨다. 뜻밖의 제안에 당황했던지 잠시 머뭇거리는 학무과장에게 "그것도 못 해주겠습니까?" 하고 다그치듯 답을 재촉했을 때 학무과장은 "이것은 나 혼자 결정할 일이 아닙니다. 지사 각하(일제 시에는 지사에게도 각하 칭호를 붙였었다)에게 말씀드리고 다음 회의 때 상정하여 결정하도록 하겠습니다. 그리 알고 돌아가 계십시오" 하는 말 이었던 것 같았다.

얼마 후 다시 갔을 때 학무과장이 밝은 표정으로 웃으면서 "학교 건립 인가가 결정되었습니다. 군수에게 아직 공문을 못 보냈습니다. 곧 보내겠습니다. 가서서 군수와 상의하여 절차를 밟도록 하십시오." 하고 학교 건립이 확정되었음을 알려주었단다.

이러한 우여곡절 후에 건립된 학교가 '봉진공립심상소학교' 였다. 짧은 기간이지만 처음에는 '봉진공립보통학교' 라고 했다가 심상소학교로 바뀐 것으로 알고 있다. 1933년도였다.

그 학교 건립이 확정되었을 때 강 건너 면 소재지인 한왕리에서는 난리가 났던 것 같다. 당연히 면 소재지에 건립되어야 할 공립학교가 십 리가 넘는 옛 면 소재지에 설립인가가 났으니. "면 간부들은 뭣하고 있었단 말이냐? 그것도 학교 건립이 확정되어 공개될 때까지 알지도 못하고 있었으니 면장은 허수아비였단 말이냐" 하고 주민들은 면장을 원망하고 동리 유지들은 "우리 모두가 바보다" 하고 자탄했다고 한다. 주민들이 추진하여 몇 년 후 사립학교가 설립되었다.

그 사립학교는 공인된 사립학교였을 것이다. 우리 지역에는 서당도 못하게 하면서 면 소재지에 무인가 사립학교를 묵인할 수는 없었을 것이니 말이다. 초등학교로서의 면모를 갖추었고 교사도 신축하여 교사다웠고 운동장도 넓게 정돈된 부지였다. 교명은 '경신사립소학교' 였고 초대 교장이 후일 면장을 지낸 강씨 성을 가진 이였던 것으로 알고 있다.

이 경신학교가 개교한 그 해 가을에 봉진학교에서 운동회 때 경신학교 학생들을 초청하여 운동회를 같이 즐겼고 다음해 경신학교 운동회에는 봉진학교 학생들을 초청하여 운동회를 같이 즐겼다. 이때 봉진학교 2학년 학생 하나가 달리기 경기 중 넘어져 팔이 골절되는 부상으로 두 학교 선생님들이 침울해하던 모습이 지금도 기억에 남아 있다.

면 소재지에 사립학교가 서고 보니 외견상 일제가 보기에도 안 좋았던 듯하다. 학습내용을 지나치게 간섭할 수도 없고 또 국경일 경축식에는 면장, 일본인 주재소 소장도 참석해야 하는데 사립학교에는 갈 수 없고 십 리가 넘는 강 건너엘 가야 하니 불편도 했으리라.

이리하여 몇 년 후 경신학교를 승격시켜 '한대공립심상소학교' 라고 했다. 한대(漢垈)는 큰 터 한왕리를 한터라고 하던 고장 이름에서 유래하였다.

이리하여 우리 봉진면에는 하나도 안 세워주려던 공립학교가 둘이 설립되었다. 허나 일제는 공립학교를 둘이나 인가해주고도 소위 일제의 총독부 예산은 한푼도 지출하지 않았다.

공립학교로 승격된 한대소학교에는 초대부터 일본인 교장이 부임했다. '사카모토' 라는 일본인이었는데 덩치가 큼직했고 호인형으로 보였다. 나는 일제 말기 징병예비소집 훈련을 한대소학교에서 받았기 때문에 지금도 기억하고 있다.

반면 봉진학교 초대 교장은 '김광호' 라는 한인이었고 2대 교장부터 일인이 부임했다. 첫 일인 교장은 '다니모토 다케오' 라고 했는데 체구가 작았고 성격이 표독했던 것 같다. 하루도 학생들 뺨에 손길이 안 올라갈 때가 없었다. 거의 매일 10여 명씩은 맞았을 것이다. 양손으로 양 볼을 한꺼번에 때릴 때가 많았다.

그래도 뺨이나 때리는 체벌은 학생 본인을 위해서라고도 할 수 있으리라. 한 번은 이런 일이 있었다. 5학년 학생이었던 것 같다. 지금 이름은 기억나지 않는다. 운동장에서 무심코 "아리랑 아리랑" 했다. 이것을 다니모토 교장이 들었다. 화가 독같이 난 소리로 "코라 고찌 고이(이놈, 이리 와)" 하고는 유도식으로 메어치고 발길로 차고 내리찧고 차고 내리찢고 하는 폭력을 한참이나 가했다. 우리들은 그저 무서워서 발발 떨며 먼발치서 보고만 있었다. 한참이나 폭력을 당한 학생은 허리를 잘 쓰지 못하게 되었다. 그 학생은 한 달도 더 허리를 잘 쓰지 못했다. 정말 그 다니모토 교장은 교육자인지 일본 제국주의의 앞잡이 폭력배인지 분간하기 어려운 사람이었다.

내가 여기서 봉진면의 두 학교 이야기를 장황하게 늘어놓는 것은 강동군민회에서 발간한 《속강동군지 봉진면편》 교육란에 교육환경이 열악했다는 기술만 있지 일제의 교육탄압이 얼마나 심했던가와 그나마 교육환경을 이루기 위하여 우리 선대의 노력이 어떠했는가를 일깨우기 위해서다.

일제의 교육탄압이 왜 우리 고장에만 더욱 심했을까. 나는 그 이유를 알 수가 없었다. 우리 고장에만 왜 학교를 그렇게 안 세워주려고 했을까. 들리는 말로는 강동읍 내 학교는 교사가 너무 오래되어 재건축해야 한다고 기울어진 교사의 여러 군데를 받치고 사진을 찍어 실증 자료로 첨부하여 예산청구를 한다고 했다. 아무리 읍내라도 같은 군내인데 어느 곳은 교사가 오래되어 썩어 기울어져 헐고 다시 지어야 한다고 하는데 우리 고장에는 학교를 안 세워주려만 했을까. 그저 이상하게만 생각했었다.

한데 일제 말기가 거의 되었을 무렵 조부님이 이런 말씀을 하셨다. 조부님과 같은 항렬의 몇 년 연하의 양(穰)자 선(善)자 쓰시는 분이 당시 면장이었는데 집안 조카뻘 되는 순근(淳瑾)이라는 분이 3·1만세운동 당시 만세를 불렀다는 것이다. 이 만세사건 직후 "집안 조카가 만세를 부르는데 내가 이깟 면장을 해?" 하고 사표를 내고 면장을 그만 두었다는 말씀이었다.

순(淳)자 항렬은 나의 윗항렬이다. 홍순근, 그분은 나에게 아저씨뻘 되는 분이다. 이분의 만세운동은 타지방의 만세운동과는 경위가 좀 달랐던 것 같다.

타지방에서의 만세운동은 도시에서 지도자가 나가 주도하여 조직적으로 진행되는 과정이 많았는데 이분의 경우는 달랐다.

이분은 거리가 다소 먼 외지에 나들이를 나갔다가 서울과 평양에서 독립만세를 불렀다는 소문을 접하고 서둘러 돌아오다 동리 어귀에 들어서며 혼자 "대한독립만세"를 불렀다고 한다. 외지에 나갔던 분이 집에 가서 가족에게 돌아온 것을 알릴 생각은 않고 동네를 돌아다니며 "대한독립만세"만 외쳤다는 것이다.

동네분들은 영문을 모르고 '저 사람이 왜 저러나' 하고 어리둥절해 하다가 몇 분이 동참하려고 하는데 누가 "주재소 순사가 잡으러 온다"고 하니까 순근 아저씨는 "나는 이 길로 독립군에 갈 것입니다. 우리집에 나 독립군에 갔다고 전해주시오"라는 말을 남기고 그 길로 망명의 길에 올랐단다. 그 후 한두 번 풍문에 독립군에서 활동한다는 말이 있었을 뿐 정확한 소식은 없었다고 했다.

이분이 독립군에 갔다는 것은 그곳에서는 널리 알려져 있었지만 3·1만세운동시 만세를 부르고 독립군에 갔다는 것은 이때 처음 들었다. 동네 부인들간에는 옥호를 말하기보다 '독립군 간 집'이라고 할 때가 많았다. 때문에 아이들에게까지 널리 알려져 있었다.

이분에 관하여 알려져 있는 것이 없어서 더 이상은 알 수 없으나 강력한 무장항쟁만이 국권을 회복할 수 있는 유일한 길로 믿고 무장투쟁의 길로 나섰던 듯하다.

몇몇 문헌에 3·1만세운동 후 항일무장항쟁이 한층 활발해졌다고 한 것으로 보아 3·1만세운동 전에는 무장항쟁이 있기는 했지만 일본 군경에게 크게 타격을 줄 정도의 투쟁은 못 되었던 것 같다.

무장항쟁이 그렇게 활발하지 못하던 때에 만세 한 차례 부르고 그

길로 무장항쟁을 하기 위해 홀연히 떠나간 것으로 보아 그분은 평소에도 무장항쟁만이 국권회복의 지름길이라고 믿고 있다가 3·1만세운동으로 국민의 각성은 촉구되었다고 보고 무장항쟁을 위해 망명의 길에 올랐다고 보아야 하지 않을까 생각한다.

바로 이 점을 일제도 중시했다고 보아야 하지 않을까 생각한다. 외부의 영향이 전무했는데 자연발생적으로 저항운동이 일어났고 무장항쟁을 해야 한다고 국외로 망명하는 사태로까지 갔으니 일제는 심상한 곳이 아니라고 보고 면마저 행정구역 개편이라는 구실로 없애버리고 가능한 한 교육도 안 시키려고 서당과 같은 사교육기관은 폐쇄하고 학교는 안 세워주려고 했던 것이 아닐까. 뚜렷한 증거를 찾을 길은 없지만 정황으로 보아 그럴 확률이 높을 것 같은 생각에 나 혼자 생각해 보았을 뿐이다.

8·15 후 김일성도 독립군에 간 그분의 공로를 인정하여 유가족에게 약간의 혜택이 있었던 것으로 알고 있다.

이야기가 옆으로 흐른 것 같다. 학교 이야기로 돌아가자. 학교 건립의 허가가 났으니 이제는 모금이다. 모금문제로 여러 차례 회합이 있었는데 집의 사랑에서 회합을 가졌기에 나는 그때의 일을 적지 아니 기억하고 있다. 나이는 어리지만 나는 잔심부름을 많이 했었기 때문이다.

여기서 특기해야 할 사안이라고 생각되는 것이 있다. 우리 집 바로 뒷집에 홀로 계신 할머니가 한 분 계셨다. 이 할머니에게 재산이 다소 있었다. 농토가 1만 6천~1만 7천 평 정도 되었던 것으로 알고 있다. 구두쇠로 소문이 나 있었다. 지출을 일체 하지 않으려는 이 할머니가 학교 건립기금을 내라고 하면 "자식도 없는 내가 학교 건립기금을 왜 내?"하고 안 내려고 할 것이 뻔하다고 아예 기금 할당을 그만두는 것이 어떻겠느냐는 말까지 나왔었다.

"그래도 재산이 있는데 있는 만큼 할당을 해야지. 그랬다가 정 안내면 할 수 없지." 남과 같이 할당은 해야 한다고 하며 그 할머니 앞으로도 일정 금액을 내도록 결정을 했다고 했다.

이 할머니가 계신 지역의 모금을 담당한 분이 할머니를 찾아가 "우리 동리에 학교를 짓게 되었는데 아주머니도 돈을 좀 내셔야 하겠습니다" 하고 학교 건립기금을 내야 한다고 말씀드렸을 때 할머니는 "나도 학교 짓는다는 말을 들었다. 얼마를 내라느냐?" 하셔서 금액을 말씀드렸더니 할머니는 잠시 생각하시다가 "우리 자손들 공부시키려고 학교를 짓는다는데 내가 그것만 내서야 되겠냐? 좀더 내야지" 하시더란다. 모금 가셨던 분이 귀를 의심하며 "예?" 하고 의아해하는데 "내라는 것보다 더 내야겠다는 말이다" 하시고는 "오늘은 돈이 없으니 수고스러워도 한 번 더 와야겠다. 다음에 오면 마련했다 낼 터이니 며칠 후 다시 한 번 오너라" 하시더란다.

저녁에 모금 결과를 보기 위해 숙부님과 그 할머니 댁에 가셨던 분과 또 다른 한 분, 세분이 앉아서 그 아주머니가 마음을 그렇게 크게 쓰실 줄은 몰랐다고 하며 감탄하고 또 감탄해하던 모습이 지금도 뚜렷하다.

며칠 후 다시 할머니를 찾았을 때 할머니는 돈을 주실 생각은 않고 이것저것 물으시다가 "학교 지을 땅은 마련했냐?" 하고 학교부지 문제를 말씀하시더란다. "아직 결정 못했습니다. 물색 중입니다." 하는 말에 "그러면 면소(면사무소였던 건물) 옆에 내 땅에다 지으면 어떻겠냐. 괜찮다면 내가 그땅을 내놓겠다. 신작로에 닿아 있어서 길도 좋고 해서 하는 말이다" 하시더란다. 모금 갔던 분이 또 한 번 귀를 의심하며 "가서 의논하여 그렇게 하도록 하겠습니다" 하고 나왔다.

그 땅을 금액으로 환산하면 할당금액의 몇 배가 될 정도이니 귀를 또 한 번 의심한 것도 무리가 아니었을 것이다.

이 소식이 전해지자 온 동리가 놀라워했다. 그 할머니가 그렇게도 아량이 크셨던가 하고 놀라워했다.

그런데 그 토지가 위치도 지형도 좋은데 면적이 다소 부족했다. 그 인접토지까지 넣으면 훌륭한 학교부지가 되겠는데 소유주가 달랐다.

앞서 우리 고향에 황씨가 10여 가구 있었다고 했다. 그 황씨 문중 한 분의 소유였다. 남편은 없고 자녀들만 있는 부인이었다. 농토가 십수만 평이나 되는 부자였다. 아들은 황해조라고 했다. 아직 결정권이 있는 나이가 못 되었다. 또 고향에 있지도 않았다. 평고 재학 중이었다. 그러니까 모든 결정권이 황해조의 어머니인 부인에게 있었다.

황씨 문중에 황해성 씨라고 있었다. 김일성대학 황영식 교수의 친부다. 숙부님보다 약간 연상이었다. 숙부님과 친한 사이였다. 황씨 문중과 그 구역 모금도 그 황해성 씨가 맡아서 했다.

이때 이미 황씨 문중 모금은 완료되어 있었다. 숙부님은 몇 분과 상의하여 그 토지를 매입할 것을 결정하고 그 주선을 황해성 씨에게 의뢰했다. 황해성 씨의 집안 아주머니뻘 되는 분이니까 그 길이 가장 손쉬울 것으로 생각하셨던 듯하다.

후에 들은 말인즉 이러했다. 집안 조카에게서 토지를 팔라고 하는 말을 전해 듣고 그 부인은 "내가 그 땅을 돈을 받고 팔았다가는 홍씨 문중 사람들에게는 물론 지역주민들에게 욕을 먹을 것이다. 홍씨 문중 그 할머니가 땅을 학교 건립부지로 희사하셨다는데 재산이 그분의 거의 열 배난 되는 내가 그 땅을 돈 받고 팔았다가는 주변 사람들한테 욕을 안 먹겠냐?" 하고는 "학교 건립기금으로 낸 돈은 낸 돈이고 달리 나도 그 땅을 학교 부지로 희사 해야겠다" 하고 그 토지를 학교부지로 무료 제공했다.

이렇게 학교부지가 예상 밖에 쉽게 마련되었고 모금기간도 6개월 정도를 예상했었는데 두 달 남짓 기간에 완료되었다. 주민들의 학교에 대한 열의가 그만큼 대단했던 것이다. 또 교사 건축자재를 모두 평양에서 구입했는데 수송비가 하나도 들지 않았다. 우리 고향에서 십 리 가량 되는 곳에 연료용 임산물이 많았는데 그것이 모두 대동강 강안으로 나와 돛배에 실려 평양으로 수송되고 있었다. 그 강안 관리를 숙부님이 하셨는데 평양으로 갈 때는 임산물을 싣고 가고 올 때는 빈 배로 오기 때문에 그 빈 배에 조금씩 나누어 실어왔는데 선원들이 무료 봉사해주었기 때문이다.

두 분 여인이 희사한 학교부지는 상당히 넓었고 축구장 모양의 반듯한 지형이었다. 학교 경내에 교장 관사도 지었고 앞으로 증축할 면적도 감안하고 넓은 운동장에 학생들 농업실습지도 거의 천 평이나 되었을 것이다.

이렇게 외모는 번듯했으나 내용은 절름발이 학교라고 할 정도로 빈약했다. 한 학년 40명 학급이었고 4년제 졸업이었다. 때문에 상급학교 진학자격이 없었다.

또 1학년과 2학년, 3학년과 4학년 이렇게 두 학급 80명이 한 교실에서 선생님 한 분에게 수업을 받았다. 한 학년 한 시간 수업이 25분씩이었다.

이러니 수업이 제대로 될 수 없었다. 국어라고 하며 일본어와 산수와 일본역사만 중점 수업을 하고 한글은 조선어라고 하며 주 2시간 배정했는데 한 시간은 아예 수업을 안 할 때가 대부분이었고 나머지 한 시간도 수업을 하는 둥 마는 둥 할 때가 많았다.

실지 수업이 이 지경이었으니 4학년 졸업을 하고도 대부분의 학생이 한글 교과서를 겨우 더듬더듬 읽을 정도였다. 6년 후엔가 학교가 6년제로 증설되었지만 일인 교장이 부임했고 한글시간은 한 시간으로 줄었다. 그나마도 수업을 거의 하지 않아 시간배정은 하나 마나였다.

또 6년제로 증설되었다고 하나 새로 진급한 상급생은 수업을 하지 못했다. 학급증설을 허가하여 학급은 증설되었으나 교사발령을 안 해주었기 때문이다. 학급 증설 전 4학년까지일 때 교장까지 두 분 선생님이 계셨는데 학급 증설 후에도 선생님은 그 두 분뿐이었던 것이다. 들리는 말로는 도 학무과에서 착오로 선생님 발령을 안 했다고 했다.

나는 한글을 고전으로 익혔다. 4학년 졸업 후였다. 우리네 세는 나이로 열두 살이었다. 이웃에 조고모님이 계셨다. 조고모님은 이야기책 읽는 것을 즐겨 들으셨다. 큰 소리로 읽어야 했다. "애, 너 이야기책 좀 읽어라" 하시는데 못 읽는다고도 못하고 난처했다. 더듬더듬 한 권을 읽고서는 제법 잘 읽을 수가 있었다. 처음 읽은 작품이 어떤 작품이었는지 기억이 확실하지 않다. 아마 《구운몽》이었던 것 같다. 《구운몽》, 《사씨남정기》, 《삼국지적벽대전편》, 《장화홍련전》, 《흥부전》, 《하진양문록》, 《소대성전》 등 십수 권의 고전이 있었는데 그것을 다 읽었다. 몇 번씩 되풀이 읽었다. 다만 《춘향전》은 너무 어린 나이라고 읽지 말라고 해서 거의 성년이 되어서야 읽었다.

처음에는 거의 문자만 읽었지만 차차 뜻을 조금씩 알아가고 생각하며 읽게 되었다. 이렇게 고전을 읽으며 나는 무엇이나 주워 읽으려는 취미라고 할까, 읽는 습관이 생겼다. 그러나 당시 시골에서는 그 습관을 살려나갈 수가 없었다. 읽을거리 책을 구할 수가 없었다. 심지어 신문조차 구해 읽기가 어려웠다. 집에 많은 책이 있었지만 모두 한문 고서였다. 내가 읽을 만한 책은 없었다. 그런데 일제 말기가 가까워오며 도시에서 피난을 가라는 소개령으로 조고모님 댁에 평양에서 많은 책이 피난을 왔다. 한 번에 600~700권은 될 만큼씩 두 번을 왔다. 일본에서 대학을 다니는 대학생 두 사람의 책이라고 했다. 그때 내 눈에는 엄청나게 많은 책이었다. 전공하는 전문서적도 있었지만 문학서적도 많았다. 세계문학전집을 비롯하여 세계적인 문호의 작품이 많았다. 톨스토이의 《인생론》도 있었다. 문고판이 많았는데 한국 문인의 작품도 적지 않았다.

나는 이때 한국문학작품을 처음 보았고 세계명작도 처음 접했다. 세계명작들은 모두 일본어 서적이었다. 내 능력으로는 너무 어려웠지만 그래도 알려고 노력을 하며 읽었다. 용어조차 어려워서 사전을 찾아가며 읽기도 했다. 그러니까 많이 읽을 수는 없었다.

이때는 초등학교 6학년을 졸업한 후였다. 4년제 졸업 후 6년제로 증설되자 재입학하여 초등학교 6년을 졸업했던 것이다. 이것이 나의 학력의 전부다. 상급학교에 진학하고 싶었지만 수업상태가 그 지경인 시골학교에서 10 내지 15 대 1인 상급학교는 그저 한 번 바라보고 말아야 할 무지개에 불과했다.

내가 영어단어 몇 자 아는 것도 혼자 배운 것이다. 처음 단 한 자의 알파벳도 누구의 가르침을 받지 못했다. 영어공부를 하고 싶어서 하려고 했던 것도 아니다.

나는 일제의 징병 2기였다. 소집영장이 나와 일본군에 가는 사람들을 보며 '나도 머지않아 영장이 나오겠구나. 내가 일군에 가면 십중팔구는 태평양 전선으로 갈 것이다. 미군과의 전쟁이다. 왜 내가 일본을 위해서 미군과 싸워야 하나. 미군과 생명을 걸고 싸워야 할 하등의 이유가 없다. 일본을 위해서 미군과 싸우지 않으려면 도망을 가야 한다. 도망을 쳐서 미군에게로 가야한다.' 이것은 오랜 시간을 두고 생각한 끝에 내린 결론이었다.

도망을 쳐서 미군에게로 가려면 "나는 일본인이 아니고 조선 사람이다" 하는 이 한 마디의 영어는 알아야 할 것 같았다. 한데 그 한 마디의 영어를 배울 곳이 없었다. 동리에 그만한 영어 한 마디 가르쳐줄 사람이 없었다. 학교 선생님들은 알겠지만 그것은 자칫 일군에 가면 탈영할 계획을 미리 소문내는 것이 될지도 모른다.

결국 그 영어 한 마디 배울 것을 거의 단념한 것이나 다름없던 어느 날 집에서 많은 잡서가 들어 있는 궤를 뒤지다 포켓형 소책자를 하나 발견했다. 부피는 두툼한 대학노트 정도였다. 책표지에 '영어자통'이라고 쓰여 있었다. 그 소책자를 보는 순간 '영어를 혼자 통 한다.' 생각하며 작은 희열과도 같은 그런 흐뭇함을 느꼈다.

거기에는 알파벳 한 자 한 자에 한글로 토를 달았고 필기체는 하나하나 펜이 가는 방향 표시를 하여 필기체 쓰는 순서를 가르치고 있었다. 1920년대 초의 책이었다. 단어가 거의 800자 정도 되는 것 같았다. 분량은 적어도 당시 중학교 1학년 수준인 것 같았다.

나는 그 소책자를 모두 외워버리고 말았다. 단어를 쓰면서 외웠다. 하루 신문지 거의 두 페이지씩 쓰면서 외웠다. 볼펜이 없던 때라 잉크를 찍어서 쓰는 철필로 쓰면서 모두 외웠다. 매일 그렇게 썼기 때문에 영문 필기를 그런 대로 빨리 하는 편이었는데 지금은 영문 필기체는 한 자도 쓸 생각을 못한다.

한데 그 영어는 나만의 영어였다. 그 누구도 알아들을 수 없는 나 혼자만의 영어였다. 'THAT'을 '잣도'라고 토를 달아놓은 것을 그대로 읽고 익혔으니 그럴 수밖에.

해방 후 평양에서 우연히 훌륭한 선생님을 한 분 알게 되었다. 시카고 대학에서 경제학을 전공하신 분이었다. 주(朱)씨 성씨에 중(仲)자 남(男)자를 쓰시는 분이었다. 50대 중반이었다. 영어를 혼자 공부했더니 발음이 많이 이상했다. 그래서 발음교정을 부탁드렸더니 "영어공부를 혼자 해?" 하시며 가르쳐 주셨다. 발음뿐만 아니라 기초문법도 가르쳐 주었다.

이렇게 영어를 배우기 시작한 지 몇 달 후 주 선생님은 남쪽으로 떠나셨고 또 그 몇 달 후 나도 38선을 넘었던 것이다.

월남후 나는 국어를 변변히 알지 못하니 국어공부를 해야겠다는 생각에 야간학원에서 국어와 영어를 1년 남짓 배우다 6·25전쟁이 터졌

다. 전쟁이 몇 년만 더 늦게 일어났으면 나는 읽고 싶은 영문서적을 사
전을 펼쳐가면서라도 읽을 수 있게 되지 않았을까 하는 아쉬움이 나이
든 지금까지도 그 생각을 떨칠 수가 없다.

두서 없는 글이 너무 길어진 듯하다. 이만 그쳐야겠다.

하얀소리

초판 1쇄 인쇄   2009년 7월 20일
초판 1쇄 발행   2009년 7월 27일

지은이   홍동삼

발행인   김 일
펴낸곳   글로리아
디자인   some+think 디자인
캘리그라피   choi
등 록   2007년 3월 9일 제3-235호
주 소   (156-830)서울시 동작구 상도1동 685
홈페이지   www.kcdc.net
전 화   02-824-3004, 5004
팩 스   02-824-4231

ISBN   978-89-7666-089-3(03810)